潜行迷踪

芙蕖绿波 著

中国华侨出版社

目录

CONTENTS

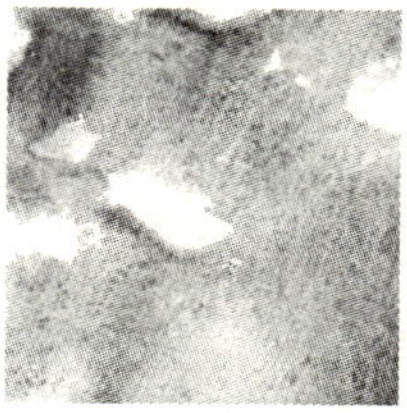

自 序

一阕爱情的悲歌

从小我就爱看书，尤其爱看传奇、各类小说、历史或揭秘类的书籍。当我看《乱世佳人》时，被斯嘉丽的一句话深深地打动了——历经战火后，斯嘉丽双手紧紧地抓着破败庄园的土地说：“我对着土地发誓，绝不让我的家人和我自己吃不饱、穿不暖！我要让我们所有的人活下去！”

那一刻，我爱上了斯嘉丽的任性、固执和意志坚决，而对战争背景下的故事就更加向往。

而“二战”题材的小说、影视作品，对我来说就更加有吸引力。还记得曾经看过的一些“二战”时各国间谍上演的美人计、美男计，其中或神秘、或诡异，不变的是精彩绝伦的斗智斗勇和对于人性的思考。

就在这样的情况下，我开始构思这部《潜行迷踪》。

两千年前，妖艳的埃及女王对一代枭雄恺撒说过这样一句话：“秘密战争不能没有女人，除非这个世界只剩下了男人。”从那时起，就注定了间谍战中女性的参与，为此增添了一层神秘的色彩。但对于旁观者来说，女间谍注定是一段传奇，是一个故事，甚至只是一个符号，没有人会去理会她们的情感、爱与欲、悲与伤。她们只是一部机器，用女性的魅力、女性的温柔，去窃取情报；甚至用她们的肉体去设置一个又一个情感陷阱，攻克一个又一个坚硬躯体，获得情报。

所以，从一开始，我的故事并不着重于谍战本身，而是想还原出一个女间谍该有的人性、该有的爱恨情仇。她们是人，有感情、有爱的人，但为了国家，她们不得不抛下这一切。

因此，这是一个乱世离殇的故事，是抗战大背景下的一场离乱、国恨家仇里的一阕爱情悲歌！各国间谍的活动，只是为这部书增添光彩。而乱世里的人性美，完全地彰显出来，可以说，这又是个充满希望的故事，是中国版的《乱世佳人》和《辛德勒的名单》。

“乱世佳人”，不仅仅是指书中的女主角白荷，更是指另一个女主角秦淮。与白荷不同，秦淮并不是间谍，她只是乱世里的一个弱女子，日军铁蹄下求生存的一个女孩。一出场，她是娇弱的、惹人怜爱的，但当战争的号角吹响，经受战火的洗礼后，她变得坚强，于大屠杀时成为护士，努力救助伤者；在秘密战争中，成为男主角郎伯的左臂右膀，替他掩护，刺杀日本军官；后来，更是洗尽铅华，到学校里教书，她是在慢慢成长的。而白荷从一开始，就已经完成了蜕变，作为一名间谍，为了打响南京保卫战，为了截获太平洋战争、日军偷袭珍珠港的情报，她付出了自己的所有；她放弃了与爱人米华生相守的机会，帮助孤军奋战的郎伯，直至最后。

相比之下，白荷更富于戏剧性与复杂性。若秦淮是一汪清澈的山泉水，那白荷就是一枝带刺的红玫瑰。她的女间谍身份，赋予了她风情万种、迷人与多情。她先爱上的是郎伯，但不知不觉中，却爱上了另一个男主角米华生。她就像一团火，只能尽情燃烧。她就是“不自由，毋宁死”的卡门，她的多情、她的痴情、她的矜持，注定了她身上的两种性格会互相争斗不休，而这就是她的人性。委身于日本特务藤田，没有令她自暴自弃，因为她心中有爱，更因为米华生对她的包容与怜惜。米华生说：“只要活着，就有希望。”而这也是郎伯留给她的生命的礼赞。一切的快乐与伤悲，都是生命赋予的重要意义，只要活着，便有希望！

作品是以“双生双旦”的视觉来展开叙述的，设定和塑造了两对男女主人公，加剧了冲突，更显张力。

而作为男主角的郎伯，一出场的形象是模糊不可辨的，并不是说他个性模糊，而是他的为人处世，让人产生了疑问。其实，他也只不过是一枚棋子、一个男特工而已。相比白荷的不羁狂放、敢爱敢恨，他所有的爱恨情仇，都注定了只能是一场镜中花、水中月。他先遇上白荷，想爱却不能爱；遇上秦淮，想爱也不敢爱，因为他只是一个没有未来的人。他的睿智、机警，使得他成功地完成了一次又一次任务，却也注定了他以悲剧收场。他的存在，使得整部小说的氛围更加凄美、悲怆，说到底，这也只不过是一个爱情故事，我只是将故事的背景放在了那个年代。

郎伯是多情而绝情的，秦淮是痴情的，白荷是多情的，只有米华生是深情的。这个美利坚人与苏州女子所生的混血儿，这个生长于中华大地，只能说一口带着苏腔英语的，不受美国亲族欢迎的混血私生子，他是自闭的。但他深爱母亲的国度，为此，他不惜付出生命去维护，当南京大屠杀的惨剧发生时，是他不顾生命地去保护受难的百姓；他始终深爱着白荷，没有丝毫动摇，不惜被白荷利用，去做迷惑日本人的一枚棋子；而经受战火洗礼后，他终于成长为坚毅的男子，保护心上人，更掩护郎伯，帮助郎伯去完成一次又一次任务。他与郎伯之间的友谊非常深厚，是他首先选择了信任郎伯，那份信任难能可贵，男人间的友谊，也是这个故事最动人的地方。

而男女主人公从相互怀疑到斗智斗勇，再到携手合作的过程更是让人拍手称快！与一般谍战题材不同，整部小说注重的是文学性，而非“完全的谍战”。而我想要反复强调的是，这个故事，真的，真的，只是一阕爱情的悲歌。里面人物的爱恨纠缠，使人动容。远离了正面战场的硝烟，他们所求的不过是和平年代里的爱情，而这个愿望却又如此艰难……

第一章

枪响玩月桥

1

秦淮河畔灯火涌动，少了往常的璀璨，却依旧奢靡；处处皆是纸醉金迷，粉饰着乱世中的风雨苍黄，晕着一片模糊的歌舞升平。

夫子庙前人来人往，哭喊声、叫卖声混成一片，墨色的夜里没有一丝风，晕着那一片星月，皆是黏稠不动的。只剩最遥远的那片天际下，一颗孤独的星微微闪动，摇摇欲坠，如苟延残喘的人在垂死挣扎。

那一片浑稠、黏糊不动的死气，倏地，在一阵枪声中渐渐消散，偶尔还能觅得一丝凉风。一个背着画架、脖子上挂着笨重相机的青年男子看向遥远天幕里的那颗孤星，星下是巍峨的紫金山。人群里微有骚动，很快又平静了下来。

天穹中的繁星冷眼看着这一切，看着车辆不顾行人的安危笛声四起，看着荒芜路基野草丛中弃婴的哭啼，看着灯红酒绿里的觥筹交错，看着站街妓女的血色红唇，看着饥饿的小偷抢走衣衫褴褛的妇人最后的一点钱帛，看着这腌臜的世界……

那一声枪声极响、极清亮，如一缕清风，吹拂开了一片腌臜气。人群骚动里，青年的画架被推倒，画纸在风中飘扬，青年忙着去捡那一幅幅画，画张跌落于水迹里、泥泞里，被无情的人践踏，粉白的纸上踩出一个个乌黑的脚印。

“这人儿好漂亮。”一个稚嫩的童声响起，她的手上攥着那幅画，点点斑驳的灰迹染在了画中人素白的旗袍上，像晕着一朵朵墨花，非但没有玷污画中人的清致，反而更添了份情味，犹似出污泥而不染的白莲。

只是那株白莲睡着了，静静地睡着了。

“小妹喜欢？哥哥送你。”青年颇为怜惜地抚了抚画中人，笑着把画递给小女孩。

“阿哥，侬是画家伐？”小女孩衣衫褴褛，面黄肌瘦，显是许久不曾得温饱。

“也是，也不是。”他把几个铜板塞到了她手里，话尚未说完，就被一个灰垢满面的妇女打住了，一并打落了画张，吼道：“弗要动！快走，不然晚上又得饿肚子了。”妇女把破碗塞到女孩的手里，拉着她就走了。原来是一对行乞的母女。

“阿哥，我方才在玩月桥那边，见过这个姐姐。”说着，她的声音就被隔得远远的了。

玩月桥在夫子庙秦淮河南，为旧院所在地。桥旁为名妓马湘兰宅第。每逢夜里，士子才人聚集桥头笙箫弹唱，对月赋诗，故称此桥为玩月桥。其实就是长板桥，因着那“风流南曲已烟销，剩得西风长板桥。却忆玉人桥上坐，月明相对教吹箫”而闻名。

青年本就在秦淮河南附近游玩，听得此话，连忙往玩月桥方向寻去。那里原也热闹，因文人常聚于此，所以植了大量翠竹，他们玩月品诗的同时，还可以赏竹对酌。

望向浓密的一蓬竹影里，好似有人影晃动。不远处的河水在萦绕，水光投进竹林里，一片潋滟斑驳，连竹子也被映得愈加鲜翠绿盈。他踏步而入，穿过修直的竹林，忽见一个白裙女子摔倒在地。

她身着一袭素白旗袍，袍身上点缀着淡墨色的兰花，极为素雅。再往她脸面瞧去，白唇紧抿，银牙咬碎，连那张讨喜的清致鹅蛋脸也是苍白的。她受了伤？他一急，低声询问道：“你还好吗？”只见她灵动的眸子黑如点漆，轻轻一转，便笑了：“我被蛇咬了。”他顺着她指的地方瞧去，她的肩胛处溢着血，果真是受伤了。

青年正要去扶她，突然听见她身后不远的一处竹丛里传来一声响动，她“哎哟”低唤起来，他也就没再往深处想，一心只顾得她了。

“我叫白荷。”她忍住了剧痛，笑着向他致意，笑意温婉。这真是一个坚韧又温柔的女子。青年的心底泛起了一片素白的荷下涟漪。

突然一阵枪声响起，惊起了三两只落单的水鸟。白荷满脸凄惶，急急投进了青年的怀里，问道：“是不是土匪？”见她如此，他忙安慰道：“别怕，估计是从那边公馆过来的日本人的卫队。”

“什么？”一听是日本人，白荷怕得连身体都在颤抖。“别怕，那边公馆是日本富商的地方，这里也是在日租界区内，自然会有日本人。”青年哄道。

“你的，过来！她是反日的，反日的！”一小队日本宪兵涌了过来，青年拥着白荷，用流利的日语说道：“我是美国领事馆的米歇尔，她是个弱女子，被蛇咬了。”那色眯眯注视着白荷的日本宪兵岂能轻易放过，小眼睛往白荷高耸的胸部看去，围着他俩走了好几圈。

原来那米歇尔长了张中国人的脸孔，宪兵队也就没在意他的身份。白荷见此，往米歇尔怀里再靠了靠。只见她眼帘垂下，长长的睫毛微微翘起，米歇尔虽瞧不见她是何表情，只觉她的身子柔软，气息香甜，他不禁心神荡漾。

突然，一个日本宪兵顺着白荷留下的血迹，往她身后的那几株密实紧挨的野竹丛走去。泛着冷光的刀刃往竹笋和野草堆刺去，那一把把刺刀晃花了他俩的眼睛。

俩人大气也不敢喘，眼看着两名日本宪兵就要离开竹丛，白荷长睫一抖，清亮的眸子恢复了些许神采。倏地，一个日本宪兵大声嚷嚷着什么，白荷转眸，只见明晃晃的刺刀尖刃上有血。她吓得扶住绾发的手一震，一枚银色的小小发夹掉落地上，掉在了厚草之下。

一个黑衣女子被日本宪兵从草堆里扯了出来，那女子十分动人，比白荷更加艳丽。那队宪兵个个瞪大了眼睛，手往女子身上摸去，“女刺客，刺客的，可随意处置。”淫秽的粗语从那群野兽嘴里喷出，那女子的衣衫被扯得粉碎，她犹在拼命抵抗，显然她有些武艺，那群畜生一时不能得手。

“住手，你们住手！”白荷推开米歇尔要去帮她，那女子凄惶回头，眼神里有种决绝。米歇尔用力扯住了白荷，她水样的双眸里满是愤怒和柔媚的怯弱：“她是我的同胞，我要救她。”米歇尔也在拼命喊着：“他们也会那样对你。”两名看守他俩的日兵，早已按捺不住，见白荷娇弱之姿更激起兽性，一人竟往白荷欺来。

米歇尔拼了命地护住白荷，厉声道：“已经证明她不是刺客！”日兵哪讲什么道理，举起刺刀便往米歇尔腿部刺去，米歇尔一吃痛，腿脚一软，身子歪斜倒在地上，鲜血溅出老远，他仍挡在白荷面前，从内袋里掏出证件：“我是美国公使的儿子，英法德意都有我的朋友，你要和整个欧洲作对？”

那日兵终离开了白荷，而另一边的女子早已没了声息。“啊——”白荷一声凄厉惨叫，只见躺在那里的，哪还是方才那个鲜活的女子，她竟被活活折磨死了，而裸体上满是刺刀伤。他俩眼看着这一幕兽行发生，却无能为力。

“那娘儿们白花花的身子不禁玩，哟西，哟西！”那群野兽眼里闪出淫荡凶残的光，猛地向白荷走来。眼看着米歇尔流的血越来越多，她凄楚一笑，柔声道：“你走吧。”米歇尔全身一震，她的笑容是多么美啊！

脑中瞬间变得空白，他本能地脱口而出：“你走，我就走。”他就那样看着她，一把将她搂于怀里，冷峻的声线从略厚的唇瓣溢出，“她是我的女人，伤了她，你们都别想活了。”说着迅速地用打火机点燃烟火引线，往天上一抛，只听

“嘭”一声响，一朵璀璨的烟花在空中盛开。“离此不远处便是美租界，马上会有人来了。”他冷言。

“你这样做是在和大日本帝国作对！”一个全副武装的日本人从后面赶来，那一队日本宪兵见了他，立马敬礼。

米歇尔本无心插手日租界里的事，但见怀里佳人脸色愈加苍白，肩上的鲜血仍在流，他狠一狠心，道：“那边的人才是你们要抓的女刺客，不过已经死了，事也了了。你们敢碰她，”他狠厉的眼锋向着众人一一扫过，“敢碰我的女人，就等着看我的手段。”说完，掏出一把锋利的小刀，对准了她的心脏，他低下头，眼神温柔，低低地问，“你怕不怕死？”

“不怕。”她坚定地答，情愿死，她也不要受辱。

“好。”他点了点头，“不会很痛的。”

“且慢！”宪兵队头子急声道，“我保证，我们不会碰她一根手指头。不过我们必须得带她回巡捕房。您放心，查明事情，我自会放她。因为富商渡边已死，所以我们也必须得有一个交代。我保证不伤害她。”他再次保证。

“我先替她止血。”米歇尔从带来的画架工具箱里翻出医药用品，取出酒精为她清洗伤口，幸好蛇是无毒的，把腐肉刮掉，简单敷了些消炎药膏再缠上纱布就处理好了。眼看着就要被带走，白荷的眸底里流露出丝丝不舍。

他含笑示意，让她只管放心去。她忽然跑了回来，在他面前站住，从贴身处取出了一方鹅黄的帕子，递给他，“去柏尔敦电影公司找郎老板，他能帮助我。这手帕你就留个纪念吧，谢谢你。”说完，她对着他恭敬地鞠了一躬。

2

等见到父亲惠灵顿·米歇尔爵士，刚才的事他全知道了。“小米啊，这日本人不好惹啊！”惠灵顿一边说着，还不忘叫来医生为他医治伤口。

虽不是致命伤，但也颇重。正所谓伤筋动骨一百天，米歇尔料来行动也不会方便了，便命人去把父亲的花梨拐杖取了来，轻松笑道：“爹地的拐杖纹饰简单，年轻人用倒也显时尚，还轻巧好使得很。”

惠灵顿打断了他的话，不许他再插手华人的事。

“爹地，妈咪是中国人，而且我从小在南京长大，我在这里便是中国人。”

“那我把你送回美国。”惠灵顿丝毫不妥协。

“爹地，”米歇尔恼了，“我们无须怕小日本。”

“你懂什么，现在国际上乱哄哄的，我们家族不管政事，你也别多管闲事了。想要女人，欧伦洋行的妮可小姐大方得体，模样儿也周正，和你登对。”

米歇尔撇了撇嘴，眼露不屑，“我生于此，长于此，对那些身上有股味道的金发女人没有兴趣。”继而摸了摸自己栗黑色的头发，颇感满意。却不料老米歇尔一拐杖敲下来，把米歇尔的腰都快打断了，惠灵顿大吼：“伤成这样还乱想些什么，金发碍着你了？！”原来惠灵顿是金发碧眼的美男子，年四十，人风流倜傥、彬彬有礼。

米歇尔的母亲是苏州人，一口苏腔的吴侬软语十分婉转动人，而样貌更是标致。她原是惠灵顿的情妇，向来分外得宠。而米歇尔则是惠灵顿最小也最得宠的孩子。惠灵顿还有两个女儿和一个大儿子，皆留在了美国。米歇尔的中文名叫米华生，他有一头栗黑色的头发，相貌与华人相像，只是浅褐色的眼珠子略透出极淡的蓝，眼眶深，鼻子又高又尖，唇厚，倒也是个美男子。但因着年纪还小，十八九岁，故而样貌尚未长开，便少了几分俊朗。其实他和各租界的西洋人皆是聊不来的。一来他的英语带了股奇怪的苏腔，二来因着他的相貌与西洋人差别颇大，故西洋人皆背地里叫他“怪胎”。因此，对于回国，他是一万个不情愿的。

他在十岁时曾回过祖国，面对着金发碧眼的兄弟姐妹，他尚未开口，便被嘲笑了一番。那时的他个子小，脸色黯淡，皆是菜色，被堂兄戏称为“东亚小黄病猫儿”，他便和他们打了起来，而他是不够他们打的。无人愿做他的朋友，他也吃不惯洋食品。那些小孩瞒着大人欺负他，拿光了他身上的钱。他偷偷跑到唐人街上，像小贼一样，偷了饭馆里一个美国贵族少女的钱，只为了吃一碗中式面条，可他被发现了，被少女的侍从追着打，骂他是野种。那美国少女傲慢无礼地俯视着他，嘲笑他。她的身上散发出难闻的体味，即使是昂贵的香水也掩不住那股浓重的体味。

是一位清柔如水的中国姑娘救了他，并替他拭去脸上的伤痕，她替他轻轻地揉，生怕弄痛了他，她笑意温柔，轻声道：“好了，不疼了。我给你下碗面条吃吧！”女孩儿大约有十五六岁，是个动人的少女。她身上的味道可好闻了，既清新，又甜蜜。见他喜欢靠在她的身上嗅那胭脂，她笑了，“你喜欢我的胭脂吗？是老家那边的胭脂呢！粉膏儿软软的，香香的，我始终觉着比外国货好多了呢！可惜你不是小姑娘，不然我送你。”她的打趣让他红了脸。可他仍是沙哑着嗓子，说出了一句“我喜欢你”，不是英语，是和她一样的带着苏腔的汉语。

后来……没有后来了吧，米华生想。他满身伤痕，父亲惠灵顿总算看出了些门道，知道他始终是过不惯美国生活的，他没把自己当美国人，他与美国格格不入，他没有办法再待下去了，所以惠灵顿唯有带他回了中国。

想起旧事，米华生沉默了，惠灵顿也沉默了。

等到了第二天，米华生寻了父亲事忙的当儿，自个儿扶着拐杖悄悄地溜了出去。

他手握那方丝帕，帕间似乎还残留了她的温度，帕心上静躺着一绺用白绸子绑着的发。她的发，又黑又亮、柔顺无比。

等到进入了郎老板的办公室，他仍是呆呆的，一颗心留在了她那里。看见他手上握着的手帕，郎老板便知道是白荷出事了。“明月让你来的？”郎老板站起来，伸出手，和他握手。

“明月？”他喃喃。

郎老板见他踌躇不定，便明白了明月的用意。只有她认可的人，她才会以真名相告，她的性子一向是颇为不羁的。“白荷是我电影公司旗下的女演员，上海、南京最红的女明星，艺名便是明月。”

“她在日本人手中，只怕会有危险。”华生显然是急了，他的父亲不愿出面救她，所以他只能来求郎老板。

郎老板倒是镇定，很有风度地替他拉开椅子，待他坐下，便现磨了一杯咖啡给他，“尝尝。”此时，华生才注意到郎老板的样貌，他五官清秀，身板直挺，一米七八的个子，让人感觉他十分温文尔雅。唇畔上含着浅浅的笑，一双深黑明亮的眸子瞧不见底，眉毛略淡，弯弯地融进发鬓。他的头发浓密乌黑，用发油梳过，十分光亮。

见华生注视着自己，他彬彬有礼地介绍起自己来，“我是电影公司的郎柏敦。”

华生一惊，脱口而出，“你就是郎伯？！”他原以为，此人不过是郎老板的助理而已。郎柏敦笑着，点了点头。原来电影公司的郎伯是黑帮起家，为人狠辣，做事不择手段，在南京的名号很响，无论是怕他的，还是尊他敬他的人，都恭敬地称他郎伯。

只是华生没曾想过郎伯是如此年轻，看起来也就三十出头，而且样子清秀斯文，连说话也是温吞的。“我已经三十七了。”似看出他的疑惑，郎伯笑着补充，“这样的黑帮头子没有魄力？”他的眉眼弯弯，一丝不易察觉的戾气在笑意中闪现，只有唇上留着的英国绅士式的小胡子和眼角细细的眼纹刻下了岁月的痕迹。

“没有。”华生回答，没有丝毫的胆怯。“小伙子有意思。”郎伯拍了拍他的肩膀，接过了丝帕，见到丝帕上的青丝时一怔，刚想说什么，就被敲门进来的珠宝设计师李长青打断了，“老板，这是为新戏赶制的首饰。”郎伯看了李长青一眼，只见他眼神有些闪烁，但也没多想，点了点头，接过首饰盒便让他先出去在大厅候着。

郎伯从抽屉里取出了一方干净的手帕，将那一绺青丝放在绣了白荷纹样的丝帕上递给他，“明月小姐的心意你就留下吧，这方丝帕也是她亲自绣的。”

难怪上面会绣着白荷，华生礼貌地接过，不得不叹，郎伯真是个体贴心细的男人，很能顾及别人的感受。想到此，不禁为白荷有位如此出众的老板而感到妒忌。郎伯瞧见了，淡淡地说，“明月是个很好的女子，”他缓缓转动着咖啡杯，似有所思，“嗯，也是个很好的红颜知己，但并非如外界所传的那样不堪，你放心吧！”

是的，外界传言白荷是郎伯的情妇，所以父亲才会阻止他插手。显然聪慧的白荷也明白了这一点，不想让他为难，才让郎伯出手。

“你会去救她吗？”华生有些担心。

“米歇尔先生……”郎伯的话适时被打住，“叫我米华生吧！”

“华生？生于华，长于华，很好。”郎伯顿了顿，眸底光芒一闪，笑容里多了分欣赏的况味，“华生，把你遇到她的地方告诉我，”他认真地看着华生，一字一句承诺，“我答应的事一定会办到。”

送走了华生，郎伯带李长青到另一间办公室里。李长青显然有些急了，正想说有急事要先离开，郎伯从书架里抽出了一本珠宝设计的原版书，随意打开，道：“方才的那批货皆不错，但我想要的是和这个款式相似的。”他指了指书页里的奥地利公主的头冠，“新戏是发生在欧洲小国的浪漫爱情喜剧。我看这类款式比较适合，也衬这部戏。能取悦西洋人，是会赚大钱的，所以你也别担心成本。你现下先画初稿，我回来后看。”言下之意是拒绝了他的请假。

李长青没再说什么，按捺下焦切的心，从容坐下道：“好。”郎伯随意看了看那张原本夹在公主头冠设计那一页的书签，便将书放了下来。

李长青在脑中构思了一番，取出笔和图纸，接过书正要细看，却发现书签上也是印着一本书。他一怔，书页里满目的德文瞬间变得模糊，他抬头看向郎伯，郎伯也正含着笑看向他，那双眸子，透彻、深邃。

“慢慢想。”他说。

李长青恭敬地答：“是。”

第二章 秦淮

7

离开电影公司，郎伯并没有直接去日租界的巡捕房，而是去了玩月桥。

竹篁深深，投不进片缕阳光，草堆上洇着一摊干褐的血，没有人敢靠近。被强暴女子的破碎衣服仍旧在那里，四处散开来，入目凄凉。

郎伯就那样站在竹林中，他抬头，半眯起的眼睛想努力地看清这一方天空，朗朗乾坤下的那一方天空。最终他摇了摇头，这样的世界，哪还有什么朗朗乾坤？他从内袋里取出了一个精致的铁盒子，盒子上面印了一个穿着碎花旗袍、身段妖娆的性感女人。

从里面取出一根雪茄，点上，他静静地抽着，烟气缭绕，遮住了他深邃的眼眸。许是分了神，他的手一抖，火机掉到了地上，他慢慢蹲下身子，在草堆里摩挲着，不多会儿，面无表情地走出了那片幽幽竹篁。

办公室里，他看了看紧关的大门，目光一敛，取出了从草丛里找到的一枚银色的小小发夹。他攥在手心把玩片刻，接着小心翼翼地取出了夹柄里藏着的字条，看了后随意把字条点上了火，在微弱的火星闪耀中，他又燃上了雪茄，吞云吐雾。

“老板？”一迭声地催促，他站了起来，把门打开，一头波浪卷发的年轻女孩连忙往他身上黏来，“老板，好哥哥！我的戏份怎么剪了那么多嘛？”

郎伯眼带笑意，小胡子往上一挑，一口烟喷在李嫣身上，“你嘛，还要磨炼磨炼。”他没有接她的茬儿，“今晚上的月份女郎明星大赛怎样了？”

“会场早就准备好了。”李嫣讨好地说着。他略一颔首，淡道：“明月可是大明星，少了她主持，只怕难以挑出好的呀！”

天空下起了雨，淅淅沥沥，渐渐地连成了线，浓成了白蒙蒙的雨帘。郎伯刚走至电影院大门，接他的车子还未停稳，烟织雾绕的雨帘里便跑出了一抹纤秀的身影。他只抬头的一霎，一个清水般的女孩站在了他面前，哀哀道：“郎老板我想演戏，你收下我吧。工钱好商量！”

看着她一双雾蒙蒙的眼睛，郎伯徐徐地喷出一口气，身旁的司机为他打着黑色的伞，笼在伞下的他，愈发看不清脸容。而站在伞外的女子早已湿透，纤细的身体不住地颤抖，嘴唇也白了，显然是冷得，却仍咬紧了唇等着他回话。她的学生服湿透了，朦胧地包裹着胸前的凸起，很美丽的丁香乳，就那么小小的，微微往上翘着，玲珑细巧，如是想着，郎伯微微地笑了。

“你还是学生？”郎伯忽然发话，但是并没有让司机把另一把伞给她，就让她那样淋着雨。蓝布的学生服，盛开在雨帘里，像极了一株娇怯的兰。

“这不影响我当演员的。”她一双眸子有些颤抖和闪躲，但话语依旧坚定，不露出一丝怯弱。

“想当演员可以参加今晚的演员选拔。”他不动声色地回答。

“家里穷，我很需要一笔钱。我没有钱置办参赛的衣裳首饰，也没钱报名。”她咬紧了唇，唇色在刹那间红润了些，“而且我自食其力，尽管是来求您，可我不觉有何不妥，演员一职我也能胜任。而办大赛最终为的只是选出演员，我毛遂自荐也是一样的。”

她的自卑、自我圆说和倔强都让郎伯觉着新鲜。“唱首曲儿来听听。”郎伯退了一步，留了她一人在雨中，连伞角也吝啬于给她。

“怎让山歌渡江来，隔河难渡阿哥在，河难隔妹送歌来，哥想听歌上竹排，横排远渡阿哥来，竹排越渡千支歌，千支歌尽盼哥来，急切阿哥忘带篙，随水漂流不见了小阿妹，空寂河岸怎装歌？”她在雨中清唱了一段，如珠玉落盘，清润动人，真真的音色甜又纯。

“老板？”一旁的名叫石头的司机欲言又止，如此温婉的歌声，实在动人，仿若他的阿妹就在朦胧的河对岸，哥心急切，忘了拿撑排的竹篙，只得随水逐流；见不着他的阿妹，满心空落，只恨一双空手无法装歌，阿妹不见阿哥，阿哥无处寄相思，空恨自己心急切。石头都被打动了，但老板为何还是无动于衷？

郎伯没有理会石头，而是静静看着那一帘雨，手无意识地摸了摸唇上的小胡子道：“先进去吧。”

那女子仍是茫然，石头一喜，急忙道：“让你去试镜，还不快多谢老板。”

女子一怔，似懂非懂地看着郎伯，最后只是动了动唇，没有说话。“什么时候变得那么多事了。”郎伯瞄了眼石头，石头忙垂下了脑袋。

“坐吧。”郎伯打了打手，示意让她坐。女子仍是拘谨地站着。“把它喝了。”他将佣人刚送上来的姜汤往她面前移了移。

“我，我不冷。”女子的脚缩了缩，为弄脏了他的地毯而担心。郎伯搅动着黄汤里的姜丝，几粒红红的枸杞随着涡动，好看极了。他再看了看她，她垂下了眸子，郎伯也没再说什么，把姜汤往楼下倾，合着密密的雨帘，黄汤珠子一扬，就落地了。

“你的名儿？”郎伯并不瞧她，只顾看那空了的碗。

“秦淮河的秦淮。”秦淮不卑不亢地答着。

郎伯站起，靠在了窗帘上，任着雨丝打湿了鬓角，他勾了勾手，示意她过来。那张苍白的脸稍抬了抬，又垂了下去，极慢地走到了他身旁。

他的手搭在了她的肩膀上，感觉到她身子一震，他轻声地笑了，手顺着她身子纤细的曲线往下滑，指尖在乳房侧轻轻地划下，一阵酥麻战栗着流过全身，她惊慌地抬起了头，脸色更加苍白。

“果真是个妩媚的小人儿。”他轻笑，手往她胸前的盘扣摸去。“啪！”她一掌毫不留情地，狠狠地打在他的脸上。她想逃，却被他双臂圈着，牢牢地禁锢住。她的身影倒映在了他深沉的眸子里，她只是不明白，从小到大，从未有人说过她妩媚，总是叫她木丫头，怎么在他眼里，就成了挑拨勾引他的理由？

“我们现在就是在试镜，你扮演的是富商的姨太太。嗯，很会服侍人那种。”他笑着说。她无助地瞪了他一眼，低声叫道：“放开我。”

“你不是很需要钱吗？做我的女人同样能有很多钱。”他松开了她，“我从不勉强女人。”他随意地看了她一眼，扯了扯项上浅灰色的领带，慵懒地融进了软软的沙发里，指了指墙上挂着的明月的照片，道：“你觉得自己有她漂亮吗？你凭什么当明星？”

是，自己顶多是长得清秀些，并无过人之处，连性子皆是不讨好的。“我知道，你认为我是那种贪慕虚荣的女人，但我不会为了钱出卖自己。”秦淮昂了昂头，努力忍住，不让眼泪掉下。郎伯随意打了个手势，示意她离开。

秦淮怔在了那里，没想到他那么容易便放过了自己，紧攥着的手复又松开，退了出去。她刚走，石头便跑了进来，“老板，那女孩子我看着有当演员的天分嘛！”

“你没瞧见她手上攥着的利器？”郎伯吐了口烟，手持着粗大的雪茄，满足似的又吸了一口，叹道："这么倔的性子，谁敢请她？"石头不明所以，只摸了摸头。郎伯看着窗外裹紧了身体疾跑的秦淮，便想起了她方才既决绝又徘徊不定的眼神，还有她手里握着的尖尖的发簪子。她到底是怎样的女子？

"我说老板，人家也很可怜，有位疯癫的母亲，还带了个小弟，她既要赚钱给母亲治病，又要养小弟，连学也不能上，只能退学找工作了；奈何她母亲的病需要花太多的钱，所以才想来当演员嘛！"石头无奈地眨了眨眼睛。

演员，不过是风月场里任人采摘的鲜花，半点由不得自己；而花尚未凋谢，她的一生也就结束了，如此而已。郎伯一叹，十分厌烦，"你有完没完？"便挥了挥手，让石头出去。石头一边走，还不忘一边嘀咕，"还不是您让我去查她底细的？"原来郎伯为人也颇为豪爽，不会亏待了他的员工，只要是为他办事的，他都会给足了银两。尤其是家境贫穷些的，他总会多照顾些。故而石头认为，老板对于这位女孩子，也是如此：正因想收她当员工，才会让自己去查她的底细。

一连几天，秦淮都没再回来找郎伯。在一次路过紫金天文台时，郎伯刚好看见她在那里负责文书工作。他轻车熟路地找来了负责人，随意道来，"秦淮原是我处的员工，因为手脚不干净被辞退了。"

不多久，郎伯便从石头那儿得知，她被解雇了。"老板，您到底打的什么主意？"石头深知老板不是一般的人，为何要难为一个穷苦的女孩子？但他信任老板，所以也没有多说什么。"选拔赛继续进行，花了多少钱再报给我。"郎伯从抽屉取出了银票，想了想，又放了回去。石头应承了便出去了，他是越来越不明白老板了，预定要的人数已经选出来了，一直进行，不是亏钱吗！

2/

华生是个热心肠的人，对于普通人也乐于帮助，更何况是……一个柔弱的女子，见没有消息，于是他又跑到了电影公司找郎伯。

郎伯仍是那样淡定，仿若一切皆成竹在胸。只是如此一来，倒是急坏了华生，生怕白荷在巡捕房里有什么闪失。

"白荷不是一般的女子，她会保护好自己。"郎伯从抽屉里取出了一叠海报，递给他，"帮我把这些海报贴到下关棚屋区竹子巷15号那里吧！"

"这？"华生不明就里。

郎伯似笑非笑地看着他，"让你去就去呀！"

第二天，天还没有亮，电影院门口便驻着了一道雅致的身影。郎伯隐于窗帘后静静地看着，虽是春天了，可春寒料峭，清晨时分格外寒冷。而那道蓝色的身影看起来十分单薄，仍是头次见她时的那套衣裙。略想了想，他披了西服外套往大院门外走去。

远远瞧见郎伯出来了，那道影子一怔，缩了缩，马上又自动地迎了上来。她穿着单薄，紧紧攥着海报的手已然冻红，快步走上前，低声道："郎老板？"

已经走出大门的郎伯，听到了呼喊便转身回头，披着的衣服就掉地了。他站住，似笑非笑地看着她。秦淮忙垂下了头，捡起他脚边的大衣，可惜大衣有些脏了，她拍打了许久，才小心翼翼地递给他，"老板？"

郎伯没有接，看了看半明半暗的天，道："找我有事？"语气里满是调侃。"我想清楚了，我想，想……"她的话还是没有办法说下去。他看了眼她手上的宣传海报，道："想竞选月份小姐？可以，不过只有得了名次才能得到演员合同。"他举起手刮了刮唇上的小胡子。

"我一定会中选的。我会成为全南京和上海最红的明星，尽管我的样子不够美丽，但我有演技，我一定能为你赚很多很多钱的！不一定非得做你的女人……"说到最后一句，她的脸全红了。

有意思！他指了指大衣，"披上吧，脏了的东西我不要了。你那么需要钱，如果冷坏了，岂不是更糟？"

她愣了愣，终于把大衣披在了身上，果真十分暖。

"你只是个学生，根本没有演戏的经验，栽培一个新人是需要很多钱的，更别提栽培一个'明星'了！而你尚未为我赚钱，倒要我先投资，我只是个生意人，我讲求的只有实际利益。"

"不会的，您不会亏本的！我在学校里是话剧团的，我还会唱歌朗诵，我不会让您失望的！"秦淮急了，顾不得体面，竟哀哀地挽住了他的手臂，只求他能低下头来，看一看她。

"那你演一段让我瞧瞧！"说着他的手再次扣住了她的肩膀，不容她逃避，把她的身子推挤到了他身上；她起伏的胸脯，软软地撞到了他身上，他轻笑，"就上次那段。"她一听，脸已煞白煞白，可一想到家里的老少，终是把头靠在了他肩上，"我便是你的了。"

"连命也是吗？"他在她耳旁吹着暖气，手伸进了她裹着的大衣里，从她后背慢慢地抚落，直至臀部，而她早就害怕得连连颤抖，连声音也哆嗦起来，"是的。"

当被带至他在电影公司的住处时，当打开房门、看见一排珠帘后隐约可见的暗红色大床时，她便不可抑制地发抖，连鲜润的唇也没了最后一丝血色。

“坐吧。”他再次说道。她犹豫了一下，最后还是乖乖地坐到了离大床最远的沙发上。那么娇小的一个人儿窝在沙发里，低垂着头，愈发地惹人怜爱。“把它喝了，”他递过来的还是一碗姜汤，再添了一笼小笼包，“你还没用早饭呢。”

秦淮抬起头，静静地看着他，就着散落在沙发上的点点阳光，她才真正看清了他的容貌，此刻看来是极为绅士，温文尔雅的。他意带调侃地说：“我从不勉强女人，那样就没意思了。你大可放心，里面可没下什么药。”

“我不是这个意思。”她嗫嚅。

“那就把这些消灭掉呗。”郎伯难得地幽上一默。她勉强一笑，低着头，慢慢吃着，直到把最后一个小笼包吃完。小笼包汤汁鲜美，肉馅清爽可口，真是好吃极了，她抬起头，嘴唇动了动，很快又低下了头。“想说的话就直说。”他扳起了她的下巴，不容她退缩，伸手抹去了她嘴角的一点面皮，轻巧地含进了自己口中。她见了一怔，忙垂下了眸子，只剩那两把小刷子似的睫毛在轻轻颤抖，似刷在了他的心上，痒痒的。“能不能再给我些，我想带回家给家人吃。”她红着脸说了出来。

“哈哈！”郎伯大声笑了起来，“我道是什么难出口的请求。行，待会儿我让人送去，保管是热乎乎的。”

“谢……谢谢。”她忙答。

郎伯惬意地伸了伸手脚，笑道：“吃饱了才有力气干活。”这一说把正喝姜汤的秦淮噎得咳嗽起来。郎伯连忙替她轻拍肩背，“怎么如此不小心？”他低着头，瞧见了她雪白的脖子和胸前的一片朦胧，原来她的纽扣掉了。她怯生生地抬头，只瞧了一眼，红着脸忙垂下了眸子，样子分外娇憨可爱。“嗯，原来是被我的话吓着了。”他开玩笑地瞧着她，并没有进一步的意思。

过了许久，她张了张红润的小嘴，道：“你——”她抬头，瞧见了他温和的笑意。“想到怎么报答我了吗？”他直直地看着她，只一句话又让她手忙脚乱起来。眼看着她因紧张把沙发垫子也抓皱了，抓得细细的流苏纷纷打起了卷儿，他亲昵地俯下身子在她耳旁细语。她难以置信地瞧着他，而他则微笑着点头。

3

秦淮离开时，换了一身衣裳，是一条粉蓝色的厚棉缎面长旗袍，外衣是一件米白色的羊毛大袍，刚好裹住她玲珑有致的小小身子。郎伯说了，他手下的员工不能穿得太寒酸，她一家也可搬到演员宿舍里来。

裹着一身新衣裳，秦淮说不出是何心情，而郎伯这个人，她也看不透。当他打开柜门，露出满柜子的衣裳时，她只看了一眼，便知道全是按着她的身段做的，每一件皆十分妥帖，仿佛他早就知道，她会再来找他。

穿着得体的衣裳，她踏步走在林荫道上，从古老的城墙上穿过，仿若这便已是一生。她手上挽着一个袋子，曼妙的步子摇曳生姿，虽未穿高跟鞋，仍是自己原来的黄色绣鞋，但踩下的脚印就如猫步子一样轻盈、一样优雅。

太阳金光透过厚厚的榆钱叶，纷纷扬扬地洒下来，一两片调皮的金光映在了她光洁的眼角旁，她半眯起眼睛，被金光渲染得竟多了几分妩媚韵味。路面忽然震动起来，她怯生生地驻足观望，尽管郎伯曾吩咐过让她别害怕，好显得自己阔气些，但她到底还是怯场了，原来她的演技真的不好。

一走了神，秦淮被前面突如其来的军车吓慌了，脚一崴，摔倒在了地上。薄痛阵阵传来，幸好路上铺了好些落叶，可一枚银色的小坠子从她手里脱落，甩出老远。她连忙站起，往层层铺着的叶子底下寻找项链。

她故作不知，忽略掉从她身后射来的一道贪婪的光。原来军车上还站了几名日本宪兵，日本宪兵和几个巡警看押着一名穿着白色旗袍清丽无比的女子。那名女子便是白荷。警方根本查不出什么，但因原本许诺救她的米歇尔再没托人来说放人，所以便打算把她押到监狱里关着再审问。此时一名日兵一双眼睛直直地看着秦淮的臀部，叫停了车，猛地往秦淮身上扑来。

"啊！"秦淮吓得连忙回头，可腰已被日兵搂住，一双手不断地在她身上乱摸，"放开我，你这恶魔，放开我！"她踢打日兵，反被狠狠甩了一掌，顿觉天旋地转。而那日兵一心只想把她往军车上拖，好得了掩蔽再行事，可手和嘴却不管不顾地往她身上欺去了。丑态毕露，恨不得生吞了她。

"叮"一声响，那枚项链掉地，链坠子触地打开，里面是一张照片。那日兵愣了愣，小眼睛猛地睁大，捡起链坠细看。"你的，什么人？"他没了刚才的嚣张，略对她客气了些。"我是米歇尔·华生的侍从，他让我把衣服带给小姐，省得着凉。"秦淮哑着声说着，连忙打开提着的袋子，把衣服抖开，是一件月白色的大袍，贴在手上十分温暖。

白荷深深地看着大袍，轻挑长眉，显然认出了这是郎老板带给她的衣服。她没有接秦淮高举在手的白袍，桀骜的目光浅浅掠过秦淮的脸庞。

“这是你的？”那日兵举高了链子问。“是小姐的，那天掉在了我家米少爷的衣服里了。所以少爷让我送了来。”到了此时，秦淮已完全入戏，说话伶俐，再无惧意。日兵一听，阴鸷的小眼在白荷身上巡睃，“你怎么得来的？”

“从小就戴着了。”白荷答得不卑不亢，语气里满是不屑。“链坠相片里的这位女士是谁？”日兵变得礼貌起来。

“我妈妈，在我十岁时就死了。”白荷普普通通的一句话，却让那日兵听得身子直发抖。“那她可有对你提起往事？例如她是哪里人？”此时的那名日兵脸上已是半分血色也没有了。

“她年轻时曾在俄国生活过。”似想起了她孤单的童年，又似沉浸在了母亲并不十分慈爱的目光中，白荷眼眶一热，泪光闪动。

白荷

第三章

7

秦淮所想不到的便是，她俩那么轻易地就被日本人释放了。刚听到郎伯的提议时，她便明了：郎伯要的是她的命，而不是她的人。他根本就是个表面温文，实则冷酷残忍的人。

她犹在想着，却和白荷一道，被日兵请上了小轿车，迎去了樱花公馆。等车开远了，墙角后才转出了一个人，是郎伯。他摘下了黑色的英伦帽子，看向车离去的方向。

行至半山，迎面而来的是个精致小巧的日式花园，园里植了好些松树，皆修剪得颇有风骨。屋室房宇并不高，屋檐顶部翘起，很有幕府时代的味道，穿过架起的小桥，便到了屋前。

屋前放了好几对木屐，秦淮看向众人，照着他们的样子穿上了木屐。陪着她们过来的是一个性子恭顺、面如桃花的日本女子，她着了一身和服，换了木屐后，上了屋前走廊，把门推开，便伸手邀她们进去。

白荷没有换鞋，仍是穿了那双粉藕色高跟鞋，“嗒嗒嗒”地走进了屋子。日本女子皱了皱眉，走到白荷面前，恭敬地鞠了一躬，用汉语说道：“请小姐先换鞋子。”并且跪下要为她换鞋。

“你是女人，我也不为难你。只是想要我屈服，按你们那一套来，我宁愿死。你们也别玩什么花样儿了，倒不如干脆点，一枪杀了我。”白荷不看她，半昂着头，全是不屑。

白荷别样的桀骜不驯，秦淮算是见识了，难怪郎老板说她不是一般的女子。在秦淮的眼里，她简直就是女中豪杰。“啪、啪、啪！”头顶忽然传来了三下掌声，白荷仍是无动于衷，秦淮朝着声音看去，一个穿着和服的中年男人从二楼走了下来，只听他道："果然有骨气。"

"说说你十岁前的事吧。"男人坐了下来，命人倒了杯清酒，那日本女子送来了好儿道佐酒的小菜。"来，吃些点心。"男人招呼着。

因先前得了郎老板命令，日本人说什么她照着做便是，于是秦淮憨憨地抓起面前古色古香的酒杯，喝起了清酒，只一口，便噎得涨红了脸，压抑着咳嗽起来。白荷"切"了一声，拍掉了她手中的酒杯，"喝了日本人的东西，连怎么死的都不清楚，你是想让他们轮番强暴，还是想被扔进实验室里，做细菌试验？"

这一说，吓得秦淮就要哭了，她眼巴巴地看着白荷，终是无助地掉起眼泪来。而那男人还是不动声色地喝着酒，毫无一点愧意。那日本女子讨好地安抚着："没有这样的事，小姐别怕，吃点花生米。"说着把案上的碟子举起，往秦淮面前递来。而这次，秦淮是说什么也不吃了，急得直往白荷身后躲，可一对眼睛仍停在了日本女子递过碟子的手上，她的手很美，她的人亦美，使人挪不开视线。而与一般日本女性不同的是，她身段高挑，使得她更为迷人。

似要打破那股沉闷，那男人终于开了口，"对于那件事，我很抱歉，幸亏你没事。"他顿了顿道，"我是藤井一夫。"

"抱歉？你们也会抱歉？我没听错吧？！"白荷纤秀细长的眉一挑，厉声说道，"那一群野兽，就在我面前把一个活生生的女子轮番强暴至死！她身上没有一处好的地方，一片血肉模糊！折磨死了她，就向着我扑来，我真恨不得生吃你们的肉！"她原本清丽温婉的脸变得狰狞，那双生动美丽、桀骜的双眸如含了烈火，生生地要将那些丑陋的兽烧为灰烬、挫骨扬灰。

"把那群人带到这里来。"藤井命令道。"是！"一个日兵匆匆跑了出去。不多会儿，那群人就被带了上来。被带上来的那小队日本宪兵根本没把一切放在心上，但见了一脸严肃的藤井，忙收敛起下流的性子，恭敬地站立在藤井面前，眼珠子却往白荷和秦淮身上瞟，恨不得马上朝两人扑去。

秦淮见了这群鬼子，想到白荷刚才的描述，吓得挽住了白荷的手。白荷轻蔑一笑，向着藤井道："怎么，还想看看那群禽兽怎么糟蹋中国妇女？"说着把发上簪子一拔，满头青丝柔顺地飘落胸前，在秦淮眼里，她是那么美。但只一瞬，轻锐的疼痛传来，那尖利的簪头已对准了自己小小圆圆的左胸脯，只听得她温柔地说："我杀了你，再来陪你。你也不想被那群禽兽侮辱吧？"下巴一点，眼睛往那群日兵扫去。白荷有一瞬间的发怔，她似忆起了竹篁深处救起她的清俊男子……

“宁……宁为玉碎。”秦淮带着哭腔，但还是重重地点头。而那群日兵早已是蠢蠢欲动，要往两人身上扑来。

说时迟，那时快，藤井一声厉喝，“慢！”所有的日兵马上立正，不敢再轻举妄动。藤井手下的日兵已把门关上。“我不是这个意思，他们全没有带枪，我也会对外说，他们是被反日分子杀死的。所以——”藤井把两把枪扔给了白荷，“随你处置。”

命令一下，那群日兵骚动起来，宪兵队长看了一眼藤井，用日语喊着，“冲出去。”其余的那几个也就跟着头领一起冲杀。藤井的一个隐于暗处的手下，猛地蹿了出来，手一拉，一根绳子将那群人绊倒，有几个手下从暗处出来，将那群宪兵制服，用粗绳将他们团团绑住。

那宪兵队长用日语厉声大喊：“你不能残害同胞！”

“无视军规，随意处置疑犯，导致案还未审，疑犯就死了，因而错过了疑犯幕后的策划人。单这条罪状就可处决你们。”藤井声音不大，可威严万分。

“她们不过是支那猪，天皇允许我们这样做的！”他们仍叫嚣着。

“你请随意。”藤井负起了手，换了汉文对站在一旁的白荷道。

白荷把一支枪递给秦淮，看了看她，道：“有没有胆量？”

“有……”秦淮话里有些哆嗦，但还是双手握起了沉重的枪，她摇晃着走近，而白荷已“砰砰”两枪打在了那头目身上。头目没有被打死，只不过是打在了他的下体和手上，白荷满是英气的眸子里闪过了一丝快意。

秦淮闭上眼开了枪，连边也没碰到，白荷一把夺过枪，对着六个日兵每人打了两枪却不致命，那痛苦呻吟让白荷痛快得大笑起来。而秦淮早被那声音唬住了，她拉了拉白荷，“杀死他们吧！”

“你怕什么，他们是怎样对付我们中国人的，你知不知道！”她朝着秦淮厉声喝道，“在东北，他们肆意地将怀孕女人的肚子剖开，把她们的乳房割掉，把男人捆起来枪杀，或者做细菌试验。我就要让他们也尝尝那滋味。”说完冲到了架子旁，抽出了东洋武士刀往那六名日兵身上刺去，直到他们再无声息。

这真是一个刚烈的女子！秦淮垂下了手，为自己的胆怯感到羞愧。

长刀“哐当”一声被白荷扔在了地上，她狠厉的眼锋扫过藤井，没有丝毫惧意，“说吧，你究竟打的什么主意。”

“真是巾帼不让须眉。”藤井微微笑着，眼里满是欣慰，还有爱惜。秦淮悄悄地打量起藤井来。

白荷啐了他一口，“我们中国女人不像日本女人那样没有骨头！”她不屑地瞪了眼那年轻美貌的日本女子。

“哦？”藤井满是深意地扫了扫一旁的女人，道，“木村小姐请先退下。”“是！”木村丽子鞠了一个躬然后退了出去。“知道我为什么让你杀了他们吗？”藤井含笑看向她。

白荷半眯起眼睛，气定神闲地回答，“想收买我，让我当汉奸？”凤目一睁，她放肆地笑了起来，只是她的样貌十分温婉，所以那样的放肆便成了妩媚娇艳。“别做梦了，我是不会出卖自己同胞的。”

藤井听罢，摇了摇头，思虑片刻方叹道：“因为他们得罪了我的女儿。”说着从脖子上取下了一条一模一样的项链。

“哈哈，你在胡说什么？可笑，真是可笑，要杀便杀，少来耍什么花样儿！”白荷的面容变得狰狞起来。

“你妈妈是不是叫白有英？”见她眸光一聚，没有反驳，藤井便慢慢地说了起来，“她是一个美丽的女子，年轻时曾留学俄国。她是南京城名门望族家庭里出来的孩子，虽是女孩儿，倒十分有志气，不满闺阁女儿家的腐朽教育，带了钱偷偷跑去俄国求学，自己更改了名字，叫有英。你和她的性子真像。”

说起白有英，他的脸上满是温柔：“我们在同一个学校学习，就那样认识了。后来相爱了，便有了你。所以你是日本人。”

“哦，这个故事很动听。那后来呢？你怎么不说下去？后来我和妈妈怎么会过上了苦日子，她不是巨贾之女吗？”

藤井听后一怔，没有答话。“那我告诉你！”白荷肆无忌惮地笑了，“因为她根本就不喜欢你，她早已有了心上人，早认定了他，等一毕业就嫁给他。而你苦追她不得，就在她的饭菜里下了药，把她迷奸了。所以她没有脸面再见她的心上人，更没有脸面见她的父母家人。她回国后，只能偷偷地躲在南京，做些小买卖。她的心死了，所以空负了一身知识，却不知报效祖国，只过着些腌臜的日子。生下了我后，母女二人孤苦度日，她对我很冷淡，因为她讨厌看见我。没过几年，她便郁郁而终，而我为了生存，什么没干过？我在十多岁便成了歌女，如今被你们日本富商看中，请了我去他家里吃酒。可我是什么人？只不过是个下贱的歌女，所以我拒绝不了，只能去了，而那禽兽还想侮辱我，如不是刚好碰见那女刺客，我早被……”

白荷再也说不下去了，抽泣了好一会儿，才狠狠道：“而我的救命恩人，却被那群禽兽以最屈辱的方式折磨死了，连死了也不干净。你说，我会做日本人吗？！白有英真愚蠢，枉她空有一身抱负，如果我是她，我便找机会杀了你这个人面兽心的淫魔。那才叫女中英杰，只会逃避，偷偷地躲起来，她算什么！”

“啪！”一掌狠狠地打在了白荷脸上，“不许这样说你母亲。我和她是相爱的！”藤井忍住了怒意，最后只淡淡地说，“我很爱她！”

2

一切事情发生得完全出乎了秦淮的意料。白荷是日本人的女儿，藤井对她宝贝得不得了，自是把她留在了家里。而对秦淮亦是十分礼遇，专门派了人把她送回米歇尔处。

等到了米歇尔家，碰上郎老板也在。只见他满眼是笑地说：“还不快把好消息告诉米先生。”

一旁的华生早紧张得站了起来，一把拉住了她，急问道：“白荷怎样了？”

“小姐很安全，米先生请放心。”她轻声答了话。

郎伯体贴地给她递了杯热牛奶，“在那边肯定吃了不少苦头，”转而温和地对华生说，“让她恢复过来再说。”

秦淮睫毛轻颤，看了郎伯一眼，见他全是玩味地瞧着自己，她忙垂下了眼帘去喝牛奶。因为心不在焉，她被烫得直吐舌头。“小心烫，”郎伯温柔地提醒，递了杯凉开水给她，“没人和你抢。”边笑着，边把刚蒸好的小笼包递给她，是金华火腿做的馅。

他怎么知道她喜欢吃金华火腿馅的呢？家里穷，只有过年才能尝一点，而且每次她都是把包子让给弟弟吃的。

“华生，你喜欢吃这个，多吃些。如今事情也定了，你也可以放开怀抱了。”华生听了郎伯的话一愣，张了张嘴，眼见着秦淮往包子那多瞄了几眼却不敢动，他也就不作声了。

看得出来，秦淮很喜欢吃，却只是拘谨地坐于一旁。华生也是聪明人，忙把包子往她面前移了移，“秦小姐多吃些，瞧你瘦的。凉了就不好吃了。我也爱吃呢，咱俩一起吃！”

因着这不是专程为自己点的，所以秦淮松了一口气，刚才的疑惑也消去了大半。她轻轻地说了声谢谢，往雪白精致的荷花边骨瓷碟子里，拿了一个香喷喷的小巧包子轻轻地咬了一口，浓香的汤汁含在嘴里，香味一溢，便化了。她的眉眼不自觉地松开了，含了浅浅的笑。

“这小笼包比寻常见的白净些。”华生赞道。其实华生是不喜欢吃的，但见秦淮拘谨，便也取了一个。只咬了小小一口，他原本皱着的眉头倒也松开了，“嗨，味道真不错！郎老板带来的厨子真是不凡。”华生赞叹着，又多吃了一个。

原来郎伯对吃的十分挑剔，常带着自家厨子出门。听了赞叹，郎伯也只是微笑着，并不推辞。郎伯心细如尘，早已看出华生原是不爱吃小笼包的，也就要来了一应茶具，给华生泡了壶茶，道：“消消食。”

华生也不客气，与他对饮起来。等一切安稳，便让秦淮把事情的经过说了一遍。听罢，华生眉头皱得紧，他没想到白荷竟是日本人。

“我记得惠灵顿先生不喜欢和日本人打交道。”郎伯把雪茄点上，深深地吸了一口。

华生无奈地点了点头。

“我和惠灵顿一向谈得来，我和他说吧。”郎伯也乐得做个顺水人情。

等送他俩出门口时，眼见着郎伯步子大，已走得远了，华生却叫住了落后的秦淮。“米先生有事？”秦淮局促地站着，手不住地扭着衣角。他给了她一个明媚的笑容，让她不必紧张，“郎老板对你很好，”华生顿了顿道，“那我就放心了。”

秦淮听了前一句时，脸色一红，却对后一句满是疑惑。低着头，边走边想，撞到了人也不知道，“对不住，对不住。”她连连道歉。

“华生和你说什么了？”原来撞到的是郎伯。

秦淮便把华生的原话对郎伯说了，郎伯听了竟哈哈大笑起来，抚着她的头道：“你还真实诚，我怎么问，你就怎么答。”一番话把秦淮说得闹了个大红脸，只顾低着头嘀咕。

“华生喜欢白荷，见着我对你好，便放心了。”他淡淡地答。

原来他对她的细心体贴都是故意的。不知道为什么，她的心有些酸，不过倒也放心了，和他没有任何的感情纠葛，这是好的。“其实华生说得很对。”郎伯没有看她，只顾着往电影公司的方向走去。

“什么？”秦淮不明所以。

“正如华生所说，我这样的人，口甜舌滑，年轻的女孩子总容易上当受骗，所以还是小心些好。”他深邃的眼眸里满是调侃，还有一些秦淮看不懂的东西。她没说什么，只是低着头走路，他是在提醒她，让她不要爱上他吗？

第四章

试探

1/

回到办公室，只见白荷已等候了他多时。跟着来的还有那名叫木村丽子的日本人。木村穿着一身水红的旗袍，盘着头，显得温婉端庄。见郎伯二人回来了，鞠了个躬，轻声道："郎老板好，秦小姐好。"

郎伯心细，看见白荷坐着，而木村显是久站了，他边和白荷打招呼，边替木村拉开了椅子，温柔笑道："美丽的小姐快坐下吧！"并让下人上了茶。那木村听得他如此说，向他投来一个感激的眼神，报了姓名后便坐下了。"藤井小姐气色不错。"他边说着，扯了扯领带，脱去了棕啡色的双排扣西服，露出柔软贴身的浅咖啡色背心，衬着最里面的那件白色衬衣。木村美目一转，只觉着，如此搭配衬得他儒雅中透出几分利落来。见他朝自己看来，木村脸上一红，忙移开了视线。

见着如此情形，白荷轻咳一声，道："我还是喜欢老板叫我白荷。"她桀骜的眸子里露出一丝嘲讽。她没有穿和服，只是一件款式简约的蓝缎棉旗袍，领口缀了一圈轻软的白毛，朦胧地衬着一双漆黑的眼睛。

"秦淮，带木村小姐出去走走。"郎伯吩咐，木村刚想开口推却，他含笑斜睨了她一眼，态度温和，而眼神却是冷厉的。她一怔，忙礼貌回谢："有劳。"

郎伯请了白荷到他家里坐。"她不是普通人。"郎伯说。"能跟在我身边监视我的人，自然不是普通人。"白荷答。

郎伯站在窗外，轻轻地掀开帘子一角，只见一辆黄包车拉得快了，眼看就要撞上她们，木村很轻松地一让，已然躲开，却顺势摔到了地上，不住地揉着脚。看来木村的身手十分好。郎伯淡淡地道："想来这尾巴还真甩不开。"

他顺势坐到了白荷身边，抬起手，在她衣扣上来回摩挲，顺势解去了一颗扣子。白荷妩媚一笑，靠到了他身上，唱片机里，正唱着美妙的歌曲，女音低沉沙哑，倒有几分动人的质感，中音里有丝不易察觉的诱惑，这样的气氛倒是十分好的。“谢谢你帮我。”白荷在他脸上亲了亲，自然地将衣缘处那单排盘扣解开，连呼吸也顺畅了许多。

“如此就算谢过我了？”他笑，举起高脚杯，喝了口红酒。“不然郎老板还想白荷怎样酬谢？”她又是一笑，并不避嫌，取过他的酒杯，就着有一圈雾的杯口上抿了一口，那里便印下了一小口鲜红的唇印，十分撩人。

“我也不过是做个顺水人情，帮日本人一个忙，以后我的生意也有人照顾。”他答非所问。

白荷点了点头：“确实，郎老板一向最看重的就是生意。”

“错了，我最看重的一向是钱。如今世道，只有靠上日本人，生意做得畅顺，钱才好赚。”

“所以就轻易地将我卖给了日本人？”她睨了他一眼，有些不满。

郎伯搂着她哈哈大笑：“白荷，别说得那么难听，当时情况紧急，我也顾不了那么多。”他知道她是在试探他的底细。他把她搂得更紧，伸手在她项上拂过，轻而易举地将那条项链取了下来。

“你始终不肯说实话。”白荷的话里有几分幽怨。

“哎，别这样说。”他难为地捋了捋小胡子，放轻了语气，“我也是无意中得到的消息：那天，我刚回到秦淮河区那边的旧宅，就发现自家庭院里的盆景树上挂了一串项链，链坠照片上的美人儿我也不认识。”他无可奈何地耸了耸肩，“随后半夜里就有支飞镖飞过，直直地插入我床沿上，入木极深，看得出身手是极好的。”说着把那枚飞镖和镖上绑着的纸条给她看。

白荷接过细细辨认，上写：“把项链交给白荷，可得救。”纸条上的墨香和那女刺客塞给她的字条上的墨香是一样的，有特殊的香气。她纤眉轻蹙，没说什么。

如不是郎伯问起，她那天为何被抓，她倒仍沉浸在回忆当中：那天眼看着日本富商要凌辱自己，白荷掏出了护身的小刀，还未往那畜生身上刺去，那日本人便倒了下来，原来他的后颈处被刺入了一把飞刀。

那女刺客是和她一起逃出来的，眼看日兵就要追上，白荷用一种特殊的草，引来无毒的蛇在自己肩上咬了一口，掩护刺客。女刺客想了想，把一张纸条塞给了白荷，并说，非到万不得已，不要提起，随后就躲了起来。纸条上写着关于白有英和藤井的事，字不多，寥寥数语，但足以把事情交代清楚了。听见有人走近时，白荷把纸条吞进了肚子里。

但一时三刻间，白荷实在不明白其中的深意，更不敢随便说出，怕露了口风。而事情的发展更不容她思考，她还来不及反应，女刺客就死了。直到昨天秦淮把项链给自己，和藤井的那番话，白荷才明白过来，顺着所知道的内情把藤井蒙混着骗了过去。

“怎么了？”郎伯推了推她。白荷这才从回忆里醒了过来。她眼珠子一转，把那段记忆压下后，才问道：“你真不知道是谁给你的？”她不禁攥紧了纸条。

郎伯摇了摇头，再抿了一口酒，“你还没回答我。”他说。

“我想，大概是那女刺客的同党见我维护她，便帮我一把吧！”白荷也是随意敷衍，心思落到了那枚银色发夹上，不知道“珠宝”接收到了没有。

他站了起来，从一边的抽屉里取出一枚银色发夹递给了她。她脸色一白，正要说不是她的，但想起她在玩月桥竹林里出现过，一推诿更显欲盖弥彰了，于是笑道：“哟，这不就是老板送我的东西？那天掉在玩月桥了，真可惜了。”

“也不可惜，并不是什么值钱的玩意儿。在百货行买时，见到还有一枚是一模一样的，怕不是你的吧？”他的话当真是随意得很，下巴一点，用眼神示意，让她看看是不是她的那一枚。

白荷莞尔，接过发夹，看了看便别在发上，“没那么巧吧，那天除了我，别了同一发夹的女子也经过了玩月桥？就算我信，老板也不信吧！这应当是我的。”她当然清楚记得，这枚发夹当初便是郎伯相中，让珠宝设计师李长青送过来的。郎伯还特意吩咐了李长青在发夹隐蔽处用英文刻上“柏敦赠明月”字样。字极细，要用放大镜才瞧得见。

“也是，这本就是寻常之物，不打眼。”郎伯点了点头，“许是别的有心人瞧见了，更误以为是同一款，便不疑有他，把秘密纸条藏了进去。”他也就把这个奇闻告诉了她。

“真的？”她满是不信地取下了发夹摸索起来，倒腾了半天也没发现。郎伯便含笑取过，把空心的发夹管子拨开，取出里面那张纸条给她看，上写：“富商真正身份实为军官，已得手，勿再派人行刺。”

那不过是白荷完成了任务，留给代号为“珠宝”的同僚的信号。眼下，白荷只能装作不知，故布疑阵，让郎伯以为是别的人把纸放进去的。

“我看到纸条是极意外的事，我这个人最喜欢赚钱，其他的与我无关。反正你现在也成了日本人，可别去告发我。”郎伯颇为无赖地摊了摊手，半开起玩笑道。

白荷也笑了：“得了吧，郎老板，你爱赚钱的心思我总算是清楚明白了。我也不是白有英的女儿，只怕被日本人知道了真相，我小命不保，哪还敢告发你。”说着把纸条放进了丝帕里，再贴身地搁入了旗袍胸前的内袋。

“嗯，也行。那样我俩都有把柄在对方手上了。”他笑得暧昧，把她抱紧，下巴舒服地搁在了她的肩上，“我不是多管闲事的人，现下助你脱了险，你却不是白有英的女儿，平白无故地把我们俩人都置于险境。”

“老板的能耐我还不清楚？最近日本人要靠你做一笔粮油生意，你也是玩命的，非要那日本商人应你一份人情，无论是何要求都要照办，不然你就把全部的米粮油盐烧毁。连汽油也浇上了，把那富商身旁的副官气得不行，再也嚣张不起来。所以你求他放了我，是很容易的事。只是这么难得的一份人情，不知道老板您舍不舍得花在我身上？”她放肆地笑，在他脸上重重地亲了一口，那鲜艳的唇印便留在了他脸上。

“怎会不舍得？”他取出深蓝色的男士手帕，嗅了嗅，复又折叠好放回口袋，“只不过那飞镖侠说了‘把项链交给白荷，可得救’，所以我就依照着行事了。早知道如此弄险，我还是直接找日本人……”

他的话突然被她香软的小嘴封住了，俩人正缠绵得紧，石头推门而入，见着了俩人情形，连声说打搅。郎伯倒也不生气，懒懒地道：“忘了关门，自然不怪你。”跟在石头身后的还有木村小姐，唯独不见了秦淮。

郎伯连忙起来，迎了她进来：“木村小姐怎么也过来了？放心，你家小姐我一定仔细招待，不辱了她身份。”

“这个我是知道的，郎老板无须谦逊。我刚才撞到了腿，痛得很，便想着快些回去了。见还能走，巴巴地寻了过来，求小姐看在我不舒服的分儿上，快随我回去了吧！”

见白荷不动身，郎伯体贴地说道：“我这里有好的药膏，要不先上了药，免得留下病根，撞到骨头颇为麻烦的。”

“不用了，我没那么金贵，就恐辱了郎老板的好药。”她连忙推辞，言语尊敬得体，汉语虽说得生硬了些，但用词说话已颇得国文文法精要。这让郎伯陷入了沉思，总觉得哪里不对。只一瞬的出神，郎伯便恢复了原样，俯下身子和白荷耳语两句，她倒乖乖地站了起来。

尚未走远，木村便说：“还是郎老板有办法，也只有他才劝得动小姐。”“我和他是很好的朋友，而且，”白荷脸一红，声音低了下去，“他说了要送我一份特别的礼物以表心意。”木村见她终于肯和自己说话了，十分高兴，话也多了起来：“看见郎老板脸上的红唇印子，就知道你俩是很要好的朋友。”白荷听了唇角一掀，桀骜的眸光便敛了下去，借着系上扣子的关系掩饰了过去。

白荷刚走不久，秦淮就跑了回来，看见郎伯正拿了手帕在擦脸上的唇印，她低低地唤了声，“老板？”

“你先下去。”郎伯道。石头听了，便识趣地退了出去，顺手把门关紧。

“我不是让你好好招待木村小姐的吗？”他的声音十分严厉，连眼睛也是冷的。秦淮想到是自己的过失，坏了老板和白荷的好事，只得不停地道歉。“我并非不问情由就责怪人的人，给你个机会说明白，为何会失职？”他的语气终是放软了些。

秦淮觉着委屈，但还是认真地道歉：“对不住，是我不够仔细。木村小姐被车撞了，腿痛得厉害，让我去给她买些药回来。本来我已给她找了药的，但她指定要夫子庙那边的狗皮膏药，说是管用，味道也好，用惯了的，不愿换其他，所以我就去了。”

郎伯没有说话，只专注地看着手上没点燃的雪茄，连脸上唇印也忘了擦。而她，只能静静地候着，见他脸色不悦，心中十分忐忑。“没事了，你出去吧。”他挥了挥手。“是。”秦淮唯有安静地退了出去。

“你那天的言行如此刚烈，还杀了六个日本人，不像是那么怕事的人，怎会怕暴露了‘蒙来’的身份？！”郎伯玩笑着说。

“那都是我装出来的，我就是怕死得紧，但被那日兵摸了一把，心里也是恨急了，才杀了他们。现在想起来也是后怕哟，哪会不在意身份的事。幸好我从小是孤儿，当歌女前的事，根本无一人知道，所以我的身份是安全的。”白荷四两拨千斤地顶了回去。

想起自己和白荷刚才的对话，郎伯心下烦躁，把那支雪茄又放回了盒子里。

2

如是这般地过了几天安稳日子，郎伯便开着老莱斯家的“飞天女神”号小轿车到了美国商人开的珠宝商场里选购女士佩饰的玩意儿。

见是郎老板亲自来，“恒生璀璨”的经理亲自接待，请了他进贵宾区看货品。“有没有独一无二的佩饰？”郎伯礼貌地问道，唇边含了一抹得体优雅的笑意。

“不知道谁有幸成为郎老板的红颜知己？”经理和郎伯也是相熟的，便开起了适意的玩笑。

“自然是特别的女子。嗯，有一对传神可又桀骜不驯的眸子，她的眼珠子颜色深，犹如夜色，可有时又很浅，浅得如小猫的眼睛，冷滟狡黠得似要把人的心看穿。”郎伯想了想，如是描述。

那样鲜活的一个女子便浮现于两人眼前了，睁着一双冷目睥睨天下。“一定是个美人儿。”经理呵呵笑道，露出了生意人的圆滑，“看看这个如何？”

“只是眼睛漂亮些罢了。”郎伯往椅背靠了靠，随意地答。只见经理把一个精致的小盒子取了出来，透过晶莹透明的玻璃盖子，可瞧见里面火度极高的蓝色钻石。那是一枚以无数莹白碎钻镶成的一只颈项优美伸展的天鹅，而那颗冷艳魅惑的蓝钻点在了天鹅的眼睛里。鹅尾优雅地垂着，用了十多粒黄色的碎钻点缀，真真一片璀璨。“它有个动听的名儿叫‘天鹅的眼睛’。”经理介绍道。

“天鹅的眼睛。”郎伯喃喃。很有意思的名字。这样的佩饰衬在乌黑如瀑的发上，必定更为动人心魄。那样的冷蓝，那样的艳黄，似朦胧的冷夜，又如被艳极的金黄笼着，倒是更衬出白荷冷艳的气质，也与她那对黑如点漆、动人心魄的眸子十分贴合。

“按这个地址送过去，我让‘点翠行’工场另行设计一只首饰盒。”郎伯把一盒子“小黄鱼”递给经理，便不再理他，细细地把玩起这枚艳光四射的发夹来。经理是知道郎伯脾气的，他的挑剔可是全南京出了名的，就连上海那边的豪门世家也没他讲究，于是也就点了点头，接过黄金条转身去取货单、票据和证书。

郎伯见他转过了身子，宽阔的袖子一挡，戴了翠玉扳指的拇指用力一顶，发夹的钢扣管便松了，他颇有技巧地迅速一扭，扣管就脱落了下来；瞧见那经理就要转头了，他道：“再把那枚蝴蝶胸针一并包起，送去‘点翠行’吧。”边说着，边把半根极细的针丝塞进了中空的扣管处，再迅速地扭上，一切神不知鬼不觉。

等经理回过头来，看见郎伯闲悠悠地把发夹放进了盒子里。瞧他神色，像是有些累了，不断地打着哈欠。经理从内袋里取出了一个精巧的盒子，抽出一根雪茄递给他。“今天您好像有些不同？”经理忙完了手上的工作，便和他聊天。

“怎么不同？”郎伯玩味地看着经理，因着那撮小胡子掩盖，挡住了他极淡的笑。见经理的视线由上及下打量了一遍，他仍是闲适地靠着椅背，弹了弹深蓝的袍子，跷起了二郎腿。“对了，你今天难得穿了回中式长褂。”经理答。

“原来就为这个。”郎伯已站了起来，往贵宾室外走去，再次交代道：“把那枚‘天鹅的眼睛’直接送过去，也不用包装了。”经理赶忙跟上送他出去，“您的习惯我还不了解？得了，放心吧。”等见着了他是自己开车出来的，白色无篷的劳斯莱斯，金边的车头，车头上矗立着“飞天女神”的标志，经理不由得倒吸了一口气：“你这一身，和车子搭配也是够怪异的了。”

郎伯摸了摸小胡子，也装作像他一般叹气，“如果让老莱斯家的看见我这样糟蹋他的‘飞天女神’，该是死不瞑目了。”郎伯说了句俏皮话。这是宣统三年的款式，还是第一批成立车标的车型，但郎伯早就开得烦腻了，倒想换幻影Ⅰ代试试手。

如是想着，车已开到了码头上，今天有一批米和盐到岸。

日本富商山本也在。郎伯远远地便停了车，坐于车内片刻，再缓缓地向山本走去。“山本先生难得有雅兴往码头这边来了。”郎伯说道，目光所及，有些疑虑。因这里是脚力工作的地方，搬运货物，自然是弄得满目灰尘，故而是不方便闲客过来走动的。

山本听了也不介意，只顾着点货。他穿了一身藏青西服，许是在这里站得久了，腿脚和肩膀处都沾上了不少灰尘。郎伯瞧了瞧他西服上的灰尘，忙转开了视线，恰恰见得一个脚力腿脚一软、身体歪斜，整袋的米往山本头上压来。

郎伯叫了声“小心”，身子已挡在了山本的前面。说时迟那时快，只听“嗡”一声，郎伯提在手上的怀表长长的链扣断成两半，金色的怀表“叮”一声掉地。原来是山本的手下举刀往脚力身上砍来，刚好被挡在山本身前的郎伯阻了一下，所以刀也就往郎伯身上招呼了。

“多亏田野先生手下留情。”郎伯抽出手帕在脸上抹了抹。见着日本人凶残毒辣，那脚力义愤难当，不禁骂道：“该死的日本人！”

“你的，是刺客！”田野一听，提刀再往脚力身上招呼去。郎伯连忙拦住了他：“田野先生，这里毕竟是我做生意的地方，死了人弄脏了地儿就不吉利了。”

见山本点了点头，田野方肯罢手，叫了人来要扭送脚力到巡捕房。郎伯也不拦他，弯腰捡起地上的怀表，仔细擦去表身上的灰尘，再细细地擦了擦，眉头不禁蹙起。“怎么了，郎老板？”山本随意地问。

“没什么。”郎伯将磨花了些许的怀表用手帕包好贴身放着，再把链扣子收起。“郎老板似乎很在意。”山本瞧了瞧他。

“是红颜知己所赠，是有些可惜了。”他轻笑。

“原来郎老板这么风流，看来外界所传非虚啊！”山本的笑里颇有深意。郎伯没有接话，只是含笑垂眸，等于默认了。

码头上风景甚好，绿水青山，一色的水天环绕，葱翠得不可思议。微风拂过，将金色的太阳也揉得温柔了几分，迎面清凉。“山本先生也是来此观景吗？不如到那边的亭子小坐，我为先生泡上一壶好茶。”郎伯是明知故问了。

俩人望向一旁连向浅河岸上的长廊，廊下是水，廊上是古朴的蓝色琉璃瓦小亭，果真是观景的妙处。郎伯正要唤人备茶，却被山本打断了，“郎老板是聪明人，我也就直说了，我需要那批米。”他指着不断从货轮上卸下来的米袋道。

“先前我已经派人把一批米送到山本先生处了。”郎伯笑着回答，不置可否。

“之前的远远不够，而且我还欠着郎老板一个人情，也不怕再欠一个，我以后会补偿你的。”言外之意，他要定这批米了。

郎伯若有所思，只消片刻，就爽快地答应下来：“也行，但价钱要加两倍。在商言商嘛，和谁做生意不是生意，我也不是迂腐的人，但还是那句话，价高者得。”

“原来郎老板不单爱美人，还爱钱。”山本哈哈大笑起来，“好，够爽快，两倍就两倍。”话音刚落，好几辆货车就驶了过来，方停下，山本的人就迅速地把卸下的米袋装上车，浩浩荡荡地沿着来路回去了。

眯眼看着插在车头、在风中飘摇的日本国旗，郎伯什么也没说。等送走了山本，他才找来负责点算记录的工人询问情况。

“他们说，是得了老板您的同意才来取货的。我们不敢得罪日本人，好说歹说让他们拿取货单过来，他们也不应，只一个理回答，说您应承了发货给他。”工头小心翼翼地回答。郎伯眸光一沉，心想：如不是自己来了码头，那批米一旦到了山本的手上，想要回是不可能的了，连钱也甭想收回。攥紧了手上山本塞给他的银行票根，郎伯说不出是何滋味。

第五章

阑珊

1

一日，在员工宿舍住着的秦淮早早就醒了，她认床，换了环境，一时半会儿适应不来。秦妈妈见了女儿浮肿的眼睛，不觉地笑着摇头，目光里全是怜爱。

她忙打来热水，拿热毛巾替秦淮敷敷眼。

“妈妈别忙活了，累着了您。”秦淮乖乖地伸了手，取过毛巾。

温热的毛巾敷在她的眼上，热气里还飘散着菊的清香，沁人心脾。秦淮觉着日光清亮了几分，许是妈妈把窗帘拉开了。只听妈妈答道：“好女儿，一家人全靠着你了，妈心里如何过意得去。再说了，我女儿漂漂亮亮的才不会让那些个没眼色的小瞧了去。”

秦淮轻轻地笑了，“妈妈，”她有些哽咽，“我原以为您会反对我做这份工作。”

秦妈妈趁着女儿瞧不见，偷偷地抹了把泪：“妈妈信得过你，打小儿你的心气就高，你绝不会放任堕落。说到底还是妈妈拖累了你，我的病时好时坏，现在能和你说上两句贴心话就很好了，谁知道，我哪天又变得谁都不认识了呢？”

“妈——”秦淮坐起，抱住了妈妈，她忍住了泪水，将最美的笑容留给了妈妈和弟弟，她轻言，“不许再说拖累。”

从衣柜里取出一套洗得褪了色的绛纱旗袍穿上，把乌黑的发梳好笼齐了，取过大衣披上，秦淮便开了房门，准备出去。她不忘告诫弟弟，“看好妈。”十二岁的弟弟懂事地点了点头。

她在漆黑的过道里走着，低帮鞋的鞋跟有节奏地“嗒嗒”响起。前面的一团火光处有些薄雾朦胧，秦淮瞧不甚清，但却认得那淡淡的味道。是老板在抽雪茄？他身上那股味道就是这样的。“老板？”她加快了脚步，犹豫地叫了一声。

心想郎老板怎么会出现在这里?

雪茄抖了抖居然灭了。郎伯取出美式打火机，轻轻一拨，“嗒”一声响，蓝银色的火机顶盖打开，蹿出了亮红的火光来，即使风吹得紧，火光依然鲜亮活泼。他伸手捂着，细细地捧着，那一簇小小明亮的火苗从指间透出一丝薄曦，映照着他的眉目轮廓。

她已走到了他的身旁，静静地看着他点火，看着他吞云吐雾。而他就那样静静地倚在墙上，不管墙上斑驳跌落进他米黄色的长风衣里。“不喜欢我送你的衣服？”郎伯没有看她。他知道，她就站在那儿，穿了一身洗得褪了色的旗袍，但她依然是标致的。

“无功不受禄。”她尽量把话说得平缓些。他把一张卡片递给她，她不明所以，因为上面标了一连串的英文。“把你妈妈带去金陵医院，那里神经内科的史密斯医生很有名的，应该能帮上你，你不用担心药费的问题。这是以我名义写的信。”

“谢谢。”秦淮不知道该说些什么。想拒绝，但又不能因为自身那一点本就虚无得很的傲气，而延误了妈妈的治疗。“这样就不是无功不受禄了吧？”他轻轻地刮了刮她的鼻子。

“什么？”她惊讶得瞪大了清澈的明眸看着他。第一缕晨光透过风窗笼在她柔和的脸上，微肿的眼睛那样无辜地瞧着他，莹润的唇粉嘟嘟的，许是涂了蜜色的薄口脂，轻轻一抿，便透出了润色的光泽。

他的喉结上下滚动，再也忍不住了，吻住了她的唇。他抱得她很紧，有点吓着她了。她一动不动，僵在了那里。她柔和的气息感染了他，待反应过来后忙离了她，调整好自己的情绪，“对不住。”他说。

秦淮垂下了长长的睫毛，从高处看下来，此时她的眼线是极长的，正因如此，她略显平凡的脸容因着那一双妙目而变得传神起来，原本只是清秀的样貌便多了几分美色。她始终没有抬头，没有说话，只是静静地下了楼。

她的心底是难过的，那是她的第一个吻。原来天还是很冷的，她卷起双手，抱住了肩膀。而他在她身后安静地跟着，似在想着什么要紧的事。她终是回过头，瞧着他有些茫然的神色，说：“您不快乐？”

他听了一愣，而后又恢复了神采：“有些烦心事。”“有什么是秦淮能帮上老板的？”她的言行举止不卑不亢。在外界看来，她是米歇尔处的人，与华生熟络，这是他帮她建立起来的身份，为的就是能在复杂的人事关系里替他从中周旋。而她是聪明的，看出了这一点。

郎伯点了点头："你去一趟日租界的巡捕房里把码头上的一个脚力小伍领出来。"说着塞了许多钱给她打点关系。

跟在他身边，无疑是能学到许多东西的。从樱花公馆一路过来，秦淮的视野越来越开阔，待人接物也越发熟练，不再像以往那样羞于与陌生人交谈。相处下来秦淮才发现，郎伯不单风趣，还博学多才。他到底是一个什么样的人呢?

他既和日本人做生意打交道，又肯营救普通百姓；既对自己轻薄却并非无礼，极会拿捏分寸；他既爱钱，出手却又十分豪爽。他到底怎么想的呢?

"不必把事情想得太复杂，或许终有一天你会发现，我也不过是如此的一个人罢了。"郎伯看穿了她的心思，随口答了，"许多人都是为着别人而活，有些甚至不知道是为了什么而活，或许也只是简单地为着'活着'罢了。而我只是想做到'不负我心'。"

"不负我心？"秦淮轻轻念道。

"是的，不负我心。"郎伯肯定地说道。想做什么便做什么，无须为别人，只为自己而活，不介意世俗的目光，只须做到不负我心。

因为金钱的关系，一切都易于打点，而那脚力显然也没受多少苦，只是憔悴了些。见是美租界华生的朋友亲自来领人，巡捕房也就把小伍给放了。

"多谢小姐搭救。"伍小山抱了抱拳。

"救你的是郎老板。"秦淮看着伍小山复杂的表情，没说什么，转身离去。"他是日本人的走狗，不是好人，不安好心，这个情我不会领。"伍小山说着就要跑进巡捕房监牢里。冷不防地，他被一个人拉住，这人正是郎伯。

"放开我，你这个卑鄙小人。"伍小山大声叫骂，奈何竟扳不动郎伯的手，被他死死地钳制住。伍小山是靠做力气活营生的，竟然还不如那看起来一身软骨头的走狗。"凡事不是靠一股蛮力就行得通的。"郎伯脚一拨，巧力一踢，把他绊得单膝跪地，"你外婆病了，难道你不想回去看她？"郎伯惬意地看着伍小山，那样的居高临下。他说："道歉，我就放你回去。"

伍小山眼睛一红，纵有万般不愿，也只能低头道："对不住。"

"走吧。"郎伯松了钳在他肩膀上的手，再弹了弹衣角。一旁的闪光灯早就闪个不停，原来是记者。郎伯无视众人，走到秦淮身边，笑着问她："开不开心？"

秦淮点了点头，能救出好人，能做一件好事，秦淮是开心的。那样就证明了她不是个无用的人，她也可以为国家做事，可以救出得罪了日本人、所有人都认为不可能活着出来的人。

这一刻她是自豪的，她按照自己的心意去做，不理会旁人说什么，不负我心，原来是很开心的。见秦淮笑得开怀，一向不苟言笑的郎伯也由衷地笑了起来。

记者不断地涌上来，采访郎伯。“原来郎老板肯救那后生，是为了博红颜一笑。”一个记者挤到了秦淮面前。郎伯体贴地把秦淮笼在身后：“别吓坏了小姑娘。”

“那郎老板真的是为了这位小姐了？”另一个记者更为咄咄逼人。郎伯但笑不语，拥着秦淮离开。奈何记者实在太多，非要给个说法。郎伯只得开口，“秦小姐一向善良，看不得同学受苦，所以借米先生的面子放了他出来。全是米先生的功劳。”说着他拉过了一直发愣的伍小山，道：“快谢谢米先生。”

伍小山看了郎伯和秦淮一眼，再看了看满是好奇的记者，唯有对着公众向米华生道了谢。

这件事就这样揭过了。等众人散去，伍小山跟上了郎伯问：“你为什么要救我？”

“花花公子为博红颜一笑，会做出许多不可理喻的事情来。”郎伯刮了刮小胡子，抬眼看了看天，“看天气该要下雨了，快去医院看你外婆吧！你愿意便留下来继续为我工作，最近码头上忙得很，又缺人，我也懒得再高价请熟练工人。”

说完了便不再理他，携了秦淮上车，扬长而去。“这样的时势能找到工作，怕是只领一半的工钱也乐意了，何愁难请工人？”秦淮笑着看向郎伯。

“为博红颜一笑，当然得把戏做全套。”郎伯正说着，车碾到了大石头，车身剧烈摇摆，秦淮撞到了郎伯身上，郎伯忙伸出手护住了她的头，她顺势靠到了他怀里。“你是有心救他的。”她说。不然伍小山在牢里早被打死了，哪还等得自己来领人，郎伯一早就打点好了关系罢了。只是秦淮没有把后面的话说出来。路面平顺了，她忘了离开他，仍是静静地依偎在他身旁。

2

华生是看到报纸才匆匆赶来的。彼时，秦淮正在郎伯位于秦淮区的私人大宅院里。华生是直肠子，一看见秦淮也在，便嚷嚷开了：“原来报纸上说的都是真的。”他把报纸递给郎伯看。

秦淮眼尖，看到照片上如小鸟依人般倚在他怀里的自己，脸瞬间就红了。“你本就该知道的，只是你一直不信罢了。”郎伯磕了磕盖碗，抿了一小口茶。在老宅里，他穿了一身湖绿长袍，衬得他高挑出众，气度便又与西装革履时不同。那股子锐利在片刻间，全藏进了温润的笑意里。

“你一向和白荷要好……”华生一顿，没再说下去。

“嗳，你无端成了老好人，捡了个好名声还不乐意哟？”郎伯不动声色地转移了话题。华生随意看着堂上挂的名家画作，到了嘴边的话倒也实在，“我爹地不愿和日本人有任何的关系。”

提到惠灵顿先生，郎伯便明白了华生的顾忌，“那他知道后是何反应？”郎伯问。华生答：“倒也没说我什么，反而是说了你一句好话。”郎伯听了，眉一挑，道：“哦？”“他说，‘郎老板很聪明。’”华生含笑看向郎伯，看得出他心情不错。“真正聪明，把一切看得透彻的是惠灵顿先生。”郎伯淡道，“其实我做的就是你想做的——摸清惠灵顿先生的意思。”

华生点了点头：“如今我也算清楚明白了，尽管他不乐意和日本人有任何的牵连，但他也有他的原则，他不希望看到日本人横行霸道。”

“其实惠灵顿先生很有爱心，他以德国人克洛斯的名义开了一家医院，专为穷苦人治病，这些你都不知道吧？”郎伯把一本圣金斯神父医院的宣传册子递给他。

看着华生走远了，秦淮替郎伯续了杯茶：“你是故意留我吃饭的，你知道他会来，所以让我演了这场戏，也包括在记者面前的那一场戏。”

郎伯没有答话。“我先回去了。”秦淮站直了身子。手被他握住，话语里有丝严厉：“吃了再回去。”

“你为什么要骗米先生？既然喜欢白小姐，为何又要拿我来搪塞米先生！”秦淮有些生气了。

“谁说我喜欢白荷了？”他答得极淡。

“你就是喜欢她，就是喜欢她。”她这一句话竟把脸绷得老紧的郎伯逗笑了。他叹了声气道：“我没有。”那语气里竟然有丝宠溺？秦淮怔住了，才意识到自己方才的失态，忙垂下了头：“你不该说一套做一套。如果华生知道你骗他，会不高兴的。”

郎伯温柔地揉了揉她长而软的发：“我真的不喜欢白荷。但我确是知道他看了报纸后肯定会过来，所以让你演了这出戏。至于在记者面前那样做，也是为了替华生探探惠灵顿的意思。”

“事实证明我的演技还不错吧，老板？”秦淮拨开了他的手，“那我什么时候能有角色？”

郎伯听了，眯起狠厉的眼睛，言语有些冷：“除了当演员还可以做些别的，我旗下经营了多家公司。”

“演员的工钱和待遇都是最好的。”她想要更多的钱，那样就可以替妈妈治病，不需要欠他的钱债了，而欠了他的人情债，怕是更难还吧？还是什么也不欠的好啊……

郎伯没再说什么，安静地吃起饭来。菜色很好，色香味俱全。得不到他的回答，秦淮便扭过了头，走了。

快走到一扇院落大门时，一个老妈子赶了过来，嘴里不断叫道：“姑娘等等。”秦淮于灯火阑珊处回望，一排排挂着的红色灯笼下，老妈子的脸色看起来多了分喜庆，只有自己冷清着。

老妈子的声音十分温柔动听，只听她道：“姑娘，这是大少爷让我给你的，还热着呢，带回去和家人吃啊！车已在门外候着了。天晚了，让他们送你回去，安全些。”

“谢谢。”秦淮的声音极低，轻缓而柔。她走出了大门，蓦然回首，却见郎伯靠在了廊柱上静静地看着她，那抹单薄的身影有些孤单，红红的灯笼映着，连眉宇间皆是郁色，与平常飞扬跋扈的他十分不同。

他就如一个不谙世事的少年，那样孤单地站着，投下纤长淡淡的影。他怎么可能感到落寞？秦淮轻轻地摇了摇头，转身融进了夜色中。

第六章

凉薄烟火

7

秦淮还是头次见着如此难忘的戏，当灯光一打，有些昏暗的背景舞台上，一个盛装打扮的美丽女子轻柔地旋转，唱词婉转风流，那团追光灯柔柔地衬在她身旁，如春天的花在盛开，满目的春光流丽。

“原来姹紫嫣红开遍，似这般都付与断井颓垣。良辰美景奈何天，赏心乐事谁家院！朝飞暮卷，云霞翠轩；雨丝风片，烟波画船：锦屏人忒看的这韶光贱！”女子轻柔地唱着，字字圆润，如珠落玉盘，美中又露出了几缕哀春怜己之情。

原来演的是《杜丽娘》。舞台正中的人，哪还是桀骜不驯的白荷？分明就是牡丹亭畔、芍药花下，那一个妙目顾盼、欲语还羞的杜丽娘。昆曲《牡丹亭》秦淮是常听的，但如此被搬上银幕，她还是头一次看见。换成了白话文的对白，那一声声的念白吟唱也有了别样的味道。秦淮从不知道，戏曲也可以有别样的形式来演。

原来自己在话剧团排演的戏根本就是一场小打闹，唯一让她骄傲的歌喉，到了此处，也不过尔尔。秦淮变得沮丧，一动不动地盯着舞台上的白荷，看着这一场春光流丽、韶华易逝的奢靡电影。

一件大衣披在了郎伯身上，石头仔细地替他拢了拢，“老板，明月小姐已是红透沪上的大明星，寻常演员不能与她相比，您让秦淮去看，不是羞辱她吗？”

“假以时日，秦淮会比明月更出色、更红。”郎伯悠闲地看着舞台上的白荷，那一声声唱词如珠玑咳吐，举止谈吐更是不凡。“既然如此，老板为何要做此安排？”石头随着郎伯的视线看去，秦淮纤手微扬，兰花指翘着，身段前倾，只一个伶俐的转圈，功架子已经出来了，活灵活现。

原来她是在学台上白荷的身段。“眼下局势一天比一天乱，歌舞升平不过臆想，只怕不得长久。”郎伯掠了一下小胡子，半眯着眼睛道。“那老板是想结束电影公司的生意吗？如此一来，我们会少赚很多钱的。”石头有些担忧。

“不，很想。”那是郎伯留给石头的三个字，石头茫然地摸了摸鼻子，那老板的意思是想，还是不想？他迷惑了。

郎伯挺拔的身影晕在了灯光所不及的黑暗地方，他走路的步子很轻，那双皮鞋如踩在了棉花里，没有一点声响。以致沉迷于电影世界里的秦淮没有注意到他的出现，只顾学着白荷的轻甩袍袖，踩着鼓点，灵活地转身。突然，脚踝一吃痛，她就如断了线的风筝，直直地往地上摔去。

凌空的一刹那，她看见了身后的郎伯，他的眼睛是如此幽暗，深得似要将看的人吸进那没有半分热度的黑暗深渊里去。他没有扶住她，她就那样重重地绊倒在地上。身子痛了，手脚也酸了，她咬紧了牙，挣扎了许久才爬起来，而他由始至终端站着，静静地注视着她。他就是要羞辱自己，眼看着自己出丑。秦淮垂下了头，转过身子，拖着一瘸一拐的脚走了出去。

“你也会觉得痛？”演员休息室里，只有他们两人，是郎伯跟了过来。

秦淮头也不抬，冷冷地答，“郎老板想看我出丑，眼下目的达到了，是不是称了你的心，如你的意了，”她的声音有些哽咽，忍了忍继续说，“我是不如白荷，不应该不自量力。我只是想多赚点钱，郎老板吩咐我做什么，我便做什么，只要能赚到钱！”

他听了，猛地扳起了她的下巴。捏住她下巴的手十分用力，他生气了？秦淮害怕起来，眼神闪烁不明，不敢对上他狠厉的眸子。“我没有允许你走到自甘堕落的地步，”他把一瓶药酒甩给了她，“涂上，别落下什么病根儿来，我还要靠你赚钱。”

原来脚踝已经肿得那么厉害了。她不敢吭声，只任着泪在眼眶里打转。她是怕极了他，他的声音不大，却低寒得唬人。

“我从来没见过郎老板方才那个样子，真吓人。他对谁可都是温温软软的。”走廊外传来了清脆的声音，秦淮并不认得。

“看来郎老板这次是认真的了。”那女声再次响起。

“所以说，新来的丫头，那才叫有手段。”像是李嫣的声音？听着那样不堪的话，秦淮想起了报名参选月份小姐那天，李嫣对她的羞辱，“哪来的穷酸野丫头，也妄想当明星，快走，快走。”“不是这样的，我真的很需要这份工作。”

因为当演员的薪酬是最高的，秦淮巴巴地求着。“你有报名的钱吗？没有就快走！省得我闻那穷酸气！”李嫣轻蔑道。

回忆适时被打断，“瞧见她那双眼睛了吗？那就叫勾人！小小年纪，就已经那么会勾人了，白荷也没她厉害。”李嫣继续说着。李嫣从第一次看见秦淮那双黑如点漆的眸子和可怜中又带些撩人的目光时，就讨厌她。因为李嫣明白，这样的女子一旦得了调教，上了妆是媚人的。她也是明星，她不想再有人抢走她的位置，有白荷在就已经够难缠了，而秦淮比白荷更年轻！

所以李嫣不断地说秦淮的坏话，中伤她，以致在看见化妆间内的郎伯时忘了闭嘴。郎伯就那样站在那儿，目光停留在地上，没有理会门边大声嚷嚷的李嫣。而地上的秦淮，双手紧紧地攥着地毯，不过即便攥得再紧，泪珠子还是一颗一颗地掉了下来。

看见郎伯的神色，李嫣吓得双手捂在唇上，不知该如何自处。郎伯若有所思地转过了头，浅淡的笑容极慢地浮上腮边，但那双眼睛却是冷的。李嫣吓得浑身发抖，那样的郎伯虽笑着，但却骇人到了极点。她以前也见过，那是他杀人前才会出现的笑意。

“你在我这儿工作也有些年头了吧？”他笑着，下一句却是，“你走吧。”

李嫣“扑通”一声跪了下来，跪行至郎伯脚边，“老板，我知道错了！是我演技不好，却不用心学，只知道些旁门左道。我不会了，真的不会了！我跟着老板有十五年了，老板别不理小颜。”

“小颜？”郎伯垂下眼帘，看着脚下哭得凄凉的容颜，哪还有平常梨花带雨，哭得娇艳可怜的楚楚样子。她是真的难过极了吧！郎伯想起了十五年前，那时的李小颜只有十一二岁，脸上身上满是污痕，唯有一双眼睛是那般清澈明亮。瘦瘦小小的她拉着他的裤脚，小心翼翼地求道：“阿哥，可怜可怜我吧，我好多天没吃过东西了。”说着还咽了咽口水，看着他手上的食物。

就那样，他带了她回家，任她一直跟着他。只是不知从何时起，她的眼中不再明亮，她的脸上、身上染上了淡淡的风尘味。尽管很淡，但她已不再是当年的小颜。

郎伯把一张支票拿了出来，递给她，依旧笑着说：“小颜，你走吧。”笑意温暖却坚决。李嫣一怔，看着那双使她留恋的眼睛，她接过支票，站起身，抹去泪痕，静静地转身：“我用了十五年的时间也没有办法留在你身边，你是真的不爱我。”

想起许多个夜里，她都坐在小别墅里等着他来看她，一坐就坐到深夜，再坐到天明。真可谓“容颜未老恩先断，斜倚薰笼到天明”了。而他难得来瞧她，她便要存了心地气他，看看自己在他心中的分量究竟有多少。而他只是一言不发地看着她，见她闹得急了，他恼了，便转身离去。他从来就没有想过要哄她，她现在明白了，因为他不曾爱过她。

他的叹声轻不可闻，以致李嫣以为自己听错了。她已走到了门边，却又听得他说：“真正爱你的人是不会让你等的。”

是的，真正爱着一个人，是不会让她独自等到天明的，而她到了现在才明白。那时，当他转身离去时，她在心里和自己说，男人就得让他得不着，他才会想起你的好，处处顺着他，他反是怠慢了。直到见着了他对秦淮的好，李嫣才明白，只有真正爱她的人，才会宠着她的小性子，而不是拂袖而去。如今她终是明白了，所以她离开了。

2

“你不过是个薄凉之人。”秦淮站起身子，瘸着脚勉强地离去。

众人离散之后，唯得他一人独留原地。打翻在地的跌打药酒，飘散出淡淡的味道，确有几分薄凉。石头早听得了变故，赶了过来，“老板？”他想劝老板留下李嫣，她是个不错的演员，但此时却一句话也说不上来。屋子里的郎老板是那样的孤独。

“她已经没有亲人了，你和英国大使联系一下，送她出去。她留在这里，也不过是徒留伤心。而如今的时局……”郎伯顿了顿，没再说下去，只挥了挥手，让他也走。

这里终于只剩他一人了，原来是如此安静啊！郎伯吸了一口雪茄，又沉浸在了回忆里。

“老板哥哥要开电影公司吗？”十八岁的李嫣兴奋地跳了起来，“那我也要当演员。”

“瞧你兴奋的样子，刚才你本想和我说什么来着？”他宠溺地看着眼前的小妹，她的模样儿是越发标致了，确是当明星的好坯子。她的手往背后缩了缩：“没什么。嗯，忘了。”

二十三岁的李嫣已是耀眼的明星了，她稚嫩的脸庞被艳光所取代，她对他，要求得也更多了。她娇媚地站在他面前，婷立美丽，早已没了羞涩和稚气，她说："我想做你的女人。"那样的骄傲，那样的美丽。他笑："做我的女人，得忍受无尽的寂寞。"

她说，她不怕。就那样，她由他的小妹成为了他的女人，而他对她的宠爱却越来越少，因为她不再是他楚楚可怜的小妹。

站在李嫣的房间里，那本早已褪色的日记本平静地放在了那里。她没有带走它。郎伯轻轻地翻开，小心仔细地摊平起了皱褶的纸张，那里还印着一滴早已干涸的泪斑。她在日记上写道，她平生最大的愿望，便是和她的好哥哥一起远渡英伦，他们可以放羊牧马，永远地在一起。她还可以见识外面的大千世界，她还想学习，学习大洋彼岸每个国家的文化。

再仔细看日期，是八年前写的——她成为演员的前一天，是她本想和他说起她小小的愿望的那一天。一张英伦风景卡片掉了下来，还附了张英国著名大学的邀请函。原本，她已经得到英国那边大学的录取的，原本她是想去的，但她看见一心要在电影方面大展拳脚的自己，便放弃了，留在了他身边和他打拼江山。这一切他都看过，也都知道，只是他从来没有如今日一般仔细地看完每一个字、每一句话。

如果可以成全你，我愿意放你走。唇角掀开浅浅笑意，郎伯划亮了火柴，泛黄的字迹瞬间被火光吞没。其实她早该离去了。"那样才是对你好，不是吗？"郎伯自嘲道。

"你想让我变成另一个李嫣吗，郎老板？"秦淮在听到公司的安排，要她入住听松别馆后，她这样对他说。听松别馆，那是李嫣曾经住过的地方。

自从发生了那件事后，她已经有两个月没和他说话了。明眼人都能看出来，她是在故意疏远他。而石头也在背地里干着急，要向秦淮澄清，老板不是无情无义的人，可都被郎伯止住了。

"李嫣走了，你将成为公司的新一任明星。我会全力捧红你，那样你就能赚到更多的钱。当然，没有明星是住得寒酸的，你不要这个面子，我还是要的。"他三言两语打发了过去。尽管秦淮恼极了他，但也只能按照公司说的去做。

听松别馆的环境很好，在半山腰上，与紫金山毗邻，四处鸟语花香，林木苍翠，围绕着那栋两层楼的小洋房。

洋房前植了一棵很高大、枝叶茂密阔落的大榕树。翠绿的枝叶层层铺叠，调皮地伸进了二楼的窗户。

洋房的另一面墙上，种了好一叠蔷薇，粉红的花瓣相叠，米黄色的小洋房更显得温馨宜人。“我让人打理好了，一切用度，皆是新的。”郎伯领了她往后院走去。

她十分恼人地歪过了头，不去看他，蜜色的唇微微嘟起，金色的阳光点缀其上，竟映入了蔷薇的淡粉，光彩得不可思议。那样的柔软诱人，使他想往她唇瓣吻去，辗转吸吮。但他忍住了。

郎伯的兴致似乎很高，拉了她快步走去。

“我自己会走。”她甩开他的手，但觉眼前一亮，后院是往山上延伸的，上山的小径两旁植满了多彩的太阳花，可爱活泼。而山径的向阳处，有个小小的平台，那里种满了蔷薇，还有一架秋千，秋千架子上也布满了鲜艳的花。

秋千悠然地晃动着，是那么轻快。而在秦淮十九年淡如白水的生命岁月里，何曾见过如此鲜美的颜色，和春光……

“喜欢吗？”郎伯眯起眼，笑着问。

“嗳！”秦淮没有丝毫的扭捏，用力地点头回答。她就是这样简单的一个女子，喜恶皆表现在脸上，那样的纯净明朗，使人不忍玷污半分。“那我让人把你姆妈和弟弟接来。”郎伯的脸上不见起伏，只一双眼深深地注视着她。

“真的可以接姆妈和弟弟过来吗？”秦淮欣喜地抬眼看他。她那双漆黑的瞳仁是那样的活泼动人，郎伯不觉眉头一松，想再瞧一瞧，但她触到了他幽深的眼眸，欣喜的话语一轻，忙垂下了头。

“为什么不可以？”郎伯远远地打了个手势，大院门前候着的石头马上会意，开着车离开了。

这里只剩下他们两人了吗？秦淮警觉地看向四周。听见郎伯一声轻咳，她尴尬地低下了头，从答应他条件的那一天起，她的身子便是他的了，此时又何须如此矫情。她眼神一黯，垂下了清素的脸庞。

她不过是另一个李嫣罢了，在他眼里，她与李嫣没有半分区别。秦淮如是想着，沉默地走下了小山坡，连秋千也不想玩了。

“你总是喜欢低着头吗？”他悠闲的声音从背后响起。秦淮一怔，猛地停住了脚步，睁大眼睛狠狠地瞪着他。

“抬起头来看这个世界不是挺好的吗？”他轻笑，“那样你的视野将更加开阔。”

山风徐徐飘来，风声中好像有人在说话，她努力地去倾听。“侧山脚下是金陵女子学院，大概是学生在朗读。”郎伯指了指东面，“如果你想学习了，可以继续去学。”

第七章

天鹅的眼睛

7

衣橱里有数不清的衣饰，有小洋装、旗袍和大家闺秀常穿的那种衣裳，“你年轻可人，穿旗袍总是少了分活泼，还是小洋装好。”郎伯如是挑选着。

他在她身前比画着，为她选了一套苹果绿作底色的吊带连衣裙。连衣裙从腰际到膝盖处缀满了一层层的小波浪蕾丝花边，像极了一圈圈勾兑于奶油蛋糕上的甜蜜纹路。一件全手工做的鹅黄针织通花小毛衣套在连衣裙上，外加一件淡粉蓝色的夹克短外套，束腰的，在腰际处轻轻一掐，比旗袍还要修身。“如妈，你来为小姐打点。”选好后，郎伯关上了门退了出去。

如妈“哎”地应了声，麻利地为秦淮换上郎伯挑出来的小洋装，还不忘提点，“跟在郎老板身边是要出席许多不同的场合的。公司里有月份牌，小姐您多看看就会明白穿衣打扮个中的关窍了。”

如妈的年纪在三十五上下，半长的头发烫成了小波浪，还有一小撮卷成了波浪纹贴在额前鬓旁，一身深蓝色丝绒旗袍，身材高挑，样貌虽普通但胜在气质好。她是秦淮的贴身佣人，也是她的管家。

如妈麻利地脱下了秦淮的贴身衣裳，只剩了一件粉色的兜肚。秦淮红着脸说自己来，可高出她大半个头的如妈转身从衣橱底处取出了一件带钢托的白色蕾丝边短衣。说是短衣，又好像不太对，好像刚好……刚好裹得住女子的乳房。

见了她脸色更红，如妈优雅一笑，比画着这件小衣：“这叫塑身内衣，是从西洋人那儿传过来的。我们女子啊，穿上这个保管迷人，显得鼓鼓的、高高翘着的。”一句话把秦淮羞得抬不起头。如妈也不急，细细道：“你也是个大姑娘了，有些事迟早也会懂得的。现在都民国二十六年了，女子啊，就该大大方方地展示自己。你别说，当初连老佛爷也迷这东西，宫里的那些格格们都用它。”

如妈轻解衣裳，深蓝的丝绒旗袍跌落在地上。她高挑的身段不失丰满，修长的腰身、纤长的腿在秦淮眼前展露无遗。她饱满的乳房高耸，只裹了件黑色的塑身内衣，一时之间，如妈变得明艳起来，连略为平庸的脸面也变得妩媚迷人了。

这就是那令人脸红心跳的内衣的魔力？秦淮羞涩地别开视线。如妈把旗袍穿好，连系扣子的神情都变得慵懒迷人。“明月小姐是我带出来的，”她转向秦淮，大方道，“想当大明星，就得抛掉那些小家子气。你的身段显得纤瘦，更要懂得利用塑身内衣的妙处。其实你和明月的气质不同，不需要像她那样。怎么说呢，你样子甜美，娇小玲珑，那就要善于发挥这些优点。”说着她取来了烫发用的工具，示意秦淮快些换上新衣裳。

当秦淮再次走到郎伯面前时，已活脱脱是个清新甜美的小公主了。她的长发烫成了外国电影里小公主的那种披肩卷发，发上还系了个鹅黄色的蝴蝶结。淡粉蓝色荷花边领子的外套没有扣上，鹅黄色针织毛衣是通花的，可看见香肩上细细吊着的两根带子，和吊带下细腻柔白的肌肤，小巧的胸部高高挺立，胸前风光若隐若现。腰身紧束着，而膝盖下纤细的小腿穿上了白色的长筒丝袜，搭配粉蓝色的小高跟皮鞋。精致中透出纤细甜美，甜美中又微带诱惑，细微处无不妥帖。

“这样打扮挺好的，以后多学着些。”郎伯满意地点了点头，心道：女子果然还是上了妆才见明丽。如妈轻巧地跟在秦淮身后，为她提着白色的小坤包。郎伯则微笑着抬了抬手，尽管秦淮不知道他要带自己去哪，但还是乖巧地挽住他的手，轻移莲步，上了他的小轿车。

除此之外，他没有再和她说一句话。离会场渐近，远远地便瞧见了前面张灯结彩，彩纸彩花挂在了道路两旁的树上。道上行人皆华服，石头把车开得越发地慢。

终于，车停在了都乐会的门前。那是郎伯的朋友开的十国俱乐部，里面多是洋人或是金陵的富商巨贾。到了此刻，她变得不安起来，她何尝见过那么多的人，那么热闹的景，处处皆是美衣华服，衣香鬓影。

而他没有容她逃避，牵了她走到人前。伶俐的侍童为他们推开圆形的透明旋转门，门上还镶嵌了好些淡蓝的水晶。她轻踏着步，如一尾轻盈的花蝴蝶，飞进了旋转门。头上缀着无数的水晶灯，如一颗颗华丽的星层层铺叠开去。突然金色一暗，流彩华穹，如水晶花般绽放的水晶灯全变作了幽蓝。

一盏一盏的水晶灯此时如冰晶冻结起的蓝色冰凌，烟雾从地上升起，一切如梦如幻，而她微扬的头只觉天旋地转，再不知身处何方。

头还是晕乎乎的，身子已然被人搂住。那力道令人窒息，压在她腰上的手，她没触着都能感觉到是汗腻腻的，而天顶的灯光微闪，她瞧不清身前的人。“秦小姐果真漂亮，外界所传不虚啊！赏脸跳一支舞吧？”笼在灯光下的男人又往她身上贴来，手已经不安分地往她胸前袭来。

“不要。”秦淮急得快要哭了，用力地推开他。那男人身形庞大，用力地把她按在他身上，感受着她胸前的柔软，“别害羞嘛。我可以让你很红的。”手顺势抬起了她要踢他的左腿，大胆地往她大腿根处摸去。

突然，那胖男人脚下一软，往前跌去，秦淮眼看着就要被甩出去，身子一横，腾在半空，只有一个脚是着地的。天旋地转间，她只觉人群疯狂扭动起来，原来是换了伴舞的音乐了。她身子一热，腰身被一只温暖的手托住，她的手被另一只手握住，用力一拉，她靠着回力，旋转着靠倒在了一个熟悉的男人身上，男人轻轻一推，再迅速地换手拉她，她一个旋转，半下腰，再次靠在了他的身旁。

幽蓝的灯下，他的眼眸是那样深邃，他唇畔还流连着淡淡的笑意。她怔住了，只注视着他优雅的面容。突然，周围爆发出了一片叫好声。郎伯把她扶了起来，她才算是回过了神来。所有的人都在赞美她舞技超群，其实全凭着郎伯带领才跳得如此出彩。

胖男人跌坐在一角哼哼，郎伯突然哈哈大笑起来，在所有人都还没明白过来的时候，他把胖男人扶了起来，礼貌道：“许是变换了欢快的舞曲，不知被哪位贵客绊着了吧，许老板不碍事吧？”

“不碍事，不碍事。”胖男人满脸堆起笑，尽管心下腹诽，但也知道此处尽是贵人，轻易得罪不得。

倚在郎伯身后的秦淮也忍不住笑了，“嗤”的一声娇笑，清脆无比，就如一块美玉无意地掉落地上，“叮”的一声响，圆润清脆中透出丝丝甜美。他听过她唱歌已是极为婉转动人了，却不曾想，她由衷快活时，她捉弄人高兴时，笑声竟是动人若此，那样调皮，那样娇憨。

此时，在场的宾客大多明白了秦淮的身份，郎老板在公开保护她，似在说，她是他的女人，其他人别妄想染指。

郎伯领了她到一旁吃些点心，随意道：“没我陪着，你便出事了，就这么点能耐？！”方才他不过是和“十国”的老板走到一边聊了两句，她就被人欺负了，她何时变得这么好欺负了，怎么对着他就尖牙竖起，全身长满了刺？“看来实在是我宠坏你了。”郎伯无奈地摇了摇头。

“这位是秦淮小姐吗？”一个低沉悦耳的声音拉回了两人的视线。秦淮腼腆地笑着点头，那男子轻柔地牵起秦淮的手，放在唇边轻吻。他的举止得体礼貌，放下她的手后，他点了点头致意。

“这位是华东地区最大的电影投资商，德国的朗科夫先生。”郎伯向着她道。“朗科夫先生，您好。”秦淮笑意含蓄，却遮掩不住她的天真娇美。她抬眼看他，他没有华生英俊，也没有郎伯清逸，却也是个文雅绅士。

“秦小姐客气了，叫我朗科夫就行。”他微笑着说，“秦小姐的声音十分动听，刚好我有一个关于一代歌后的剧本要拍。虽是电影，但涉及歌后平生，唱歌是少不了的，不知秦小姐可有兴趣？”

秦淮正考虑着该怎样回答，郎伯颔首淡道：“秦淮会认真考虑的。”他不急着做决定？秦淮疑惑地看向他，这么好的机会，他为什么不让她接呢？信不过她的演技吗？她精于歌唱，对于演戏也觉得没有问题。那他究竟是怎么想的？

2

秦淮正在那儿思索，而郎伯与朗科夫却在一旁聊着些不着边际的话。她心里恨恨的，只觉着郎伯总是那样神秘，她永远猜不出他究竟在想些什么。难道就没有什么事能难倒他，撕破他虚伪的脸面吗？

突然，石头快步走了过来。秦淮心细，只觉着要出事了。而石头跟在郎伯身旁久了，多少也学到了些本事，遇事也是处变不惊。此时行得虽快，但步子不乱，微笑着向众人打招呼。在郎伯面前停下时，他稳了稳气息，附在郎伯耳旁低声言语了几句。

笑着的郎伯依旧从容，眼帘垂下片刻，复又抬首和朗科夫说话：“还有些事，下次请你吃饭。”他眉眼弯弯，笑意温润，像是在说着不关乎自己的事。朗科夫礼貌地点了点头道：“好！”

许是事情比较急，郎伯来不及先送秦淮回别馆，就载着她一并去了“点翠行”工场。

点翠行是属于郎伯的物业。那是一间以经营首饰加工为主的大作坊，是为上海南京一带的上流社会的人服务的。郎伯从国外购进各色珠宝原料，在此进行画样、镶嵌、装点等加工，制成成品后，再把这些珠宝卖给富商巨贾，生意非常好。而工场里更是收了好些能工巧匠，连闻名中外的洋人设计师也在此工作。

之前郎伯名下的柏尔敦电影公司要拍一部唐宫贵妃的戏，需要大量的戏服和各式首饰，而点翠行恰恰收有大批巧匠，制作的戏服和首饰样样逼真，为电影公司提供了许多方便。而工场更是以“点翠”手艺闻名，所以郎伯给工场取了这么个雅致的名字。

深夜来此，郎老板定是遇到为难事了。秦淮想着，偷偷看向他。而郎伯端坐车上，脸容严肃，倒也不见惊慌、着急。等车停稳，他便下了车，往出事的地方赶去。

里间办公室的门半开着，一个健壮的男人睡在了门边。石头快一步上前询问情况，“李大师傅，”他用力摇了摇那个男人，喊道，“醒醒，李大师傅。”见李大师傅如此，郎伯率先进入办公室仔细看着里面的一切。见郎伯蹲下了身子似在寻找什么，秦淮小心翼翼地问：“老板？”

“石头，李大师傅的钥匙还在不在？”郎伯问道。“不见有钥匙。”石头答。“里面的东西无半分凌乱，保险柜也没有被撬过的痕迹，应该是贼人拿钥匙打开的。”说着，郎伯从西服里袋取出一串钥匙。秦淮大概知道发生了什么事了，瞧着那一串钥匙，每一根都镶嵌了宝石，其中一把钥匙头部状如皇冠，碎钻熠熠生辉。郎伯将那把状如皇冠的钥匙插进保险柜，转动了两下，只听“咔哒”两声，一个锁开了，露出里面的转盘，郎伯转动数字输入密码，再听到“嗒”一声，厚而坚硬的钢门就开了。

只见里面还有几个小门，郎伯用不同的钥匙把它们打开，各式宝石都在；唯有底层的那扇小门后，白色的绒布上再也见不到装着那颗名贵的南非血钻的水晶盒子。房间里一片安静，秦淮猜想郎老板肯定气极了，唬得她是大气也不敢出，只能偷眼看他。

郎伯脸色只是较寻常严肃了些，倒也没有发怒，轻声道：“此人一心向着最昂贵的血钻而来，知道保险柜的密码，还知道李大师傅巡房的准确时间，对这里的情况熟悉若此，定是自己人所为。能出入这个房间的人不多，而在李大师傅或者我转动密码盘时，能把密码暗记在心，可见此人城府之深，且蓄谋已久。保险柜是德国人所制，坚固无比，轻型炸弹都炸不开它，输入密码时，错误一次，就会拉响警报，所以贼人一定是经过深思熟虑才会作案。如此谨慎的贼人，估计短时间内他都不会将赃物出手，留下线索让我们去查。石头你赶快去巡捕房报案。”

“是！”石头答道。

能在短时间内想得如此透彻，郎伯真不是一般的精明。秦淮有些佩服他，他确是一个不凡的男人。郎伯回首，刚巧碰上了秦淮那双清澈明亮的眼睛，她脸上一红，忙低下了头。“如妈，先送秦小姐回去。”郎伯说道。

如妈点点头，领了秦淮出去。走出老远了，秦淮匆匆回头，迎上郎伯的视线，他颔首微笑。心一紧，她连忙回头，只觉心“扑通扑通”地跳得厉害。

办公室里只剩下自己了，郎伯从保险柜里一格开着的小门后取出了一个玳瑁为框、镶有飘花玻璃作盖的精致盒子，坐了下来。

工场里真是静极了，郎伯打开盒子，取出了那枚天鹅发夹，天鹅上那颗海蓝的眼睛闪着幽暗的光，在寻常的灯光下看也十分迷人。他把发夹置于手心中细细把玩，戴了扳指的拇指借扳指巧力一撩，发夹背面那根弹簧松开，他轻易地取出了那根他原本插进去的针。

此时的针管已然是中空的，他用细钢丝顶出针管里面的东西，是一张草纸。草纸上只写了一行字。他打开细看，脸上是了然的笑意。他把草纸重新卷好，放回了针管原位。原来是那贼人借了他的东西，来与白荷互通有无了。

等到石头回来，郎伯把早已包装好的盒子递给了他，嘱咐道：“这是送给明月的礼物，她没有那么早歇息，你现在送过去吧。”

“是！”石头应道。

室内寂静无声，郎伯默默地抽着雪茄，脸上神色寻常，唯一双眼透出敏锐。搁于桌面的怀表嘀嘀嗒嗒地响着，音声清脆悦耳，只是在过于幽静的环境下听久了，便觉得有些恼人。突然“铃”一声响，打破了夜的寂静。

接起细听，没人回答，只传来些浅淡的气息，终于她说话了：“郎老板，谢谢你的礼物，我很喜欢。明日我请你吃饭。”他笑：“怎能让藤井小姐请客，明晚我让石头接你过府上。四姆妈可是要大显身手了。”

听筒里传来对方清脆的笑声，候了片刻才听她答：“好。那就有劳老板和四姆妈了。”

“为什么叫‘天鹅的眼睛’？”在郎伯以为她早已挂机时，沉默了许久的她突然问起。

“还记得从前我送你的一本1786年出版的童话集《德国民间童话》吗？里面《被施魔法的面纱》故事，提到了德国当地有一个关于天鹅少女的传说。那是一位可怜的公主，只有一位王子的爱情才能救她。这个故事被广为流传，更由音乐大师柴可夫斯基将其改编为芭蕾舞剧，在全世界歌剧院表演。”郎伯没有正面回答而提起了那个故事。

白荷声音轻淡，情绪不易辨识："郎老板曾陪我到俄国看过那场芭蕾舞剧，自是记得的。其实有两个结局。"一个是悲剧的，一个是大团圆的，那次他们看的正是悲剧的，王子受黑天鹅迷惑，与白天鹅彼此错过。白天鹅最后跳的那一场舞堪称无法超越的经典，那样垂死挣扎，以一死来结束注定的悲剧，它就那样跳，一直跳，直至死亡。

当时郎伯说过，白天鹅最后的绝舞不仅仅在于用舞表达了内心的起伏，强烈的眼神融入了那样绝美的舞蹈，它的眼睛满是绝望、不甘和幽深，却因敢于抗争而拥有了高贵的灵魂，舞自身也有了灵魂。

天鹅的眼睛，高贵的灵魂。那就是郎伯对她的赞美？白荷没再说什么，悄悄地挂了电话。她还记得，当时的她是那样天真，她说，等回到上海，她要看团圆的结局，和和美美的那该多好。

郎伯却说，世上何处有和和美美的事，不过是世人自欺罢了。天鹅那样的绝舞，那样的凄美，才能打动世人的心，才能在震撼的音乐声中，直击人的灵魂。白荷此时有些了然，将一盒黑胶唱片放进了唱机里，放下唱针，唱片转动，天鹅湖略带忧伤的音色缓缓流出。

他为什么提到了书而不是唱片，他是真不知道，还是假装的？白荷打开了从'天鹅的眼睛'发夹里取出的草纸，上写：明日、郎伯家、兰；夜莺，6号架下数第4排从左起数第7张。

第八章——

暗涌

7

白荷主动约了华生一同逛街。

在中山大道上走着，街道上繁华如常，百货商行处处林立，透过洁净晶莹的玻璃窗，百货行、珠宝店、衣饰店里各式商品琳琅满目，令人目不暇接。道旁植着郁郁葱葱的大树，如华盖仪仗、繁盛不已，又形影如剪、盛而不乱。

人在青树下走，叶叶瓣瓣、层层叠叠，竟似浓在了团团绿云之中。偶尔有绿叶飘落，轻盈如春雨，润泽如墨玉，说不出的可人。商店里再夺目的珠宝、再靓丽的巴黎新装也比不过那一簇簇绿叶可人。

而一身柔白的白荷，就是那一浓翠绿里走出的精灵。她笑意清柔，只是静立于碧树下，就让一旁的华生看着了迷。

“华生？”她轻声唤他，既含睇兮又宜笑。华生一怔，尴尬得咳了一声以掩饰自己的走神。她嫣然一笑，道：“前面似有歌声，我们去看看可好？”她遥指前方，纤手白润如玉。

原来她既不爱华服，也不爱珠宝，却对如夜莺般动人的歌声动了心。华生微笑着点头，极力地想让自己表现得更完美些。

新街口的商店更多了，自然也更热闹些。而白荷就站于街心中，白的旗袍、玉似的人儿，整个儿就是那流光溢彩的街道上最独特的那一笔，华生忍不住举起了相机，按下了快门。白荷在人群中回首，眼神有些茫然，那种疏离在碰上华生的视线后盈盈一笑，最美的容颜在瞬间定格。

“送你的。”华生把照片递给了白荷。模糊的街景，处处皆是绚烂多彩，唯独她如一株白荷于流光溢彩的河心中傲然婷立，惊世绝俗。照片拍得很美，灵动地展露出她的柔美与清雅。“谢谢。”白荷的笑意极淡，也带有些许恍惚。

“其实我很早前就见过你。”华生直直地看着她，带着期盼说了下去，“那时你在女子学校里读书，穿着蓝衣白裙的学生服。而我匆匆路过女子学校时，在人潮涌动的大门外，你蓦然回首，我碰上了就再也挪不开视线了。后来，我第二次遇见你，是在玄武湖边，你穿着一身白色旗袍，一簇淡黄的水仙自旗袍前胸落于腰际，腰身那样纤细，行走时，更见摇曳生姿。让我怀疑，在绿水碧树间行走的是纯白的精灵，我追赶不上，而你只轻盈地跃进绿树丛中便不见了。”

“我为你画了许多许多的画，有穿着学生服的，有身着白色旗袍的，有笑的，有嗔的，有怒的，有神秘的，有安静的，有活泼的……但再也绘不出第一次遇见时，你蓦然回首，如烟如雾的容颜。”他终于把话直白地说了出来。他仍是直直地看着她，等着她回答。

他是在向她表达爱意吗？尽管他是长于中华，晓得含蓄，但骨子里仍是流着洋人的血，所以才会那样直勾勾地看着她，表达他的爱意。如果她说不呢？是否会很有趣？白荷的心思转得飞快：“我下个月过二十三岁生日了。”她的笑容含了几分揶揄。

其实她明白，那样美而独特的白荷只不过是存活于他的想象之中罢了，是他把她塑造得完美。那样的她不是真正的白荷。白荷叹气，他是不会明白这些的，他爱的不过是他自己臆想出来的。

华生一时迷惑了，眼前的白荷简直就是个千面女郎，时而桀骜不驯，时而温顺乖巧，时而是风情万种的大明星明月，时而是傲慢不羁的藤井小姐，时而是外表柔弱内里坚强的白荷，究竟哪一面才是真正的她？！“我喜欢成熟一些的女子。”华生得体地回答。尽管他年仅二十，但也不是小孩了，她别想以此为由，打发了他。

“米先生果真是个风趣的绅士。”她在他脸庞上轻轻地吻了吻。华生先是蹙眉，随后了然地一笑，搂住了她，深深地吻了起来。既然她想在此刻表现得放荡，那他自当遂了她的愿。

他的吻技高超，少了中国人的含蓄，既大胆又撩人，白荷顿觉招架不住，险些沦陷。直至她娇喘连连，他才放了她，不理会周围人潮如涌，只笑着瞧她，既有怜惜又含揶揄。白荷羞红了脸，含了薄怒，“嗤”了一声，转身离去。

“不是想去夜莺唱片行看看吗？”他拉住了她，深深的眼窝里满是笑意。“怪我轻薄了你？”他调笑道。白荷踮起了脚，在他唇上轻咬了一口，“还给你。”

“喏，你也轻薄了我，算是扯平了。”华生满意地点了点头，“那不知道白小姐是否赏脸陪我去唱片行看看呢？我想为我的心上人选一份礼物。”

他绅士般地伸出了手，白荷一笑，没有多问，挽上了他的手臂，跟着他走。

夜莺唱片行里回旋着动人的旋律，是一首华尔兹的舞曲。白荷细听，曲子华丽婉转，又似一曲爱的乐章，多情的英俊天神等候着他的情人，在湖畔、在月下、在泉边、在月桂树下，在一切他的情人曾出现过的地方……

“喜欢吗？”华生瞧了瞧她，“《月桂树下的少女》，也叫《听心的乐章》。”

“听心？”她喃喃，很美的词语。“是的，听心。”他将她的手搁在他的心房上，“我爱你。”这一次，他的表达更加直白，用中文和英文各说了一遍。

“你刚才说了什么，我只顾着听音乐了，抱歉。”白荷抽出了手，不经意地翻看着唱片盒子上的文字介绍。

“无须抱歉，你心里明白的。”他不逼她，却又要点破。

“我真的不明白。”白荷决定装糊涂到底，高傲如他，不会在不适当的时机把方才的话再说一遍。

“因为郎老板？”他背对着她，还是说了出来，她看不清他的表情。

她仍是没有说话，但那也代表着，她没有否认。华生不觉恼了，甩了手独自离去。他竟然生气得连风度也不要了？白荷心下一怔，她是不是做错什么了？

其实约他同来，不过是为了给自己打掩护，何必想得如此复杂？白荷稳下心绪，开始细细挑选喜欢的唱片。店里流淌着的依然是方才那曲华丽乐章，曲调哀而不伤。“老板，这张唱片很特别。”她指了指唱片盒子，如月影晕着的色调作为底色，迷蒙的月晕下静立着一株月桂。

“那是一个很漫长的故事了。”老板细细说起了乐章背后的哀婉缠绵的爱情神话：

那是一个爱情故事，英俊的太阳神阿波罗爱上了一位美丽的少女，少女却因害怕爱情而逃避，但多情的太阳神用错了方法，一直追着她，哪怕只和她说上一句话。少女的心他没有听见，因为盲目的爱情使他发出逼人的万道金光，他是那样高高在上的神祇，只有爱情使他低下了头颅，只想放任去追逐。

精灵般的少女被他爱情的强烈金光吓着了，她不相信自己能获得高贵天神的垂青，她不知该如何去聆听他心里真正的爱的声音。她累了，跑不动了，脚如灌了铅般沉重，水就在她的脚下，她突然十分害怕，祈求天神让她躲开他的追逐。奇迹出现了，她的脚扎根水下，她的身子变得干枯，她不能再说话，她变成了一棵月桂树。最后谁也无法听见对方的声音，因为她已没了心跳，而他的心跳也在那一刻停止了。

阿波罗悔恨万分，他只是想亲近她，向她表达他的倾慕，却因自己如太阳般炙热的爱情吓着了她，使她化作了一棵枝干僵硬的月桂树。少女也终于明白，其实她是渴望着英俊的太阳神的，但同样不懂表达，而被天神收回了人类独有的表达能力。

树影婆娑，她任着他静静靠在她的身上，她的发丝化作了缕缕枝叶轻抚他的脸庞。少女的祈祷，只是为了让彼此能慢下来，不让热情快速冷却，让彼此能听清彼此的心，但天神却将她的祈祷误作了害怕，她永远只能是一棵不会说话的月桂树，彼此错过了后悔的良方。

白荷愣住了，没想到会是这样一个故事。里面的人真傻。她放下了唱片盒子，走到了6号架子前，只作随意地瞧着，最后从相应的地方取出了盒子，是《天鹅湖》。

付了钱，她离开了那家店，但心却留在了那个故事里。华生是认得那首曲子的，他想以这个故事向她说些什么？按下了千般思绪，白荷逼着自己不要再去想他，他和她不可能……

《天鹅湖》的唱片被拆开，她用摩斯密码破解了藏在唱片里的内容：让她赴宴时，中途回来，等他。代号：珠宝。可还多了一个书形状的符号。白荷一时不明就里，但还是决定小心行事。

2

“为什么选在这里见面？”白荷立于大厅上，四周寂静无声。脚下的绒布地毯一直延伸，踩着软绵无比，似踩在棉花云上，用不着半分力道，任由着脚踝陷入了软软细绒里。地毯的尽头处缓步走来了一个人。

他站在背光之处，尽管瞧不见他的模样，但白荷知道是他。“最危险的地方就是最安全的地方。”逆光的男子走到了她身旁，“这是此次的命令。”说着把纸条塞到了她的手上。

“点翠行盗窃案是你做的？值得吗？”白荷有些着急，“郎老板心细如尘，迟早会想到作为珠宝设计师的你就是盗贼。”是的，珠宝设计师李长青就是代号为“珠宝”的特工。

“盗取南非血钻不过是为了掩饰我行动的目的。郎老板抓捕我，总比引起日本人注意要强。”他知道，“天鹅的眼睛”是郎伯特意为白荷找的，所以他把间接的联系方法放入首饰的中空处。任务完成，他便可想办法偷渡出去回到组织里，即使被抓到，交出血钻，想必郎伯也不会多加为难。

“郎老板是个心狠手辣的人，你不要冒险。”白荷是见识过郎伯的手段的。

“除此之外，无法可想。眼下日租界活动频繁，那样异常的活跃，怕是有什么事在谋动了。且处处皆是日本人的眼线，我只能用迂回的方法联系你。”李长青答道。

“所以你才让我在今日约郎老板吃饭，借故把下人和木村打发出去，我再装作忘了拿礼物的样子，回到小别墅里来。因为我事先屏退众人，你才好混进来？”白荷极力压下声音，急道，“你知不知道，你有多危险！”

“这段时日里，你假意修好与藤井的父女情分，由此重获自由。偶尔拍电影，藤井也不再阻止，可以说，他已放松了对你的警惕，所以我来这儿是最安全的。”他示意她别急，“长话短说，此次任务凶险，为了不让我暴露，组织已安排了新的人和你接头，再有什么指令，他/她会通知你的。”

“那人是谁？”白荷问道。

“为了保密，谁也不知道他/她是谁，但他/她会主动联系你的。你要注意接收信息。其实他/她也是我的接头人，可我们彼此并没见过面，他/她极善伪装隐藏，连我也瞧不出什么门道来。但每逢有‘书’的符号出现，无疑是他/她了。”他皱眉道。

“是！”得到白荷肯定的回答，他满意地点了点头，“你是我教出的最了不起的学生，要相信自己的实力。别引起大家怀疑，快去吧，也别让郎老板等久了。”

李长青要走了，走出几步，他忽地转过头，那一眼包含了太多太多，最后他只说了一句，“保重。”

门外车子已候了许久了，因为是去赴郎老板的约，木村也识趣地没有跟来。她是个很厉害的人物，少了她，白荷的行动要轻松许多。

这得益于她故意在木村面前表现出的小女儿情态，她与郎老板孤男寡女共处一室，衣衫不整，而郎老板脸上的口红印更是说明什么，所以木村才会放松了警惕。白荷轻轻一笑，以手绢抵着唇畔，掩饰住了笑意。

令她想不到的是，这场赴会实在太热闹了些，不是她和他约定的那样。秦淮在，米华生也在！郎老板是故意的。她眯起了狭长的凤眼看向他，他含笑以对，而华生则静静地注视着她。白荷小心地收起失望之色，半含了笑，嗔道：“老板是故意的吧？请了佳人好友在旁，也不早些知会，让明月失礼了。”

她话里的意思，郎伯如何不懂，也是装不懂罢了。她自称明月而非白荷，就可以想到她此时的愤恨与拒人于千里的决绝。

一旁的华生若有所思，垂下了眸子没有答话。气氛一时有些尴尬。“我也不知道……”秦淮刚想说什么，郎伯便站起身，揽过了她，走至白荷面前，说道：“四姆妈的一手好厨艺可不会天天展示。今天是她心情好，我也就借花敬佛，请了白荷你来品尝。你也知道这小馋猫儿好吃，今儿个也不过是借了你的光。”

他的话无懈可击，也婉转明白地向她表明了他的心意。他对秦淮宠溺若此，让她如何自处？她的笑意有些恍惚：“不敢当，是我沾了秦小姐的光才是。”

郎伯暗暗叹气，白荷不羁的性子总是由着心情脾气而发的。“白……白荷？”秦淮怯怯地看着她，不知该如何回答。“叫我明月好了，秦小姐。”她的笑容大方得体，如对着所有初次见面的陌生人那般礼貌。

眼泪含在了眼里，秦淮只是不明白，曾共担生死的女子，为何只一转身，便将俩人昔日的情谊划分干净，独剩了一句，秦小姐？

他曾许诺，送她一份独一无二的礼物，如今诺言已兑现，他和她也该划清界限了吗？白荷不禁心伤。原来他要送出的，真的就只是一份礼物而已，而不是她所以为的独一无二的心意。“干！”白荷忍不住地就大笑了起来，菜尚未上齐，就喝起了酒。装酒的天青釉色酒壶，淋漓细润的釉面像极了盈动的酒光。

郎伯尚来不及为众人续杯倒酒，酒壶里的酒就被白荷一干而尽。郎伯皱了皱眉头，没有劝阻。一旁的收音机传来了干扰声。

郎伯仔细调着电台，终于声音不再断续：

“随着卢沟桥事变爆发，日军发动全面侵华战争后，战火已呈席卷之势。只怕战火会蔓延到上海，上海形势危急万分，政府已做好了准备，战争一触即发……”后面的内容大家似听进去了，又似没有听进去。郎伯沉默地听着，静静地抽着雪茄，脸上没有任何表情，没有愤恨激动、没有大义凛然、没有难过悲伤，什么也没有。

满桌的美味佳肴仿佛全然结了霜，失了色，变了味……

“真打到上海了，怎么办？南京离上海很近，我们该怎么办？”秦淮瑟瑟发抖，像猎人枪口下的一只小鹿，慌得忘了逃跑。

“生意还是要做的，钱还是要赚的。”郎伯音色如常，没有任何起伏。

正端着最后一道菜上来的四姆妈脸色发白，笑意如霜，那一句“味道如何”冻结在了唇畔，尚未来得及出口，就被收音机里的消息吓得愣住了。随后爆发出一连串要命的大叫，“阿拉要死的啦！要回乡下啦！不得了的，不得了的。”她慌得丢下了菜，一心只想早早躲回乡下。

华生没有搭话，只是眉蹙得紧。而白荷早已是醉醺醺的，什么也没听见，口齿不清地胡乱说着话，“干，干！”

石头从外而来，他的神色是少有的严峻。他仔细地瞧了瞧白荷，眼里露出了一丝难以察觉的不屑；但华生还是捕捉到了，他敛下了眉眼，只当没有瞧见，把玩着盛了酒的青花瓷杯，晃荡起琥珀色的琉璃酒光。

而石头俯下身子，在郎伯耳边说着什么。郎伯点了点头，石头便快速地退了出去。一时之间，屋里的气氛有些怪异，似是安静，又非安静。杯子里的酒晃出了些许，沾在了月牙白的长袍上，郎伯站了起来，向客人礼貌地说道：“我换过衣裳再来。”

他转进了卧室里去。自石头出现后，秦淮就觉得，必是有什么事发生了。

等郎伯再出来，已换了一套合身的西服。他就站在花架子旁，掏出怀表细看，意态潇洒，眉眼清逸，与这一座古宅倒也相融。“原来这么晚了。”他说。

他在下逐客令了？华生一笑，继续喝酒。

倒是白荷，酒意清醒了几分，只觉着累了，她站起身就往里走。“去哪儿？”华生问她。她带着薄醉，回眸一笑，笑意十分璀璨，“困了，去躺一会儿。”她把这里当自己的家了？华生有些了然，继续喝酒。

而郎伯倒也没有拒绝一个喝醉了的人。“我先送你回去吧。”他对秦淮说，话锋一转，看向华生道：“要么一起吧，她醉了，就让她先歇着吧。”

“郎老板处事，我一向是放心的，白荷就劳你照顾了。”华生反客为主，他是在表明，白荷是他的。似是想到了什么，他把一张唱盘交给郎伯，“白荷喜欢听的，放给她听，她会睡得更好。”

郎伯接过，随手递给了一旁站着侍候的如妈：“给白荷放首曲子。”

3

房间里的白荷从床上坐起，她的脸庞酡红，醉眼迷离，头重脚轻地站了起来。她回头低首，忽然就笑了，笑声清脆。

垫了驼绒的床绵软无比，陷下的线条玲珑极了，那是她睡出的印子。她的手抚摸过滑软的缎面，海蓝色的床褥、被子颜色有些深，被子略薄，丝绸成缎，金色的兰草暗纹浓在了那一片蓝里。

这里是郎伯的卧室，古朴的拔步床是他的卧具，床上满是他的气息。看来她真的是醉了，居然趁着下人不注意，跑进了他的卧房。

她从玄关处看起，一直到拔步床，并没有郎伯提及的，飞镖扎进木板里的印痕。他的话有几句是真的？难道他并非只是一名简单的商人？忽然白荷就想起了李长青临别时说的话，“别让郎老板等久了。”

不对，他话里有话！他曾是郎老板最欣赏的珠宝设计师，他曾和自己一起到过郎老板家饮宴，那还是点翠行一案发生前不久的事，难道他真的在这里留下了什么？对了，兰！

白荷在郎伯的卧室里仔细地看了一遍。床边的架子上置有一盆兰花。她走近，兰花的叶茎里有一点黑色，像植物中烂掉的部分。她了然一笑，这是作为上司的‘珠宝’惯常留下的暗号。

手轻轻地按在花茎上，几片叶子刚好遮住黑色部分，隐藏得非常好。白荷把看似腐烂的那一节掐掉，叶茎里扎有一根极细的针。白荷心头一松，把针藏好。

“咚、咚。”谁？白荷心里一急，忙卧倒在一旁的太师椅上，嘴里嚷嚷着，“水啊，桃儿，给我水！”叫罢，还发起了脾气，把花盆摔到了地上。“砰”的一声响后，廊上的脚步声加快了。门打开了，白荷睁着迷离的醉眼，指着来人，怒道，“桃儿，你不听话了不是？连你也欺负我了，是不是！”

“我的大小姐！”如妈急步上前搀扶白荷，“怎么醉成这样，还把郎老板的花给摔了。”白荷还在骂着。许是动静大了，郎伯赶了过来，听见如妈的话，微微一笑：“不碍事，她高兴，摔便摔了。小心碎片别扎了她。”

“我要狮子，狮子！”白荷又开始嚷嚷，突然“哇”的一声，吐了一地。如妈有些厌恶地皱了皱眉，这孩子什么时候变得如此不要脸面，放浪形骸了。白荷全然不顾，还在嚷着要狮子。

狮子是白荷养的一只北京狗，样子十分漂亮威武，毛发极长，雪白无一丝杂毛，奔跑起来如一头玉狮子，因此得名。但此刻，上哪儿弄来狮子给她？如妈见她疯癫若此，更是犯难。谁料郎老板倒不介怀，笑道：“我看，她是想家了。”

如妈何等伶俐，也就接下了他的话头：“那我先送白小姐回家。”车子就停在院外，郎伯摸了摸小胡子，道：“也好。”

如妈扶了白荷离开，顺道叫下人进来打扫，一拨儿的下人捧了各式器具进来，扫地的扫地，洒水的洒水；后来的捧上熏炉，点了一小截沉香屑，忙侍弄着香料，一时间，大家皆忙碌起来。

室内尽管忙，但不乱，更静。郎伯瞧着下人手中的兰花，黑色的地方掐掉了、不见了，他一笑，心里叹道，她行动了。那盆兰花是珠宝设计师李长青前些天过来饮宴时送给他的，因其珍贵难寻，价格自是不菲。此盆龙舌兰到了晚间会吐出丝丝芳香，所以他便放到了卧室里。李长青？郎伯在心中暗暗念叨，若有所思。

电话忽然响起，尽管下人仍在，郎伯也不避忌，随手接起："喂？"

"租界内不见了许多日本侨民。"是石头的声音。

"你现在哪儿？"郎伯问道。

"巡捕房。"石头答。

"知道了。"郎伯搁下了电话。看来事情有变了，但愿白荷能探出虚实。突然地，郎伯便想起，日本侨民的失踪就是在李长青来饮宴那段时间开始的。

另一边，白荷终于回到了家里。如妈吩咐了桃儿照顾白荷，便离去了。

白荷喝醉时的脾气非常大。桃儿有些害怕，但还是战战兢兢地服侍起她的小姐来。狮子听话地蹲在白荷身侧，很安静，轻舔着她垂下的手，似在安慰伤心难过的女主人。

电话铃响了，是桃儿接的。不多久，室内便响起了动人的旋律，是《听心的乐章》。白荷听着听着便不闹了。桃儿见此，忙扶了她到床上，为她脱去衣服，盖好被子后，方才离去，"还是米先生有办法。"桃儿一边走一边轻声自语。

原来是他，这就是他送自己的礼物吧！白荷忽然笑了，想起了华生那天说过的话，"那不知道白小姐是否赏脸陪我去唱片行看看呢？我想为我的心上人选一份礼物。"

许是有些睡意了，"狮子别拱，痒痒。"她轻声细语，推了推身旁的狮子。狮子委屈地看着她，她忽地一笑，道："过来。"狮子眼睛一亮，跃进了她的怀抱。她取出枕头边上的放大镜，照着手里的银针，针上刻有字，放大镜一照，此时一目了然：日本侨民。

字迹是陌生的，但"民"字后还刻了一枚类似钻戒的符号。那是上司李长青平常用的暗记，因为他的表面身份是珠宝设计师。如今再用这个暗号，也就是说她新的上司已经出现。

她就着这放大镜，在银针上细细查看，生怕漏掉了其他信息。她发现在银针的针口附近还有一个符号，那是一本书。难道她的新上司，就是"珠宝"无意中提起的"雅客"？白荷把针穿上了线，放到了针线篓里，是的，它本来就是一根寻常不过的绣花针。

白荷把玩着放大镜，心道：除了这把特制的高倍放大镜，所有的放大镜都照不出绣花针里的秘密。

而这放大镜，不过是欣赏珠宝时用的寻常镜子而已……

第九章 情爱陷阱

7

尽管有些薄醉，但不妨碍白荷的思考。可是她压不下心中的委屈，借了酒劲发作起来。

“珠宝”对她亦师亦兄，那种亲昵是构建在关爱之上的。所以尽管“珠宝”对她很严厉，把她调教成了出色的间谍，这期间，有打也有骂，但“珠宝”对她更多的是关心和慈爱。

所以每当她彷徨难过时，她总会奔向他，向他寻求温暖。而这一次，她也是这样做的。尽管很危险，她知道，她什么都知道，但她也不过是个凡人，抛却那些保家卫国的崇高信念，她不过就是个弱小的女子。

翠羽黄尾的艳丽鹦鹉被她放飞了，鹦鹉个头儿不大，小小的一点，却拖了长长的翠羽扇尾，黄绿点缀其上，比起所有的“点翠”手艺更见精巧。它的眼睛小小圆圆的，黑漆漆的一点，溜溜地转，仔细看了，才会瞧见黑玻璃似的眼珠子底下的红影。

它飞得远了，融入了夜色之中，他/她会来的吧？

如白荷所愿，他来了。他站于明孝陵的下马坊牌楼下，一身中式黑色长褂，戴了顶黑色的帽子，就那样背对着她。听到声音，他尚来不及回头，白荷已看到了他手上拿着的一个怀表，她身不由已地上前去，从后搂住了他。

他的身体明显地颤动起来，过了许久才压制下。他一句话也没说，就那样让她抱着，她将脸埋在了他背上，她的声音有些哽咽，但他静静地听她说着：“你在怪我对吗？所以才会拿郎老板的表提醒我吗？我知道不该在这个时候谈什么儿女情长。但我真的很喜欢郎老板，我真的很喜欢他。让我任性一次好吗？就一次！你是‘珠宝’挑选出来接手的人吧？他真的很照顾我，所以才派了你来吧！见着你，我就感到很熟悉！”

当他听见“郎老板”三字时，身体猛地一震，过后，他用极沙哑的声音答：“这样值得吗？组织培养一个人得花多长的时间、心血，你表面是大明星，周旋于不同的人之间，你隐藏得那样好，但这一次的任性，你知道有多危险吗？”

声音是陌生的，但她远远瞧着他的背影，便觉他给人的感觉很熟悉，他不会伤害她。她想走到他面前瞧他，被他拦下了，“就这样吧。”他说。

她懂他的意思，只紧紧地抱着他，将脸埋在他宽厚的背上。

你不该用这样直接的方法约我到此。你不要沉迷下去，趁着还未对郎老板情根深种快快远离他，他不值得。这样的话在“雅客”听见她的脚步声，想对她说时，便被她一口回绝。她喃喃地向他倾诉，她对一个男人深沉的爱。她根本就是一个弱女子，他怎忍心再去责怪她的不够谨慎、不顾后果约他见面的失误？

“别再有下次了，以后等我联系你。”他说。

“你比‘珠宝’还要纵容我。”白荷忽然笑了，“‘珠宝’是我这一生里，最亲最亲的亲人。尽管我们并无血缘关系，但他就是我的亲哥哥，我是他的亲妹妹。你是除了他之外，让我忍不住想亲近的人，你到底是谁？”她突然转过身，拨开他挡着脸的衣领，想看清他的容貌，但他戴了一副面具。

他不愿让她瞧见他是谁。

“见到我，对你并无半分用处。”他说。声音冷漠，但还是含了溺爱。“对不起，以后‘蜻蜓’再不会任性了。”她嗫嚅。

“蜻蜓？”他只唤了一声，便停住了，而她仍在等着他的话。他深深地看着她，最后还是道：“你要保重自己，勿再以身犯险，不值得。”

白荷的鼻子一酸，低下了头，“知道。”突然她抬起头，执拗地看着他，一字一句地说，“‘蜻蜓’会保护好自己，一心报效国家，死而后已，可我不会放弃爱他。”

雅客沉默了，风有些大，吹得她的脸很红，他握起她冰冷的手，小心揉搓，“无论怎样，你是最重要的，别伤着了自己。”他顿了顿，道，“你要愿意，仍把我当你的兄长，我会如‘珠宝’一样地待你。我们生于华长于华，在中华这片土地上，五湖四海皆是手足亲人。”

“好。”白荷点了点头，“蜻蜓是雅客的好妹妹。哥哥，你快把郎老板的东西放回去，他为人精明谨慎、手段狠辣，不便得罪。”

雅客低头想了想，依旧用沙哑的声音回她："以后你若想见我，便让人送一张唱片到电影公司来，随意一张都可以；或者，送来有书的符号的东西给我，我便会在这个时辰在此等候。如果我不出现，就证明我有可能出事了。"

白荷听了，眼睛猛地睁大："你在电影公司里？"

雅客被她逗笑了："'珠宝'能混在郎老板身边，我就不能吗？也唯有是你的同事，我们偶尔说上话才不会使人起疑。"

"那我平常能认出你来吗？"

"不要试着去认出我，对你我都没有好处，白荷。"这一声呼唤像极了她爱的那个人，郎老板也会带点无奈和怜惜地唤她：白荷。一字一顿地唤她，"白"字轻、"荷"字重，只有在郎老板动情时，才会如此唤她。

她神色一黯，微笑着看向他，"谢谢你。"谢谢你唤我白荷！她没有把后半句说出来。

雅客一怔，那双眸子有些动容，却也是一黯，他把怀表送给了她，低下了头转身离去，不再看她。

2

《天鹅湖》的乐声回旋于耳际，悦耳的音符使人动容。白荷宿醉醒来，只觉头痛，幸得美妙的音乐"哄"着她，不自觉地心情也似好了些许。

昨晚，她好像做了一个梦？手里握着什么，如此冰凉？她抬手一看，一条淡金色的链子掉了下来，金色的怀表落于枕间，满头青丝铺于淡金怀表之下，霎时间，她有些迷糊了，分不清这是梦还是现实。

轻轻打开怀表，一首动听的乐曲流溢出来，与方才听见的轻快乐章相交叠、相融合，在这样的清晨里醒来，只觉美好无比。这不是郎老板的怀表。原来昨天她真的醉了，不但把怀表看成是郎老板的那一只，更把雅客也误认作了郎老板。

脸上一红，羞得她无地自容，原来昨晚她真的有去找雅客。幸得，雅客确是个文雅的人，没有过多地责怪她。

站起身，把酒柜的玻璃门一一打开，尘封的酒香满溢出来，她把酒一瓶瓶地开启，动作娴雅，意态却阑珊，本是极美的画面，映入华生眼里，却是满目哀凉。

音乐何时变了，变成了《听心的乐章》？白荷疑惑地回头，唱片机旁站着的是华生，原来是他来了。

只见他手上捧着一杯热牛奶，透明的水晶杯里是纯白色的甜香，那一晃极软黏稠的白将窗外满满的一轮太阳映入了其中，连透出的奶香都氤氲着太阳的芳香。“还是喝些热牛奶吧，我放了一勺半的咖啡，提提神。不然得头痛了。”他笑着指了指脑袋。

“谁让你进来的？”白荷斜睨了他一眼，那种风情更似酒意正浓，似醒非醒。其实她根本就没打算再喝酒。她不能因酒误事，所以她本想倒掉它们。“谁说我要喝酒了？”未及他答话，她再次堵住了他想说的，“我是要把它们倒掉，统统倒掉。”无意间，她听到了门外有响动，定是木村在偷窥她！

“这么多的好酒倒掉多可惜，”他拿起一支尚未来得及开的酒瓶，“就当是我送你礼物的酬谢。”他把最后未开的几瓶酒拿起，放好。

谁料白荷“嗤”的一声就笑了。他蹙眉，无可奈何地看向她，而她光脚站着，远远瞧向他，唇边绽开一抹讥诮笑意。手轻轻地搭在酒红色的真丝吊带睡裙上，纤细的肩膀上，两根酒红的肩带上只随意地打了两个蝴蝶结，而她轻轻一拉，裙子便掉到地上了。

一室的春光旖旎，她在想，她果然还是醉着的。可她没有办法了，只有如此，才能瞒过木村。“你想要的酬谢无非就是这个而已。”她说。

华生立在那儿，只觉浑身冰凉，那样美丽的胴体，他是渴望的，但不是以这样的方式获得。他的喉结上下滑动，脸色苍白，唯那对深陷的眼睛静静地看着她。他原本淡褐色的眸子因为怒气而瞬间变得蓝了些许，任大海一般惆怅的情绪攫住了她。

他猛地转过了身子，冷冷地道：“你那样看我不要紧，何必要那样作践自己。你喜欢他就去找他，无须在我面前如此羞辱自己。”说着他提起装了酒瓶的袋子就要走。到了门前，他停住了，没有回头，“把牛奶喝了吧，快凉了。”

“你会画画吧？”白荷突然问道。音色里有止不住的幽怨。

已走到院中的华生再次停下了脚步，四处很静，静得能听见房间里的动静，有放洗澡水的声音。“会。”他答。

“替我画一幅吧……”

华生转进屋内，只见她已倚卧在洁白如玉的浴缸里，她的发丝披散开来，浸在了琥珀色的水里，她的脸色很白，似乎很冷。他大踏步进到浴室里，只闻到了一股强烈的酒香。她竟把自己的身子浸泡在冰冷的酒里。

他把手探入浴缸里，手指似冻在了冰凉的酒池里，他一个哆嗦，连忙抽出，取来浴袍要将她裹住。但她制止了他，她把头枕在他的手上，他的手温热地贴着她，温暖着她。“我想要那样的一幅画。”她忽地抬起头，一双哀伤的眼睛看着他，死死看着他。

“好！”他用力地点头。他取来画架，铺好画纸和调好色彩，看了她一眼便开始勾勒人物线条。

她就那样静静地躺着，眼睛带着谜一般的忧郁，眼神迷惘，脸色苍白。她一双雪白的手张开着，无力地搭在浴缸两边，比浴缸还要白。她的满头青丝铺落在洁白的浴缸上，垂下一缕酒红的液体，时而滴落琥珀色的晶莹，华生不得不叹，她究竟倒掉了多少酒，才蓄够这一池水。

许是冷了，但她死命地忍住了哆嗦，唇微张着，像是带了某种渴望。眼睛更加忧郁迷惘，似是脱离了生命的躯壳，而张开的双手分明又似在拥抱熟悉的死亡。华生的笔突然停止了。这一场景是如此的熟悉，他想起了他曾看过的一幅名画《Ophelia》。

初见《Ophelia》，他还很小。是爹地带他周游列国时无意间看见的，只一眼，他就迷上了那幅画，为此他不分昼夜地画，想画出画中人物姿态的一二。后来他才明白，没有功底的他，即便再画上十年，也不会得到半分神似。

于是，他开始学画画，就算学得很辛苦，他也不放弃，一直苦练。他没有买下John Everett Millais的《Ophelia》，因为他觉得用金钱来买卖，对Ophelia是一种玷污，她无法用金钱来衡量。她一直在他脑海里、心里，伴他成长。他觉得无须占有她才算得到，所以他没有买下那幅画。

“Ophelia？”他轻轻地唤她。分不清她是Ophelia，还是他爱着的白荷。

“华生？”白荷的呼唤把他带回了现实。他明眸一闪，像极亮的流星划过天际，光华一瞬，随即变得黯淡。“我想起了那幅画。”他说。见她茫然困惑，他便了然，她并不知道那幅画。他想，这样最好。

白荷没再问，依旧沉浸在自己的世界里，她依旧半侧着头，任半边脸漂浮于琥珀色的酒中，嘴微微张着，似在等待琥珀色的液体将其没顶，等待着死亡。她饱满的胸脯随着酒波起伏，琥珀色的光中泛起了葡萄酒特有的红。

酒的味道微氲，使他不觉地醉了。他艰难地咽了咽喉头，发出了极低极压抑的呻吟，似要摆脱些什么，他强迫自己想起了Ophelia，想起了那幅一直占据了他满满一颗心的画。他为什么会迷上谜一般忧郁的Ophelia，他自己也不知道。从他七岁时第一次见到那幅画开始，他就迷上了Ophelia，但他也再没有见过他的Ophelia。

Ophelia是莎士比亚笔下《Hamlet》里的女主角。她与丹麦王子Hamlet相恋，为了他的安全，她答应自己的父亲离开Hamlet，但她的父亲还是将王子杀掉。失去亲情、爱情的少女Ophelia疯掉了，她接受了死神的拥抱，唱着歌，一步一步地走向小河。她的眼睛睁开着，忧郁地注视着这个世界，她的嘴唇微张，她的双手展开，似在拥抱。她的身体就那样定格在了如春般绚烂却又昏暗无比的小河上，定格成了永恒。或许，在她拥抱死神的那一刻，她就清醒过来了，拥有了既是无尽忧郁，又是解脱的死亡。

那样的眼神、那样饱满惆怅的嘴唇、那样的姿态，使他着迷，Ophelia对于他来说是一个谜，白荷于他也是一个谜。他也说不清这种感情，但他深深知道，从第一次见到白荷的那一刻起，他就爱上了她。

所以他决不能让白荷成为Ophelia，他不能容忍白荷那双忧郁美丽的眼睛渐渐地失去光芒；他不能容忍，她微张的、饱满而又柔软的唇，失了水分；他不能容忍，她柔软诱人的躯体化作了一具僵硬的尸体，即使那样才能成为永恒。

他要她活着，即使没了灵魂，没了心，只要她的唇还是柔软的，她的身体还是有温度的，这就够了。他狠狠地撕裂了将要成画的、记忆中的《Ophelia》，幸而他没有让白荷成为Ophelia。

那幅画再一次与他擦肩而过。他始终没能画出她，拥有她，拥有他的Ophelia。

"华生？"白荷仍是茫然地看着他，她的思绪还没回来，她的灵魂好似也不在了。华生知道，因为郎老板的拒绝，她的灵魂早已灰飞烟灭。他狠狠地将她从水里揪了出来，她拼命地挣扎，"画，画！"她冷得只哆嗦出了这一句话。

"《Ophelia》的模特长时间泡在水里，一天、两天、一个月，还是两个月……只为了让她爱着的那位画家捕捉到那种神态，但她最后却得肺炎死了，死了！"他变得狂躁起来，用浴巾把她裹紧，卷走她身上每一处冷水，他不断地揉搓着她，只盼望她的唇不再哆嗦，她的脸色能红润起来，她的身体能温热柔软起来。

后来，他又疯狂地撕扯她的浴巾，他狠狠地吻她，她推他、打他，两人跌落在绵软的地毯上，地毯上沾了些水，黏黏地缠住了那彼此纠缠的身体。他吻她，手在她胸前揉搓，渐渐地，她的皮肤涌起了红潮，身体也变得温热起来，似一尾鱼，又似水草，灵活而柔软。

他在她耳旁呢喃："白荷，我要你！"他的手放缓了粗暴的力度，在她饱满滚圆的胸脯上轻轻摩挲，指尖在胸前划过，忽地一弹，她全身绷紧，无可抑制地呻吟起来。他的手划过她的腰身，划到哪里，哪里便起了层层酥麻，只幻想着让他进入到她身体的最私密处，深一些，再深一些。

“你在引诱我。”华生笑了，他深陷的眉眼刹那展开，他看着她，一字一句道，“说，我是谁？”她没有回答，原本茫然的眼神，瞬间燃起了愤怒，她再次想推开他，却被他牢牢地禁锢住。“说！”他往她胸前咬去，那样轻，那样重。

他的喉结滚动愈深，他仍在问：“说！”白荷倔强地仰起头，想看清他，最后在他的眸里，连自己都是不甚清晰的。她猛地咬住了他的喉结，不是挑逗，是狠狠地咬，咬出了血，她就如一头艳媚残忍的吸血鬼，一滴一滴地吸着他的血，只有他的心停止跳动了，她才能离开。

不知是汗还是泪水，滴到了她的眼里，那样痛。他哭了？还是痛极了？但他没有发出一点声响，他的暴怒瞬间变得平和，“对不住，”他说，“我只是不愿你真的死去，所以才想占有你的身体。那样即使你恨我，你也会选择活下去，而不是为了郎老板，让自己一点一点地死掉。”

她茫然地松开了嘴，带着满嘴的血腥味。他正要松开她，她的眼神一变，那种决绝让他心悸。她只用身体相就，猛地一撞，他便进入了她身体的最深处。

白荷痛得面目都扭曲了，他没有忽略她决绝的眼神，她在那一瞬，下定了某种决心吧？只要不是赴死的决绝，他都可以接受，即使是她恨他。他放缓了动作，怜爱地捧着她的头拥入怀里：“傻孩子。”他的动作温柔而性感，带领着她飞翔，脱离了身体躯壳，越飞越高。

他始终让她紧靠在他胸前，让她听见他的心跳。而卧室里，始终回荡着他送她的《听心的乐章》。

第十章

心计

1

白荷病倒了。许是心灰意冷，许是借伤成毒，她缠绵病榻，日渐消瘦。

她静静地躺在黑天鹅绒铺就的床褥里，她的眼睛、脸颊都深深地陷了进去。陪在她身边的始终是华生。

木村小姐一听到白荷病了，急急赶了来照顾她。藤井先生更是心痛得不得了，特意请来了德国医生为她诊治。德国医生说，藤井小姐得了创伤性心理疾病，需要极耐心地开解才能有所缓和，并不是一朝一夕就能治愈的。而病人会对医生有所抵触，所以他会每个星期过来一次。

听着德国医生的话，白荷茫然地躺在床上，看着鲛纱织就的层层帷帐。阳光就那样肆无忌惮地跳跃在帷帐之上，雪白晶莹的鲛纱薄如蝉翼，晃动间如无数朵随风飘散的蒲公英落于水光之中。

而挑起薄如云雾的帷帐的，是一对精巧的挂钩。那是一对垂着数络碧玉小珠作尾的凤凰，偶尔随风扬起，小珠叮咚，摇曳生姿，碧影翩跹。白荷喜欢微侧着脸，看着那一对凤凰和它们拖曳着的长长碧羽，像极了挂在花梨木架上的小翠，那只翠羽黄尾的艳丽鹦鹉。

“小姐很看重自己的容貌，她喜欢美艳的珠宝。”木村说着，欲开保险箱取出那些珠宝哄白荷开心。脸色苍白的白荷，眉心忽地一跳，但她没说什么。“哪个女子不注重自己的容貌？可白荷不喜欢那些。”华生怜爱地抚了抚她婉约的眉。

听他如此说了，木村只能作罢，有些悻悻地瞄了保险箱两眼。“你喜欢小翠吧？”华生把那只叫小翠的鹦鹉拿到白荷面前。小翠站在木架上滴溜着一双精灵般的眼瞧着她。华生把一颗花生米递给小翠，它用灵巧的脚接过，欢快地剥壳吃起来，还发出“啾啾”的讨好声音。白荷不自觉地笑了。

“还是米先生有办法。”木村说道。

床榻旁放着两株白色睡荷，虽未完全盛开，也懂迎风婀娜，柔白的花瓣微微低垂，似睡似醒，衬着清风良辰，美好得不可思议。这份静好，也唯有久卧病榻的白荷懂得欣赏。

“喜欢吗？”华生轻柔地托起花枝，分了一支细荷放到她手心上，荷香缥缥缈缈，闻之令人欣喜。“你若是喜欢，我明日再带些来。家里池塘开了好些睡荷，高高低低的，瞧着十分可人。”华生耐心地陪她说着话。

原来是他送的。白荷纤眉轻挑，沙哑地说起话来：“郎老板是惜花之人，木村你替我送过去吧。”再指了指案桌上放着的空花瓶。木村答应了一声，利索地取了花瓶向外走去。

她也病了好些天了，但郎老板始终没有来，只托了秦淮过来问候。华生能明白她的想法，她无非是想让郎老板惦记她，来瞧瞧她。但她又是以什么身份呢？她已是他的了……华生心里五味杂陈，床褥被子被他攥得紧紧的。“白荷，一直躺着不好，我扶你起来走走吧，他……他要来也不能马上就到的。”

“也是。”白荷笑了起来，苍白的脸上泛出一丝潮红，衬得她愈发的不真实。华生似明白她的一切所想，为她取来了镜子。

镜子里的自己形销骨立，再无半分美态可言。“是瘦了些，但楚弱之姿犹胜从前。”华生微笑着看向镜子里的她，镜子里俩人都显得单薄苍白。他何时变得如此憔悴清癯了？白荷的心猛地一缩，感到了一种如针扎的疼痛。

华生始终保持着微笑，他从抽屉里取来胭脂水粉，细细地为她上妆、为她描眉。“你一定替不少女子上过妆。”她难得地开了口。华生的动作没有丝毫的停顿，为她纤细弯弯的眉描上最后一笔。“我妈咪是在金陵长大的苏州人，对妆容十分在意，我从小替她画，也算熟能生巧了。”他的音色温柔，眉眼舒缓，隐去了那一点落寞。尽管父亲宠爱母亲，可从不曾给她名分，只因父亲的家族不承认她。而母亲更多的时间不过是独守空房，懒画眉罢了。他不过是想母亲开心而已，才自动请缨要替母亲上妆。如今想来，不过是一场嘲讽，更觉可笑而已……

只有心爱的情人和丈夫才会替女子画眉，岂有孩儿替母亲上妆的？这一切白荷都懂，也明白了华生的可怜。白荷一叹，将他轻拢入怀，让他靠在她胸前，柔声道：“华生，我没有怪你，一切都是我自愿的，你不必感到自责。”

“白荷，你这是在惩罚你自己，你总是舍不得惩罚别人，所以只会惩罚自己。我不愿你这样。让我来照顾你，把自己交给我，好吗？”华生环着她纤瘦的腰身，真怕稍用力，她就碎了。

她沉默不语。

无法，华生只能取来大衣将她裹紧了，将雪纺织就的花瓣领子理好，妥帖地衬在她细长的项前；再为她梳理长发，她有一头美丽的头发，原本曲卷的时髦发型此刻变得无比柔顺起来，只发尾处仍有些微卷的波浪，可能是病久了，发丝有些泛黄，但不影响它们的丝滑柔顺。华生怜爱地吻了吻她的发丝。

“你不信任木村？”华生看了眼保险箱。

“我一向只信任自己。”白荷将镜台上的一只琉璃镶嵌的蜻蜓发夹别在了额前。她的妆容是那样秀雅，清新得如一朵水灵柔白的睡荷，等待着一只碧色的小小蜻蜓停在荷尖处。她的美是清雅怡人的。

2

等到郎伯过来，白荷已经十分疲惫了，她再也坐不住，却仍微笑着等待。郎伯心有不忍，忙将她抱回床上。

她的手很冰冷，紧紧攥着他的。郎伯抚着她的发，细心哄着：“若不想睡，那就躺会儿吧！你也要顾好自己才行。”他将被子裹着她，陪着她靠在床榻上。他的手细细地抚着她的满头青丝，最后定在了那枚蜻蜓发夹上。

白荷努力地仰头看他，他疲倦地一笑，道：“你就如那支蜻蜓立着的新荷，很美。”再想了想，他说，“发夹很衬你。”

“我也喜欢。”白荷不自觉地摸了摸额间的别致发夹。疲倦再次袭来，她把头靠在了他肩上，脸贴着他的脸，努力地睁了睁眼睛，但还是睡着了。

她长长的睫毛，不时地刷着他的脸，他的唇，痒痒的，软软的。“白荷。”他轻轻地唤了声，只有他和门外的华生听见。

华生就那样看着相依相偎的两人，自己的心是痛的。白荷醒着时，对她淡漠疏离的郎老板，为何当她睡着了，却以那样的怜爱吻着她的发、她的眼。华生甚至不能确认，郎老板对她是怎样的一种情感。他无须明白，他只是不能忍受郎老板对她的怜爱和亲吻，所以他悄无声息地退了出去，失魂落魄地回到家里，将自己关在了屋里，再也不肯踏出房门半步。

当白荷再次醒来，她看见戴了面具的“雅客”坐在床边，担忧地看着她。

“我很好。”她努力地笑着。

“傻孩子，别让为兄难受。”雅客仍是那样担忧，充满疼惜地看着她。

“你怎么来了？”白荷警惕地看了看四周。雅客做了止住的手势，用低沉且清晰的声音回答，“没有人在这里。”

“要打发走木村不是件容易事。”白荷虚弱地喘起气来。雅客就那样看着她，并不答话。“他还是走了，甚至不曾和我多说一句话。”她指的是郎老板。甚至连华生也走了，她在心里苦笑着。

“你当着华生的面，让木村去把郎老板找来，华生会伤心的。”雅客淡淡地说着。

“你看见我的暗示了。”白荷答非所问。“我看见郎老板接过你送的花瓶，而花瓶的形状颇像一本书，我就明白你在借郎老板向我传递信息了。”顿了顿，雅客还是决定说出来，“其实你不了解自己吧，你样样都计算得那样好。知道病得重了，郎老板会过来，知道只要郎老板在，华生就会离开，也会让木村掉以轻心，特意避开。那我来时，就可以避开所有的人。但你却不知道你的心里已经有了华生，所以你并不快乐。”

“没有，我和他并非是这样的。”白荷依旧否认。

雅客努力让自己平静下来，压低了嗓音，道：“你病了许久了。”

白荷摸了摸颈项上挂着的链坠。她的动作没有逃过雅客的眼睛，她的链坠换了，不再是放了白有英照片的吊坠。他利落地取过了她的项链，她无力抵抗。

将镶嵌了景泰蓝的花生型链坠小心地剥开，置于鼻端轻闻，有一股药味。他再看了看，取出铁丝将其戳开，里面竟放了细沙般大小的黑色药粒，有十几颗之多。“你靠服用这个，一直病着？”

靠药物拖延病情，她疯了？雅客等着她说话。“木村开始怀疑我了。”白荷看了眼放珠宝的保险箱，雅客也明白了珠宝里的秘密。他道：“木村想看里面的东西？”白荷点了点头，并把她无意间知道的事情告诉了他。

原来，白荷在郎老板家假装喝醉后，回到家里没多久又出去见了雅客。但当她回来时，木村已在她家里等候了许久。二楼不高，她本是想爬墙回到二楼书房里，但却在墙侧听见了木村和人通话。

木村说：“她虽是白有英和藤井先生的女儿，但和女刺客是否相熟，谁也不知道。只怕万一，她和女刺客真的是认识的，那她对我们大日本帝国是极为危险的。而藤井先生对她宠爱有加，只怕她现在的示好是伪装的。而且今晚她没有回来，也不在郎老板和米华生处，只怕有些什么情况，毕竟最近天皇下了命令……”下面的说话声音实在太小，白荷什么也听不见了。过了不久，便又听到木村的声音，“她有什么不妥？那倒没有什么异样，只是见她很爱玩赏她的百宝箱，里面倒是放了许多珠宝。她一旦玩赏起珠宝来，可是会花去整晚的时间的。珠宝里有什么秘密？这我不知道，她不让任何人靠近放百宝箱的德式保险箱的。好，我会尽量的……”木村的话再次低了下去。而白荷亦明白，是再探听不到什么有用的情报了。

听完白荷的诉说，雅客叹了声气：“难怪你会停下调查‘日本侨民’这件事，突然生起病来。”忽地，他锐利的眼锋扫过，冷冷道，“只是要撇清的方法很多，不需要生病自残。”

果然，凭着他的心细，她的一切皆是瞒不过他的。“我只是不愿意郎老板忘了我，我不过是想得到他的怜惜和宠爱。而且，只有生病才是最有力的证明。”

“结果呢？”雅客“嗤”的一声，狠狠地刺醒了她。“是啊，结果呢，他对我仍无半分怜惜，不过是我一厢情愿罢了。”白荷眼中的璀璨瞬间寂灭。

“放心吧，我的目的已经达到了，木村似是相信了我不会有那么深沉的心机，只是个一心为情所困的愚蠢女人罢了。我会尽快调理好身子，完成任务。涉及天皇亲自下的命令，只怕接下来的事情不简单。为了不让木村怀疑，我不打算从藤井身上下功夫。过段时间有个舞会，藤井说了要介绍日本上流社会的贵妇和绅士给我认识，我打算从他们那里下手。”白荷不带感情地说道。

“你做事一向谨慎，交代下的任务也是漂亮完成，这一点我从不担心。我只是担心你，无论你用什么法子取信于木村，也不要伤害了自己。”他的眼睛看着她，似能洞穿一切，白荷一怔，垂下了眸子，答：“我不会伤害自己的，放心吧。”

是的，她用自己的身体取得了木村的信任。她偷听到木村的话后，悄悄跑了出去，故意买醉。还拎了酒瓶回来，她一边喝，一边吵。木村一边伺候着她，一边冷眼旁观，分析着她是不是在演戏，装醉发酒疯。

是她半夜打了电话给华生，只叹了一声便挂掉。第二天，华生来了，是她故意引诱他的。她知道，木村在一旁观察着她，所以她不惜在他的面前宽衣解带，甚至抛却身体。她的难过，她的心伤，她纠缠在郎老板和华生之间的情感让她病倒了。她不过是个寻常女子，想得到的不过是爱情。她就是个蠢女人，所以木村相信了她。

她和华生在浴室里所做的一切，都被木村这只老奸巨猾的狐狸监视着，只有经过了那一次，木村才能对她放松些。自己所有的心碎、挣扎，又有几人能体会？泪尚未滴落，已被他抹去。“郎老板，”白荷抬眸，手碰到了冰冷的面具，才意识到他是雅客。他看着她，那双眸子深邃不见底，轻易地窥见了她的脆弱，“以后，别再这样！”他说。

原来她做的一切，他都知道。“没什么，从加入了组织，就预备抛却一切，包括身体。”身体被紧紧地抱着，是他抱紧了她，“白荷！”他什么也说不出来。

“木村应该回来了。”白荷回过了神，让他快走。

“她被郎老板请去取你的一些电影拷贝回来，两大箱子，还要点算，重得很，我估计她没那么容易回来。而且郎老板的车子坏了，郎老板又被人请了去吃饭，她为了隐瞒自己的身份，估计也不好意思找藤井出面了。她得自己想办法回来了。”雅客难得地幽默起来。

“扑哧”一声，白荷果然被逗笑了，“怕是你在郎老板车上做了手脚，才坏的吧！”

“会笑就好，我走了。你多保重。”说着，他转身离开了她的房间。她知道，雅客会从书房离开，因为书房那里的窗户对着后山。她艰难地站起，倚着窗户，看着他远去的背影，白荷陷入了沉思，他和郎老板真像……

3

停止用药后，白荷的病情慢慢好转起来，脸色恢复了一点红润。但华生再也没有出现，他仿如消失了一般，没有丝毫音讯。

“连你也放弃我了吗？”白荷抱着狮子，把脸深深地埋入了它雪白的毛发里。狮子似乎感应到了什么，回过头来，瞪着一对圆鼓鼓的眼睛去瞧她，忙去舔她的眼睛和脸蛋。“我没哭，狮子。”她笑着揉了揉它的脑袋。

“藤井小姐的气色好多了。”德国医生推门而入。白荷眼睛一眨，又恢复了冷漠，面无表情地看着地板，并不答话。德国医生也不见怪，温吞地说着话，“又是我这老彼特来了。”

“心理医生不都是严谨安静的吗？”白荷淡淡地说。

“哟，嫌我这老头子聒噪了？也好也好，年轻孩子是该找年轻人一起闹闹，多说说话，心情也就好了。上次见着的那个美国小伙子就很不错，会是个倾听的好对象。”彼特点了点头。白荷没有意识到，彼特是在说华生。彼特觉得她有点难恢复，她的意识状态很差。

而白荷心里也知道，心理治疗需要的是患者与医生双方的配合，那样医生才能更好地倾听患者的倾诉，分析出可行的治疗方法。而她在治疗了近一个月后第一次和她的医生说话。“现在不就是一种进步了，你该满意才对。”白荷说。

“不，不，远远不够。藤井小姐的心事太重，已对你造成了很大的困扰。伤寒只是普通的小病，并非是造成你食欲不振、精神萎靡的理由。藤井先生没看出来，但你和我都清楚，这是心病。”彼特顿了顿，继续说，“你我也算认识了，不如这样吧，我还是叫你白荷吧，亲切些，如此一来，你对我的抵触应该不会那么大吧。白荷小姐，您看可好？”

这就是倾听的第一步吗？白荷不得不承认，彼特很专业，眼睛也很毒，他看出了她的心思，所以才会叫她白荷。“听说治抑郁的药吃多了，人会反应迟钝，如果是住进了‘那里’，怕是好人也变成了神经病了。”

“白荷小姐多虑了，那也要看针对的是什么病人，例如有些极为危险的狂躁病人，那也是没有办法的事。您只是抑郁而已，心里的事太重才会病倒，而我们的谈话就连藤井先生我也不会说的，只有建起了医患之间的相互信任，治疗才能进行下去。”彼特说。

“我知道，彼特先生是很专业的医生。”白荷点了点头。

“所以您大可放心，我们的谈话不会有第三人知道。”

“好的，我会配合您。”白荷努力微笑了一下，“如先生所说，我的父亲并不清楚和信任心理疗法，但为何还是请了您来？”

彼特爽朗一笑，并不隐瞒：“藤井先生一向赞同西医，但对精神科却不大认可。是木村小姐推荐了我，说有个人倾听，总是好事，故而藤井先生也就请了我过来。当然，我也觉得，他并不大相信我能帮助到您。”

原来是木村的意思，白荷心里想着，猛然提高了警惕，心想彼特会不会是木村的眼线？心理学科里，有一门技艺叫“催眠术”，如果他对我实施了催眠那后果将会不堪设想。白荷心下惊异，但还是不动声色地掩饰了过去。“我只是个小小的演员，心里能有什么大事？”她说。

“我也能从您的行为举止里猜测到，情爱于您来说，并非伤入骨髓的事。”彼特分析道。

“你很直接也很坦白，彼特先生。”白荷抬起头看向他。

“您的双手合起成尖角对着我，证明您很提防我。我还是没能做到让您信任，所以我的坦白还是未能让您看到其中的诚意。”

白荷听了一愣，连忙将手合拢，收到了案桌底下。她的提防更深了，而且她有很多事隐瞒着自己，彼特分析着。“您无须这样分析我，其实我不知该怎样处理与父亲的关系。”白荷掠了掠额发。

“您用了‘处理’二字来看待您和父亲的关系，表明了那是一件您急于要处理的棘手事，而非一种血缘的关系。”

“可以这样说，彼特先生，”白荷倒也不忌讳，慢慢打开了话匣子，“我和他二十多年未见，当父女相认了，又是在那样一种情况下，他是日本人，而我是中国人。我真的不知道该怎样去面对他和我自己。”

彼特听着白荷把她的故事说完。他淡淡一笑，宽慰道：“或许我来自一个中立的国家，所以我能有一个比较客观的评价吧。其实您会烦恼，正说明了使您烦恼的人不是旁的无关紧要的人，而是您的父亲。您是承认您的父亲的，因这是无可分离的牢固的血缘关系，即使您和他的看法不一、立场不一，也不妨碍你们的亲情。”

“无可分离的血缘？”白荷怔住了，“我还以为，您会像我父亲一般，让我听任他的话，按他的意思生活。”

“我说了，我是个无国界的糟老头，而且我也是您的医生，所以我需要做的只是解开您的心结，而非加重您的负担。连藤井先生也说了，我们之间的谈话是无须向他汇报的，所以您无须有心理负担，您的父亲在意的也只是你们的亲情，他不会勉强您的决定。”

第十一章

神秘的心理医生

7

“我想念您了。”白荷拨通了藤井办公室的电话。

于是，藤井把她接回了家里。

“看来彼特先生是真的有本领啊，原本我还不信。”藤井笑着看向自己美丽的女儿，心情说不出的舒畅。

户外和风袭袭，珠帘子被吹得“叮叮”作响，拂动起墙下的黄色月季。每颗珠子都是晶莹通透的，映着鹅黄的一片花色，如下起了一场玲珑雪。白荷看着那一帘珠子出了神。

藤井知道她的脾性，她是任性刚烈的，要说出那样想念的一番话来，也不容易。

“你的脾气也是郎老板纵出来的，连我这个老父亲也不要了。”他笑着叹气，看得出心情是愉快的。

“我一向住在那里，习惯了。”白荷冷冷说着。藤井只一笑，端起了一杯清酒细品起来，他何尝不是习惯了女儿的冷漠。这也是急不来的，等她慢慢接受吧，藤井如是想着，出口却道：“那里始终是郎老板的房子。”

白荷“嗤”笑了声，道：“木村没和你说吗？你的女儿就是那样愚蠢，只懂得讨好不爱自己的男人。天生的贱骨头，不是吗？”对着她的放浪形骸，藤井微微皱起了眉，劝道：“白荷，别这样糟蹋自己。我也没让她监视你，我只是让她好好照顾你。”

她仍是笑着，脸上的苍白藏不住，但唇上的口红却如烈焰。在酒柜前走了一圈，她拿了一瓶红酒，开启后，只轻轻地晃了晃，便直接喝了下去。“这又是何必呢？”说着，藤井抢过她的酒瓶，她却不依，因着喝得急了，有些薄醉，泛红的脸蛋上笑靥如花，“你不就是想看我出丑吗？就连木村也是存了这个心思，她看着我，总是一副鄙薄的嘴脸，我爱找男人，犯着她，惹着她了吗？”

“够了，白荷！”藤井一把夺过了她的酒瓶，“别越说越不成样子。”

案几上的酒壶、酒杯被她摔了一地，青瓷的酒壶裂成三瓣，如一朵色泽清丽的小花幽幽盛放。音色婉转柔和的《樱花》曲子戛然而停，两个盛装的艺妓收了扇子便匆匆退了下去。白荷狂笑着把藤井手中的酒杯也抢了过来甩到地上，杯中清酒如微薄的雨，洒落下来。“你不就是以有我这样的女儿为耻吗？告诉你，我就是你的耻辱，但我也以你为耻！以你为耻！你为什么是日本人，为什么是我的父亲，唯一的父亲！”

白荷的话使藤井动容。“我知道你想激怒我，尽管你想尽一切办法去否认，但我始终是你父亲，这是不可改变的事实。”藤井说着，以慈爱的目光看着她，他想，她是在开始接受他了，所以才会如此说话，她始终是在意她的父亲的。

“送小姐回房休息，”藤井吩咐完佣人后，转向她说，“白荷，我知道你不喜欢，但你是藤井白荷这已成事实。其实我也不想勉强你，在那边住着开心，你就住那边吧。这个世界其实是很宽广的，多认识些人没坏处，说不定你结识了新朋友就忘掉郎老板了。”他等了会儿，见白荷没有异议，继续说道，“这样吧，等你好些，我带你去参加舞会，你会喜欢的。”

房间原本就是替她准备着的，所以收拾得很干净。米黄的抽纱窗帘子轻盈地垂落地上，缀雪花纹的长长穗子如雪如雾迷蒙了她的眼睛。白荷躺倒在床上，哼着曲子，醉眼迷离地看着房里的一切，这酒的后劲倒也烈，她想着，就着半透的帘子看出窗外，外面是成片成片的绿色树叶，层层铺叠，似乎还夹杂了法国梧桐，那半张着的叶瓣与碧绿的叶子区别开来，偶尔风过，“扑簌簌”地离了枝头，如蝶展翼。

这样美的景致，她是喜欢的，但藤井真的心细若此，处处留心到她的喜好吗？“小枝，这些碧树新植的吧？”

正点熏炉的小枝听了，轻声回答，“是新植的。老爷说了，小姐见着一定欢喜。”她话不多，人也灵巧利索，一双巧手摆弄着那青铜熏炉。熏炉壁身上刻了好些纹路，用金色勾勒，双耳是嵌和田黄玉的象首，镂空的炉盖上立着一只小巧的铜象，铜绿斑驳。

淡淡的檀香驱除了酒气，还带了些兰花的清香，看着青烟袅袅，白荷清醒了几分，她知道，这只明代的象首双耳青铜熏炉是她在古玩店相中的，那时是华生陪在她身旁。他约她逛古玩街的时候，她还曾笑他，竟会对古董感兴趣，像个陈腐夫子，但她却也一眼相中了一件古玩，被他取笑为“唯小人与女子难养”。他笑她刁钻古怪，而那取笑却是含了满满的宠溺的。

怎么想到他了？！白荷诧异地摇了摇头，“布置得挺雅致的，”她顿了顿，不得不叹，“也难为父亲了，这样细心。”

小枝听了，倒是笑了，“老爷哪能如此细心，还不是美租界的米少爷的功劳？那时您还住在这儿，他来拜访您和老爷时，特意向老爷提了提您的喜好，老爷才能照样画葫芦地摆弄。连这铜熏炉也是米少爷送的呢，出手阔绰得很，他一定是很喜欢小姐的。”她的声音清脆稚嫩，样子也没长开，看起来十分天真可爱，也不过是半大的孩子。白荷放下了警惕，不动声色地问道：“你多大了，这么会说话讨人欢喜。好像不是本地人吧？”

“小姐，阿拉是上海人，可老家在苏州。阿拉今年十七了。”她恭敬回答。

原来不是日本人，白荷暗暗松了一口气，“上海来的，果然大气伶俐些。”她含笑赞道，“我也累了，你先出去吧。”

门被轻轻地关上了，等待了好一会儿，外面的动静完全地静止下来。想必小枝已经离开了。这一层只有这一间房间，小枝不可能待在其他地方监视这里的动静。白荷计量着，放缓了动作，离开床站在门后细听。

门开了极细的缝，观察完后，白荷轻轻地离开了房间。整个别院安静极了，白荷再放缓了脚步，朝前厅走去。前厅在一楼大堂处，那里一个人也没有。

家里不可能没人，白荷的警惕猛地升起，正想回到房间，却听到了三楼传来了声音。声音压得极低，但还是引起了她的注意。

三楼有两间房，分别是藤井的卧房与书房。谁在上面？难道有什么要事商量？白荷心里衡量着，一想到如是重要的信息，那就太难得了。但万一是试探她的呢？以藤井的谨慎，怎会发出如此大的声响，除非是故意的！

思索片刻，白荷还是回到了自己房间。躺在床上，她不断地想着樱花公馆的格局。她曾在这里小住过一段时间，也清楚藤井的生活习惯，他的公事会在书房处理，佣人不得靠近；如要打扫他的房间，佣人只能从通向卧室的那一处楼梯上去，与书房隔着还是有些距离的。

书房设有保险柜，她上次来时，就见到了。那一次还是她借着脾气，冲上楼去质问他为何要关着自己，所以她没有敲门便撞进去了，也一眼看遍了整个书房。藤井住在这里的时间很长，所以这里一定收了好些文件。

藤井表面上是生意人，但从他处理想侵犯她的那小队日本宪兵来看，能有这个权力，他绝对不可能是普通商人。他虽是处处掩饰，却因着这一点被她窥出了端倪。计较一番，她还是选择了去三楼瞧瞧，因为这个机会太难得了。

白荷正要开门，却听见了极轻的脚步声。这一吓，使她握紧门把的手不自觉地颤了颤。“别说了，她是我的女儿，不会那样做的。”是藤井的声音，虽压抑着，却被她听得一清二楚。

耳朵往门边上贴紧，另一个声音透过木门隐隐约约地传了过来：“不怕一万，只怕万一，这次的行动不容有失。她始终是在中国长大的。”尽管声音压得极低，但还是听出了是木村在说话。

“木村小姐，我让你照顾她而已，而你却在监视她，结果呢？她不过是陷进了爱里，弄至憔悴如斯，而你在怀疑她。她是值得信任的。但你的行动表明了，你我之间没有信任了。”藤井的声音含了怒气。

“我不是监视小姐，我也相信她，但我们的行动总得谨慎些……”后面的话已经听不清了，想必他们已到达了大堂。紧接着便听到了“嘭”的一声，大门关闭的声音。一楼前厅里有五间房间，有三间是佣人的卧房，一间杂物间，一间休闲室，相对隔开。庭院里还有一座小木屋，是下等佣人的住所。此时楼下很静，想必是藤井让佣人待在了房间里，别打扰了她的休息。

白荷佯装渴了，坐在二楼卧室的房门前叫着，“渴死我了，水……”她的动作还是大的，但偌大的房子里没有一个人走动了。等了许久，连小枝也不知哪儿去了，在这样安静的屋子里，她的胆子一下变得大起来。

她一步一步地往三楼走去，走的是靠书房的楼梯。转角那边好像有亮光，闪烁着的是什么呢？让人的眼睛也发糊了。思考的当儿，她的脚已本能地往楼梯上踏出了一小步。

忽然，樱花公馆外林传来了一阵阵的鸟啼。这一叫声打断了白荷的思路，她凝神屏气，仔细倾听，脸色越发的白，不容多想，她马上按原路退了回去，随意地躺倒在二楼的卧室门边上，不多会儿酒意上涌，她真的睡着了。

蒙眬中，她好像在与什么人吵架，又好像不是她在吵架，而是她“看见”了什么人在吵。

“我说了，她不是秘密组织的人，她真的就是因为心情不好喝多了。”像是藤井的声音，“她刚才还嚷嚷着渴了。她找水喝而已，值得你劳师动众吗？”话语里已满是嘲讽了。

眼皮有些疼，谁挑起她的眼皮了？太阳光有些刺人了，我真的在做梦吗？白荷昏昏沉沉，好像又听见了谁在说话。“木村小姐，她真的睡着了，这是装不来的。”一个熟悉的女音响起，但白荷想不起是谁了。

“对不起，先生。我也是求个万无一失，经过此次，我不会再对小姐有怀疑了。”为了示好，木村对另一个女子说，“把三楼对着转角的那块大玻璃收了吧。”

“对于我的鲁莽，我深感抱歉。只是从小姐和彼特先生的谈话来看，小姐对您好像还是有些误会。”木村继续说道。

藤井听了不耐烦地挥了挥手，“她有所抵触、抗拒，反而是正常的。她在挣扎，证明她的心里已经开始接受我这个父亲了。只是，”他顿了顿，声音变得凌厉，“为什么今天的她和往常有些不同？”

如此的微妙变化，他看出来了？木村有些慌张，但还是说了出来，“前段时间小姐的心情太抑郁，不肯进食，这样下去是不行的，所以彼特医生给她换了些药，吃了能抗抑郁，但是……”她小心翼翼地看了眼藤井，低声道，“这种药吃多了人会变得有些迟钝，如果用药后感到情绪高昂，也就证明她的抑郁消退了，可以减少甚至停止用药。”

“而你并没有让她停止吃药！”藤井怒得拔出了佩刀。刀上冷光射出，木村急得跪下道歉，“是属下错了。只是小姐也有意糟蹋自己的身子，不愿好起来。”

“所以你就任由她吃过量的药，她变得痴痴呆呆就不会对你构成威胁了？”藤井是真怒了。

木村恭顺地抬起头，眼神却是坚定的，她一字一字回答，“我也是为了大日本帝国。”

藤井吩咐一旁的女子道：“扶小姐回房，再把小枝叫回来。如果小姐醒了，让小枝给她喂些水。”然后转身离去。

等得藤井的脚步声远了，木村才冷冷地问起：“彼特还是什么都不愿说吗？”

“他说了，‘只有建立起信任，才能给病人进行治疗。’”女子轻声回答，“木村小姐请放心，这样一来反而使白荷放松了警惕，其实彼特虽然什么都不说，但我一直有暗中偷听。”

“西洋人始终是靠不住的。”木村恨恨道。或许真的是她太敏感了吧，此次试探，他们故意制造离开了樱花公馆的假象，再从通向三楼卧室的楼梯上去，在死角各放了块能反射的玻璃，如此一来，只要白荷想上来偷取机密文件，他们就能通过玻璃发现她了。

但白荷什么也没做，只像个醉酒的疯子一般，发起了酒疯。如果她真的是有组织的人，应该也探查到了日租界这边的动向，连天皇的命令她也不想知道吗？不会的，即使冒着会被发现的危险，她也会赌一把的，因为她的身份本就特殊，有藤井护着，顶多是将她禁锢起来，绝不会要她性命。

木村似是放下了一颗心，转身上了三楼，不再理会烂醉如泥的白荷。

刚才藤井坚持没有取走机密文件，把它放在了这里。手不自觉地放到了门把上，用力转了转，没有反应。藤井到底是怎么想的？木村眼神一黯，大步走着，离开了樱花公馆。

2

这些天，白荷都留在了樱花公馆里，由小枝伺候她的起居饮食。

小枝倒是个很贴心的小丫头。白荷想着，一看时间，彼特先生该来了。“小枝，送张唱片到电影公司，就跟郎老板说，我暂放他那儿的。”郎老板新买了一台唱片机，音色好得不得了，所以白荷买了好些唱片，寄存在他的办公室里，有空时就过去听。

小枝接了命令就出门了。

“白荷，我看见你的贴心小丫头了。”刚进门的彼特笑意盈盈，脱下帽子，挂在衣帽架子上，不忘美言，“你看起来好多了。”

“是的。”白荷依旧冷淡。他看了看她的气色，提醒道：“如果服食药物后感到兴奋、情绪高涨，那你就该停药了。”

能提醒她用药的分量，他应该是值得信任的吧？白荷点了点头，礼貌地回答：“好的，谢谢你，彼特医生。”

“你的心事还是太重了，找出造成你心理障碍的原因很重要，而你一直在极力回避这个问题。可用药有时是会造成依赖的。而医生用催眠的方法虽可以找出患者的病因，但医患间的信任很容易崩塌，故而医生皆不会轻易这样做。”彼特诚恳说道。

他的话意有所指？白荷眨了眨眼睛，有些不可置信地问道：“真的有催眠术吗？”“那其实是一种心理治疗术，一旦进入催眠状态，其实是以强硬的方法让患者正面面对自己的心结病因，而有些源头更是患者尽全力想忘记的，因为有些事、有些人忘记了，自己才会比较好过。所以忘记未必是件坏事，而过于执着和记得也未必是件好事。”彼特解释。

“所以你不愿轻易对我实施催眠？”白荷有些明白了。

“如果你愿意的话。”彼特老实回答。

“想必父亲很想知道我的真实想法，好让他处理好我俩之间的问题。”白荷叹气，喝了一口糯米酒，“很香的酒，入口糯而甜软，要不要试试？”她把另一只杯子推向彼特，并为他添上酒。

彼特没有推拒，礼貌地轻尝一口，不忘称赞：“口感不错。”“其实……”他顿了顿，继续说，“适当地和人交流，多出去活动活动对你有好处，我会和藤井先生说的。对了，我的一位朋友开有一家慈幼局，要不你去看看吧。藤井先生虽然急切想看到你好起来，但还是很尊重你的想法的。是木村小姐希望你能直面自己，快些振作起来，才向我提议催眠疗法，我不希望你和父亲的误会加深。”

“我明白的。”白荷放下盈白的骨瓷酒杯，浅琥珀色的液体慢慢地静止下来，彼特知道她有话想说，也就安静等待着。果然，沉吟半晌，白荷才道：“是老米歇尔先生开的慈幼局吗？”

彼特点了点头，他原本就没打算瞒她：“就在美租界鼓楼大街上，在金陵大学鼓楼医院旁边，那里住了好些孤寡老人和弃孩。这处慈善机构也有鼓楼医院的股份，医院的医生和护士皆是无偿替他/她们治病的。”

“希望我能帮上忙。”白荷若有所思。“你可以的，白荷。试着走出去吧！或许和他们接触下来，不单是你帮助了他们，说不定他们也帮助了你呢！你现在需要的是多些朋友，和米华生一起去吧，那孩子自闭得厉害。”

“他也是你的病患？”白荷十分惊讶。

“老实说，他现在的情况不好，情绪有些控制不了，极易暴躁，但沉默起来，又十分阴郁难琢磨，至今为止他和我说过的话只有五句，他对所有人都很抗拒。他说，他对你有罪恶感。”彼特留心观察着白荷的表情。白荷眉心蹙起，手不自觉地捂住了心脏，良久才说出一句话来：“我和他一起去。”

“那就好，今日的谈话先到此吧。以你现在的情况，我可以缓一个月再来看你了。”彼特向她挥了挥手，告辞。

见他走远，白荷才放下了看似坚强的伪装。她何曾敢再与华生往来呢……那只会害得彼此皆越陷越深罢了。

第十二章

突围紫金书院

7

白荷的身体已无大碍，只是精神状况欠佳而已。故而，多出门走动走动对她的健康来说，反是好事。

送走了彼特，白荷就接到了郎伯的电话。原来他收到她的唱片了，还未拆封呢，就等着她一同欣赏。她一听，便知不妥。因为她没向夜莺唱片店订购新唱片。可她仍是礼貌地答复了郎伯，说随后就到。

应该是雅客给她的信号：雅客要和她见面。白荷如是想着，连门也忘了敲，就踏进了郎伯的办公室。

“你的气色不错。这套巴黎新装也很衬你。”郎伯微微一笑，替她拉开了椅子。“谢谢。”白荷并不坐，而是踱步到了唱片机旁，直接拿起了未拆封的唱片盒，看了看。这是德国原版的黑胶唱片。“刚从洋轮上下的货，想必整个南京也是寻不到的了。好东西啊！”郎伯含笑摆弄着唱片机。

因着怕郎伯套她话，她并不接，反而说起了其他，“这哪算什么好东西，还是古巴雪茄好啊！一旦腾云驾雾起来，那是真真的好！”这盘唱片是雅客让人从德国带过来的，还是他在南京洋商行里得的，她并不清楚。手细细摩挲着盒面，她麻利地拆起了包装，可等把唱片取了出来，也没发现任何信息。

唱片已被郎伯取过，放进唱片机了。金色的唱针放下，动听的乐曲缓缓流出，浸润了整间办公室。她假意拿起唱片盒看着上面的德文介绍，只见第十首曲目的数字“10”有些模糊了。她想了想，了然一笑，道：“确实不错，也对得起我的血汗钱了。”

“白荷就是白荷，连嘲讽起我这老板来也是如此幽默。看来我得考虑增加你的片酬了。”郎伯半是无奈半是精明地摇了摇头。“真的？”白荷纤眉一挑，高兴地挽住了他的颈项，给了他一个吻，“那我真该好好谢谢老板了。”

气氛虽好却没有维持下去，只因他叫来了秦淮，并对她说：“白荷，你调教调教她。下一部《李香君》的戏，她和你一起演。”

若只是如此便也算了，由她演个小丫鬟或其他秦淮八艳之一的也没什么，可郎伯最后那句话却彻底惹恼了白荷，他说：“少女香君由秦淮演。二八年华的香君与秦淮还是很相近的。”

他是觉得自己老了吧！白荷柔美的唇角一挑，一丝凌厉从她冷艳的脸容里闪过，“郎老板觉得没问题即可，何须知会我？”粉红的洋裙摆子一甩，她就离开了办公室。

一旁的秦淮尴尬得不得了。私心里，秦淮是不愿得罪白荷的。不是因为她怕白荷，而是她打心底喜欢坦率直白的白荷。

“这……”秦淮欲言又止。郎伯看了秦淮一眼，道：“白荷的意思就是答应下来了，跟着她好好学。”再挥了挥手，示意她出去。

秦淮的步子轻盈，她走了出去，刚关上了门，就听见了他对着电话道：“陈局好。什么？我得注意安全？！”这一句恰好被秦淮听见了，她的脚步一顿，悄悄地伸出手，把门开了一条缝，继续听着郎伯的话。

郎伯仔细问道：“最近我们这一带有学生游行？是抵制日货的游行吗？那倒是烦了，我一向有和日本人做生意的。我行里有没有学生？我想起来了，还真有一个，而且好像还挺爱看报纸的。什么报纸？不像是市面上常见的报纸。好的，有什么情况我会通知您的。我也希望我这一区太平，大家好赚钱嘛！最近有什么好电影？哈哈！您有眼福了。我的一个德国朋友刚注资进了电影公司，准备拍一部歌舞大剧，剧中场景、戏服皆是奢华奇美，两旦压场，我连整个儿后山都做了布置改动，意在把江南美景好好地呈现出来。后山安不安全？无事！那里是德租界了，安全得紧，闲杂人等不能进出，都是我的员工，不碍事！呀，真的是谢了！不用巡警了，您也知道，人多了反而影响拍戏！晓得，我会一切小心。今晚我请您老吃饭！”

秦淮已经听不下去了，压下了声响，快步离开了电影公司。郎伯刚才电话里提到的商行里的学生，她还真认识！伍小山就是那个满腔热血的爱国学生。更是她未缀学时的校友，只不过伍小山大她两级，所以不曾认得她。直到她救了他出巡捕房，俩人才算是真正认识了。

而在学校时，伍小山就是学校里的风云人物。报社、话剧团无处不是他的影子。他的一手好文章惊动全校，连新闻社的稿件也曾请他撰写。他表演的舞台剧全是他自编自导自演的，秦淮也曾是他的支持者之一。那时的他丰神俊朗，那样意气风发。尽管整日里穿着洗得发白了的校服，但处处整洁，无不妥帖，旁人又岂会想到他原是在码头做脚力的。

自从在狱外再次见到他，秦淮就开始留意他了。而他只差一年就大学毕业了，何故在此时突然退了学？难道他也是因着家里贫寒的缘故吗？

因为这个疑惑，她也曾问过伍小山。伍小山什么也没说，便带了她到他家里。家徒四壁，一室破败，而床榻上还躺着病重的外婆。那一刻，无须多说，秦淮便都明白了。

可伍小山还是笑道："听过金陵严朱世家吧？"不等秦淮答话，他一路说了下去，"人人都道金陵严朱两大世家互为姻亲，家大业大，谁人能想他们的一支血脉会落到如今田地。"许是这些事藏在心里久了、烂了，此时反而有一吐而快的意味，连他的声音都是颤抖的，"我母亲曾是唱评弹小调的伶人，她和外婆母女二人在大茶馆卖艺为生。她因着姿色出众，被严老爷强占了身子，本想一死了之，却因有了我而活了下来。她是个善良的人，并不想因仇恨而把胎打掉。因着严朱两家势大，要告倒他们是不可能的。她就躲了起来，到了别区卖唱。可我一出世，便被严老爷抢回了严家。只留了母亲与外婆两个弱女子在外流浪。只是严朱两家的人如何能容我！严老爷的大子、二子欺辱我是常事，正房更处处打压我、防着我。

"我在夹缝里求生存，拼命地读书，也一天一天地练着身子，我要他们再不能欺负我！而我母亲仍窝在见不得光的地方，为了养活外婆挣扎求存。我偶尔拿些钱物接济她们，却被母亲全扔了出去。她说，'小山，我们一定要有骨气。他家的东西，我不要！'而大子、二子更是联合了起来，冤枉我偷钱，我被毒打了一顿。严老爷那狼心狗肺的东西，在一天夜里，再一次强暴了母亲，她为了外婆，只能独忍，否则，严家便会害死外婆。后来，母亲再次生下了一个孩子。而她却得了失心疯，整日里疯疯癫癫的，外婆的境况更加凄凉。那是一个早产子，却因此被严老爷认为是孽子，是母亲背着他偷人！他要溺死我的弟弟，是我暗地里让外婆带着弟弟小海和母亲逃出了金陵，躲到了荒无人烟的乡下。

"后来，母亲失足掉进了水里死了。而我亦偷偷地跑出了严家，几经辛苦辗转，才找到了外婆。外婆受了许多的苦，而小海更是底子差，好不容易才活了过来。那时的我也有十四岁了，再不必靠严家生活。外婆做些糕点，每天早早地就出去坐摊卖糕点。而我则在码头工作，后来更考上了南京的一所教会学校，毕业后保送上了大学，一路走来原以为会等到好日子的那一天。不曾想外婆挨出了病，得了瘤，必须到洋人的医院开刀医治才有活命的机会。我只能辍学，再次回到码头上工作了。郎老板的码头货最多，而工钱也就比寻常码头多出两倍，甚至比一些文员的工作还赚钱，所以我就留在了那里。”

不到一刻钟，他的一生，也就交代完了。多少辛酸、屈辱在他微微一笑中等闲道来。这个连偏房所出的庶子身份都排不上的小孩，在一句句“野种”的谩骂、打压中活了下来，他只为了他的母亲、外婆、弟弟而眼含泪光，这样的一个大男孩，在秦淮面前，流下了辛酸的泪。从那一刻起，他们变成了朋友，可走进彼此心扉的朋友。而秦淮亦毫不隐瞒地说出了她的过去，直言她确是为了钱，才当演员。

“无须自轻，你与明月小姐皆不是爱慕虚荣之人。我阅人无数，谁是好人谁是坏人，一眼便知。”伍小山劝慰道。

“那郎老板呢？”秦淮话一出口，便后悔了。

等了许久，才听他叹道：“我看不清他。”

“其实那日能救你，全是靠了郎老板。他早已为你打点好了一切，你才能在狱里活着出来。他……他是好人。”秦淮嗫嚅。

“可他也不算好人。他与日本人亲近，就是自甘堕落！”伍小山冷冷地答。

“可他知道你情况，也爱惜你的才华，给你安排了码头上的文书工作，不必再做脚力，工钱也更高了。他不是你想的那么冷血的人。也许……”嗫嚅数次，秦淮终是说了出来，“也许我们不必把他想得那么复杂，他就是那样寻常的一个人。”

“也许吧。”伍小山叹了声气，毕竟没有郎老板，他怕是也活不下去了，那外婆与弟弟，他唯一的亲人也将活不下去了吧！

想到此，秦淮的心更乱了。她与小山已是最好的朋友。平常得空时，小山也会教她学习，替她把辍学时落下的课一一补上。他的事也不甚瞒她。他与旧时在校的好友取得了联系，更共同办了一份《救国报》！现下政府管得严，只怕此次会因了这件事，要惹出祸事来了。

她正要跑去码头找小山，却被一群游行的学生挡住了去路。领头的学生领袖，她也认得，忙问了小山在哪儿。谁料大家情绪高昂，大喊着抵制日货的口号，哪还理会得了她。而学生领袖更是二话不说，便把一支小旗塞给了她，拥着她一路向着郎伯的电影公司走去。

秦淮一急，扯住了名叫向峥的学生领袖，大喊道：“这是巡捕房设下的圈套！是圈套！他们早答应了日本人，一旦游行队伍行进起来，巡警就会抓人的！”可向峥如何能咽下这口气，回道：“抗争总是要流血的！我们中国人必须得有抗争精神！”他挥舞着手中的条幅，稳步前进。

“那小山在哪儿？”秦淮仍是不放弃。

“我也不知道。”说这话时，向峥的眼神闪了一下。秦淮何等玲珑，她知道小山根本就是学生团里的领袖人物之一，如此大规模的游行，他不可能不参加！一念及此，秦淮眼尖，看见了向峥因拥挤而被牵扯开的衬衣下摆，那里是一大滩墨迹。是机油墨迹，而非笔墨的痕迹。一顿，她就明白过来，大声道：“电影公司侧门靠后山，那里是郎老板拍电影的地方，更是德国人的租界区，郎伯的一位德国朋友已申请了土地权，遇事可往那里去。那处无人守卫的。”说完，她努力推挤着，离开了学生群，往紫金书院奔去。

2

说是紫金书院，不过就是个废弃的旧书斋。前清的秀才开的一个旧私塾，但风雨过后，便成了如今的破败模样。

书院掩映于绿树之中，颓败中仍可见旧时风貌，一梁一柱，上刻的梅兰竹菊图案依旧鲜活。秦淮酷爱兰花，曾在一小片风干了颜色的兰上，用指腹轻轻描摹，那时的小山还曾笑她爱伤春悲秋。

而如今的小山又藏在了哪里呢？推开院门，仍不见人，秦淮有些急了。“小山、安德、李报国、晓梅、锦秋，你们在哪儿？”秦淮的声音再大了些。

片刻后，挂着一幅褪了色的山水画的墙壁后传来了一声敲击声。秦淮一喜，上前一步，手抚墙面，细细摩挲，在画的下方轻轻一按，一小块砖墙是会动的。接着，墙面便打开了一个口，小山弓着腰钻了出来。

“怎么了？”小山眉一挑，手便朝里面挥了挥。其实秦淮的急切尽收小山眼底，他是何等机警的一个人，马上做出了指令。里面的学生也是手脚麻利之人，已有两人拿着一沓报纸和书刊出来，还剩两人怕是想搬动些机器，故而延迟了时间。

“来不及了！”秦淮一把拉过三人，朝里面大叫了声，“快跑！”

先出来的女学生锦秋急得直跺脚：“可是还有一箱很有价值的外文书！”小

山道："你们先走。"于是晓梅、锦秋两个女学生提了四大袋的书报匆忙躲进了绿林里，走前还不忘交代："我们在紫金天文台会合！"

小山在墙后拽出两个男学生，一把推开了他们肩上扛着的印刷器材："来不及了，快逃。"

"这套印刷设备很不容易得来的！"安德也是急了。不料李报国倒是镇定，拿出早已准备好的轻型炸药，点着引线后朝墙里深处扔去，大家急急退出了书院。

爆炸声不算响，秦淮也能料到顶多是炸掉了墙里面的一切，对整个书院不造成影响。可还没来得及庆幸，一声枪响，子弹恰恰打过秦淮身旁的石桩。"糟了！"小山低呼一声，带着大家往后院躲去。

"巡捕房的人怎么会下手如此狠？竟要动武？"安德一边退，一边掩护身子弱些的李报国。"此次根本就是日本人设的一个圈套，只怕游行的学生也会遭到武力镇压。"秦淮有些急，一个踉跄，摔倒在地。

枪声再次响起，小山猛地扑向秦淮，"呀"的一声低呼，他的左臂中弹了。"走！"小山带着大家往后院石栏下去。"报国？"小山扭头，只见报国站在那儿。"还有一个炸药包，分量不大，但可以缓一时。"报国弓着身子，点燃了炸药包，搁在了石栏最高处。

"嘭！"一声响，石栏上的大小石头纷纷滚落下来，砸往巡警。这一阵拖延，倒是让大家跑出了后花园，躲进了树林里，向紫金天文台方向跑去。

等大家终于在天文台会合时，李报国终因体力不支摔倒在地。到了此时，大家才发现报国肩胛骨处中了枪，弹头卡进了骨头里。

报国的情况十分严重，不宜再移动。可巡警一路搜来迟早会找到此处的，大家不趁早转移终是不妥。正进退两难之际，说话声骤起，众人的一颗心悬到了最高处。犹是秦淮胆大，最先反应过来，一把将众人推进了树丛之中。

是一串银铃般的笑声，紧接着几个七八岁大的孩子小慢步子跟了过来，手不断地摩挲着四处的围栏、建筑，原来是一群孩子，其中有些是盲童。大家刚要松一口气，却听一个奶声奶气的声音道："这是血吗？"分明是一个小女孩正指着地上的血迹说话。

"小湖，你看错了啊！这里只是脏水迹，不是血。"穿着西装革履的男人赶了过来。那背影瞧着甚是熟悉，秦淮正怔忪间，却听小山道："是郎伯！"

"他怎会在这儿？"一群学生低声嘀咕，安德甚至做了个绑的手势。而秦淮惊恐得捂住了嘴，不知该如何是好。

“怎么了？”又是一个熟悉的男声响起，这让骚动的学生压下了所有情绪，隐伏了起来。来人竟是米华生！这让秦淮在迷雾中找到了一条出路。

郎伯一笑，开怀之意溢于眉间：“你终于肯说话了！老彼特的提议果然是好，也只有淳朴天真的孩童才能打开你的心房了。”他上前一步，把小湖举起，抱到华生面前。“抱抱！”奶声奶气的小湖分外可爱，乌黑的发打着小卷，双手伸了出来，要搂华生脖子。华生一怔，深目里眸光一亮，眉头松开了，伸出手来把她抱稳，唇边的一丝笑容就这样猝不及防地铺展开。他许久不曾有过笑容了。

见报国脸色愈加苍白，秦淮再也顾忌不了那么多了。她颤抖着向米华生奔了过去，急道：“米先生，请您救救我朋友吧！”郎伯见此，长眉一挑，没有说话。“发生了何事？能帮的，我一定帮！”华生不明所以。

“怕是和这里的血迹分不开干系了？”郎伯取出了随身小刀，略抬了抬左手，道：“幸好血迹倒是不多！”一举手，刀便从手掌心划下，浓浓的血溢了出来，不断地滴在地面。华生已然明白过来，道：“放心！此处的台长和我相熟，他会给予方便的。”说着便往伤者走去。

一行人刚得台长安顿好，巡警便巡了过来。见郎伯和洋人在此，礼貌问道：“郎老板可曾见有陌生人经过？”

郎伯略抬了抬手，眉头一蹙，回道：“那倒没有。我和米先生带了孩子在此处游玩，颇有些时候了。许厅长有什么需要帮忙的吗？”

“没事没事！倒是郎老板客气了。”许厅长笑着搭腔，忽然“咦”了一声，接着道：“郎老板受伤了吗？”说着指了指地上的血迹。“是啊，刚才不小心被栏杆尖刺划破了手掌。也没什么大碍。”郎伯颔首，一转道，“怎么劳驾许厅长亲自到此了？”

见瞒他不过，许厅长一顿，有些犹豫，但想到郎伯一向有和日本人打交道，便摊了摊手无奈叹气，“还不是日本人对学生们的反日情绪有意见，驱了我们来当跑腿。可现下人没抓到，怕是难交差了。”郎伯听罢，手搭在了许厅长肩膀上，道：“我在日本人那里总还算说得上话，我去解释解释，许厅长不必挂心。”

“若是如此，那真是太谢谢郎老板了。”许厅长拱了拱拳。可一个转身，便向几个小孩子问道：“这里好玩吗？”

“好！”小湖拍着掌回答。其他的几个小孩子朗声道：“华生哥哥教我们好多东西呢！还说了围栏危险，会伤人的。”郎伯听了，溺爱地摸了摸小湖的头，道：“是啊！那个危险，郎叔叔就是例子啊！”转头向许厅长低声说道，“他们都是些盲童。”

如此这般地，终于要走了巡警，华生才松了一口气，愤愤不平道：“这些人的嘴脸真难看！倒是忘了自己是哪国人了。”

“日本人高压政策下来，他们也不过是混口饭吃而已。再说了，我也和日本人打交道，你不会连我也要骂了吧？”郎伯意态慵懒，靠在了围栏上，围栏里是高大古朴的天文仪。

华生想了想，道：“你和他们不同。”

“还要想啊？”郎伯笑道，“要想的，就是没什么不同了。反正我确是靠日本人赚钱嘛！不过我对政治没兴趣，我只爱赚钱！”华生听了，仔细地审视着他，本想说些什么，可一对上他沉敛如枯水的眸子，便什么也没说了。

“走吧！台长方才打了电话请德国医生过来了，想必也快到了。”郎伯拉着一群孩子率先进入了天文馆。

爱国义举

第十三章

7

“为什么要帮我们？”小山警惕地注视着郎伯的一举一动。

不理会发出低声呻吟的李报国，郎伯捋了捋小胡子，饶有兴味地注视着这群狼狈不堪的学生，道：“是华生要救你们，我不过卖个面子给他。”他手一抬，好玩似的指了指小山，“你倒真幸运，只是被子弹擦伤，不过你的朋友嘛倒是棘手些。其实你们还得谢谢李园，我也不过是冲着他的面子给你们些好处而已。”

“李园？”秦淮一脸疑惑。

“李报国想必是他自己起的名字。又一个狂热分子啊！不过他的父亲是洋行的董事长，他可是有身价的。”郎伯道。

一声嗤笑，小山不屑道：“什么人在你眼里都只剩下‘价值’二字吧？”

似是想了想，郎伯一脸的恍然大悟，笑了笑道：“对，还真就是这样！”郎伯顿了顿，眼角瞄向小山，侃道：“如非你的《李香君》剧本很得德国的朗科夫先生喜爱，你也不可能在此待下去。”

“什么？”秦淮一脸不可置信地问道，“剧本是你写的？”只见小山点了点头。“不要一副苦大仇深的样子看着我，”郎伯向着秦淮说道，“我可是给他开出了高价的，而且他现在不在码头工作了，直接来电影公司了。我也让他为你的小香君角色加重了戏份。他现在是我公司的摇钱树，轻易受伤不得！所以这种小事情我都可以保你，但若落在了日本人手里，你得和我撇清关系。”最后一句话倒是冲着小山说的。

“你放心！你是你，我是我！”小山啐道。

“这样最好！”郎伯对此回答颇为满意。而一旁的华生注视着郎伯，一脸的若有所思：今天分明是郎伯提议和自己一起到天文台散心，却如此巧合地遇到了落难的学生？但无可否认，彼特的建议是对的，和天使般的小孩在一起，内心真的感到很安宁。原以为，是自己在帮助这些误落凡间的天使，可谁料到，反是幼弱的天使拯救了自己的灵魂……

一旁的医生脸色严峻，幸得他想得周到，还带来了两位专科医生。眼下情况送去医院是不行的，马上就会被抓到，所以德国医生带来了简易的手术工具，要马上替李园进行手术。

时间一分一秒地过去了，所幸李园意志分外坚定，熬了下来。

“很不错嘛，自己装的炸药包，也懂得拆装机械。”从紫金书院回来的郎伯赞道。

“算你有眼光。”小山点了点头，“报国学的是机械专业，密室里会翻转的墙内机关皆是报国一人设计完成。”

郎伯看着李园，因着麻药的缘故他身体有些呆滞，唯那对眼睛光亮有神，仿佛病痛也无法击败他。郎伯笑了笑，道：“既是有一门好手艺，何不出国深造，以你的天赋顶多一年就可学成归来。军工器械对于战争是何等重要。与其躲藏着写些空泛的所谓救国文章，不如投笔从戎。只有最前线才是最紧要的地方。总胜过一纸空谈，还轻易掉了性命。”

“你这种人也配谈这些？”小山言语冷厉有刺，“请不要污蔑我们爱国的心！文章是唤醒国人内心麻木的最有效武器！否则鲁迅先生不会放弃医学，改为用一支笔点醒千千万万的中国人！”

郎伯一直注视着李园，只见李园眸光一聚，眼风颇为犀利。“此一时彼一时也。”郎伯说完此话，再没有作声。

过了许久，郎伯才将目光从李园身上挪开：“该如何报国，想必你心中已有了答案。”再看了看手表，道，“我该走了。”说着起身，向华生点了点头，慢慢地消失在浓浓的夜色之中。

而另一边的白荷也没闲着……

十点，她准时来到了明孝陵的下马坊牌楼下。而雅客早已等候多时了。白荷有些急，但还是警惕地看了看四周，才迈开步子向他走来，“出了什么事？”

“啾啾！”一声滑溜的鸟叫声传来，而翠羽黄尾的鹦鹉从雅客的帽子里爬了出来，样子甚为滑稽。

白荷一怔，叹道：“原来那天是你救了我。”

在樱花公馆那天，白荷一心想刺探情报，却差点儿被藤井和木村识破了身份。当其时，使白荷意识到不对劲的就是那一阵阵的鸟啼。

“也算是多亏了你自己足够心细，行动前把‘听’放飞。听是我亲自调教的，自会找到我。听，便是刺听情报之意。”四处黑幽幽的，而他们所处的地形十分幽深，隐进了下马坊后的四方城里。碑石耸立，巨大的霸下高昂着头，碑林愈发地显得孤兀而与世隔绝。犹是如此，雅客说话的声音还是低之又低，“除了听，它亦可传递信息，是我使它跃于树枝之上引鸟群鸣叫，绝不会引人注意。”

听爬上了白荷的肩头，模样儿十分兴奋。小翠也不过是它的假名而已，得主人唤它真名‘听’，它那双圆滚的眼珠子显出了十分的精气神儿来。“可你怎料到那是一个试探我身份的局？”白荷爱抚着听的小脑袋，问道。

“也多亏此事是木村临时起意，事前并无充足准备。其实我是早你一步到的樱花公馆，于是爬在高树上隐蔽等候。而藤井事前并不知道木村的计划，所以等到木村提出了，经过了一番争论，藤井才接受下来；到了此时，得了同意的木村才能从车上搬下玻璃块。也是得益于此番争吵，使我有时间从木村开来的车底下出来，爬到了树上观察。”雅客的神情凝重，可知此次确是弄险了。他顿了顿，继续说道：“其实我接到听时，原无过多担心。我随即驾了车出去游车河，可偏生遇见了木村正驾着车从荷里洋行驶出，那家洋行以买卖高档玻璃窗格子等洋商品出名的。我本能地觉得危险，可又说不出任何原因，所以在路途中寻了个机会，爬到了木村的车底下，随着她进入了樱花公馆。我一直候着，直到她把玻璃放在了书房和卧房旁边的各个死角处，我才明白了他们的阴谋：那里对着楼梯，只要你当时再踏上两级楼阶，他们便能看穿你的真面目。”

“所以你马上让听鸣叫！”白荷接了下去，可浑身早已全是冷汗了。这也是雅客通过唱片传递信息约她前来的目的。“临时起意，临时起意……”白荷反复念叨着，终察出了不妥，“那就是说藤井已相信了我，而木村仍会怀疑我，就因她的事前准备并不充分，便会疑心有漏洞给我们抓住？”

“是的。木村下次出手，只怕会更谨慎严密了。”雅客轻按她肩膀，从容道，“其实我们并非一无发现的。”见她不明所以，他继续说道，“若是普通日本商人，他们做事就无须谨慎若此了。而且为了隐藏身份，藤井的公馆里并无巡逻的守卫。他们装作和平的商人，其实于我们行事仍是有利的。”

白荷抿紧了唇，娇艳的唇上显出了两个细细小小的窝窝，是虎牙咬出来的。她想了想，十分疑惑，低声道：“可防卫如此简单，使人轻易混进来，你不觉得太轻易了吗？”

“这层我也有想过。经我多次观察，守在庭院里的下人多是身手不凡的异人，虽不多，可那五人已是厉害角色。而藤井与木村皆是习武之人，真有人混进了别馆里，怕是瞒不了他们俩的。而藤井在南京城一向甚有好评，做起生意来从不欺行霸市，在公众前也算有礼，故而并不担心有刺客来行刺他。”雅客分析道，独独瞒下了他早部了眼线在藤井公馆里一事。因着有那眼线提供五个异人的巡逻情况，使他能轻易地进入公馆里。

“藤井与被我们杀死的富商渡边不同。”白荷眉毛一挑。

“是的。藤井更善于隐藏，而这也更证明了藤井的身份十分重要。”面具下，雅客的长眉也不自觉地挑了挑。

“对了，我最后在睡梦迷糊中听到了极熟悉的说话声音，是在和木村说话的。可说话的人是谁我记不起了，只知道此人对我十分熟悉，怕是身边熟人……”白荷语声更低了，努力想着，可什么都想不起来。

雅客顿了顿，道：“我们以后得更为谨慎小心。现下日租界内风云迭起，许多特务潜伏其中，对任何人也不能掉以轻心，尤其是电影公司里的人。”一阵沉默，俩人皆觉得，他们离真相更接近了，可离危险也更近了。

2

“这究竟是怎么回事？”白荷看着被挤推得变形歪斜的铁大门问道，其中一扇门还被石头砸出了一个大窟窿。

木村见此，颇有些紧张，忙护着白荷。白荷心下冷笑，这日本女人倒也真会演戏，那一心护主的模样儿，自己也该给她这出戏打个八十分了，于是莞尔一笑，道：“你也别紧张，郎老板总会护着我的。”

提到郎老板，木村的眸光一亮，手不自觉地抚了抚胸前别着的蝴蝶胸针，正是郎伯送她的。那日，郎老板让石头把给白荷的礼物送了来，她不曾想到，自己也会收到一份礼物。思绪一打岔，她险些撞到白荷身上，忙说了话掩饰过去：“这怕是游行的学生闹出的动静，若是他们知道了小姐的真实身份，我担心……”话一顿，没有再说下去。可白荷早已恨得牙痒痒的，心道：万一木村真的把我的身份故意捅出去，以此逼我靠拢日本人，搞不好还要让我扮演“中日亲善”的什么狗屁大使，那我就真的成了名副其实的汉奸了！这可如何是好？

“小姐？小姐您是怎么了？”木村摇了摇发呆的白荷。白荷英挺的眉目一挑，笑道：“我身正不怕影子歪，没什么好担心的。”只见木村露出放松的神情，白荷知道自己的戏演对了。自己一向执拗，如果此时表现得太怯弱，那反而是有鬼了。“你送我到此即可，待会儿郎老板会送我回家的。”白荷摆了摆手，下了逐客令。

碰巧迎面走来的是李副导演，他笑容可掬地和白荷打招呼：“快去吧，老张已候着了。今天你既要带新人又要赶戏，怕是有得忙活了。”白荷一听马上进入了工作状态，连眼神也不一样了，浑身充满了干劲，哪还顾得了木村，转身小跑，一会儿就进入了后山片场。

秦淮已经在试戏了。而另一边，演五六岁小香君的演员玲珑可爱，眉目间仍是不解仕途凶险的天真表情；演小香君母亲的是一位名望很高的老演员。说是老演员其实她并不老，“老”字不过是突出了她演技的炉火纯青罢了。

“觉得如何？”郎伯走上前来。

“看来郎老板真的是花了大手笔啊！连息影嫁为富人妇的珊姐都被你请了来，想必门前那点小事也没让您吃着半点亏了？”白荷的话不无揶揄。学生游行闹暴动，日本人设下的圈套正好以此为由逮捕闹事的学生。只亏着自己在藤井处没发现半点迹象，否则此事也不会闹得如此严重了。

郎伯捋了捋小胡子，笑道：“这可是真冤枉！那些学生好好地从我后山里逃了出去，而我无端端被冲击倒也罢了，如今还被说成了施害者。现下日本人对我颇有微词，我倒是百口莫辩了。辩了就是汉奸，不辩嘛倒是得罪了日本人。”

“哟！原来我和郎老板是同病相怜了。”白荷朝着他耳后根吹气道。

“此话怎讲？”郎伯笑着问，并无半点担忧。而一旁传来“呀”的一声，原来是跳桃花扇舞的秦淮绊了脚。“看来秦淮对郎老板很着意，我不过是和您聊聊天罢了，她便分了心。这样的演员不太合格哦，郎老板？”说着她调皮地眨了眨眼睛，妩媚之态让一旁看着的秦淮红透了脸。

“所以才要你教教她嘛，经你调教，她会是一个大放璀璨光芒的明星。”郎伯的话说得十分诚恳，这让白荷的心很不舒服。“你倒是真的在意她。”白荷的声音有些哽咽。

郎伯一怔，收起了玩世不恭的笑容，道：“白荷，你错了。正所谓‘人无千日好，花无百日红’，过于鼎盛，不过是炭火其上。而我只想有个人能为你分担一下。你方才说的，我如何不明白，想必日本人也给了你不少压力吧？”

白荷正反复地琢磨着“人无千日好”这句话，听得此问，不经意地脱口而答："我怕他们会逼我拍中日亲善的影片，穿上和服，搔首弄姿，足足的一个大汉奸！"一说完，她就后悔了，闭口不愿再谈。

见此，郎伯开诚布公："你我合作多年了，你也不必处处防着我。《李香君》这个剧目并非我首先提出的。上海那边的电影公司早着手想拍此片了，但因着日本人的缘故，地方政府压下了此剧目，不准参演。而南京靠着国民政府的面子，日本人的手还不能如此深入国民腹地，因此《李香君》剧目才得以上映。我们都不过是借了李香君来映射一些东西而已。我们要有抗争精神，决不投降异族，仅此而已。你能出演最具灵魂的一幕，血溅桃花扇，绝不投降清军，这已能表明你的立场。那日本人再逼你做些什么也是无用了。即使戏到半途，你日本人的身份被故意拆穿，你也可向民众表明你的态度，让日本人自打耳光。"

一旁的秦淮再旋了一个旋，高洁的桃花扇优雅翩跹，随着她的舞步摆动。郎伯的眼光果真是好，秦淮确实是块好料子。而自己呢？何尝不是郎老板慧眼识珠签下了自己，更找来名师教导自己，把自己培养成红遍金陵沪上的大明星！白荷不得不叹。

少女香君因得仗义豪爽、知风雅的老鸨李贞丽收养，故虽落风尘，可眉宇间并无郁色。而作为秦淮八艳之一的香君，史料上记：因着生得娇小玲珑，自有她独特的美；她媚眼儿俏丽，顾盼间灿然生辉，小嘴儿微微上翘，更是妩媚流丽；她的俏皮里是同时养着天真与妩媚两个不同的小精怪的。如此迷人的一个小东西，确与高挑冷艳的自己是不大相符了。而眼神是最瞒不得人的，她的眼神早已出卖了自己，自己已经老了。白荷的目光柔和了几分，看着在林中起舞的秦淮，她微翘的娇艳小嘴，春光流丽的脸容，婀娜多姿的身体，娇小玲珑，活脱脱就是少女香君的模样。而秦淮，就是个既天真又妩媚的小精怪！

可最美的地方，仍是秦淮那双少女的眼睛，眼角眉梢皆是风情，朝着郎伯遥遥盼来，天真而不失妩媚的诱惑，怕是谁也难不动心啊！秦淮的眼睛是因着郎老板而生动吧，只因她心中有情。白荷有些羡慕秦淮了。

"她喜欢你，而自己还不知道。真傻！"白荷笑了，笑得像个孩子。

郎伯没有回答。

白荷敛了敛容，冷静道："我只是好奇，如此高压下，你如何能不卖日本人面子，独独选了此戏。"

"因为我得了华东地区最大的电影投资商，德国的朗科夫先生的帮助。"郎伯并不隐瞒，"他一向酷爱中华文化，自他得了一本清刻印的古书《桃花扇》后，就完全入了迷、着了魔，非要拍出来不可。他初见秦淮就觉秦淮八艳之一的李香君就该是如此模样，可他当时还有一个《一代歌后》的剧本想拍，我没让秦淮接。所以他就推出了这个剧目来捧秦淮。这个剧的剧作家是新人伍小山，虽是新人，可他写得确实不错。朗科夫认准了他这个剧作家，还出资资助他把剧本改编为白话版《李香君》，书马上就要上市了。也等于是一次软性的宣传了，为接下来的电影造势。我和朗科夫商议过，为了减少来自日方的压力，这部戏将会标榜为青年版的爱情故事，以赞美爱情为主题，爱情占了很重要的篇幅，也很适合粉饰现下社会的歌舞升平。而这部定为十集的戏将会是拍两集就在戏院播出一次，一次一集，如此一来就能提前收回票钱了。如果日本人中途禁播，那钱我和朗科夫已收回了成本，你、我、秦淮也都得了好的名声，该宣传的正面的东西也传了出去，日本人并不能真的禁止得了什么！而我也希望，这将是你最后一次演出了。"

白荷听了，怒道："我不会息影！"

"如果你不想被标榜成亲日分子，这一场戏将是你最好的，也是最后的一部作品。"郎伯并不恼怒，淡淡道，"个中利害你自己晓得。"

白荷陷入了沉思，她的眉拧得很紧，最后答道："我晓得。"

"如果放到一半真的被禁，那李香君坚决不投降清军的气节和抗争精神岂不是无人看见了？"白荷提出了疑问。

郎伯以手指心："真正的气节，这些内在的东西，在人们刚看到《李香君》电影的前半部分就已经觉醒了，有没有后面真的不重要，这也是日本人无法禁止的东西。也是我要分集上映的原因。当然最重要的原因是为了赚钱！"他狡黠一笑，又变回了原本玩世不恭、只爱钱的郎老板。

"整部戏最精彩的部分，就是结尾处的高潮部分，我将会送去俄国的万国电影节参赛，以明月小姐的美貌和演技，加上好的剧本和郎老板的支持，绝对能在万国电影节上获奖的。"说话的是个高鼻深目的外国绅士。他快步走了上来，站在俩人面前。

郎伯一颔首，向她道："这位就是朗科夫先生。"从郎老板和朗科夫眼神交流时的默契，白荷便明白，他俩关系亲密。"您好，我们的绅士朋友。"白荷站了起来，与朗科夫轻轻拥抱。"万国电影节上，将会有来自世界各地的华人学生和商人，他们看见了此剧目，一定会纷纷回来，为国效力的。"朗科夫道。

"让我在意的，还是整部片的艺术性！"白荷露出了职业性的微笑。对着陌生人，她可不能随意说话，露了自己底细。

朗科夫哈哈大笑起来，一口流利的汉语随即而出："那是自然！"

第十四章——假传情报

7

一连好几日，白荷皆在忙着拍戏，作息时间十分不定。毫无疑问的是，木村总在一旁窥视。

因着时间上的不定，白荷倒是很轻易地寻了个机会和雅客会面。没想到的是，雅客竟也是对她说了同样有意思的话：“《李香君》的剧本真的不错，她的刚烈也很符合你的形象。不过对于组织上的安排，我们都认为这将会是你的收官之作。”

“我晓得。”白荷也想通了这点。

“接下来的事，我们该同时着手进行了。”雅客压了压舌底，使声音听起来更沙哑。

“如此行事真的能成？”白荷多少还是有些疑虑。

雅客“呵呵”笑了两声，从身后取出了一个小型的德式保险箱。“如果有了这个，就能引她入局了。而且这可不是轻易就能开得了的锁。”他仔细地把箱递给了白荷。“但愿一切能顺利进行吧！”她叹了声气。

许是觉着累了，她打了个哈欠。她只是不明白，雅客最近为何交给她那么多的任务，让她没半分休息的时间。看着她如此疲劳，雅客也并非铁石心肠。他知道，白荷的心理疾病并没有完全好，反而是把个人的情绪藏得更深了。若非他安排下一连串的任务，只怕她仍会继续病下去的。“日租界最近的活动频繁又隐秘，所以组织上有组织上的顾虑。”他道。

“我明白的。我会尽快完成任务。”白荷对着他微微一笑，然后迅速地转身离去，身影融入了夜色之中。

夜是那样寂静，窗户开着，风呼呼地涌进，把一室清宁吹得有些散乱了。

乱夜里，浓云遮挡了明月，中庭内乱树稠枝浸淫于黑色之中，寒碜得让人慌。卧室内的一个黑影一闪，就低了下去。一切都透着一股诡异的气息。而风中隐约传来了一阵哭声，若有人肯细听，便也被那一声声“公子”唤乱了心神：“公子当为大明守节，勿事异族，妾于九泉之下铭记公子厚爱。公子——公子！”那一声声唤、一声声泣，如午夜戏台上，那飘卷的水袖柔柔的一晃，卷走了人的心魂。

午夜唱戏，本就是极唬人的一件事儿。白荷细细唱着，原来是《李香君》一剧中的台词，也是整场戏的高潮，过后，那样爱国的一个义女子便香消玉殒了。白荷曾学过京剧、昆曲多种唱腔，虽不精，但用在电影里却也是极好的了。她的这一声阴恻恻的哀怨调子，把卧室内的黑影吓得是心神俱裂。窗外风影一动，室内“一阵风”极快地从黑影后脖处掠过，黑影竟也没有察觉。那“一阵风儿”和白荷的行动配合得是十分好！黑影自乱了阵脚，自是一跃，从二楼后侧的地方跳了下去，避开白荷的视线。

如此一乱，白荷便趁黑进入了房间。

整栋小洋房没有半丝光亮，“啪”的一声过后，又陷入了新一轮的寂静。白荷特意放慢了脚步，候了一会儿才进入卧室。手顺势一拨按钮，天顶的水晶灯便亮了。

室内很整齐，一如她清晨离开时一般。小翠躲在天顶缝隙里，半分声息也无，唯一一对眼睛十分明亮，默默注视着她。她一招手，它便悄无声息地飞落于她手中。这段时间，狮子被寄养在电影公司里，桃儿也住在电影公司里照看狮子。每当接了大戏时，白荷总需要绝对的安静和绝对的空间，所以房子里只能有她一人，不许任何人打搅。这也是她的惯例，并不显得刻意和突兀。

喏，你想不到吧，这也不过是一个小陷阱而已。试想如果狮子在此，吠叫起来，倒是坏了你的好事了！白荷喃喃自语。她的声音极轻，露出了极淡的一点笑靥。

风吹拂着白荷的脸，甚是凉爽。这里不高，两层楼，那人跳下去逃了吧？白荷将窗关了起来，并把窗帘放下，如今这个地方也算是与世隔绝，无人能窥探了。她的针线工具随意地搁在了案上一旁。针线箩子是三个穿着小丑服的小孩子合抱着的造型，其中戴黄帽子的小丑，半垂着的帽尖指向书架。

那人果然不会注意到这个，也就不会去移动它了。针线箩子里面的线捆一堆一堆的，还放了一排针，针全装在了固定的针盒里。其中一根针还穿上了线，安静地窝于一侧。里面的一切皆是按着原来的顺序和位置排放。

而放珠宝的保险箱却有移动过的痕迹，尽管那人很小心，但还是被白荷发现。因着保险箱被移动过，所以保险箱的门页里掉落了两根黑色的头发。白荷捡起那两根自己原先固定在保险箱上的头发时，心情真是好极了！只要触碰了保险箱，哪怕动作再轻，也会留下痕迹的！“哈哈！”白荷低笑了两声，不由得想到，因着自己正赶上了时间回来，所以那人还未来得及开锁吧！放心，我会给你机会的！白荷微笑着，把保险箱打开，一一取出各式珠宝，再把它们放进了新的保险箱里仔细锁好。

第二天，白荷在片场里照例见到了木村。

木村依旧是一套和服着身，十分妥帖温婉，倒掩盖了她英挺的气质。来往片场的有各式的人，美工师正在把精美奢华的明朝戏服一一整理妥帖。而伍小山也在忙，此时，他正拿着笔在剧本上圈圈点点，一抬眼间，只见木村对着戏服若有所思。

于是，他放下剧本，走上前去，温声道：“小姐觉得这些戏服有什么问题吗？”

在人前，木村是恭顺柔婉的，她敛下了不屑的神色，莞尔道：“没什么，我瞧着挺有趣的。”

白荷趁着俩人倾谈间，上前了一步，瞧见了木村和服后、领子下的银色链子，更妙的是链子扣处还纠缠着小翠的绒毛。小翠本就是经过训练的鸟，善于隐藏。昨晚做贼的木村不会开灯，自然不会瞧见窝在天顶缝隙处的小翠。而小翠故意把一片淡米黄色的绒毛扔在了她的颈项处，对偷进主人房间的入侵者做了个记号。

小翠的绒毛细小，即使沾在了衣服上，也不易为人所发现。而绒毛因带了油脂，黏性十足。人一旦沾身，轻易弄掉不得。白荷上前一步，一拍木村的肩膀，绒毛就这样被白荷偷龙转凤取了出来。白荷顺口道：“和服也不怎么样吧！且是起源于我国的汉唐服饰，就连你们的东洋武士刀，也是起源于唐朝的兵器哟！”

看着笑靥如花的白荷，小山的脸色一变，对着木村道：“和服源出我国，更不能与我国服饰相比。并没有什么值得你们自豪的。我原以为你是喜欢我们的文化，喜欢这部剧，原来不过尔尔。”

“对的啊。这里是片场重地，闲杂人等不得靠近。”白荷跟着搭腔。被两人你一言我一语地抢白，木村的脸红一阵白一阵，可也确实找不到反驳的话头。伍小山不屑理她，便自行离去。

倒是郎伯过来解了围，“你们在说刀吗？关于东洋武士刀我还真有一把，还是宋代时的古物呢！”他用手比画着，谈道，“其实宋代以后，日本刀因其品质优良而大量输入中国，形成特定的日本刀文化现象，比如北宋欧阳修的《日本刀歌》到明代唐顺之的《日本刀歌》等等，皆有提及东洋刀。”见白荷一脸不屑，他轻咳了咳，继续说着，“只要是文化，都值得我们去尊重。毕竟每一种文化都是凝聚了古人的思想、精神，历经千百年而不倒才形成的。每个国家都是一样的。不过嘛，据《三国志·魏志·倭人传》载，日本邪马国的女王卑弥呼，曾于魏明帝曹睿景初二年，派大夫难升米等来中国通好。魏明帝在两国来往时，每一次馈赠予日本的礼物中，也总是有刀，所以日本人爱刀，确也是受了我们汉人的深远影响啊！”

跟着郎伯来的还有秦淮，秦淮听了，忍不住也嘀咕了两句：“可日本文化多源于我国，以前的倭国国小民弱，才会在唐时来我朝学改革创新，连制度都是学我们的。可见，单论文化，确是不及我国的。”

一番话，说得郎伯哈哈大笑起来，他摇了摇手，“莫谈政事、政事莫谈。我不过是生意人，而你这个小东西只是个还不错的演员。”他转而向白荷问道，“我送你的保险箱如何？可是最新式的了。是朗科夫先生特意从德国带过来的。任谁都知道我们的明月大小姐爱娇，而满头珠翠更是衬得你娇美倾城啊！”笑意渐浓，放浪形骸，倒也是他的本性。

白荷抬了抬臂，手腕间一只极通透的翠绿镯子便露了出来。她也确是爱娇，可又有何不好？笑靥一现，白荷娇声道：“多谢郎老板厚爱了。”

“你就是我的摇钱树，这点薄礼也不算什么。我只是不明白，你首饰繁多，何不寄存在银行呢？”郎伯皱了皱眉。

“我时常爱把玩这些个珠啊、翠啊的东西，自是不舍得丢进冷冰冰的银行保险库的。”白荷嗔道，“而且我住的地方是在租界里，治安一向是好，不会有穷疯了的小贼的。即使有，我有门卫守着，也是不怕的。”

木村因得了下台阶，自也是陪着说了好些话。她对于白荷的做派也算是了解了，也只有她才会当面讽刺自己。这本也没什么，可让木村发恼的是，白荷竟换了保险箱。木村认定，保险箱里一定藏了什么秘密，绝对不止装了珠宝这么简单，否则白荷不会紧张若此。

只要给我一些时间就好。我一定能把保险箱打开的！到时我就能向藤井证明，我的猜测都是对的！木村眸光一聚，温婉的脸容瞬间冷了几分。

这一微小的变化还是被白荷窥了去。白荷向郎伯道：“老板，今晚又要加戏赶场？”叹气声几不可闻。郎伯宠溺地捏了捏白荷柔美的鼻子，牵了秦淮的手离去。

“如此的左右逢源，红颜美人在怀，他真让人爱不得，狠不下，更放不开，你说对不对？”白荷像在对木村说，又似在自言自语。可不等木村回答，她便转身离去，而她的落寞连藏也藏不住……

木村见得了机会，喜悦从心底升起，可仍是冷静自持的。一转身，她稳步离开了电影公司，直到走得远了，才疾奔起来，开了车往白荷的住所赶去。

今天，她有足够的时间了……

2

戏场里一切按部就班，白荷既答应了郎老板，也就不辞辛劳地指点起秦淮演技来。秦淮精于歌，而白荷精于舞。

对于桃花扇舞，秦淮有些地方仍是拿捏不准，于是白荷现场跳了一段，一边跳，一边不忘指导。美工师推着装了道具的板车，从道旁过来。那里是个坡道，不知怎么，美工师的手一滑，板车就急急地向这边滑了过来；而白荷刚转了六个圈，霎时停不得，幸得郎伯眼疾手快，以手一推，板车并无直接撞到白荷身上，可推手却扫了过来，打在她的膝盖处，痛得她一个趔趄，摔倒在地。

片场一片大乱，美工师嚷嚷着：“我真的不是故意的！板车像是撞到了什么，我才滑的手！”可没有一个人理他，全都围在了白荷身旁。

“白荷你还好吧？要不要去医院？”秦淮急得快要哭了。见她如此伤心，白荷心下一热，吸着气道：“没事，别大惊小怪的。”

石头早开了车来，候在一旁了。郎伯推开众人，抱起白荷就坐到了车上。“去医院。”郎伯吩咐道。“不必了，我想父亲了。去樱花公馆吧。”白荷苍白的脸色有些吓人了。

“藤井先生有私人医生跟着，去他处也是好的。”郎伯应了，石头便直接开去了樱花公馆。

白荷心下欢喜，知道肯定是混在人群里的雅客在板车上做的手脚，造成突发事件，好让她出来。目光一敛，白荷又细细呻吟起来，她心道：倒也真是痛啊！

对于女儿的到来，藤井本来很开心，但见着白荷的模样时，他是心痛得连话也说不出来了。他挥退下人，亲自扶了白荷进房间。另一边的小枝伶俐地跟了过来，道：“老爷，我已经让黑木先生马上过来了。”

藤井只是点了点头，留下小枝照顾白荷，自己领了郎伯到一楼大堂聊天。直到黑木看诊完毕，以药草包扎散瘀，并说了无事，给白荷吃下了镇痛药后，藤井才放松了紧蹙着的眉头。

“今儿个真是麻烦郎老板了！”藤井替郎伯倒了杯茶。

“岂会！白荷一向是郎某看重的人，自会好好护着她。”郎伯微微一笑，从内袋里掏出一块古董怀表，“我是初次来此拜访，仓促之际未及准备。这块百达翡丽倒也不是一般俗品，与藤井先生气度相配，现赠与先生。请您笑纳！”

藤井颇为欣赏郎伯不拘小节的气度，颔首接过礼物，道：“那就多谢了！”顿了顿，他似是叹了声气，道，“我也没有备下好礼，无法报答郎老板的深情厚谊啊！眼下，老夫膝下只有白荷一女，而她也是属意郎老板的。若郎老板有意，不若……”

“不若做了这汉奸走狗，当了日本人的女婿是吗？”是白荷的声音。俩人闻声抬头，白荷就站在二楼走廊上，睥睨着俩人。

“白荷，不要这样说话。”藤井忍住了恼意。

“郎老板，你可自己想清楚了。娶了我，你就是公然投敌了。”白荷睥睨着脚下的虚空，谁也不看。

“白荷，你说笑了。你父亲不过是一介商人，怎么就到了投敌的高度？”他笑着向白荷招了招手，“还疼吗？下来陪我们聊会儿天吧！”

“我困了，去睡了。”她的眼神一黯，打了个哈欠，刚要转身回房，却又停住，忽然对着藤井喊道：“我的事就不劳您费心了。我和米华生就处得不错，我何苦要委屈自己，嫁个老男人！”

一席话说得郎伯笑着摇头，目送她转身进房。

“不好意思，小女被宠坏了。”藤井也就顺了这个台阶下。

郎伯一摆手，这件事就此打住。

其实藤井私心里是想招揽到像郎伯这样的人才的，看来得另寻机会试探他是否愿意了。想通了这点，藤井也就安然地品起了茶来。

“你和山本雄先生一向有生意来往吧？”见藤井有此一问，郎伯点了点头：“是有些生意来往。”

“其实山本是我‘藤井制药’旗下的一个负责人，负责粮油收购的事宜。江南乃鱼米之乡，常熟、苏州一带米粮尤其佳，故而我想把生意做大，不久将会向你购买大量的米粮。”藤井的话与其说是在询问，倒不如说是在下命令。郎伯眼睛也不眨，本能地回答：“只要能赚大钱，一切好说！”

藤井不由得竖起了拇指：“您是爽快人！”藤井的笑意一闪而过，心道：看来外界所传不虚，郎伯不单爱女色，更嗜钱如命。可他又为何如此爱钱呢？一个疑问又从藤井脑中生起，于是道：“正所谓君子爱财，取之有道。郎先生为何独独爱钱？藤某真的很好奇。”

“唉，前尘往事不堪提啊……”郎伯欲言又止，终于没有再说什么。

堂内陷入了静默，而二楼却暗涌顿起。

伺候白荷睡下后，小枝也靠在榻上睡着了。白荷听她呼吸均匀，方才小心地起来。为了预防万一，白荷取出内袋的一个小瓶，放在小枝鼻端片刻，小枝吸入迷药后陷入了昏睡。

门被极轻地推开，楼下大堂的人聊得甚欢，白荷一笑，蹑手蹑脚地上了三楼。因为庭院外负责庭院打扫、树木护理的下人皆是能人异士，所以白荷把腰身弯得极低。

取出小小的铁丝插进锁孔里，三两下门就开了。白荷仍是猫着身进入了书房，且避着亮光，从一应家私掩护着的路线走去。所幸放保险柜的地方是窗户对着的死角。即使有人隐在树上监视，也无法从窗户看见保险柜所在的地方。

偷盗一事虽不宜在白天，可那是对一般人说的。更何况白荷是藤井的女儿，且藤井在家，所以白天反而是防守最弱、最疏松，也最易得手的时分。

雅客曾多次派出不同的人在樱花公馆边监视，一般藤井在家，又是大白天的，能人异士是不会上树监视书房的，那样做只是平白无故地暴露他们自己而已。一想到此，白荷紧张的心情便放松了几分。

她看着保险柜的锁，目光一聚，平稳地伸出了双手。当锁盘旋转时，靠的不过是辨听声音里的极细微变化。而此时，木村丽子怕也是在做同样的事情吧！只不过自己的保险箱除了珠宝，真的是一无所有了。自己不过是故意制造了机会，让木村得到了假情报！

珠宝是真，几份《救国报》也是真。假的不过是一份文件，写明白了办《救国报》的隐蔽地点和一些学生的代号。而写信给白荷的学生不过是想请她支持他们，如果巡捕房有何动向及时地通知他们。因为隐藏的地点隐蔽，怕她会忘记，所以写了一个简单的大概地址，但具体地点没有说明。为了显得隐蔽，这封信式的文件是学生领袖用了特殊的颜料写在那几份《救国报》的其中一份里。要用一些方法，才能使字显形。木村是聪明人，绝对能解开这封隐藏的秘信的。白荷要将圈套设得如此隐晦，怕的就是木村不上钩。

而办报的地方巡捕房早一窝端了，伍小山等学生领袖更没有暴露身份。这不过是一则过时的情报。连情报也说不上，因为她与之相交的，不是身怀特殊任务的人，而是普通的热血学生。这样一来，也解除了木村对她的怀疑。以后再不用死死咬着她不放了。学生成不了太大气候，也不是木村真正的目标，加上白荷是藤井的女儿，木村是绝不会为了点小事而去问她要学生真正的名字的。

她不过是巧妙地虚晃了一枪。木村开保险箱、解开《救国报》里的秘密，是需要耗费大量时间的。而她真正的目的已经达到，就是调虎离山！樱花公馆没有了木村，一切将不成问题。

白荷收起了所有的杂念，眼睛眨也不眨地死死盯住转盘锁，手小心翼翼地再移动了一格。她感觉到，细细的汗从鼻尖里冒了出来。而早已结了茧子的手隐隐作痛起来。她明白，这不过是自己的心理作用。一丝回忆钻入心尖：为了提高手指的灵敏度，便于开各种锁，在训练营里，她每天清晨醒来的第一件事，就是取出锉刀，在右手拇指与食指指腹上不停地磨，为此曾磨得血肉模糊，痛入心髓，可这些她都挺过来了。正想着，她的手忽然停住了！

不对，还是不对，她集中不了精力！耳边的声音如此细微，楼下好像也没有什么动静，她一心两用了，所以无法集中全部的心神来对付锁。忽地，她想起了教她开锁的教官说过的话："别被自己的眼睛所束缚，不如试着把眼睛闭上，就靠听吧！全神贯注地听！"

对！靠心去听！白荷突地想起了训练营里，第一堂课上，教官提到并要他们每个人皆留心的"哈式急智"，在很多关键时刻，特工们就是靠了"哈式急智"才能渡过难关。于是她闭上了眼睛，手熟练而本能地慢慢旋转着，很细微的一点儿机械声音，声音转动得很纯，没有差错。最后一小格了，她的手终于落下。突然，"啪"的一声响，楼下的声音和保险箱打开的声音同时传来！

现在退出去还来得及！

可秘密近在咫尺了！

她到底该怎么办？

第十五章 偷窃情报

7

白荷倾耳细听，楼下再次传来了笑语声。想必方才只是有人不小心碰翻了酒杯。

手一刻也没有停下来，白荷仔细地翻找着档案文件，一份文件引起了她的注意：文件中标注的，竟是南京的各条大街小巷。

不可能，绝不可能如此简单！白荷加快了翻看文件的速度，并用时刻准备着的微型照相机拍下了一张张文件图片。

再下来又是几张南京市郊和内城的地图。还有两封电报！到此就没有其他文件了。白荷小心翼翼地将文件档案复原后刚想离开，却被书房一侧的罗汉榻所吸引。

藤井会不会把一些重要文件藏在了榻上呢？白荷脑中闪过平日里藤井靠在榻上看书的一些画面，而脚步也不自觉地移动到了榻旁。榻上垫了褥子和放了一个枕头。枕巾上绣着数朵粉色的樱花。仔细分辨，花蕊处竟像是些形迹模糊的字母和阿拉伯数字，这一发现使白荷一惊，赶忙拍照记录下来。

锁好门，一路小心地退回了自己的房间。

晚上，藤井留郎伯吃了饭，可饭后白荷坚持与他一道离开，并不留住樱花公馆。

一路上白荷都在哼着小曲，郎伯不忘打趣："看来你今天心情不错。"如此一来，白荷才发现自己太喜形于色了，心下告诫自己，以后再不可如此忘形。

"那老板如何？好像也心情不错哟，真是一脸风骚的样子。"白荷啐了他一口。

"你才风骚！"郎伯不由得笑了，"我又做成了单大买卖，难道不该高兴吗？倒是你，又为何高兴呢？"

白荷从郎伯的话中注意到了两个重点：一个，日本人为何大肆收购粮食？如是做生意，或是支持南京城内和周边地区日军粮食，那这个数量实在是太庞大了！第二个，则是自己的表现！在旁人的眼里，她是为什么高兴？她可得瞒住所有的人才行。以后她的举止真的不能再如此轻佻了！

“父亲让我嫁给你，难道我不该高兴吗？您可是个大有钱的人了！”看来自己得好好敷衍敷衍他了。白荷叹气。

郎伯似乎很受伤的样子：“那刚才非得拒绝我？”白荷娇媚地横了他一眼，道：“老板此言差矣，你并没有向我求婚啊，你当时真求了，难道我还不应承你吗？”

“有趣，有趣！”郎伯笑了笑，再不说话了。

白荷心下松了一口气。这个才是她一向该有的态度，易喜易怒，伶牙俐齿。

……

回到家，一看保险箱白荷就知道，木村得手了。抚摸着完好如初的保险箱，白荷忍不住“哈哈”大笑起来。

“公子当为大明守节，勿事异族，妾于九泉之下铭记公子厚爱。公子——公子！”白荷吊着嗓子唱了起来，这个时候，是该好好地唱上一唱！

2

白荷最近的状态一改平常沉默，有些近乎疯癫了。

彼特医生再次来看她，并对她做了安抚。“你的问题不大，只要情绪稍作控制便可。可华生那孩子还是不愿说话啊！”彼特不禁叹气。摇了摇头，彼特苦笑了起来，“不过他肯接受我的意见，出去走动走动，总算是好的。听闻他只有对着盲童时，才肯说话……”

送走了彼特，白荷有些发呆，攥紧的掌心处传来阵阵疼痛，葱尖似的指甲断了，可一切皆不及心痛，自己这是怎么了？她抚着脸，镜中的自己一阵恍惚。

甩掉了那些不该想的，她把彼特给的药从药包里取了一些出来，另放了一些进去。好了，你该去完成剩下的任务了。眼睛一亮，所有的疲劳皆除，她容光焕发起来，又成为了最明媚耀眼的大明星。

一袭黑丝绒旗袍，把她婀娜的身姿呈现出来。发型一改往常，把大波浪的卷发全梳到了脑后，一把镶满了碎钻的细细发匝戴在了前额上，把发固定，露出一张完美无瑕的脸蛋来。如此甚好，很能突出她娇媚的鹅蛋脸。

一切妥当后，她便往十国俱乐部去了。

今天有一场舞会，是藤井出面置办的。宴会上将会有许多军、政、商界的日本人出现。也是白荷打进日本上层社会的绝佳机会。

雅客说了，日本人的动向不明，疑似撤侨；而她找到的地图事宜还存在许多疑问，樱花里的字符是些电报码，可还不是全部，她必须得把电报码收集全了，雅客那边的情报人员才好做分析和破解。

她在藤井家中看到的其中一份电报，是日本国传来的，上面提及，藤井的一个老朋友藤田三太郎要到中国来做生意，请他多关照。可雅客认为这绝不简单。那老朋友有可能是日方特使，带了交换使用的电报码来。

而白荷的任务则是接近他，取得电报码！

终于要使用美人计了吗？白荷心下有些黯然，这一天本就避不过的，不是吗？所以那一天，她才将自己交付，交付给华生，她不后悔。

“乖孩子，在想什么呢？”藤井走上前来，她乖巧地挽住了他的手臂。“我不喜欢那么多的日本人。”白荷明白，要想藤井不疑，做回自己即可。

“什么傻话，你的姑妈、伯伯，还有你的几位堂哥堂妹都来了，他们都是你的亲人。”接着，藤井便把这些人一一介绍给她认识，她只能一一敷衍。

她的堂哥看她的眼神那样炙热，而堂妹藤井法子听闻她是红透沪上的大明星，热情地圈住了她的手臂，要她说些拍戏的事给她听。“《孤岛魅影》那部片实在是太凄美动人了，全哥特式演绎，那魅影若隐若现，与情人魂魄相缠，那样的美见着已觉惊为天人，却不及妹妹真容的十分之一啊！”堂哥藤井良田由衷赞道。

那是她早期的作品，也是郎伯投资的电影。郎伯请了专人为她量身打造，还请了红极一时的词曲作家来填词作曲，连拍摄的地点都选在上海，为的就是让她一炮而红。

那时的郎伯时时约她出游，摆明了一副要追求她的派头，所有的人皆默认了他俩的关系，连她自己也认定了，终有一天，他会像对待李嫣一般，爬上她的床！她做好了一切准备，她说服自己，要在此站稳脚，必须得靠郎伯！

那是她的处子之身，她并非不难过，但她没有办法。可最后，郎伯没碰她一个手指头。

她又想起了十岁那年，她孤身一人流落街头，没有饭吃，没有衣穿，是李长青带了她走。她过了三年极快乐的时光。她本就是个沉默的孩子，李长青怕她会得自闭症，抱了头小西施犬给她。她问：“为什么是它呢？”

他说：“因为它是西施，你也是西施。不，你会比西施还要美！”

所以那条犬的名儿就叫西施。可是它瞧着哪有半点美呢？就是眼睛又大又圆，毛发柔顺而长，顶多像个可爱的邻家妹妹。可每当看到它圆滚滚的身体，亮亮的眼睛，她便笑了。那时，她会坐于窗台前看书，而西施就坐在她的脚边。

她叫他长青哥哥，那时哥哥就在一旁写着字，岁月静好，大抵如此。

直到她十三岁，一切都变了。哥哥开始带她在街边卖唱，彼此一副穷途潦倒的样子。一段时间后，哥哥又带了她去了一个地方，进行了三年的特训。

枪支射击、徒手格斗、追踪、隐伏，学习日语、英语、德语、俄语，间隔学习窃听、文件摄影、发报、下药、直升机操作、潜水等，还有一项很特殊的技能，就是化妆。而最为神秘的则是房中术。

当听到最后一项时，白荷脸红了。

她接受了这项特训。其实也并非真要她实践，可看着戴着面具的男教官和一位没有戴面具的女教官讲解并且示范床上技术，仍是看得她心惊肉跳。尤其是女教官面部上的所有表情，她皆要钻研透，而她不是不脸红的。可当教官要求她进行“模拟动作”时，她倒也真的能脸不变色地“照做”了。那时的男教官还说了一句：“天生的戏子。”那声音如今想来竟和雅客十分相似。

难道真的是雅客?

再回想那天与华生的缠绵，她所学的竟一点也没用上！她是个失败者，她本该利用身体，把华生驯服，让他再离不得她。可她只是笨拙地迎合他！她一惊，身子一震，难道雅客说对了，她对华生动了真情？！

“妹妹，在想什么？”良田礼貌问道。

原来她又走神了。“请见谅，最近身子有些不爽。”白荷说完便寻了个安静地方坐下，打开药包，取出了一颗药，用温水送服。

围在她身旁的良田与法子有些担忧。法子对医术略懂皮毛，刚才看见她拿出的药丸时就觉不对，法子看了看药包的中文字，略放心了些：“无事，继续吃药，很快就痊愈了。”

“谢谢。”白荷含笑答了。

白荷的美让两位堂兄着迷，当衣舞翩跹刚停罢，另一位年纪轻些的堂兄藤井海拉了一个人过来，一边拉一边说：“藤田，真的！我的妹妹真的是位大美人！”

一听这个名字，白荷马上来了精神，可一看不禁失望，藤田三太郎不该是和藤井一夫差不多年纪的吗？怎么来了个年轻的登徒子？！

“你好，我是藤田建次。很荣幸能见到藤井小姐。”他有些腼腆地伸出了手，目光虽有些火热，倒也不放肆。只看了她一眼，马上垂下了眸子，再不敢看第二眼，而他的脸已经红了。

“呀！我们的大作家动心啦！”藤井海连声打趣。

白荷莞尔一笑，身子微微前倾，爱娇地看了建次一眼，道：“大作家？”

“他可是东京大学的高材生，主修文学，在祖国时，他是位国文老师，更是著名的作家，一向眼高于顶，能使他动心的也只有姐姐你了。”法子甜甜一笑。藤井海连忙插科打诨起来：“法子这样的美人钟情于他，可他连正眼也不瞧呢。平常总是独来独往，身边无一个女郎，冷傲得很，却不想对妹妹一见钟情啊！”

建次倒无半分轻浮念头，十分谦逊有礼：“我今晚一定得观赏《孤岛魅影》这部影片。听闻这是藤井小姐的成名作。”

白荷道：“哪是什么成名作，不过是一场商业泡沫，一过也就罢了。”醉生梦死，繁华一场，不过泡影，粉饰了金陵、上海，泡沫一般的太平景象。她的神色变得恍惚，如此的游离却吸引住了建次，使他再挪不开眼睛。半晌，白荷一笑，缓过了神来道：“叫我白荷就是了。”说完径自去了。她明白，欲擒故纵这个道理。

那就好好吊吊他的胃口吧！白荷细腰一摆，往大门处的郎伯迎去。

尽管白荷笑靥如花，可她的心里却满是疑问，她的家眷都来了，而在场的许多妇人更是从日本远道而来，在场商谈的内容多是与各国的来往贸易，并不像要撤侨的样子。

“何事能让你愁眉苦脸的？”郎伯一见面便打趣她，“难道是不欢迎我？还是怪我坏了你的好事！”说完眼睛不忘睨向站于廊下，为她苦苦守候的藤田建次。

最后那一句话实在是毒了！可白荷不惧，妩媚一笑，娇道：“老板吃醋了？”

“嗯，是有些吃醋了。”他接了她这个话头，“既是如此，对这位情敌，我还是要见上一见的。”于是牵了她的手，风度翩翩地走到藤田面前。

藤田建次在日本人里也算是高个子了，恰好对上郎伯的高度。他白净瘦削，样貌周正，除此外并不英俊显眼，胜在举止谈吐是好的。“您好！”藤田主动伸出手来礼貌地向郎伯打招呼。

“您好！”郎伯握住了他的手，随即松开。

三人便开始了新一轮的谈笑风生。直到朗科夫出现在了大门处，郎伯才携了白荷离开。他边走边道：“这藤田先生是个文学家，可手上怎会有握过枪的痕迹？怪事了！”白荷瞄了他一眼，奇怪于他的多管闲事，他可是一向没有好奇心的。

“郎老板开玩笑了，一个文质彬彬的学者舞文弄墨还说得过去，你定是看走眼了。”白荷随意嘲讽道。

“也是，我这个枪械的业余爱好者哪看得出什么！”他自嘲道，“也就不过平常练上几枪，图个刺激好玩。”

白荷心下一动，不是他看走眼，倒是自己看走眼了！仔细想来，藤田建次手上的茧极浅，所以她才会走漏了眼。如今，这目标是真的定下了，原以为通过他接近藤田三太郎，但仔细想来，不过是一个烟幕弹，藤田建次才是真正携有密码的人吧！

白荷是见过藤田三太郎的。出于一个特工的直觉和分析，三太郎的温吞不是演出来的，能演得如此本能，那真的该得满分了。而且他手上没有茧子，他的身型也很肥胖臃肿。他和法属银行的经理说起生意经，一来一往，不过是个殷实商人。

直到璀璨光芒大盛，才将白荷从苦思冥想里勾引了出来。女人天生是爱钻石的！这句话真的不错！而此刻，在白荷面前盛开着的，就是那样一颗完美的钻石。南非血钻，有将近十克拉吧？不就是李长青盗取的那一颗吗！李长青怎样了？她扶着郎伯的那双手有些颤抖，她快要站不住了！

郎伯为人心狠手辣，若非日租界的情报人员活动猖狂，李长青何用冒了杀头的险，借郎伯来传递信息！可眼下，长青却生死不明。

这颗光华璀璨的钻石就这样轻易地送到了朗科夫手上，见白荷把眼睛瞪得那么大，郎伯笑了：“果然没有女人能抵挡得了这颗十克拉的钻石。小东西，别眼红了。这是我专门替朗科夫从东印度公司搜来的名钻，我可是狠赚了朗科夫一笔的！”

白荷一怔，她看得不错，果然是十克拉的。

朗科夫听了倒也不介意，哈哈大笑道：“这颗钻非金钱所能买到，所以郎老板该得此巨额报酬。”俩人你一句我一句地说着，可白荷再听不清了。关于长青的事，她什么也不能问、不能做。她觉得，她快疯了。

他亦兄亦父，是她在这世上唯一的亲人了啊！

似是老天眷顾，朗科夫首先提到了李长青：“听闻这颗钻石曾失窃。是谁有如此本事，能从郎老板眼皮子底下暗度陈仓？”

“其实江湖事讲的是一个‘义’字！他是谁不重要，重要的是他把钻石完好无缺地还了回来。他既讲道义，我也不便赶尽杀绝，毕竟乱世里，每人皆有各自的难处。与其逼急了，他抱着钻石来个玉石俱焚，还不如随了他要活命的愿。”郎伯难得地温情了一把，此刻落在白荷眼里，倒是真的可爱了。

为了掩饰自己方才的失态行为，白荷的脸容换上了一副痛苦神情，道：“我觉着有些不舒服，想回去了。”郎伯探了探她额头，发现全是冷汗，急道：“你哪里不舒服？”

白荷愈发的不济，双手拢着胃道：“刚才服了药后又喝了杯香槟，怕是误事了。”

“哪有拿酒送药的，傻丫头。”他向朗科夫打了招呼，扶了白荷自去了。

真假特工

第十六章

7

那日之后，藤田建次曾多次约白荷出外游玩，白荷并不推拒，可也不算热情。幸而建次是知情识趣之人，白荷沉默时，他便安静待着，俩人相处时，他倒也周到体贴。

“建次不是个聒噪的人。”当藤井一夫问白荷对他感觉如何时，白荷如实回答。这让藤井很满意。藤井了解白荷，他知道女儿能说出这番话，对建次是有些好感的。

可另一方面，日租界暗中撤侨的事，越发不明朗，公共租界区里，多的是日本妇女和孩童，她们提着美丽的裙裾，慵懒悠闲地走在街头上，那道明亮的风景线却刺了白荷眼睛。时局的不明，让她越发烦躁。

当她和建次再次约会时，她又拿出了药包，吞服了好些药粒。

那日，他们逛的是日租界的一条商业街，那里开有一家很大的和式服装店。建次看着橱窗里各色美丽的和服，叹道：“我好像从未见你穿过和服。”

“也是，如果父亲看到我穿上它，倒是很高兴的吧？”也不等他答，白荷便走进了那件和服店，指尖从一件件柔美的和服间滑过。“这件很衬你。”建次取过了一套白底缀着淡粉樱花的和服给她。

“是不错，樱花虽是日本国花，可也是从我国云南传过去的。因它阴柔小家子气而被我国见弃。相比牡丹，实是不如的。”白荷并不试，便让店主包起来了。

建次的眉头蹙了蹙，终是松开，道：“既是不喜欢，那就别买了。”

“可我偏想买呢？”她似笑似嗔地看了他一眼，建次竟魔怔了，她真的是太美了！他只能随了她答：“那就买了。”争着付了钱。可他一转头，便见白荷双手捂着心，脸色有些苍白。“怎么了？”他是真急了，白荷偏侧过了脸道：“没什么。”

她明明是病了，却如此娇美，愈发的可人疼，让人怜，他不禁道：“这儿离我处不远，不如上我那儿坐坐？”听了他话，她怯生生地瞧了他一眼，欲言又止，“我……”她终是摇了摇头。

“白荷，你是怕我吗？”他也急了，“我不是那样的人。”

“我知道的。”白荷垂下了头，声音也愈发低了。建次怔了怔，仍是扶了她上车，往自己家里开去。

她就躺于客房里，这让他心跳加速。她明明是疼极睡着了，可纤长的眉头、小小的眉心无不透出妩媚风情。他伸出手，仔细地抚摸着她的身体，她竟似是呻吟了两声，侧了身，继续睡去。

建次忙打住了自己的意乱情迷。忽地，他想起了医生的话，“藤井小姐服用的抗抑郁药会有些副作用，使心脏有些负荷，但停药就会好的，也不是大问题。既是她痛极了，给她打安定针剂即可。”

打了安定针剂，那她就会一直睡吧……念及此，他的手贪婪地再次抚了上来，她的身体如此美，让他流连忘返，唇对上了她的唇，他细细吮吸，多么甜啊……

他似是醉了，完全地沉浸在她的身体里，不能自拔……

“唉！”一声叹气从白荷嘴里溢出。她厌恶地推开了他，慢慢坐了起来。幸是自己把早已备好的药混在了放抑郁药的药包里。方才趁他不注意，把药含在了嘴里，那药极细，自己早已在与他唇齿纠缠间，把药送进了他的喉咙。下药，那也是当初她经受特工特训时学习过的技能，如今终是派上了用场。

白荷探了探他的脉搏，冷笑了声：“该睡觉的，怕是你了。”也幸得自己反复试过各种药物，有一定的耐药性，像安定这类药物是不会使她睡过去的。不然，刚才怕是……白荷的身子一抖，才知道后怕，此刻她多么渴望能在华生身边啊！

不行，不该想到他的。她还有任务！

其实她喂建次的并非蒙汗药，而是一类扰乱神经中枢的迷药。吃下这种药，他会进入神智错乱的混沌状态，亢奋的状态能维持一个多小时，只要有技巧地引导，经过联想构建，就会从他口中得到她想知道的东西。

“建次，醒醒，建次！”她极温柔地唤他，他半睁着眼瞧她，混乱答着话，“好热。”

“那我们把衣服松开好不好？”白荷一边脱他衣服，一边引导他的思路。见他的心绪已模糊了，她再次吻他，把药加重了分量喂给他吃。她心下叹道：他需要性，性亢奋，语言亢奋，既是如此，那就着性展开关联吧，于是道："你的束缚太多了，不好尽兴。我换有樱花的衣服给你看好吗？"她开始一件一件脱自己的衣服，她坐于他身上，问："好看吗？"还剩最后一件内衣了。

"好！"建次喉间溢出一声呻吟。"可你身上束缚太多了，"白荷道，"不公平。我的，不给你看。"他听了，很迷惘，"我脱……束缚……"他开始无意识地说着谵语，一说就是四十分钟，且大部分是与性有关，白荷再次叹了声气，心道：我只能通过诱导，把他的性狂想与他深藏的意识联系了。

"束缚是什么？樱花吗？"白荷就着贴身的小衣，取过那一件樱花和服，"那是一件任务，很多的日本女人都想回国穿和服，那才地道。"

"回国……天皇有密旨……"他的手抚上了她的身体，她倍觉恶心，却唯有更小心翼翼地讨好他，"密旨是什么？束缚不好，很难受的，大家都把它脱了。"接着她报出了在藤井一夫处得到的电报码，"还有什么束缚，我们一起脱掉，我已经脱掉了。"随着最后一个数字说出，她除去了最后的衣饰，紧贴着他的身体。她滚烫的身体使他的意识更加混乱，混乱的言语不住地溢出，但全是日文，幸而白荷听得懂日文。

他混乱地说了许多，有他与艺妓的各种风流事，他大谈性，也说了好些数字，还唱了一首英文歌，却在某些字母里停顿了三四次。终于他不说了，开始动手动脚，白荷忙离了他，唱起了安眠曲。那是一首日本母亲哄孩子睡觉时的摇篮曲，提到了日本的山、河、小鸟、樱花、阿妈疼爱的孩子等……极尽母性的温柔。而他的欲望也淡了下去，他又开始说胡话了，他提到了像躺在了母亲的怀抱中，又像倒在艺妓的怀里，他喜欢女人半穿着和服，不要脱完，脱完反而不好，半遮掩着才有味道……

等她一曲唱完，他终于睡了过去。

白荷心下了然，原来他竟有这样的癖好。如非她问出来了，只怕会被他识破。她再说了些话，引导他的梦，"你醒了，就什么也忘了，忘了束缚，没有束缚，我们没有提到有关'束缚'的一切事情，忘了……；然后，我们曾有过缠绵，一直缠绵……"她极富技巧地引导他的思想，最后等他睡熟了，她才穿上和服，却不系上，半遮半掩，与他说的一致。

任务算是完成了吧？她闭着眼，让自己看上去睡着了，只要半个小时，他便会完全清醒过来。

等及建次睡醒，他见着白荷仍在熟睡，可睡梦中眉头仍是紧蹙。她的衣衫半解，露出了半边乳房和修长的大腿，大腿的线条极美，被细腻柔美的和服挡着，那别样的风情是他从未见过的。而她的腰线细致，乖巧地藏在了和服下，衬着鼓起的圆润胸脯，真真的让他流连忘返，他的手伸出，刚触碰到她的腰，便缩了回去。“藤田建次，你究竟做了什么！”他感到懊悔，不该如此骗得了她的身体。

她的心，仍不在他那儿，得到了身体又有何用？他小心翼翼地替她换回了原本穿着的衣裙，当手抚摸她身体时，方才的记忆一点点地苏醒，方才他一次次地要她，他是那样快乐，她身上的曲线就如方才触摸到时的完全一致，他拥有了她！

“嗯？”一声呻吟，白荷缓缓醒转，她拿手挡了挡阳光，有些不知所措，蒙胧的睡意未清，使她看起来就像个天真的孩子。建次一听声音，忙奔了来，哄道：“醒了，先喝杯温水吧。”他的笑意温柔，白荷心下一颤，这人真真的是衣冠禽兽！

她茫然无措地看了看身体，依旧是穿着自己的衣服，建次见她如此，脸一红道：“请放心，没有人会害你。”她听了，一笑，点了点头。

那笑容如此娇羞，只一眼，便要了他的魂。他忙扶了她起来，细细哄着：“如今觉着怎样？”

白荷便明知故问道：“心倒是好的，只是不知为何身子十分乏累。”说着便要迈步，却“哎呀”一声，软倒在了他怀里，她连眸也不敢抬，羞道：“我身子实在是乏，让你见笑了。”

“那我先送你回去休息吧！”他扶了她离去，只怕迟了一秒，他便要控制不住自己。她的身体真柔软，真香啊！他心里叹道，扶着她腰身的手便再紧了几分。

2

她已经把自己关在房间里好几个小时了，整个别墅里除了她自己，再无旁人。突然，听猛地跃起，飞出了窗外，“小翠？”白荷忙唤道。她是极少唤它“听”的。

手边的草稿被取过，她猛地抬头，竟见雅客已经在卧房里了。

“我今天无意间见到你和建次，他……他带了你回家？”雅客欲言又止，白荷听出了他的于心不忍。

“那种药用完了。”白荷知道他会明白的。果然，面具下的那双眸子一闪，似有了水光。白荷的心一软，道：“无须同情我。他并未占有我的身体。”一阵恶心随着记忆涌现，她拼了命地才压下这股恨意。

“别说了，我很明白那种药的用途，是我配的。”雅客淡道。

白荷本不想问，但终是忍不住：“教如何下药，还有房中术的教官就是你吧？！”雅客的眸光一闪，笑声苦涩：“你很聪明。”一时间，像陷入了一个怪圈。她听见过他与另一个女人缠绵时的每声呻吟，她见过他身体的每一个部分，除了脸。

曾经，她只是个旁观者；如今，她与他反而似融在了一起，成了一个个体。这种感觉真的很可笑，也很苦涩。

“你后悔了？”雅客问她。后悔做了特工？！白荷一摇头，没有回答。“嗯，那是我后悔了。”雅客自顾说着，地上他的影子分外寂寥。白荷很想问一句，他后悔的是什么？

我只后悔让你做了特工，你的生活本不该是这样。心中一痛，雅客垂下了眸子，没再说话。

“他吃了药后一直在说谵语，大部分和性有关，为了引导他，和针对撤侨的事，我说，‘不如我们除去束缚做爱。’他有所警惕说，‘为什么要除去束缚？’我为了缓解他的情绪，唱了一首日本艺妓的歌，还谈起了和服，日本侨民穿着美丽的和服在街上逛，她们很开心，一点察觉不到危险。然后他答，‘天皇下了密旨要撤侨。’”白荷顿了顿，继续说，“我问他，‘为什么要撤侨？那样我就不能穿着和服与你做爱了。’随即他就放松了下来，又说起了谵语。我用了许多法子问到了撤侨是天皇密旨的一部分，还问到了一些电码。”说着，白荷把已经列好的内容给了雅客。

“你的任务完成了，无须再与那禽兽周旋。”当雅客狠狠地吐出这句话，白荷才惊觉，他动了真怒。与目标人物上床，骗取他们的信任，这不过是每个女特工的基本任务，每个女特工皆是如此过来的，他为什么会难过？看着他的眸光，她只觉自己被他深深地吸引了，她感受到了他的痛、难过、心伤、后悔、无助，她看见了他人性的那一面。

手不自觉地伸出，白荷趁他神伤之时，手用力一扯，面具应声落地。站于她面前的、茫然无助的男人竟然是郎老板！

一阵沉默后，白荷爆出了大笑，“哈哈哈！”她除了笑，再说不出一个字来。

一粒小石子被郎伯从口中吐出，他神色不豫，连怒气也是丝毫地察觉不到，可他的话愈发的冷，“你都知道了。”他顿了顿，一行数字流利报出，“中国政府特工6016。”

“郎老板啊，郎老板，你可把我骗苦了。每当你以雅客身份，听着我对你倾诉情衷，你究竟是什么感觉，郎老板？”白荷脸色煞白，仍是笑着问他。难怪雅客与她见面时总戴着面具，难怪他的声音有些刻意，不过是他为了改变郎老板的口音而特意在嘴里含了块石子。白荷冷笑了声，心道：嘀，想必他每次说话，都是被石子搿得生痛的吧！

郎伯听了她的话一怔，一丝极淡的笑纹从唇旁溢出：“其实你心里爱的是谁，你早已清楚明白。”

“是！我是爱上了华生，可由始至终我最爱的是你！是你！我没有你虚伪，竟是连爱也不敢说。你真可悲！”白荷指着他，一口气竟提不上来，捂着心便摔了下去。郎伯上前一步，扶住了她。他道：“是，我是对不住你！”

白荷的泪水流了出来，一点一点地打湿了他的脸庞。“你就像利用我一样，在利用秦淮吗？用情意束缚住她，让她爱上你，并为你办事吗？”所以是郎伯借秦淮的手救伍小山、救那群爱国学生领袖，更救了游行队的所有学生。当初，设局移花接木将自己化身为藤井一夫女儿的行动也根本是他一手操办，却假意说是有刺客逼他。他根本就是那个幕后人，还要借秦淮来使日本人发现自己便是藤井的女儿。白荷的心一分一分地冷了下去。雅客就是郎老板，郎老板就是雅客，那雅客何曾不是借着自己对郎老板的迷恋，而使自己甘心受他利用？！

“你和她不一样。”郎伯的唇动了动，没再说什么。

是啊，她和秦淮是不一样的，这是她的幸，还是秦淮的幸？

“你确定是以上电码？毕竟我方监听的电台，从未发现有关撤侨的消息。”郎伯恢复了公事公办的语气。

“你是要如此定下我们的关系？”白荷不等他答，继续说，“那以后我们就只剩下公事了。我把和他的对话重新再问过了一遍，藤田依旧是走到那一个点上，那一串字符。尽管仍是唱了一首英文歌，但英文字母的变调，我记住了。”

“那就好。”郎伯取过所有草稿和正文内容，转身离去。可没走出多远，他停下了脚步，没有回头，“你的任务完成了，华生一直在等着你。你是自由之身了，关于你的档案，我今晚便会销毁。”

“你究竟有没有爱过我？”白荷早已软倒在地，无助地看着他，只盼他能回头瞧一瞧自己。

他怔了怔，答："没有。"

当走出她的家门，郎伯才发现自己流下的泪水。没有吗？怕是连自己也骗不过的。他是没有将来的人，可华生不同，华生才能给她所想要的一切，不是吗？！

第二天，当白荷出现在郎伯的办公室时，他正在用俄语打一个加密的电话，虽然说的是商量生意机密的内容，但她还是知道真实情况的。她进去时并没有敲门，且脚步放得极轻，听见了郎伯说话的内容，是暗指撤侨的。

"总部不相信这份情报？"白荷摇了摇头，压抑着说了下去，"也是，毕竟破解得出的电码消息一直没有透露这方面的内容，难怪不信。"

"你已和此事无关了。"郎伯面无表情地放下了电话，点了一支雪茄，仔细品着，但白荷知道他的心早不在雪茄上了。"你大意了吧，郎老板？我进来你也不知道，让我听了如此秘密的情报交换。"白荷似笑非笑地瞧着他。

郎伯把雪茄往水晶烟灰缸上一放，道："你在三分钟前就到我办公室门口了，还在门外站了一分零五秒，确定我在打加码电话才进来的。"

原来他都知道，并非是他大意，而是他信任她。她的脚步极轻，可他不仅听见了，还分辨出了是她的脚步。

白荷看了看关紧的办公室门，道："电码本、变码规律？"

尽管她说得隐晦，但她知道，他都懂。果然，只听他答："你给出了那一套字母符号确是相应电码，而且我们已经破译出了他们的电码，找到了新设的频道。可变码规律仍在调整中，但就目前的情况看，并没有透露出要撤侨的意思。"

"我也探问过藤田建次和我的两位堂哥、堂妹，皆没有回去的意思。难道撤侨只是个幌子，日方在部署更重大的行动？"白荷眉头深锁，十分忧心。

俩人正沉默间，电话铃响，郎伯接起，报了加密码，才用俄语轻声说道："我新订的机器出现了故障，不能使用（暗语：电台静默）？！知道，我会注意的，这年头要找个机械专家也不容易，我再想想办法吧！"放下电话，他似一下老了十年，连坐的姿势都是僵硬的。白荷一怔，道："电台静默，那就是表明日方会有大行动了。其实也并非见得是坏事，只要我们再加把劲，总能搜到情报的。"她也知道事情的紧迫，放下了所有的恩怨情仇，静静靠在他身旁，一手握住了他的手，给他力量。

"我会离开一段时间。"郎伯的目光一沉，杀伐果断的锐利眼神一闪而过，他已然进入了战斗的状态。

"去见领头人？"白荷心下了然。

"撤侨一事已非一枪虚晃了，只怕会牵出巨大的阴谋。"郎伯一叹，道，"可只怕也来不及了……"

白荷从未见过这样的郎伯，也从未见过这样消沉的雅客，前一秒钟，他分明是凌厉的，可后一秒却消沉了下去。此时此刻，除了鼓励他，她再没有任何的办法："不会的，我对你有信心，雅客。"

"也幸好，还有你在，我最忠诚的伙伴……"他握住了她的手，那样的信任与依赖……原来我只是你的伙伴，工作上的搭档而已！白荷一叹，仍笑着，给他最温暖的支持。

3/

"你还好吧？"建次关切询问。

这一声询问，打断了白荷的思绪。她看了看四周，才想起原来她仍在和藤田约会着。

是，与他往来让她恶心。可她需要有用的情报，她不能离了建次。建次的这趟中国之行，是带了任务来的，他亲自带来了交换的电码，就意味着电台静默背后的巨大阴谋是多么的可怕。尽管他被下了药，可依旧没说出变码，就证明他的嘴有多严。她只能继续与之周旋。

想到此，白荷颔首一笑，道："没什么，只是为拍戏的事烦恼。"建次若有所思，片刻后便拦了辆黄包车，"我知道你是个敬业的演员，既然你如此在意，不如回片场。演戏时的你才是最快乐的！"

"可是今日我休假，也答应了陪你到莫愁湖走走的。"白荷有些过意不去。可建次不等她再说，便携了她上车，俩人一同往片场去了。

等到众人见面，建次首先上前与郎老板打招呼，俩人分外熟络，白荷忙打趣："你们二人倒是有趣得紧，真真的是默契啊！"

"我和郎老板确是一见如故。"建次淡淡地说着话，倒也不生分。

郎老板更是个圆通的人，忙应了："这就是缘分嘛！"

分别多日后，这是白荷第一次见郎伯，寻了个机会，白荷借着要与他谈剧本、需要安静些的场合的由头，俩人就要往办公室走，郎伯想了想，忽然叫道："秦淮、伍小山你俩一起来。剧本的事少不了你们。"于是四人便去了郎伯的办公室。

到了办公室，郎伯再寻了些由头，让伍小山和秦淮在大套间等着，自己与白荷进了小套间。一关上连着小套间的门，白荷便问道："总部如何？"

郎伯压低了声音答："经我分析，日本一定会撤侨，还记得你从藤井一夫书房搜出的南京地图吗？我把这一切都反映给了上面，提出日方已把战线伸向南京，撤侨势在必行，让我方尽早进入战备状态。可政府并不相信，提及这段时间还来了一批做生意的日商，根本不可能撤侨。"

"这个我听说了。就是这个星期，法子就带我去了好几场舞会，见了许多日本富商，还有他们的家眷。他们把家当都搬了来，几位日本名媛还订购了一批晚礼服，说是准备今晚的舞会上穿。"白荷答。

正在此时，发报的声音响了，白荷有些惊奇："你竟然把电台放在了这儿？！"郎伯从容以答："最危险的地方就是最安全的地方，而且我每次使用，断得极快，很难被人发现的。"当他旋开密室，白荷不禁倒吸了一口凉气，这一切他真的是做得滴水不漏，她监视了他这么久，自己竟然没有发现。见他已把接收器戴到了耳上，她不得不叹气，在自己还不知道郎伯身份时，一直以为他是日方的走狗，所以才与他走得如此近，为的是监视他。可他的一切隐藏得如此好，她根本是被他蒙在鼓里的。

正想着，白荷却听郎伯说了一句："什么？"人一急，他竟站了起来。他取下耳套，急切地向她道："电台静默已经结束了。我刚收到我方发来的急电，而日方电台有一则购进新衣的留言，那就是日方留下的线索：'爱美爱潮流的姑娘们，该是穿上华丽的晚礼服的时候了。巴黎新装已到。销售过于热火，请抓紧最后一次机会了。'"

"重点信息是：晚礼服？！"白荷的声音大了些，忙又压低了声音道，"难道说今天撤侨？"说完，她看了看座钟，时间已指向中午十二点了，紧接着传来了沉重的敲钟声音，如今听来，分外凄凉，竟像是丧钟敲响了。

"可政府竟没有一点消息！"郎伯跌坐在椅子上。他的心情，白荷全明白，如果真的送走了最后一批日侨，那政府必定是得出动宪兵护送的，而他们都不知道。

"或许事情并不是我们所想的那样，毕竟我俩谁也没有亲眼看到撤侨。我们先把变码规律发出去吧。"白荷把"晚礼服"换成英文单词，根据得出的字母加上原来掌握的，已拼出了变码规律。她说着这些，可郎伯仍是无动于衷，于是她把变码规律通过一句无关紧要的话发了出去。组织马上就能收到了。她想，希望一切还来得及。

看着她做完这一切，郎伯无声地叹了口气，而此时已传来了敲门声，秦淮轻声说道：“老板？”

“我们该出去了。”郎伯把一切复原，领了她走了出去。而他的脸上又挂起了郎老板特有的温润笑意。

门开了，他把一叠稿件递给了伍小山：“刚才我与白荷商议久了。我俩就差没打起来了。你看看修改后的剧本如何？其实也不多，就是针对一个场景的。”

伍小山也把他方才列出的改动地方递给郎伯，那是二剧本。郎伯接过，道：“刚才你与秦淮的谈话达成一致了吗？小香君这个角色，如此演绎倒也是真的新鲜。整部戏一出场，把已成少女的小香君坐于窗畔凝思一幕提前，通过她的眼睛切换成她孩童时的回忆，进行插叙开场，奠定整部戏悲剧的色彩。这个提议可不可行？”

“我觉得如此提前，有渐入佳境的妙处，更可缩短孩童时期的描述，紧跟上她与侯方域初遇的一场戏，一悲一喜，互相映衬，又能自然而然地过渡到后面篇幅，如此一改，确是妙极。”伍小山越说越是兴奋。原来如此更改还是颇为大胆的，是秦淮首先提出的意见，但伍小山初时不赞同，可深入辩证过后，反是他大力提倡了。

“那就好。我们要趁着这股劲，赶快下片场，秦淮先把这开场一幕补上。”说着，郎伯便领了他们下片场。一行人的情绪皆十分高涨，唯有白荷看出了郎伯笑意里的苦涩。

第十七章 敌机轰鸣

7

片场里一片忙碌。秦淮已赶拍了一节，果然十分感人。她的演出拿捏得极好，尤其是出场的第一个镜头：她伏在小轩窗上，手托香腮，看着窗外，对着那一池绿萍，她那既欢喜又忧郁的眼神自然而然地流露出来。这让爱戏的白荷竟看入了迷。

白荷放弃了休息时间，赶拍起戏来，认真专业的劲头连带着大家都是情绪饱满的。但在场的人都不傻，知道有日本人在，导演也就补拍了一些无关紧要的镜头，主要是关于成年李香君苦候情郎的部分，还加了一段唱词，倒把重点的对抗异族的高潮部分给压下了。

“绰约小天仙，生来十六年；玉山半峰雪，瑶池一枝莲。晚院香留客，春宵月伴眠；临行娇无语，阿母在旁边。”白荷的声音动听婉转，因着是离乱中思念情郎的心情唱出的曲，所以婉转中含了忧思。如此唱功，把众人的心都给攥紧了，情动处，片场众人纷纷流下了泪水。

那曾是初见面时，侯方域为李香君作的一首定情诗，本是欢喜明媚的曲子，可此刻道来只剩哀婉。白荷一个转身，甩动水袖，茫然地看着远处，忽地一声叹：“公子，你可知妾身情丝困苦，怕不能活矣！嗳……”一声吴侬软语，醉倒了所有的人。只是转身回眸那一刻，白荷心里想到的却是华生，那种相思煎熬着她，那一句有感而发的台词便自然而然地说出了口。

“怪了，这句词剧本里没有啊！”制片人虽觉着加得好，可翻遍了剧本仍不见词句。

伍小山拍起了手，道：“加得好！”郎伯也发话了，向着导演说，“这是刚才我们一起讨论的结果，不告诉你，就是为了吓你一跳！”说完还不忘对导演眨了眨眼睛。郎伯眼尖，调皮的笑意一闪而过，他已看见建次放松了下来。郎伯明白，自己四人躲起来商议，这个举动多少是使建次紧张的，如今已是骗过了建次了。

而郎伯亦明白，这并非是白荷的即兴表演，不过是因为那一个人，顺着白荷的目光看了过去，那边站着的那一个人，他的目光正胶着在白荷的脸上。

而此时，白荷哪还分辨得出她是香君，还是香君便是她，她只是怔怔地注视着不远处的华生，华生也深深地看着她。方才不是梦，是她回眸间想到了他，他便出现了，那一句台词也是为着一个他！

不！这只是一个梦！

那一个深情困苦、欲语还休的眼神被深深定格。所有的人皆以为连这个意味深远的眼神也是白荷的即兴表演，导演连叫了声：“好！演得好！加得好！就是这个眼神，没错，就这样！”

“华生哥哥，我们看不见，香君姐姐美吗？”一个盲童小心翼翼地问。

许久，华生才回过神来，答：“很美。”

“可我们都看不见。”奶声奶气的话让片场里的人忍不住纷纷向他们看来。华生忙答：“那歌曲告诉大家了，她是小天仙，瑶池里的一支莲。看见了吗？”

“嗳，我们看见了，姐姐像白莲花一样美。”小湖拍着小手，欢快地嚷嚷。

若不是头顶飞过的一架架飞机，投下的炮弹，乱成一片的片场，炸开的火场，那白荷与华生会不会就那样站着相望，直到海枯石烂……她自己也不知道……

又一枚炸弹在众人头顶炸开，所有的人哭作了一团，四处奔逃，互相践踏。华生原意只是带孩童出来游玩，他们都是可怜的孤儿，他本想让他们快乐，谁曾想这里却成了人间地狱！

虽是孩子们嚷嚷着要来看拍戏，可终是他将他们置于了险境。华生拼命地护着那六个可怜脆弱的小孩，幸得他们十分懂事，并不害怕，小湖勾住了华生的脖子，哄道：“哥哥别难过，我们不怕！有哥哥在，我们不怕！”

“轰”的一声，一个炸弹炸开，因建次就站于郎伯身旁，他眼见戏棚临时搭出的亭台要倒了，猛地一扑，把郎伯推到一边，一块巨石恰恰落在了方才郎伯站着的地方。一切皆来得那么突然！

建次的肩膀被巨石落地时溅起的石子所伤，右肩脱臼了。郎伯忙扶了建次小跑着逃出片场。没有人注意到华生，他头上的一个巨型木牌直直压了下来。当他回头时，一道黑影猛地闪过，扑到了他身上，然后就是“嘭”的一声，灰尘漫天飞舞，蒙了眼睛，谁也瞧不见谁了！

华生慌乱地抓住了白荷的肩膀："白荷，白荷！"没有等到期待中的回答。华生疯了般抱起她，泪眼模糊，心在那一刻停止了跳动："你不能有事！你不能有事！"血染湿了他的双手，而他本能地只剩下这一句话。

警笛停了，飞机也过去了，再没有炮弹了，所有的人安全了。

仿若全世界只剩下他，孤单地站立于乱世之中。

"哥哥，姐姐流血了，我们去医院！"只剩一只眼睛能勉强看见东西的小湖拼命扯着华生的袖子。他猛地醒了过来，便往医院赶去。

2

那是日军的示威！淞沪会战的序幕拉开了，而金陵也没能幸免。日方的解释，只是飞机误炸，飞机出了故障，瞄准器失灵等等，还宣称部分日侨留居于金陵，他们怎会有意投弹，那真的只是失误！

真是一通可笑到极点的说辞！

白荷的伤不算重，只是砸到了后背和肩膀，静卧一个星期即可。因此关于轰炸这件事，等日方发表了正式说明澄清，整件事算是蒙混了过去，而白荷也可出院了。

出院那天是建次来接她，站于街头，昔日繁华景象一扫而空，街上偶有路人，也是惊慌失措、神色匆忙。

"日军不该如此借口，做了便是做了，不应不承认。"建次语气平淡，可也听得出些情绪。白荷抬头看他，也是神情平淡，什么也没问。或许，她该问一句：你真觉得是该这样吗？你也是日本人！可她沉默了。

建次并不为自己辩解什么，话也是点到即止。他送了她到自己的住处"和之公馆"。"藤井先生要回一趟日本，很快便能回来的。他不放心你，让我护着你。来陪你小住的，还有法子小姐，你不会孤单的。"建次微笑道，只怕她会有所顾忌。但她也只是略一颔首，什么也没过问。

这段时间郎伯来和之公馆探访过她一次，还带来了口讯。他说起华生也受了伤，所以被老米歇尔先生拘在了家里治疗，派专人守着，怕一时之间不能来探望她了。

其实，只要华生没事，不见也是好的。白荷没有时间去伤春悲秋，现下时局动荡，任谁都看得出，日方的那一套说辞靠不住。

而街道上多日侨，根本就是幌子，好使南京城内的谍报人员放松警惕！她没有提前探出此重要消息，根本就是她失职了。而此后的飞机轰炸只怕会愈发频繁。

藤田建次的话说得很动人，不是吗？！好一句“不该如此借口”！白荷暗暗留心，建次实在不简单。而他太会掩饰自己，他那一副反对战争的面孔，倒也实在真诚。可这一切都是他的苦肉计，连舍命救郎伯也不过是另一出苦肉计。那他来华留华的目的究竟是什么？除了传达天皇的旨意，他还负有何使命？

若非上次得了郎伯提醒，她注意到建次有握枪的手茧，怕是今天她会对他有些信任了！如今，他既是要演戏，她也就陪他演了这一场戏吧……

一日，白荷借口不放心要去电影公司看看，建次便让法子陪了她去。

电影公司虽还是乱了些，可因飞机轰炸时没有炸到公司主建筑，所以一切事务照旧进行。所有员工都复工了，而其他一些赶档期的电影仍在临时搭建的片场赶拍着。

白荷走进了郎伯的办公室找他，恰好他也在，见她气色好多了，便邀了她一同听新买的唱片。

唱片机里流淌出动听的旋律，白荷习惯性地拿起了唱片的封盒，随即却是一笑，心道：我的职业病又犯了。可当一些模糊的数字出现在她眼前时，她一惊，原来是代号雅客的郎老板在向她传递信息了。

她看了眼郎伯，郎伯也含笑看向她，她便明白，因着法子在，他想说的话唯有曲折道来。

这套唱片是三张的，所以数字颇多，而模糊的那些数字并不打眼，只是字体比旁的数字稍稍暗些，想必是郎伯用砂纸磨的。

念及此，白荷心下了然。她依次记下了那几个数字，这是简单码，并不难处理。法子在一旁听着音乐摇脑袋，十分入迷。白荷一笑，心道：即使你是来做奸细的，也不能发现什么。

“听得那么投入，可听出个所以然了吗？”白荷顺势把唱片封盒递了给她，道，“这里有介绍。”法子听了，甜甜一笑，红着脸小声嘀咕：“有你这样损人的姐姐吗？！”原来经白荷不露痕迹的拉拢，她二人倒也熟悉了起来，尽管相处时白荷不过分热情，但也绝不生分。所以法子的言行举止都是亲热的，俩人和寻常姐妹也没什么不同。

白荷眸光一转，笑了。她就是这样，说的话不会太多。她的冷性子，法子也是明白的，见她不答话，便又欣赏起音乐来。

郎伯把一杯咖啡递到了白荷面前，白荷默契地接过，彼此没有说话。略伸了伸腰，白荷便从坤包里拿出了一本英文休闲杂志，就着咖啡和音乐看起书来。

阳光透过窗纱，沾在了她的眉梢发间，她就那样慵懒地靠着，偶尔闭上眼，享受阳光的温暖。法子不得不叹，如此美人真是世间少有啊!

法子也懂英文，那本服饰杂志她也是看过的，所以也就没有问白荷书上说了些什么，而这一切白荷都知道。杂志也是雅客一向让她订的。她就着刚才背下的数字，翻到相应书页、行数、第几个字数，找到那个单词后，把英文单词翻译过来，就是：留意建次。下一段文字则是：干得漂亮，不必对建次的中立立场做出任何表示!

是的，这一切她都做得对。如果在建次说起立场时，她过于激烈的反对或立即改态的认同，都显得假了。而且话多必失，容易让人抓住错处。这件事上，沉默是金!

晚上，依旧是建次陪同白荷一起用餐。

席间，法子颇为高兴，因为她收到堂兄良田的电话，待会儿去参加舞会。借了这个由头，法子聊起最新的巴黎新装，其中最为有名的一套粉红小洋裙就是今日白荷看休闲杂志时，杂志上有的。而法子专门请了人从巴黎订购，早早地就送了过来，今晚舞会，刚好派上用场。

“想必今晚的主角非法子妹妹莫属了。”白荷指了指放于案上的杂志封面，恰恰就是那条雪纺的粉红小洋裙，裙身上还缀了数只由轻纱剪裁成的粉蓝色的蝴蝶，颇见摇曳生姿。建次看了眼那本杂志，想起法子方才提及的在郎老板处听了一场好音乐，便低下头继续吃饭，时不时地为两位女士布菜，十分体贴周到。

对于晚会，白荷并不热衷，也就不问还有哪位朋友在。倒是法子一一数了相熟的几位好友。她们的年纪大多相仿，更是白荷的影迷，所以法子硬是拉了白荷同去。

建次虽不慕热闹，但也相伴白荷身旁，第一支舞，便是他请了她跳。更巧合的是，当时的那首舞曲便是《孤岛魅影》的主题曲。白荷听了音乐，便把脚一踢一勾，跳起了难度很大的狐步舞。

因着要和电影的内容相和，白荷的舞步变得灵动，细细碎碎的步子走来竟似漂浮于海面之上，一身火红舞衣更衬得她犹如鬼魅，恰似一朵盛开一瞬的海上繁花。她如影随形，贴缠在男伴左右，与之魂魄相缠。那样的一段舞，建次如何应付得了，只能半途退场。而那一朵海上繁花依旧踏着步子与音乐相缠，以灵魂去紧贴那不存在的舞伴、空气中寂静无声的情郎。

一只手轻轻搭上她的手背，并不搭牢，一触碰，便分开，再缠上来，他与她如此肌肤相贴，俩人缠绵起舞，如灵魂相贴，道尽纠缠。他手一递，贴了她的舞步将她逼离了众人的视线。

站于寂静廊下，灯光黯淡，可天穹明星却是明亮。只有他才跟得上她的舞步、贴得实她的灵魂啊！为什么是他呢？白荷情不自禁地抬起了手，捧住了他的脸，他的气息萦绕在她身边，她竟贪恋他的体温，将头抵在了他的肩上。

“为什么？”华生问道，语声淡漠，可眼神炙热而含怒。为什么是那个人，陪在她身边的为什么是那个男人！

白荷一怔，终是清醒了过来，只怪这夜色撩人了。她一笑，移开了视线才肯开口：“我本就是怕寂寞的女人，不然你也不会做我的入幕之宾。”肩头像被烙铁钳住了，火辣辣的痛。是他扳住了她的肩膀。

可她不能在此刻反悔，她现在需要建次！需要建次隐藏起来的秘密！她不能失败！

“你骗得了我，却骗不过你自己。你连看我都不敢。”华生忽地就笑了，“只因为他是日本人？”陈述中却没有疑问的语气。“只为他是日本人？”白荷默默念了一遍，原来华生都明白了。

他放开了她，转身即走，没有回头，但她听见了他那句话，他说：“我在等你。”

别忘了，我一直都在等你，白荷！华生猛吸了口气，走出了会场。他尊重她的选择。

3

这场舞会，郎伯也来了。郎伯的舞技也是十分出众的。全场也唯有郎伯的舞步压得住白荷的，所以他与白荷跳了好几场舞。因着他俩的默契，所有的人皆觉得他俩就是一对完美的璧人。

俩人借着相贴的身体，说着耳语，在外人看来不过是一对有情人在诉说着衷肠。“藤田建次看你的眼神分外不同。他完全被你迷住了。此刻，他怕是要恨毒我了。”郎伯笑意融融，无半分破绽。白荷叹了声气：“我在他身上下的不过是无用功。”

俩人同时变得沉默了。还是郎伯打破了沉默："八月十五日那天，你把'晚礼服'这一变码规律发送出去，组织那边就已破解了电码，监听到了日方的电台，可一切都迟了。日方竟是在最后一刻发出的信息，而南京城候着的日本特务把所有的日侨都集中了起来。而我们的政府还不知就里，还派出宪兵为他们保航，送他们离开。"

"那日方的解释竟是蒙骗得我国政府心甘情愿地接受？！"白荷怔了怔，连舞步也慢了半拍。为了不显出破绽，郎伯搂紧了她，笑意越发的温柔，可说出的话，是对政府全然的失望："日方定有他们的一套说辞。可我真正担心的是，撤侨背后真正的动机。日方解释，日侨皆是些普通妇女、孩童或商人，他们惧怕战争，而上海与南京相邻，所有的难民涌入南京，使得城内不安定，所以才会想返回日本。因着轰炸的前两日，发生了一件日本妇女被难民抢劫更不幸致死的事，使得日侨更是人人自危，涌在了一起就说要走。我方也是被闹得烦了，就一大车地全运了日侨走。日方让我方政府不必对此事过于敏感，与南京该有的商业往来仍会继续，南京也仍会继续地繁华下去。意思就是，这场仗不会打到南京来。"

"只怕这会儿演变成一场假和平的骗局了。"白荷的眸光一黯，无力地将头靠在了他的肩上。

"上海这个国际大都市本就是各国的乐园，在此开战极有可能引起欧美大国势力的干涉，我国的这场仗，开头是打得很好的。再兼补给不成问题，如果这场仗打得好，是极有可能在外国的调停下赢得一个光荣的和平。如能靠此挫败日军对华北的野心，这对积弱的中国来说也是极为有利的。所以许多的人皆是觉得和平在望，这场仗不会打太久。"郎伯细细分析道，"因着江南是鱼米之乡，在上海作战比在遥远的北方大平原作战补给方便，且能避开机动力占优势的日军。另外，又有各国的洋人在此，一旦他们利益受损，就会干预这场战争。从长远看，战线开在上海确是极有针对性的战略方针。"

白荷听了不喜反忧："可你想过没有，上海离这里太近了……"她不敢再说下去。

"这些是组织上的高度机密，我本不该和你说的，你听一遍也就忘了。根据我方最高军事当局制订的《首都要塞计划》，目的就是要防着日方这一野心，若日军真的占领了上海，必然会沿着京杭国道，由东向西攻击南京。那我方就依着《首都要塞计划》，靠国防线打南京保卫战。那一处远离南京城，一切也不会成问题。"郎伯似在自言自语，又似在寻求她的支持。白荷唯有点了点头："政府不会放弃国家的，我们也不能对此失去了信心。”

“是的。”郎伯终于恢复了一点精神。“你看了上个星期的报纸了吗？”郎伯问。

“建次一直守在我身旁，若是对日方有反对的声音，那这份报纸是不可能出现在我面前的。”白荷眉头一蹙，带了些狡黠，她也总算是从忧愁中走出来了。因为她深信，只要有雅客在她身旁，那一切的事她无须担忧。

郎伯也是狡黠一笑：“我已经放到你的坤包里了，你记得看。”顿了顿，他接着说，“是一张洋人办的报纸，华生是报纸的负责人之一，而他在那一份报纸里写了一篇文章，揭露了日本人的野心。这份报纸怕是让日本人恨得牙痒痒了。”白荷听到华生时，怔住了，但见郎伯看她的眼神分外关切，她终是一笑，语声温柔，“你说得对，我一早就爱上了华生，不该再纠缠你的。而且现下最重要的是国家，儿女情长我们都该放到一边了。”

“白荷，我只是希望能看到你幸福。”郎伯的话有些涩。

白荷仍是温柔一笑，道：“我明白。”头一侧就那样依赖地靠在了他的怀里，听着他的心跳，她感到很安宁。自己是真的可以放下了，她一笑，泪光闪烁，可心是欢喜的。

当回到住处，白荷就迫不及待地取出报纸来看了。

报纸上，华生那一篇文章的大意是：“就在南京首次被日军空袭的当天，所有日侨突然要求离京，由于事出突然，之前并无一点预兆，使得南京政府疲于应对。本就着双方渴望和平的心愿，南京政府派遣四十名宪兵护送，更提供了一班特别列车，将日侨安全送走。可这些所谓的‘老弱妇孺’、这群‘爱好和平’的普通百姓，却在听到自己国家的飞机越洋过海轰炸南京的消息时，竟无耻地发出了庆幸的欢呼声。此行为与禽兽何异？而就在日军飞机公然轰炸南京的同一天，我在日本东京工作的同僚，便得知日本首相发表了《帝国政府声明》，公然表示要采取断然措施打击中国。”

单是这一篇文章，日本灭我国之心已昭然若揭，难怪雅客会说，日本人要对此恨得牙痒痒了，可又偏偏奈何不了西洋人。白荷明白，这份报纸如此重要，是不可能在市面大量出现的。尤其是日方的《帝国政府声明》一节，简直就是一个极为重要的情报，对我国是极为有用的。但愿政府不要被日方的“假和平”假象所蒙蔽了吧……

白荷靠于榻上，紧紧地拥着这一份报纸。这份报纸是华生的心血，这篇文章的每一个字、每一句话都是他所写的。她是如此珍而重之，拥着它就如拥着华生了……

4

上海的战事胶着。自“八·一三”事变起，我国军队英勇向前、浴血奋战，本已压制住日军，可鏖战两个月后，日军依靠强大的火力突破了中国军队防线。此时我国军队虽败而不乱，可一旦溃乱，败退只怕不过旦夕之间。

而金陵城内，偌大一个首都，除了逃难的人们，马路荒诞离乱，早不复当初的衣香鬓影，车水马龙。而空袭不断，警笛长鸣，竟是一派萧条零落的凄凉景象。

郎老板的电影公司早已歇业，只剩码头、工场、米仓、粮铺仍算是正常执业。而难民越来越多，时常发生哄抢，粮油更是短缺。郎伯早前和日本人订下的生意，整个江南的米粮只怕都要被日本人搬空了。

退回码头脚力行坚守的伍小山十分气愤，不满日本人苛刻。而郎伯粮仓里的米仍是被日方一袋一袋地取走。只因当初郎伯和藤井一夫有协议在先，即使郎伯现在想反悔，也是不能的了。

“老板，这些粮食不能再白白送给日本人了。整个南京城的人都快没吃的了！”伍小山死死地抱住了眼前一袋袋的米。

而郎伯眉头也没皱一下，轻易地说出了口：“不是白送。日方征粮，可是给足了钱的。”

“你根本就是在发国难财！”伍小山的拳头攥得死紧，只怕郎伯再说一句，他就要动手打人了。秦淮一急，忙劝阻道：“老板，长此下去不是办法。再说我们仓库里有这么多米，而难民愈多，四处饥荒，只怕会发生哄抢。”

“此处有专门的日军看守粮库，难民来此抢米，不是送死吗？”郎伯一句话噎得秦淮再作不得声，而伍小山倒静了下来，脸容沉敛，似有所思。

那一天晚上，伍小山和向峥、安德、秋瑾秘密聚在了一起。大家头抵着头，商量着什么，最后终于达成了一致决定。

他们分散行动，行动前皆把脸面抹黑、把头发拨得凌乱不堪，而衣服也肮脏熏臭。四人已然就是逃难的难民模样。他们逢人就喊：“想要吃的，就去‘郎氏米仓’，那里全是白花花的大米！大家去了，都有份啊！”

于是如潮水般的，饿狂了的难民纷纷从各处街头涌来，向郎氏米仓跑去。

另一头，郎伯正在粮仓仓库车间外和众日军头目把酒言欢。那些军官执行此趟任务，本就轻闲，比不得上战场。他们虽都绷着脸面不欲搭理任何人，可郎伯和藤井倒是有些关系在的，所以慢慢地也就和郎伯混熟了。

一个头目抓着酒杯，通红的脸放着光，他叹道："倒不如清酒啊！"郎伯马上用日语接了："想家了吧？"

这个叫竹野的头目答了："是啊！家乡的未婚妻仍在盼着我回去啊！"说着还不忘把紧贴胸口的照片掏出来给郎伯看。"她是个温柔的女人。"郎伯笑道。

"是的，她很善良。是个看见杀鸡鸭鱼鹅都会哭的人儿，所以她茹素的。"竹野叹了声气，再看了眼粮仓，倒是有些温情流露了出来。他看着早已醉趴下的几个头目，为难地道："我们在日本时，明明谦逊有礼，彼此相亲，可为什么到了这里，却人人变了豺狼？还妄图……"他看了眼南京城四方，终是把话咽了回去。

"您不喜欢打仗吧？"郎伯说道，可马上转了话题，"对不住，恕我冒昧了。"

竹野摆了摆手，倒也没有如一般日兵那样骄横无礼地训斥他。"我喜欢花草、自然，一切美好的事物。我在家乡时是个诗人。"

"那为何要上战场呢？"郎伯语声真挚，劝慰起他来，"您适合从文。"

竹野不禁笑了，他说，"我也不瞒你，我从来没杀过人，一个也没有！当然也没杀过中国人！都是人，一样的！"他顿了顿，见郎伯的眼神十分真诚专注，他继续道，"可我的未婚妻门第太高，如果我不能立下战功，振兴家族，怕是这婚事就得取消了。她的父亲兄弟也来了中国，他们都是大英雄啊！可我……"他说不下去了。

郎伯正要安慰他，却听"轰"的一声，接着身边的石头横飞，竟是中了埋伏了。旁边桌上的五个日兵头目全成了肉酱，而因失了头领，远处遇伏的两队持枪日兵全乱作了一团。

火药包一一投来，尚算清醒的郎伯推着竹野，左避右躲，而一大群一大群的难民如潮水汹涌而来。粮仓的门被炸开了，粮米被难民一袋一袋地抬了出去，而郎伯请来守仓的员工因着皆是国人，自不会阻拦，极快地，仓库就被搬空了。

郎伯看着这一切，尚来不及做出反应，一道刀光闪过，狠狠地向他和竹野刺来。郎伯拼命躲避，只一抬首间，对上的那双清亮的眸子竟是如此熟悉。

那人正是伍小山！

"你是什么人！"郎伯苦无利器在手，又扶着竹野，能一一避过刀影，已是很不容易了，仍要假装出什么也不知道的神情来。伍小山忙压下了嗓子，道：

“我是锄奸队的！像你这样的汉奸，人人得以诛之！还有该死的日本人！”

又是一刀闪过，可这次却是直刺竹野要害。郎伯一惊，以身护着竹野，腹部一痛，鲜血喷涌而出，伍小山正要再补一刀，竹野猛地拉出了东洋刀，格挡开了那一刀。因竹野力道很大，竟把伍小山的小刀打飞了。

真论单打独斗，伍小山是绝不如竹野的。单看那架势，伍小山便明白，竹野颇得武士道精髓。可对着欺辱祖国的殖民者，小山舍了此命，也是要和竹野、郎伯同归于尽的！他再次攻来，可竹野明明招招可轻松化解，却不伤他半分，而眼内更是闪着不相称的恐惧的光。

小山大喝一声：“让你再把我们中国人当猴子耍！”然后不要命般地扑向竹野。而竹野的手竟是颤抖的！见有机会，小山把刀紧握，直直扑了过去。

“不要！”秦淮惊恐地唤住了他，只因看见竹野的手抬起，已是抓了枪。“啪！”一声，伍小山摔倒在地，子弹从他身旁擦过，奇迹般地没有伤他分毫。又是一声尖叫，秦淮已然看见倒在血泊中的郎伯。竹野一把抱起了郎伯，一手执枪对着伍小山，一边退向不远处的军车，然后上车绝尘而去……

第十八章

物资转移

1

郎伯虽被刺，倒也没刺中要害，可一场小手术却是避不了的。为此他还笑言，此生最怕，唯动刀子。

当白荷听见他的俏皮话时，才放下一颗紧绷的心，可不由怨道：“你虽是有心发粮赈灾，可如此弄险，确是不该。”她如何不明白，他是有意灌醉日兵，好让伍小山得手。

郎伯见她愁容，心道：害她担忧确是不该。他语声温和，慢慢劝道：“眼下日方征粮太紧，连南京城的百姓皆吃不上饱饭，更何况是难民们。我也唯有出此下策了。害你担忧，实在抱歉。”这样做，他是早有计较的，不但解了难民的燃眉之急，他更借此私下囤起了数量十分巨大的一批米粮，在日本人面前，只说是被抢了。

白荷听了，扑哧一笑，道：“谁担心你了？”如此一来，此事俩人也就揭过不提了。

郎伯住院期间，来探望他的多是西洋人和东洋人，国人倒真是不多。除了他旗下的一应员工，确是没有了。为此，记者对来访的客人提及，大多皆是闭口不谈。而暗访的记者深入码头和仓库一带访问此事，脚力多是沉默不言，除了伍小山。

“他爱和日本人亲近，心里自然清楚明白，会有此一劫。”伍小山说话不卑不亢，虽明面上不出恶言，可话里意思，记者明白。其实据记者暗访所知，大家对郎伯的看法倒也不差。郎伯旗下大多的员工仍是向着郎伯，说老板从不亏待员工。因此报道一出，倒也没有引起民众公愤。只是日方粮米被抢，倒是逼得巡捕房、警察厅十分紧。

想那难民四处皆是，真要办人，却是抓谁去办？！个别宵小之徒向日方进言，说是看见有几个鬼鬼祟祟、难民打扮的疑似学生的人牵头，才发动起的群众抢粮事件。此事件是早有部署的。于是呼啸而来的，便是日方的嚣张威胁，要中方惩治学生头领，并把上次带领游行和私印反日报纸的学生也要抓住一并严惩。

等得郎伯出院，一切早闹得乱哄哄的，整个南京城皆要炸开了锅。原来那些个学生长什么样儿，叫什么根本无人知道。那许厅长寻不到人，便天天抓人，整得人心惶惶，后更逮捕了一大批学生，想拿他们当替罪羔羊。而被抓的学生里，其中就有向峥。这样一整，民众情绪更加汹涌，围了巡捕房，要求释放学生，而难民也趁机生乱，哄抢掠夺，把好好的一个南京城搞得是沸反盈天。

所以当郎伯坐车去樱花公馆时，一路上小心翼翼地，生怕遇到请愿的人们，把他的车给掀了。

“外面的情况不妙，如此下去只怕会坏事的。”郎伯唯有向藤井诉苦，“不知先生您能否向贵国的朋友说明一下情况，放过那些贱民了事。”

“郎老板啊，你也不是不知道，我只是一介商人，管不了军政的事啊！而且我也是刚从日本赶过来，为的也是此事。我不过是个粮油买办，我的米粮可是花了大价钱买来的啊！尚未从你处装车运走，就遭此厄运，你怕是得赔我货款了。”藤井面有忧色，语气甚为不满。

郎伯一听要赔款，更是一惊，忙道：“要是我能找出闹事的学生，不知货款的事……”

“这个好说，抓出祸害之人也是大事。再者，我也还是要和郎老板继续做买卖的，放眼整个南京，你能征到的米粮最多！我们需要这些……”藤井的话点到即止，可一听还要加征米粮，郎伯倒是一怔。日本人所需，也太多了……

从大衣袋里取出一张照片，郎伯把照片递给了藤井，正要开口，却见藤井唇角一动，又平复了开来。想那藤井的情绪真是隐藏得极好。郎伯凭这一细微的面部表情知道，照片里的女子不简单。“郎老板从何处得的照片？”藤井接过，用指腹抚摸着人像。郎伯心下一动，想道：没有假装不认识，这样反倒显得是再正常不过了。

“是竹野君掉了的。他最珍惜这件物件了，而他救了我后就一直没再出现，连个致谢的机会也不给我。我也是没法子才来找您啊！”郎伯叹息，说起竹野时颇有相见恨晚之意。

郎伯舍命为竹野挡刀，而竹野亦舍命去救郎伯，在所有人眼里，皆是认定了郎伯是日方的人了。而藤井也更对郎伯另眼相看，分外欣赏。可一听提及竹野，藤井蹙了蹙眉，道："他回国了。我会把照片送还给他，你放心。"

看藤井的样子颇有些踌躇，郎伯马上明白了一切，急道："竹野君出事了？他现在在哪儿？"

"他是真的回国了。"藤井微微一笑，"我没有骗你。"

"只怕回去的只有尸体了吧！"郎伯冷笑了一声。

那是郎伯首次在藤井面前流露出他的情绪，往常的他总是面带微笑，安静幽默的，无人能看出他心中所想。而如今，他终于露出人性的东西了。藤井这才真正感觉到，如今与他才算是拉近了距离。

"那是他的路，他的国家不允许失败者，不允许逃兵。他就是那个逃兵，所以唯有一死，他的灵魂才能得到原谅回到祖国。"藤井脸色坚毅，无须隐瞒什么，接着说，"我虽是商人，可有些事还是明白的。想必你也是明白的。祖国对他的判决是对的，他唯有一死！"

"就因他不敢杀人？"郎伯是真的于心不忍了。

"一个军人，不敢杀人，就是失败！"这次藤井没丝毫客气。转而，他对郎伯道："你也是曾留学日本的，应该明白，也应该理解对竹野做的这个决定。其实，我的祖国也在为他而痛。"

默了半晌，郎伯点了点头，道："我明白。那竹野君的遗物，烦请您转交他的未婚妻。"

郎伯的杀伐决断让藤井愈发欣喜，他是个人才，一个能做大事的人，自己不会看错的。藤井心想着，也点了点头，道："竹野君在战场上是英勇无敌的将军，战死沙场，是他最大的荣耀，他的妻子以他为荣。他的家族永远鼎盛！这就是我的祖国能为他做的。"

原来对内对外，日方的说辞皆是竹野君战死沙场了。为天皇献身，是无上的荣耀！只怕会有更多的日本子民会为了天皇，浴血沙场。这，或许就是竹野想不明白的原因吧！到了别人的国家，人人皆失了伦常、成了豺狼！可这真的就是竹野想要的吗？郎伯也觉得困惑了。无妨了，从藤井的话里，他知道，竹野的心愿达成了，她永远是他的妻子，不再是未婚妻。

郎伯叹了一声，转身黯然离去。

而另一边，焦头烂额的许厅长快要被日本人逼疯了，竟要下令枪决以向峥为首的那十几个学生。郎伯一听得消息，马上赶去见许厅长。

“我说老许啊，您这样做可不行。难道您就不怕……容我说句得罪的呀，您就不怕那所谓的‘锄奸队’吗？我可是领教过了，才受的这一刀啊！”郎伯指了指自己的腹部。

许厅长顿脚一叹：“您以为我乐意？日本人可是放了话了，他们知道我的孩子在哪所教会学校上学。那您说，我该怎么办？上次我搜捕紫金书院无果，已是惹恼了日本人啦！”

“许厅长，您听我一句，赶紧把那群学生放了。”见许厅长疑惑地看着自己，郎伯继续说道，“我被刺客刺杀，也算是勉强认得了那人，给我些时日，我定能找出此人，顺藤摸瓜，要抓住真正的闹事学生还不容易！而且我已向藤井说了情，他已答应为您向日方说好话。所以这事由我来出面，你装个样子把学生放了，先压下事端来。否则，群情汹涌，怕不是你我所能预料的。”

许厅长一听，感激涕零，激动地握住了郎伯的手：“有兄弟这句话，以后您有何难事，对我吩咐一句便成！”于是俩人惺惺相惜地搂在了一起。

2

秦淮的小香君形象大受观众欢迎，一夕之间红遍金陵。

“若非上海陷入战事，而无力自拔，只怕你早已红过上海所有的明星了。”当郎伯说出这番话时，秦淮没有半分喜悦。

“怎么了？”郎伯不等她说话，一把将她拽起，圈入了自己怀中。秦淮挣扎了两下，被他紧紧地固定住，只怕自己再动，身子就被他贴缠得更紧了。霎时间，秦淮就红了脸，不敢动了。

她的举止娇憨可掬，在他怀里羞得不敢再动半分，手就抵在了他的心间，而她温软的身体也抵着他的身体，那样诱人，让他不禁心神一荡，忙笑道：“促狭的小东西。”他松了松圈住她的手臂，她仍是小心翼翼地坐于他腿上，脸色绯红，而一双点漆般的眼睛愈发的亮，竟是看他一眼，也是不敢的。他知道，她是喜欢他的。

“为什么不高兴？”郎伯放软了话语。此时道来，那糯糯的苏腔使他的话听着温软无比。连他也不自知，他的话带了口音。也只有他怜惜一个人时，才会如此吧。秦淮的心跳得太快，只怕他会发现了，小觑了自己去。她清了清嗓子道：“你说的话太无情。上海如今这样了……”她嗫嚅着，话终是断了。

“那不是你想要的吗？”郎伯的话瞬间冷了下去，“成为大明星，赚更多的钱，给你的家人好的生活，治好你母亲的病。这一切不都是你想要的吗！世道乱，亦非一天两天，你当演员的时候就明白，仗迟早是要打的。如今才来爱国，你不觉得太假了吗？”

“你不是这样的人！”秦淮急了，辩道，“你不是如此冷酷的人。”

“我就是这样的人，你第一天认识我就该知道。为何非要对我抱些不切实际的幻想呢？”郎伯怒极反笑了。

听松别馆瞬间静了下来，静极了，反听到了庭院外松林被风吹过的“沙沙”声。

他的手圈着她的身子，圈得太紧有些痛了，秦淮忍不住低声呻吟，他才从自己的世界里回过神来，放开了她。

许是坐久了，她方才起来，腿一麻，便摔倒在地。而郎伯就那样俯视着她，无视她眸底清亮的水迹，她咬了咬牙，手撑着身体，仍是腿一软，跌回原地。注视着她明亮娇弱的双眸，郎伯不得不叹，她竟有如此多的泪，流也流不完。

她与白荷不同，她的柔弱多情更吸引他，让他再放不开手。她就那样倚在地上，有些倔强地盯着他，道：“你不会把伍小山卖给了日本人吧？”

郎伯冷笑一声：“我还没有那么不知死活，把他和一应学生领袖交出去对我没有好处，激起民愤，怕是要杀我的人只会更多。”

“你明白就好。”秦淮别过了脸，再不看他，淡道，“经了此次，小山不会再随意行事的。我也劝了他要留住性命，才能有后图。所以你就安心养伤吧！”

郎伯手一伸，拧住了她的下颚，他俯下了脸，看着她，一字一字道：“你很在意伍小山。”对于郎伯的喜怒无常，秦淮是累了，她不看他，随意道：“你要怎样便怎样吧！反正我欠你的也不过是一具身体而已。”

手松开，他大踏步走出了房间，可脚步声在廊上停止了，他站在门边没有回头：“我偏要你欠我更多！”

3

手捧着一缕火，明知它不会灭，郎伯仍是小心翼翼地捧着，那样珍惜。雪茄取出，又放了回去。石头知道，老板是烦极了。

“又在秦淮那儿受了气？”石头觉得有些好笑，“也只有她能给你气受！”

凤眼一扫，郎伯不怒自威：“去码头。”只三个字便把石头的玩笑话噎了回去。石头颇为无奈地发动了车子，正要开车却被郎伯的话拦下了。只听郎伯说道："我自己开去。你开另一辆车接秦淮到码头上，候着。只怕……"郎伯顿了顿，目光一敛，没再说下去。

"难为老板亲自去接货了。"石头也是目光一聚，知道马虎不得。

"这是黄兴老板拼死托付给我的物资，能转移还是得转移的。"郎伯答了。

石头不无担忧："可是只怕日本人会留难。"

左手食指指腹重重地按在右手所戴玉扳指上，摩挲着一遍又一遍，良久，郎伯才应了话："华生会过来码头帮忙。"

"眼下西方国家绥靖之风盛行，米先生还肯出面帮助，倒也不易。"石头叹气。上海这场仗不知要何时才能结束。眼下人人自危，有些门路的，逃的逃、走的走，有钱财的富商巨户纷纷离国避难，而民族实业家更是忙着转移其产业，皆乱作了一团。郎伯看着远方，没有答话。

船只是靠近码头，但并不靠岸卸货。

郎伯与华生会合后，俩人上了一艘快艇，往江中驶去。等郎伯一行人上得货轮，便开始检查各类机器。点算完毕，没有损缺，郎伯松了一口气。"放心吧。此船会附上美利坚的通行证。"华生看了看机器设备，有些疲惫地回答。

"此次麻烦你了，我需要更多的通行证，以此证明这是美方的物资设备。"郎伯取出笔，签了一大笔款，带些玩笑口吻说，"喏，买通行证的钱。"还不忘在他眼前一晃。

"得了，少来这套。"华生也难得地露出了微笑，转而一问，措辞颇为犀利，"我帮中国，一来是因为我爱我的国家；二来，其实我也没多大的抱负，只因我爱白荷，我知道这样做她会高兴。能见到她高兴，这就是最主要的原因。可我真的很好奇，一向爱钱如命的郎老板如此破费地达成民族工业内迁，为的又是什么？而日本人对此会有何看法！"

"在日本人那儿出面的是你，与我何干？好人的脸面让你挣了，还不乐意？"郎伯哈哈一笑，答了，"至于我嘛，眼下多交下些人情，总无坏处。而且我和内陆那边商量好了，等一切工业落下地后，我会占有许多的股权。那你说，我是赚了，还是赔了？"他正得意扬扬地笑着。突然听得"咚"的一声，吓了彼此一跳。

华生眉心一蹙，神色十分忧虑，跨了一步往响声处走，郎伯紧跟其后。可声音忽地又没了。正当此时，石头匆匆跑了进来，向郎伯道："老板不好了，有日本人的船只驶来。”

又是“咚”的一声，郎伯耳根一动，身体本能地往声音处一靠，“嗖”地拔出手枪，“啪啪”两声就把钢锁打开了。

只见大箱子里面一片漆黑，内里密密的都是工具。“若不想日本人搜过来，就自己出来。”郎伯压低了声音说道。

终于，一个平民打扮的男人走了出来，只见他脸色异常苍白，背略弓着，显出几分痛楚，怕是有伤在身的。郎伯收回目光，淡道：“你是谁，为何在此船上？”那人不答，可一双沉敛的眼睛却是瞪着自己不放，显然是在做着思考，而此人眼角更是瞄向大箱子边上的一个大棒槌。郎伯心道：他是个危险人物！

“不说，我就把你交给日本人。只怕日本人也是得了些风声才赶过来的。”郎伯沉稳以对，并不慌乱。

“如果我说我是机器厂的技术人员，你信吗？”那人个子不高，可气度不凡，显然不是普通技术人员这么简单。

“我信。”郎伯此话一出，倒是把华生也惊住了。“华生，你带他从船底走，不然怕是会被发现了，”说着把一根极细长的软管递给男人，道，“下水后靠它即可。”

“可我走了，怕你应付不了日本人啊！看那船上旗帜，来的怕是日本军方的人，你一向只和日本商人有交情，现下中日两国又在开战，只怕不会轻易答应了你。”华生也是急了。

石头看了眼窗外，急道：“不走来不及了。”郎伯把华生一推，道：“我自会应付。”于是华生急带了那男人就从船板中间下去了。

“老板何不让我带了那人走，有米先生在，好说话些。”石头满是忧虑。

“这件事不简单，我不想连累了华生。而且以后我们要仰仗华生的地方还很多。”郎伯一顿，道，“来，把这里收拾收拾。日本人简直跟狗一样难缠。”

钢锁已打破，郎伯急中生智，把它重新扣上，再拨弄了几下以作掩饰。再想了想，他把衣服解开，腹部那道伤疤刚开始愈合，创口也还在，他咬一咬牙，以小刀把伤口挑开，再缠上纱布，血慢慢溢了出来。

石头的影子一闪，转眼已到仓底，却被一声厉喝打乱了脚步。“你的，什么人？”几个日兵抄了过来。郎伯正弯着腰似在检查些什么，听到声音，从暗里转过了身子，用日语回答：“我是贵国藤井一夫先生的朋友。”

“我们不认识什么藤井。你老老实实出来，否则……”一个头领模样的日兵说道。而两个日兵已往石头躲去的地方走了。日兵此次前来，果然是有些准备的。只是不知方才逃了的男人究竟是何身份。郎伯想着，脸上始终挂着温雅的浅浅微笑，这让叫前原浅草的头领很不高兴。“你的，究竟是谁？这船装了什么？我要一一检查！”前原两只圆小的眼睛打量着船舱，转个不停。

郎伯上前一步，挡住他的视线，客气道：“这是美方的货运船，我是此处码头的领头人郎柏敦，因怕船上会藏有违禁物品，所以上来看看。眼下并无什么不妥，就不劳驾您了。”

前原听了此话，眼珠转得狠了，凶光透出，直直盯着郎伯，手却一挥，然后郎伯就听见了一阵急速的呼吸声。郎伯心下一咯噔，料到不好了，可脸上始终挂着得体的笑容，等着。果然，没多久，一个日兵拉着一条军犬走了上来，而一个西装革履打扮的人也跟着走了上来。那人头尖额窄，生就一副鼠相，人虽也高大，眼睛却透出一股阴郁，他的肤色偏白，竟像是常年见不得阳光的。郎伯见了，笑意也淡了几分，“嗤”的一声，倒显出几分漫不经心来。而那声嗤笑极轻，却也被前原听见了。

“你笑什么？”前原狠狠地盯住郎伯，而军犬开始在各个箱柜前闻嗅了。穿西装的男人上前一步，凑到前原身旁，用日语低低地说着话。

“我是欣赏那犬够忠心，样子又威武，心下喜欢，才‘嗤’了一声。”郎伯忍住眉间笑意，颇为认真地回答。前原点了点头没有再问，可那穿西装的脸色有些不大好看。穿西装的伸出了手，道：“我是高建仓，曾当过许多日方商旅的翻译，藤井一夫先生也曾聘用过我，我也把你的一些情况向前原先生汇报了。”话里的威胁意思郎伯是听出来了，如果他说些不好的话，以后只怕日兵喜欢找自己麻烦了。是在报复自己刚才的嗤笑吗？有意思！郎伯收回心神，伸出手来握住高建仓的手，笑道：“幸会幸会。”

“藤井先生是我国派驻江南的大买办，我是想起来了。但你这艘不是运粮船，我还是得例行检查。”前原的话客气了几分。郎伯点了点头：“请随意。”

一声狗吠，日兵小分队皆跑了过去、端起了枪候着，见出来了一个男人，更是急拥而上，而男人大喊了起来：“我是郎老板的司机石头，别杀我！”高建仓听得此话，赶了过去，郎伯也跟了过去。

“你到底在干什么？”前原十分不满，虽知道他不是要找的人，可如此鬼祟，倒也可疑。石头颤着声音回答：“这里跑来了好几只老鼠，我怕它们撞到了灯火，要闹火灾的。”果然听见了几声鼠叫。

虽揪住了一个藏着的人，可军犬的样子似乎颇急，仍在极力搜寻着什么。郎伯知道它是闻出原来躲在此处的人的气味了。“这里还藏了什么人？”前原神色颇为难看。郎伯一顿，道：“之前一位米歇尔·华生先生在这里巡看过，他是美方物资的承办人。”

前原拉了犬，踱步往方才的大箱柜走去。那犬停下，围着大箱走了几圈，忽然吠叫起来。前原取出枪，对着锁打了两枪，郎伯上前一步，来不及阻止，那锁就被前原的枪打开了。一群士兵纷纷冲了进去，郎伯无法，也跟了进去。可郎伯刚迈步，就见放大棒槌的地方有个凹槽，竟放了一卷染血的纱布。因着此处极暗，郎伯把纱布取出，就着自己的腰腹围了一圈打了个结，塞进了原先纱布的里层。

郎伯刚把衣服整理好，前原就冲了出来，枪直指他太阳穴。“怎么了？”郎伯的日语十分流利，且不见慌张，他深敛的眸子眨了眨，透出几分迷惘。

“里面有血迹，可藏的人不见了！赶快把那人交出来，否则十个藤井也保不住你！”前原凶狠地逼问。

“真冤枉！这里哪来的什么人？不过是我方才随了华生先生过来点看，因这是我的码头，所以我才来的。华生有钥匙，每个箱柜他都打开检查，无论大小。旁边的一些箱柜小些，料到无法藏污纳垢，我们也无在意。可这个不同，所以他开了锁、带了我进来查看。怕是我当时牵动了伤口，以致血渗出，滴落在这里了吧！”郎伯说着，把西服扣子解开，衬衣扣子也解开，里面果然围了圈纱布，而且血还渗出了些许。

难怪自己刚看见郎伯时，郎伯的脸色就那么苍白了。前原想着，眼睛紧盯着郎伯的伤口看，可又不置可否。还是高建仓回了话：“他为救英雄竹野君而受的伤。”

“对我们大日本确是忠心的！”前原算是答应了下来。可他眼尖，觉着郎伯的几圈纱布像似颜色有些不对，正想询问，一个急切的声音传了过来，“郎老板？”是秦淮跑了进来。而郎伯就着这个当口，利索地扣上了衬衣扣子，并系好了西服。

“何事？”郎伯一把牵住她的手，让她靠着自己。见进来的是个妙龄女子，日兵眼中的狠厉便弱了几分。“我是来寻华生少爷的。我刚在家里陪米歇尔老爷，可接到电话，是老爷的死对头打来的，说少爷的船已经安放了炸弹，如果老爷不答应他条件，怕是少爷性命不保。”秦淮按着方才华生教的话说着，说得急了，有些颠三倒四的。“可华生已经走了啊！”郎伯也是故作着急，看了看前原。

前原听得此话一惊，见士兵虽急倒也不乱，更不会在他下命令前逃跑，转念想了想，道："大家撤！"于是一群人冲出了船舱。而郎伯带了秦淮和石头，也一并跑了出去，上了一旁候着的快艇。

日兵的冲锋号快艇大而阔，而速度更是快，不过一会儿工夫，就去得远了。

此时，华生才带了那男人从水底钻了出来。华生与郎伯俩人视线刚对上，便哈哈大笑起来。原来郎伯在登船前早有计较，怕的就是难缠的日兵，所以安排了秦淮候在不远处，看见日兵的船，她就坐快艇过来，按着吩咐演这一场戏。

"可就怕前原事后会过来查问。"华生不无担忧。

"无碍。我们将这一切赖给游击队即可。就说这是他们设的一个局，为的是骗日兵上船，再炸毁船只，一来可杀死日本人，二来可挑起日美双方的矛盾，因而故意对外放消息，说是有人躲在船上，好骗了日本人来。可是还未点燃炸药，日本人就跑了，因而保住了船。如此，任谁也不会再在这个问题上咬着不放了。"郎伯笑意明朗，竟像是许久不曾如此开怀了。

似是被感染了，华生也是笑。郎伯拍了拍他肩膀道："走，我们得去和惠灵顿对对口供了！"说着把不属于自己的那卷纱布抽了出来，点火烧掉。见那男人不肯走，郎伯道："我另安排你走。毕竟这是我的大生意，我不可能允许你在我的船上出事，毁了我的声誉，断了我的财路！"那男人犹豫了下，还是跟着一众人等，上了快艇。

郎伯的脸色苍白，腹中伤口虽不深，可反复受损，只怕很难在短时间内复原了。秦淮虽刚和他闹了别扭，可心里一紧，忙拿出手绢去帮他摁住伤口。他痛得眉心一蹙，握住了她的手，把头靠在了她的肩上，他是累极了，所以再不能支撑。

"别担心，我府上住了位医生，待会儿让他来帮忙。"华生安慰秦淮，只怕她难过。

秦淮点了点头，努力端正了身子，好让郎伯靠得更舒服些。她心里道：我们互相依靠、扶持，如此相依为命，倒也是好的……

营救学生

第十九章

7

原来受伤的男人是宋系派别的人。物资转移事宜即由这个叫宋鸣远的负责。因此早有汉奸盯上了他，此次行动是要将他擒住。

“想来高建仓必定是在你身上花了不少工夫。”郎伯喝了杯热可可，打量着宋鸣远，含笑道来。而米歇尔·惠灵顿对此事则慎重许多，因为关系到宋凌财团的大部分企业皆是和米歇尔有来往的，美方的控股不低，故极怕利益有所损失。“他们为什么要抓你？”老米歇尔问得一针见血。

米华生见父亲只紧张利益，有些不悦：“爹地，让他缓过气来再说。”见宋鸣远脸色苍白，华生忙兑了些蜂蜜牛乳水给他：“牛乳有能量，喝了才有力气。”

点滴一点一滴地从针孔处输进宋鸣远的身体，他叹了声气，说道：“米歇尔先生莫要担心，日方针对我皆是因为我身上携有一份文件地图，是有关面纱厂、纺织厂、矿场等物资的后方落地图。这些物资十分紧要，连军工厂的新位置也一并标在了文件里，若日方能掌握了这些，就能将其一一摧毁了。”似扯到了伤口，他倒吸一口气，候了许久才说得出话来，“大家也知道，大后方地形多是大山群落，地势险要复杂，若没有明确目标是极难找到的。”

“那我方投资的最大企业，空军机械厂的事宜……位置确定隐秘？”老米歇尔倒是真急了，可话没有说完，就被宋鸣远打断，他一把握住了老米歇尔的手，目光严厉地看向一旁的郎伯。

见此情形，郎伯知道他是不信任自己的，一笑也就垂下了眸子。倒是米华生忙着解围：“郎老板只是生意人，他虽和日本人做生意，但不论政治。”

“你接下来去哪儿？”郎伯一双深敛的眸子注视着宋鸣远，便无半分嫌隙，仿若天塌下来，亦可由他担着的样子。他的气质是淡的，使人觉着安宁。如此的一个人是使人能信任的吧？被他那双睿智的眼睛瞧着，宋鸣远不由得就说了实话，“因为一些军工问题，我得亲自去趟德国与美国。”

似是计较了一番，郎伯道：“你不信我也就罢了，米华生也算是中国人，你大可信任他。如今你的身份已泄，要护着机密文件到重庆怕也是难了；你把文件给华生，由他亲自送去。我有一架私人飞机，可秘密送你去香港，再转德国。眼下水路、陆路皆已被日军封死，幸得飞机是以德国人的名义买下的，不会有人拦得住。”

“条件呢？”宋鸣远紧了紧放在胸口的文件，目光愈发地变幻不定，可他明白事到如今自己已没有法子，只能信郎伯。天下没有免费的午餐，不是？郎伯笑了笑，道：“我这边有个人也得去德国，而你是个有身价地位的，自是有些钱财在身，我需要你资助他。再者你们必须尽快起行，途中你教会他一些德语。”

未等宋鸣远答，倒是秦淮接了口：“老板说的可是报国？”原来李家虽是在洋行工作，家境亦分外优渥，可因着李园（李报国）的事，受到了日方监视。如今南京城内汉奸横行，李园受枪伤的事虽没有被汉奸发现，但因着他在学校里是极有口碑的学生，所以李家上下正处于被围困的境地，日方、汉奸盯着他家；而巡捕房的许厅长若不是事先得了郎伯的提点，怕是早把李园给绑了去巡捕房查问了。故此，郎伯才想尽办法要送李园走。

见郎伯点了点头，秦淮的脸上终现出了笑容。而那宋鸣远见郎伯一双眸子极亮，看着秦淮时满是溺爱，也就明白了报纸上报道的那一切皆是真的。郎伯一掷千金不过是博红颜一笑，听闻那女子让他帮谁、救谁，他皆是照办的。如此，宋鸣远倒是放下了一颗心，道：“你交代下的事，我一定照办。只要那位报国没问题，我可立即起行。”

“好，一言为定！”郎伯伸出了手，那宋鸣远亦举起了手，两人三击掌，道：“一言为定。”

大家约定了时间会合，而宋鸣远则留在了米歇尔家等候，郎伯临走前，听得宋鸣远提醒道：“小心高建仓，他是汉奸头目，许多计划行动皆是由他制订执行。不知他用了什么法子知道了我躲在你的船上，只怕日后你会有些麻烦。而且南京城内轰炸目标多是由他出卖给日本人的。”

“放心。”郎伯点了点头，毅然转身离去。宋鸣远此行万里，离家去国，为的是以实业支持国家，以军工图强，可他从未见过那样坚毅的一双眼睛，那样使人镇定、给人以力量。那双深邃坚毅的眼睛，深敛果决的目光，他一直记着，此生再也忘不了……

等送走了宋鸣远与李报国，郎伯始能松一口气。“连华生也走了啊……”秦淮站于郎伯身旁，有些茫然，只觉此行千里，隔了那么多的人、那么多的事，竟是惆怅的。

老米歇尔并非心智懦弱之人，可也看出了南京的穷途末路，叹了声气，道：“你是故意让华生避开战争的。”

淞沪战役陷入胶着，人人皆怕南京不保啊！眼下南京城，谁人不是伤感绝望的呢？郎伯轻声道：“米歇尔，您想多了。我们的政府仍在支撑，我对政府有信心。”

“嗬，真有信心，那么多的物资、机器、金钱，又何必急急地皆转移到了重庆？”米歇尔的眼睛分外毒，他直直地看着郎伯说道，“你我十多年的老朋友了，你又何必瞒我？眼下时局动乱，连你们的政府都没了信心，你又何来信心？！我方投了太多的资金在南京了，我的家眷亦在此，我私人的财产不能不看顾，我想我也要离开了。”

郎伯的目光一黯，有些惋惜，但还是了然地笑了笑：“既是朋友，我自是愿你事事顺遂的。既要走，那就让我送你。眼下远东地区皆是被日方占领，回美也是好的。”

2

“老板既是许了许厅长这一事，那我们又上哪儿找来几个学生？”白荷并非不担忧的，蒙骗日本人可不是容易的事！

郎伯取出了几张照片，说：“这几个人是高建仓的手下，想那日军对南京实行了不分青红皂白、残酷野蛮的轰炸，政府机关、机场、发电厂、火车站、自来水厂、广播电台、学校、医院，甚至连市民密集居住区新街口等地都遭到轰炸。而给日军飞机轰炸目标的人就是这些个汉奸。眼下，还不是对高建仓动手的时机，但杀几个小汉奸还是可以的。”

白荷一点即明，脸上欣喜之情甚深，急切道：“你是说移花接木？”

“对，好好地给他们来个改头换面。”说着，郎伯取出几张假人皮面具，“我们把那些人都杀了，贴上假面皮，然后如此如此……”白荷一听，竟高兴得拍起手来，连声道：“真妙，真妙！”

她的笑意明媚，竟似他初见她的那一刻。那时的她只十五岁，真是如花的年纪。她与其他女特工有些不同。其他女特工多是满腹心事，心里并不愿意当特工。可她为了兄长李长青，竟是心甘情愿的。

当长青将她交给他时，长青什么也没说就转身离去，可白荷是笑着送长青走的。她笑得那样明媚灿烂，不过是怕长青会担心……

那时的他也是戴着面具的。那种压抑感没有吓倒这个如花一般的女孩，她只是满脸天真地笑着对他说：“我会努力成为最好的特工。”然后高昂着头，看也不看他，就走进了训练营。她是那样高傲，容不得世俗半点玷污。

念及此，郎伯一笑，亦是笑意明朗，他说：“是，真是妙啊！”

因着组织上的帮忙，在极短的时间内，五六个汉奸皆已抓住，里面还有一个女子。隔了一堵墙，里面的人并不能看见他们。而当白荷看到那女子时，心下有些不忍，可郎伯面无表情地说道：“这些人该死！”

白荷叹了叹：“她只是嫁了个日本人而已。”上面的记录并未列明她所犯罪行。记录本里的情报是关于此六人的详细内容，若非得知他们的行为习惯，怕也是难抓住他们的。

“在此次抓捕行动中，那女人掩护老乙逃走，幸亏我们抓到了这俩人，不然行动暴露，只怕咱们组织上的人有危险。”郎伯恨恨地，对汉奸走狗竟是咬牙切齿的。白荷顺着他说的，看了看老乙，和那女人竟是有些相似的，大抵是亲兄妹了，所以才会拼死相救。

“一念仁慈，会连累死许多人。这是我第一堂课就教你的。”郎伯关上了门，走了出去。“是。”白荷恭敬答了，竟是本能地，把他看作了昔日的教官。他们本无审判任何人的权利，那女人也未必是汉奸，不过是想救兄长，可难道嫁给了日本人就成为了她非死不可的理由吗？白荷感到困惑。但那女人的一切，轮不到她去评判。那女人万不该的，是不该忘记了自己是中国人的身份，国破家亡，那女人要做的是大义灭亲，不是吗？！

俩人已转了出来，马上迎来两个男子。郎伯对来人说道：“好好看护，当我给你们信号时，马上离开。”

“是！”俩人齐声回答。

夜半时分，万籁俱寂，连零星狗吠也是一现即没。

隐在山里的孤村独屋，突然有了动静。屋子里点着一盏油灯，一灯如豆，半明半灭。外屋的一个看守俨然喝醉了，任着手枪放在桌上，趴伏着桌面睡觉。内屋里，其中一个汉奸弄断了绳索，尚来不及解开其他的同伴，就被外院看守的人发现，别无他法，他唯有抢过了手枪，跳窗逃离。一时之间，山林的寂静被打破，可这一切皆是算计好了的，而看守的人早早地遣了一人去报告郎伯。

郎伯更是大张旗鼓地通知了许厅长，带了一队巡警，浩浩荡荡地竟奔了山里来。途中听得有动静，那汉奸竟也是急疯了，不论来者，疯狂地开了好几枪，射中了一名巡警。如此一来还了得，郎伯大喊了一声："那学生逃了！"然后开枪射击，而众巡警对着草丛更是一轮射击狂扫。

只听一声嘶叫后，那汉奸终是没了声息。郎伯按下众人道："想那学生狡猾，怕有埋伏，还是我去。"于是纵身一跃，先行进入了草木凌乱的树林之中。原来那汉奸还剩了最后一口气，郎伯双手用力一使劲，扭断了他的脖子。

再看了看他的脸，已然被枪打烂了，哪还分得出谁是谁。如此甚好，郎伯微微一笑，从容地走了出来："老许啊，这事成了。这就是刺杀我的那名学生。他有如此胆量，那私印反日报纸、组织学生游行和煽动群众抢粮对于他来说，也是小事了。"

得了郎伯提醒，老许哪还不明白，嘿嘿一笑道："那我总算可以向日本人交代了。"俩人正说着话，忽见不远处火光冲天，郎伯大叫了一声，"不好！"尚未等许厅长反应过来，他已奔出了老远，回头喊道："那里关了一群学生，只怕他们逃了。"于是一行人加快了脚步往火光处赶去。

可到得废屋旁，那里只剩了破屋残垣，几具焦尸而已。

看守的四人迎了过来，向郎伯报告："那几人的捆绳松了，竟是一齐冲击我们。我们无法，只有还手射击，因想着要留活口，并非射中要害。可众人搏斗间，不知是谁碰倒了烛台，屋子竟烧了起来，而火势太大，把他们给烧死了。"

许厅长一听没了活口，有些慌，忙去查看死者，皆是血肉模糊，脸容遭毁，唯得一男子还剩了几分容貌在，果是他曾抓过的一个学生模样。如此，许厅长才松了一口气，道："我如实向日本人报告了便是。有一人我是认得的，更是我亲手抓过的，单凭这点日本人会相信的。"

"老许，别担心。还有我作证嘛！"郎伯搭住老许的肩膀，语气轻松，"树林里枪毙的学生就是行刺我与竹野君的那名刺客，我认得。"唇角微微上翘，心下倒是真的痛快，想道：脸面还认得出的汉奸就是老乙，他贴着学生领袖的假皮面具，经了火炙，已是与他本来脸皮融在了一起，要过日本人那一关，根本是易如反掌。

3

当听得消息时，白荷与郎伯皆是哈哈大笑，好不痛快。

“那日方是完全相信了。”白荷挑了挑眉。

一支雪茄点上，含在了嘴里，郎伯的姿态十分闲适，“当然。”一场风波，便如此平息了下去。

可白荷还是有些担忧：“向峥那学生领袖我是见过的，他为人太过急躁，怕是将来会出事。还不如把他送走！”

“可中国需要的就是这些有冲劲的爱国学生，爱国不是空喊，总得流血。而我们需要的正是那样一种敢于抗争的声音，随他去吧。”郎伯连眉头也没有皱一下，他知道，向峥是可造之材。

“可我们总得打点一下。毕竟表面事实是，大汉奸郎柏敦杀害了爱国学生领袖华明。如今我们已送走了华明，让他上前线磨炼，可连他自己也不知道你在背后为他操办了这一切。那其他的人连他的尸体也捞不着，只怕会对你不利。”白荷道出实情。

郎伯仍是那样慵懒，仿若无事人一般：“无须打点，我能应付。而且，我需要这些掩护。行刺我的人越多，日本人越相信我。而我只要巧妙地放过那些刺客，就可以了。”

果真是艺高人胆大啊！白荷不得不叹，也唯有尊重他的决定。

办公室的门是虚掩着的，而郎伯与白荷是在里间谈话，俩人说话的声音皆不大，外头的动静，郎伯也是听得一清二楚。

忽地，白荷竟看到郎伯的耳根子一动，只听他叹道：“现下时局动乱，每隔些天，日方轰炸机就要投下几枚炸弹，我这电影公司是没戏咯。唉，谁还敢上电影剧院啊！”

“郎老板，你可是狠狠地发了笔战争财了。明知道缺粮，你早早地就大肆采购，如今高价卖出，稳赚不赔啊！”白荷的声音愈发娇媚。

俩人皆没有刻意提高声音，不过是寻常聊天的音量，可不仔细听，倒也是听不见的。门外的动静忽地又没了，白荷候了候，仍是感觉不到外间的情况。

“白荷啊，你我的合约好像还没完啊。”郎伯似笑非笑地看着她，随即又取出了烟盒。“那又如何？”白荷反问，只见他把打开了的烟盒不断地变换着角度，不过一瞬，终在烟盒内盖子上见着了一个模糊的影子。

他把玩着烟盒，叹息：“可认得此物？”见他挑开了话题，她接过烟盒细看，只见里面的古巴雪茄码得整齐，透着浅浅烟香。“有何特别？”她不知就里。“看这个地方。”他指了指内侧，竟是标了法文的。白荷细看才发现竟是法国王族的东西。虽是小小的一个烟盒，但色泽艳丽的珐琅彩外壳上镶嵌了各式宝石；盒内里倒是镀了一层白银，嵌了零星几点黑曜石，真真的是低调的奢华。而那内盖上的白银磨得极光滑，光可鉴人，仿如一面银镜。“法国王族的收藏品都落入你手里了，果真奢华。”白荷叹道。

“可那是离不开钱的。”他答。

“原来绕了那么大一个圈，您是要跟我谈钱啊！”白荷怪叫了声，认命地叹道，“好吧！那来谈一下，您的赚钱大计吧！”然后做出洗耳恭听的样子。

郎伯看了她慵懒无趣的模样，哈哈大笑起来：“白荷，你我之间不用如此矫情吧？我能有什么大计呢，不过是想请你到十国俱乐部演唱而已。你会多种唱腔，歌剧你是强项嘛！”原来，他是想捧她为“东方夜莺”。

“只要价钱得当。”白荷睨了他一眼。

“价钱好说。”郎伯笑了。

适时地，门被“咚咚”敲响，声音轻巧，来者十分有教养。

郎伯唇角的笑意漫开，朝白荷做了个嘴形：“候了许久。”然后朗声道：“请进。”

白荷自然明白，他的意思是：门外的人候了许久了。嗬，怕也是偷听了许久吧！

可进来的人倒是让白荷挺意外的，是秦淮的经纪人兼管家如妈。如妈也曾是一手调教自己的人，她容貌虽不算美，可举手投足间的风情极为迷人，再加身段高挑丰腴，往美人堆里一站，也是出挑的。

原以为，在外偷听的会是木村。白荷的眉心不禁一蹙，倒是郎伯微笑着握住了她的手，她才回过神来，依旧是敛了眉，摆出了大明星的架子来：“没看见我和郎老板在商议事情吗？”

“白小姐，对不住！我是想请问一下郎老板，关于秦小姐接下来的事宜安排。毕竟她刚签约了柏尔敦电影公司，才拍了一部片，公司却歇业了。”如妈答得谦恭有礼，但也不卑不亢。

等郎伯一一答了，如妈要走，可又有些欲言又止。

“还有什么事？”郎伯问得倒也客气。

“我不知该不该说，”如妈顿了顿，见郎伯没有回答，她似是下定了决心般，“我方才过来时，远远看见门边上有人影，可我尚未走近，那人就走了。”

“呀，该不会是什么商业间谍吧！那我们方才的计划……”白荷佯装着急。毕竟在俱乐部里演唱，一应所有剧目皆是有计划的，如是泄了内容让竞争对手先演出，那郎伯是要亏本的！

毕竟排一出剧目，是要花许多金钱的。

“看清楚那人了吗？”白荷已然十分入戏，连郎伯这个明白人见了，也觉得真有那么回事似的，仿若他俩方才真在商谈什么商业大计了。

见郎伯铁青了脸，一言不发，如妈垂下了眸子，愈发恭敬：“真没瞧清楚，但看身形好似是个女子。”见郎伯挥了挥手，如妈便恭敬地退了出去。

“方才怕是木村在偷听了。”白荷说得十分平静，只眉宇间露出一丝狠意。

“窃听技术如此高超，应该是木村，凭气息起伏来看，确是女子。”郎伯连眉梢眼角皆是平静。“也只能是她了。”白荷淡淡地说。

“可是……若是木村，她又岂会如此轻易被人瞧见了去？”郎伯只觉眉心突突地跳，不祥之感油然而生。

“您多想了，如妈没说看清是谁，不过是一道影子。”白荷安慰着他，料他是被这许多事情弄得乱了，忙站了起来到他身后，替他仔细按摩。

太阳穴隐隐地痛，他怕真是累极了，才会如此多心。白荷抚得极细致温柔，不觉地，他便有了丝睡意，他轻轻地握住了白荷的手：“谢谢你。”

他的体贴温存是从未有过的，白荷不禁一怔，眼睛竟湿润了。从何时起，他俩已成了生死与共的最最亲密的伙伴和战友？恍惚一笑，她忙摇了摇头，她实不该再想那么多……

“无论是谁，我们皆不能信任。方才不论是木村，还是旁的人，我们都要小心仔细了。”明明是困极了，他竟还是条理清晰地说了明白。白荷放缓了手势，低低地答了：“我晓得。”

第二十章

最后的狂欢

1

米华生的突然折返，让老米歇尔十分恼怒。

其实按郎伯的意思，也是不愿华生再冒险的，故而遣了他去重庆。因着他半洋人的身份，那份密函顺利地交到了重庆政府官员的手里。老米歇尔本拍了电报，让他在原地候着，等自己到了重庆，俩父子即可从香港转道回美利坚。

可电报发出没多久，老米歇尔还未来得及启程赶赴重庆，华生就悄悄回来了。

“你鬼迷心窍了是不是？”米歇尔气急，拿起烟斗就狠敲他脑袋。可华生一声不吭，任父亲发泄，末了才安静地回了自己房间。

这座小洋房，米歇尔已经挂牌出售了，可如今他明白，即便是绑，也绑不走华生了。泄了气，他只能陪着儿子继续留在南京。

许久不曾见过白荷了，华生苦忍相思，加上旅途疲惫，竟病倒了。可他瞒了父亲，偷偷去了柏尔敦电影公司。

远远地就见着了秦淮，她坐于香樟树下，托着腮，只顾看着头顶的一片青翠。她的眼睛晶亮，唇微抿，一点酒窝显出，本俏皮的容颜似是笼上了一层轻纱，透出诉不尽的惆怅。

一片花瓣轻落秦淮头上，原是香樟树旁的白山茶开花了，经不得风吹，落了好些花瓣。那片白，美且柔，弱弱地拢在秦淮肩头，她见着了，也懒得去拂。

走近了，华生才发现，她的耳垂小巧柔美，只缀了一对翠色耳钉，衬着一身白裳，竟有几分白荷的模样儿。手不自觉地伸了出去，拂下了那柔美的白茶花瓣，她似被吓着了，一抬眸，对上的是华生专注的眼眸，她方松了口气，含笑道：“米先生。”这一声唤与白荷不同，带了分娇怯与羞涩，他始回过神来，道："贪坐树下可不好，易着凉。"

"下次不敢了。"她笑，眉眼弯弯的，十分甜美可人。华生似是受了感染，脸上也多了笑容，"白荷还好吧？"

"她在和郎老板商量事情，我带你过去吧。"秦淮乖巧地答了。

"好。"华生点了点头，刚要走，又停下了脚步。秦淮不解，回眸瞧他，原来他摘下了一捧山茶花。

"米先生真浪漫。"她笑着带路，仿佛刚才的忧愁从未有过。

华生轻轻一笑，声音十分清脆，带了些孩子气地纠正："唤我华生就行了。先生前，先生后的，反而生分了。"

说着话，俩人便到了郎伯办公室前。门虚掩着，他轻轻推开，只见白荷正靠于郎伯怀里，俩人半躺于罗汉榻上，皆睡着了。

他站得那么直，握着门把的手已突出道道青筋。而秦淮"呀"了一声，眼中早含了泪花儿。

这一声唤，惊醒了白荷，可郎伯仍在睡梦中。白荷明白，他腹中伤口本就未好全，加上连日忙碌，身体早不堪重负了，才会睡得沉实。看他模样，怕是许久不曾睡安稳了吧！叹了声气，白荷才轻声回了话："我们出去说，他累极了。"

到了此刻，在他面前，她仍关心着旁的男人，华生面无表情地转身即走。白荷心里钝痛，可她不该再走近他，再伤他。她木然地站于门内，忽听"呀"的一声，不远处秦淮的叫声十分惊慌，她紧赶了出来，却见华生晕倒在走廊上。

"你真是我命里的魔障！"白荷叹着气，淡淡的气息细细地拂在华生脸上。

看着他的脸庞，白荷十分恍惚，自己就那样抱着他，坐了许久。医生老早就来看过了，他没什么大碍，只是操劳过度而已。

"我方才是累极了，才会靠着郎老板睡着了。"似是苦笑了声，白荷睁着空洞的眼睛，看着自家的卧房，自顾说着话，"柏敦与我，不过是伙伴关系。嗬，其实我追了出来又能如何？不过是痴罢了！"

手抚上她的脸，其实他早醒了，不然，他何能听得她真心！"你我皆是痴人。"他一叹，深深地看着她，头仰着，尽量地看清她。见他已醒，白荷倒真是慌了，忙分辩道："我……我只是见老板累了，所以……他不知道……"

"你真的如此不信任我吗？"华生脸色一沉，竟含了怒。

"不是……我……"白荷不知该如何解释，竟是自己先乱了。她是万万不能暴露了郎老板的身份啊！而她方才却说了郎老板与自己是伙伴这样的话。

“你与他只是商业上的好搭档，工作上的伙伴而已。”满是怜惜地，他握住了她的手，他如何不明白她在担心什么呢！只是她竟是不信任自己的。到了这一刻，他才猜出也肯定了，郎老板的真正身份，可他已不觉得惊讶了。

“我……”白荷的话被他打断，他说，“什么也不用说了，我明白。请你相信，我不会辜负你对我的信任。”

“我相信你。”白荷靠在了他怀里，这是她渴望了许久的温暖啊，她又岂会不相信他！“等我完成了任务，我一定跟你走。”她看着他，就那样渴望地看着他，终于明明白白地交出了自己的心。

“我会带你走！”他说。无须太多的言语，他们已明白了对方的心。

“我必须得接近藤田……”她的话再次被打断，他说：“无须向我解释，你只做你该做的，而我相信你。”他的叹气几不可闻，白荷一怔，看懂了他眼底的悲伤。纤细的手指搭在了盘扣上，她优雅地解着旗袍扣子。他爱她，她亦爱他，放纵一次又有何不可？！

可他抓住了她的手，他环着她的身子，下巴搁在她肩上，低低地笑了：“我会等那一天……”他温柔地替她系好扣子，见她脸色绯红，忍不住捉弄她，“有人脸红了哟！”她恼了，便去挠他痒痒，嗔道：“你臊也不臊！”

手被他抓住，他笑着看她，他的脸容是开扬的，他是真的开心快乐。他轻轻地吻了吻她的唇：“那一日，我很后悔。”

“不，”她忙伸手捂了他嘴，“我是自愿的。其实我心里是欢喜的。”她的声音愈发地低了。见她娇羞如此，竟是十分动人，他也是欢喜的：“原来并非我一厢情愿。”叹了叹，他又道，“等到你能随我离去……”余下的话，她都懂，只静静地倚在他怀里，听着只属于他的心跳。

她不对他说自己的任务，是因为她知道，他什么也不知晓最安全。

而他什么也不问她，是因为他相信她。

看着她的卧室，大红锦被，柔美的装饰，温香软玉在怀，如坠女儿国温柔乡。他不觉再拥紧了她，只觉岁月静好，这一生，竟是什么也拥有了！

拥有了她，这一生便就够了……

2/

她与她，皆是风月场中的东方夜莺。白荷妩媚风流，秦淮柔美恬淡，一动一静，相得益彰。

“双旦双花，同台献艺”这就是郎伯推出的计划，只是白荷唱的是歌剧，而秦淮唱的则是时下沪上最红的曲目。

“夜上海夜上海，你是个不夜城，华灯起车声响歌舞升平，只见她笑脸迎，谁知她内心苦闷，夜生活都为了衣食住行，酒不醉人人自醉，胡天胡地蹉跎了青春，月色朦胧倦眼惺忪，大家归去心灵儿随着转动的车轮，换一换新天地，别有一个新环境，回味着夜生活如梦初醒，如梦初醒……”秦淮一袭金色旗袍在彩灯中摇曳，旋转的灯，勾出一抹春色的旗袍开衩，轻佻的迷醉神情，这一切、一切，皆让她成了一道谜。

郎伯坐于台下，看着她，她年轻的脸庞如梦如幻，一颦一笑，皆露出如许风情。正是她迷离的眼神，把整首歌曲唱得更加靡靡，真真的是歌舞升平啊！

“上海几欲沦陷，再无人唱《夜上海》，反是这里，浮华在夜色中挣扎，纸醉金迷销金窟，越奢靡，只怕就越绝望。”白荷款款坐下，手中捧着一杯红酒。只见她轻轻摇晃，再细细地品，细细地酌。

藤井一夫就坐在不远处，郎伯看了看他，他神色平淡，嘴角勾着浅淡一点笑意，正欣赏着那一曲夜上海。应藤井的要求，这首歌秦淮将会献唱三遍，反反复复就是这首曲子。而秦淮的双眸迷离中越发的忧郁，唇边却挂着暧昧奢靡的笑意，她的风情比之白荷更加诱人。“还把她当小女孩儿看吗？”白荷笑了笑，“即使是小女孩儿也会长大的。”

不等他回答，她又说：“你在我面前掩饰了这许久，其实我都明白，我一天不放下对你的感情，你是不会以真面目见我的。那日我窥得你真面目，一是你疏忽了，一是你看透了我的心，所以并无太多的顾虑。”见郎伯欲言又止，她忙伸手捂了他的唇，“别说了。我已能坦承我对华生的爱意，也能面对自己的心，这样很好。”

如此暧昧的动作，使一旁坐着的藤田建次心里极不是滋味，奈何藤井一夫极宠爱这个女儿，只要是她喜欢的事，皆会放手让她去做，从不阻拦。所以，白荷才会如此高调地登台演出，而她的父亲还亲自到场支持。

“别回头，藤田在看你。”郎伯轻笑了声，“他吃醋了。”白荷听了，咯咯地笑，银铃般的声音飘在音乐烟雾之上，清脆极了。她的身子靠近郎伯，在他耳边呢喃，“我们这样真好。”

郎伯会意，笑容开怀，收敛了那抹玩世不恭，温柔地注视着白荷，如注视着他唯一的亲人：“是啊，这样真好！你永远是我的红颜知己，我的亲人。”过去的事不必再提，如今的俩人已是同获新生。

“你桀骜不驯的性子，倒是没有几个男人能抵抗得了，藤田也不例外。”郎伯叹了声气。

“这也不过是训练营调教出来的结果。调教我的女教官十分迷人，她的风情怕是无人能及的。”白荷喟叹。

俩人如多年的好友，谈起过去的事，再无了恩怨纠缠。一切淡淡道来，回眸间，默契地一笑，已恍如隔世了……

“马上就到你了。”郎伯含笑提醒。

白荷抛了个媚眼：“不怕我抢了她的风头？”一记眼波斜飞入舞台。见郎伯虽是笑着，可垂下的眸子只看着地板，睫毛一颤一颤地，缀满了心事。“我们的身份虽然尴尬，可我们也是人，也有人的感情……”对于他的心事，白荷确是不知该如何开解的，“我只盼着你和她都能过得好。”

“我懂分寸。好了，该你上场了。”郎伯拍了拍她掌背。俩人亲密依靠，明明是不能曝光的特工，可他俩却旁若无人地传递着信息，倒是再正常不过的。

一缕烟雾自舞厅中央升起，客人们喝着醉人的酒，加了旋转的灯一打，愈发的恍惚。灯光点点，变幻着颜色，幽蓝、金黄靡靡而来，笼住了每个人眉发鬓角，女士们云鬓高耸，衣香鬓影；男士们双眼蒙眬，隐有醉意。

灯红酒绿销金窟，一场奢华，人生不过如此。

迷蒙的舞台上飘来淡淡香气，可片片薄雾相叠，再瞧不见舞台上的人儿。忽地，一片片幽蓝的蝶儿从舞台上飞来，纷纷穿过大厅每个角落，蝶身上金色的羽粉纷纷落下，轻柔缠绵，如一片梦儿，网住了所有的人。

“L’amour est un oiseau rebelled（爱情是一只不羁的鸟儿），

Que nul ne peut apprivoiser（任谁都无法驯服）。

Et c’est bien en vain qu’on l’appelle（如果它选择拒绝），

S'il lui convient de refuser（对它的召唤都是白费），

Rien n’y fait，menace ou prière（威胁或乞讨都是惘然）。

L’un parle bien，l'autre se tait（一个多言，另一个不语），

Et c’est l’autre que je préfère（而我爱的那个），

Il n’a rien dit；mais il me tient（他什么都不说，却打动了我）。”歌如其人，不受拘束的歌也只有桀骜不驯的人才能唱。蓝斑幽蝶随着歌声溢出，这一切都似一场梦，可梦中的人儿还不愿出来。

突然，场内的灯全熄了。

场内一片寂静，除了那袅袅的歌声。

当人的眼睛适应了黑暗，舞台上唯打了一盏幽色的灯，幽幽亮光流连于她身上，渐渐地露出了一袭火红的舞裙。那一袭红裙被她一抖，那一段歌剧便换了唱腔，只听她用中文唱道："爱情不过是一种普通的玩意儿一点也不稀奇。男人不过是一件消遣的东西有什么了不起。爱情不过是一种普通的玩意儿一点也不稀奇。男人不过是一件消遣的东西有什么了不起。什么叫情什么叫意，还不是大家自己骗自己。什么叫痴什么叫迷，简直是男的女的在做戏。你要是爱上了我，你就自己找晦气；我要是爱上了你，你就死在我手里。"

这样的白荷是要人又爱又恨的，在场所有的男人皆把目光投注在她身上，每个男人的眼里皆流露出了最原始的欲望。无法驯服的野性女子，哪个男人不爱呢？郎伯不得不叹：白荷啊，白荷，你真是使人着迷。

追光灯打在了她的身上，独独低着的头被暗光所笼罩，无法瞧清。所有的人皆屏住呼吸，只怕一呼气，人儿就不见了。

她踢了踢脚，蓦然抬头，艳光四射，只一瞬，她便旋舞转身，只露出一抹极艳的背影。她的舞步是带有魔力的，踢腿、一勾、转身。极黑的长发，如奔放的波浪，堪堪垂到她胸前。白的脸，极艳的红唇，那一对幽深的美目一投来，惊艳了所有的人。舞台上的何曾是白荷，是卡门，"不自由，毋宁死"的烈性女子，火一般的吉卜赛女郎，她那明快的弗拉明戈舞步跃动着，引来了一个又一个的追求者。舞台上的男演员，所有的追求者皆围绕着卡门、追逐着卡门，满足地躲藏在她火红的石榴裙下，直至欣然地死在了她手上。

全场的人都成了影子，而卡门是光，他们皆是光下的影子，卑贱低微。只有她是高贵的，拥有完整的不灭的灵魂。原来白荷挑战的是以男性为主导的世界，想必只有华生的广阔心胸才能包容她的任性与张扬。郎伯不得不叹！

"我不了解她。"藤井一夫的话打断了郎伯的思绪，见他坐了下来，郎伯忙替他倒酒，笑道："白荷在嘲笑世间庸俗的男子呢！"因着郎伯话语幽默，使气氛缓和了下来。

"她太过于桀骜，并非好事啊！"藤井叹了声气，"建次那孩子很不错，对白荷也一往情深。他已经向我提亲，而我也答应了。"

手抖了抖，杯中酒溢出，郎伯竟失态了。这一切皆没有逃过藤井的眼睛："待会儿舞会结束，建次就会向她求婚。"

离舞会结束倒还是有一段时间，郎伯怔了怔，答："藤井先生有话直说。"

"关于公司和白荷的合同，我想一笔勾销，还她自由身。"藤井笑眯眯的，倒似说着玩笑话。

"我一向是让白荷自己做决定的。无论去留，她永远自由。"郎伯答了。

"那就好。"藤井也不多费口舌，起身回了自己那一桌上。

3

舞仍在跳着，热烈的快板凑出火一般的节奏，踩着鼓点的舞步如在刀尖上起舞一般，郎伯的心也是"咚！咚！咚"地跳个不停，分外的强烈。

突地，白荷伸出了尖尖的红舞鞋，点在地板上，快而热烈，旁的人看得如痴如醉，可郎伯是明白的，她在传递信息。

摩斯密码!

她在告诉自己，藤井和藤田离场了。郎伯低下了脸庞，环顾四周，注意到无可疑的人，才离了座，向场外走去。见石头隐在舞厅廊柱后，他上前一步低声道："让秦淮到廊上来，记得，让她悄悄地来找我。"

郎伯隐在夜色之中，行动迅速。廊下阴影处窝了重叠的阴影，郎伯知道，藤井俩人就躲在了那里。

可这个地方无避风之处，要靠近他俩是万万不能的。郎伯心下颇急，只道，能再靠近些便可。风大了，吹得廊下宫灯摇曳，火光一时大盛。虽不能听见俩人对话，可郎伯一心只想再靠近些。

终于，郎伯发现对面的廊道拐角离他俩位置更近些。几经周折，郎伯从另一边回廊绕了过来。他站的位置甚好，视野开阔，可看见三方动向，只要有人出来，他皆能看见。而他只需从一堵之墙探出眼睛来，就能看到藤井和藤田俩人。

廊道深远，投下层层阴影。郎伯仔细地贴墙而站，窝在了阴影处，小心地探出了头，前方视线所及，灯火大盛，是能看见藤井和藤田的脸容的。郎伯的心静极了，连呼吸也无，只专注于墙后廊弯里，俩人的口型。

郎伯懂唇语，所以离得远听不见皆不成问题。只见藤井唇角一动，道：天皇有了新的指令。

藤田建次嘴角一掀：关于淞沪战役的最后一击。

藤井：还是靠电台？

藤田：再次调整变码规律。

藤井：还是小心为妙，此役关系重大。

藤田：要及时联系部队，唯有靠电台。

藤井：轰炸机已离了祖国，我们已不能后退了。

藤田：放心。得了我发出的指令后，会全部投入战争。天皇的意思，只许成功，不许失败！

藤井：如此甚好。只要你漂漂亮亮地完成这一任务，白荷就是你的妻子。

藤田：岳父请放心。

一点声音飘过，极轻，但仍是被郎伯捕捉到了。

夜风中飘来一点甜香，裙摆在夜色里拂过，脚步极轻，落地无声，连人的气息也是极淡的。

是木村近了。

郎伯如何不知，可要退怕是迟了。毕竟他身后的过道实在太长，而木村的步子太快。说时迟那时快，一点极艳的红开在了夜风中，是秦淮来了。她的步子也是极快极轻，已到了他身旁，虽还差了好几步，可他压低了声息，跑了过去，一把拥紧了她。

他狠狠地亲吻她，她亦热烈回应，怀中抱着的哪还是一个可人儿？分明是一团燃烧欲望的火焰，烧尽了他所有的理智。俩人的呼吸竟沉重了起来。他一手抵着她背，一手揉搓着她娇嫩的乳房。

一丝呻吟溢出，她整个人全乱了。

等木村折返了头离开，他方放下了她。回廊里只剩了他二人，而她什么也没有问他，只是轻轻地一转身就要离去。

不自觉地，他便想挽留。他抓住了她的手，她便停住了脚步。一把将她打横抱起，走廊尽头便是直达十国饭店的电梯，那里有他长期住宿的套房。

“为什么不问我？”他将她温柔地放到床上。他就坐于一旁，静静地看着她。

“你想说自会说的。”秦淮极轻地笑了一声。朦胧的灯光闪烁着，如一只只香艳的蝴蝶停栖于她脸庞。她是惑人的。

她的眼睛并不瞧他，只怔怔地盯着床看。许是气氛太过暧昧，他忙拉开了距离，坐到了她脚边上。“藤井已答应了建次和白荷婚事，他知会我，我只能向他表明我的立场。”

“原来你表明立场的方式就是利用我，羞辱我。”秦淮自嘲。

想了想，郎伯拉过了她，将她圈在自己的怀中，“我想，我是差了你一句话。”见她仍是低垂着头，他叹，“我是喜欢你的。”语气却是随意的。

她一怔，手便搭上了旗袍盘扣，一颗一颗地解着扣子，直到露出曼妙的胴体。她年轻的身体刺痛了他的眼眸，他忙把大衣拢在了她身上：“我要的不是这些。”

“那老板要的是什么？”秦淮挑了挑眉，头一次以如此直白的目光逼视着他，“您刚才说，您喜欢我吗？可我不知道郎老板说的话，何时是真，何时是假。如果您要的只是我的身体，那我欠您的，便一笔勾销了。”

下颚被狠狠地扳起，他厉声道：“你的意思，是要离开我吗？”

“不敢。”她恭顺地答，“如无老板同意，秦淮岂敢？”

门外传来了一点细微的动静。

郎伯狠厉的目光一敛，道：“既是如此，那你唱首曲儿来听听。想来，合约在身，我还是你老板。”

一声低低的笑，秦淮倒是唱了：“看着那片迷蒙雨雾时，我爱上了你。汽车的灯光闪烁不定，你看着我时，我爱上了你。秋千轻摆，是你闪耀的目光，我们聚在星光下，亲吻依旧，可我失了你的踪影。没了你的叹息，那吻已不成吻。我猜，那天你的离去，那座城便多了一个伤心人，回来吧，随着时光流逝，我一天比一天爱你。没了你的叹息，吻不再是吻。”

那是她情动下想到的歌曲，以她的灵魂去歌唱。郎伯只听了一遍就已记住，他想，等明天，他就为她灌制唱片。由她填词作曲，由她唱，就如方才一般。

他们相逢于雨中，他为她扎了一架秋千，他曾无数次地吻过她，可他从未让她真正明白过自己的心意。蓦地，他俯下了头，在她额上留下一吻。

她的身体整个地怔住了，他何曾如此温柔地待她。这一切就如一个梦。

“陪我躺一会儿。”他低低地道。

她悄无声息地红了脸，乖巧地倚在了他的怀里，俩人沐浴着星光躺在床畔，月亮投下极淡的剪影。

他拥着她，四周静极了。她的气息有些不稳，胸脯不住地起伏，轻轻地贴上他的手臂。他看着她，笑纹一点点地溢了出来：“快把衣服扣上，以后别这样了。”如此一提，她更是羞得缩进了他怀里，再不敢看他。

有些话，他没有说，因为他不能说。他也想坦承自己的一切，对她说，等我，俗事一了，我们便远走高飞。可他做不到如此从容。

一夜将尽，而他竟搂着她睡着了。他在睡梦中仍是蹙着眉心，唇边的法令纹又深了些。秦淮怔怔地看着他，只有自己心里明白，自己有多爱他。唇轻轻地贴上他的唇，她要的，其实并不多。

第二十一章 颐和路15号

1

昨晚闹了一宿，十国俱乐部是个不夜天，往往午夜时分最热闹。

白荷睁了睁眼，真的是困极了。窗外绿树相叠，一簇一簇俱是绿意。她再睁了睁眼，只见案台上仍是置着那一套和服和一个小锦盒。

锦盒里放的是一枚钻戒。这些白荷都知道。就在昨晚，当她唱完最后一首曲子，全场的灯忽然全亮了。

陨石铺就的地板晶莹闪烁，光滑如镜。壁上的水晶灯熠熠生辉，连天顶都嵌满了浅蓝的水晶，就着一盏极大的水晶吊灯，垂下的水晶枝蔓“叮叮”作响，人如置身缥缈奢华的水晶宫。

藤田从人群里走了出来，他双手托着一个黑丝绒铺就的托盘，盘上置了一件极美的和服，那是他母亲留给他送与未婚妻的婚衣。他款款走来，步态从容，仿若一切皆是唾手可得。两旁的观众纷纷起哄，每个人脸上都放着光，唯有坐在最角落的男子，就那样安静地看着她。是华生坐在了那里。他的眼睛似海一般深，见不到底，可他的目光是从容的、信任的。

见白荷心不在焉，藤田只一怔，便轻唤了声：“白荷？”她终是回过神来看向藤田。“白荷我爱你，把自己交给我好吗？”说着，单膝跪下，向她求婚，“我会永远爱护你，照顾你，不管风霜雨阻，无论健康疾病，我都会在你身边。嫁给我好吗？”一枚钻戒取出，他满是深情地看着她。

藤田的眼睛透出真诚的光，他一手捂着自己的一颗心，只恨不得把这颗心也掏出来给她。他唯一对不住白荷的，便是那一晚，趁她昏睡得到她的身体。可这些都不紧要，以后他会好好补偿她的。“我爱你！”他重复道。

白荷的思绪似又飘远了，她想看清远处角落上坐着的人。可华生已经离开了。唯有那一对似海深邃的眼睛，仍留在她的脑海里，华生的眼睛极亮，亮得似能穿透人的心。“对不住，太突然了……我……”白荷不知该怎样说才好，她小心措辞，“容我再考虑考虑。”

“好。”藤田的脸上依旧挂着温柔的笑意，“是我吓着你了，是我的不是。我先送你回去吧。”接着把和服与钻戒皆交到了她手上，“我不逼你。这些物件皆是我母亲留下的，在我心里只有你配拥有。”

车子停了，他带了她下车，如今只剩下他们二人了。莫愁湖边水草依依，湖光粼粼，风起了，竟是冷极了的。十一月了啊！白荷呼出了一口淡薄的白气，提醒着她，没了华生，这世间该是多么冷寂。

一件大衣披在了她身上，藤田想拢着她，可被她不着痕迹地推开了，“谢谢。”她的话语极轻。

“你我之间何须言谢。”藤田含了笑，看向她，见她垂下了眸子，脸上飞红流霞，她连羞涩也是俏丽的。“我从未向你说过我在日本的事吧？”似是打开了话匣子般，藤田说了下去，“其实我并没有法子说得那么好。我在日本也有过许多女人，不过她们皆是艺妓。我没有与旁的女子交往过，我觉得她们并不了解我，与她们相处，我总是沉默。直到后来我遇见了尤佳子，她是个只有十三岁的艺妓，而那时的我也不过十六岁。我们很聊得来，彼此倾慕，可她病死了。从此后我只与艺妓来往，她们能让我放松下来。其实她们的身世大多可怜，女子该是得到疼爱的，所以我一直很爱惜她们。可你不同，你与任何一个女子都不同。我无可救药地被你迷住了。我把自己多年的积蓄全给了她们，让她们去嫁人。我离开了她们，因为今后我的心里只有你一个人的位置，容不下多一个人了。”

“我知道你对我的好，可我需要多一些时间。”白荷嗫嚅。

“不，不！白荷，你误会了。我并非要逼你，我只是向你坦白。坦白我的过往，我只想你能看到真实的我，看到我的真心。”

……

思绪被打断，白荷一怔，才明白有人来拜访藤井了。会是谁呢？白荷坦然地打开了房门，站在二楼走廊里，下面的人没有注意到她。

是藤田建次来了。只听他说：“昨晚的事真的不紧要？”

“你我也见着了，那不过是他的艳事，避了众人，躲在暗中做些苟且之事。即使他真的是想探听些什么，以我们与他站的距离是根本听不到什么的，木村小姐也证实了这一点。而且据探子报，他俩进了饭店套房就再没出来了。”藤井答了。

白荷一惊，知道郎老板必定是探到了什么情况，而且还冒了被发现的险！如不是借了秦淮掩饰了身份，怕是要暴露了。郎老板一旦暴露，后果是很可怕的。

“竹野君的事情瞒得了众人，瞒不了你我。之前他与郎老板走得那么近，会不会透露了些什么？”藤田依旧是心事重重的样子。白荷只是没想到，他不止心细还谨慎若此，自己倒是小看了他。如此，那自己与华生的事，必是瞒他不过的，她得小心处理彼此关系了。她定下心神，再探听，听得藤井道：“竹野君虽不敢杀人，可国家大义面前，他是有分寸的。而郎伯其人，不过爱钱与美色，倒不足为患，也不是值得我们花工夫的人。”

“中国特工确是不足为惧，像撤侨一事，还不是顺利骗过去了，他们根本收不到有用的情报。”藤田一笑，颇为得意，“不过我们还是得小心行事，如能抓住几个特工，就更好了。”

“你是特务厅的人，该如何着手处理此事，你在行，你放手去干即可。”藤井拍了拍藤田肩膀。白荷早听得是一身冷汗，她急急地退回了房间里。若非藤田要按传统行事，求婚后把她送回了家，她还不知道他们要收网捉鱼了。

那自己得通知这边的人了，让他们这段时间暂停一切行动，隐藏起来。只要把这个信息传出去即可。白荷想了想，觉得这个敏感时期还是不能联系郎老板了，她只能孤身行动。

她想出去逛逛，可小枝总是陪伴左右，这让她想不到办法。

因着郎老板一事，虽与秦淮一同演了一场戏，可白荷知道，以藤田的谨慎，必定是派了人盯梢的。只能等风声过了，再去寻他。

“唉！”白荷故意叹气。“小姐，您怎么了？”小枝乖巧地问道。

“我有些想念米先生了。”白荷有些落寞。

“也是，自从藤田先生经常过来樱花公馆后，米少爷就不再过来了。”小枝眨着明亮的大眼睛，十分惋惜，一噘嘴道，“我还是喜欢米少爷多些。”少女特有的情怀便展露出来。

“为什么？”白荷忍不住打趣。

小枝脸红了红，可一双眼越发的明亮：“米少爷迷人。”

她是太淳朴天真，还是城府太深了？看着她纯净如水的眼眸和稚嫩的脸蛋，白荷温柔一笑：“你替我传个信，我约他逛街去。”

“好嘞！”她一溜烟就混进了人群里不见了。

她刚走，白荷就感觉到了有人在跟踪自己。白荷只装不知，进了约定的咖啡馆喝咖啡。咖啡馆中央置有一架纯白的钢琴，今日乐师不在，无人弹琴。

一点笑意现于唇畔，白荷袅袅站起，任着洋裙碧色的流苏拂过洁净的木地板，一双白色的高跟鞋“嗒嗒”叩响，她的步伐是轻盈的，如一尾燕，拂过流丽的天空。就那样地，她坐到了琴凳上，双手稍抬，举止优雅地弹起了琴。

琴盖光滑，她已然看见了跟在自己身后窥探的人，是木村。

原来藤井已开始怀疑自己，不是小枝跟着就是木村盯梢，为的不过是想抓住自己的把柄。白荷的笑意清浅，有苦自知。她的决定没错，如今，她绝不能牵连到郎老板。

一双手按在了她的手上，琴声戛然而止。她微侧了脸，眸子对上来人的眼瞳。是华生来了。她接过他的手，顺势站起，拣了个安静地方坐下。

“你也要杯咖啡吧。”白荷慢声说道。

杯子里的咖啡浓香四溢，华生拿起小勺搅了搅，将小勺静置于案上。“你有话要说？”他语声平淡，性子越发的沉敛，他已是一个沉稳的男子了。

“我和柏敦遇到了些麻烦。”白荷的眸光黯了黯，不知该不该说下去。

若非遇到了极棘手的难事，她是不愿让自己置身险境的。“我该怎样做？”华生微微一笑，他是欢喜的，只因她是真的信任他。

俩人结了账，就往夜莺店铺走去。

而白荷需要他做的，不过是打个掩护。具体的事情她没有向他提及，他也就不问，只安静地陪着她。

一丝风过，卷起了几片叶子，碧色的叶子纷纷坠下，落在了俩人身上。华生抬手，为她拂去了发上的绿叶。她抬眸，只见他满是溺爱地看着她。他的掌心贴着她的脸，有些烫，掌心滑至下腭，终收了回去，“走吧。”他说。

远处投来嫉恨的目光，藤田只是没想到，白荷真正在意的是别的男人。

“你都看到了，她岂会真心待你？只怕她接近你，也是另有所图。”木村轻蔑道来。

“我的事与你无关。”藤田闭上眼静了静，猛地睁开，“我来华的事极为隐蔽，她并不知道我的身份。而且她现在仍是单身，喜欢谁是她的自由。”木村自讨没趣，恨恨地看着俩人进入了夜莺店铺。

白荷的手指在多彩的唱片封盒中游走，她的唇畔挂了一丝笑，鲜红的蔻丹如艳丽的蝶，在绚丽多彩的花中穿行，她是俏皮的。

他贴近了她，一手放在她腰间，姿势十分亲昵，他的声音极低："你经常过来这边？"说完不忘看了看店主。

"他不是我们的人。这里就是一间普通的唱片店，只不过我选择在此联络下面的人。"白荷蹙了蹙眉，说得认真，"越是没有背景的联络地方，越安全。"指尖忽地停住，她取出了一张唱片。唱片的一角开了，白荷极快地将一卷薄纸塞了进去。

装作看了看内容，然后放下，再看起另一栏的唱片，"我们可回去了。"候了一会儿，白荷说道。

她轻盈地迈出了步子，走出了店面，她回首，笑意盈盈。他快步跟上了她。"你寻了机会告诉柏敦，这段时间勿要找我。"明明说着极重要的事，可她的笑容甜美，目光清澈，只含情脉脉地看着他。华生知道，日方的探子就在附近。

"好的。"他在她脸颊轻吻，然后转身离去。

2

夜静极了，不见一丝光亮。

月坠下，被疏落的树枝托着，如一尾极淡的剪影。一个小小的身影自樱花公馆里跃出，衣袂飘飘，似在追赶树枝上那一抹极淡的朦胧月影。

白荷依旧住在樱花公馆，她挑起窗帘一角，窥视着黑暗。怎么是她？她要去哪儿？一叹，白荷只觉太阳穴突突地痛。也是，能在此的人，即使是下人，也是怀有秘密的。

偏门处，一个灰影极快地闪了出来。"你去哪儿？"是修剪林木的工人三井和夫。

"小姐想吃腌炖鲜，那是顶有名的上海菜。只有十国饭店那儿做得最地道，所以我得赶过去。"小枝巴巴地看着三井，声音再弱了些，"小姐吩咐的。"

三井挥了挥手："去吧。"声音犹在，可他人已经不见了。果真是一流的隐者。小枝敛了目光，仍是显出一丝惶恐，带着些不安走了。

夜莺店里依旧灯火通明。

因着做的是富人的生意，所以夜莺店是通宵营业的。一排一排的架子静静地守着店铺，店铺一角是个休息处，还放置了虹壶与咖啡豆，客人累了可在此品一杯咖啡，听一盘唱片。

今日天气不佳，月亮危坠，风扫过，越发的冷，怕是要变天下雨了。"这样的夜晚，怕是不会有客人咯。”店主自言自语。一旁的查尔斯小猎犬看了看主人，又垂下了头继续睡觉。

一声“丁零”，风铃动处，站着一个娇小可人的女孩。

“哟，稀客稀客。”店主颇为热情，迎了她进去。店主从女孩料子质地尚佳的衣饰看出，她是富户里的丫鬟，怕是来为主人跑腿的。

娇怯怯的声音听来十分悦耳，“我随意看看。”女孩道。

“好嘞。”于是店主便回了原位，喝着刚磨好的咖啡。店主看了看天气，越发冷了，也就拿出了一个杯子，替女孩倒了一杯，让她喝下御寒也是好的。

一切皆是静谧的。年轻的女孩，流丽的唱片，本就是一幅极美的油画，恬静美好。

当她的手触到沾了胭脂红的封盒，她迅速抹去，并含笑向店主问道：“可否放一张唱盘？”说着把唱盘递了过去，趁着一接一递的当儿，她已悄悄取出了纸条，灵巧的手指一拨，卷起的薄纸摊开，不过一瞬就又卷了起来。她假装咬着指甲，卷纸就吞进了肚子里。

组织下面的人太多，是通过她传递信息的。可她的思绪仍未来得及整理，就被突然冲进店铺的黑衣人抓住了。“真没想到，你就是中国特工。”来者是藤田手下的人，藤田与藤井皆没有露面，而这个人，她也并不认得。

“菊枝小姐，我是金城纯一郎。哦不对，你并非真正的菊枝小姐，真的菊枝怕是死了。”金城含笑道。

“我不知道你在说什么，我来给小姐买唱片和腌炖鲜。腌炖鲜好了，我要去取了。”小枝仍睁着无辜的双眼瞧着来人。音乐飘荡在寂静的夜里。

卷纸只有四个字：停止行动。她要做的不过是把此信息传递出去，她已经做到了。她让老板放的唱片碟，碟名就叫：安静。安静，就是一切静止，停止行动的意思。

“等你到了颐和路15号，你就知道该说什么了。”金城的笑越发温柔，仿若他只是请她去喝一杯咖啡而已。

颐和路15号是日本特务设在南京的秘密机构，进入那里的人，从来没有活着出来的。那里的刑具齐全，如一个个嗜血的魔鬼，只等着鲜活的人让它们开锋。

一丝笑溢出，小枝无惧地迎上众人的眼睛，她的任务完成了，她也到时候了。不行，她还要再完成一件任务，这很重要！她要保护白荷！眉眼一挑，她露出了与年龄不相符的妩媚风情：“哦，你想让我如何开口？”

见她挑逗，金城早按捺不住，收起了那抹笑，露出了真面目："藤田少佐已答应把你赏给我。如果你肯合作，我会考虑放了你。"他的手肆无忌惮地摸着她的身体。一旁的日兵哈哈大笑起来，等着看好戏。

"你们不能这样无耻！"店主是个颇有正义感的人。可一记枪托敲在了他脑上，他便晕倒了过去，小猎犬尖叫着赶开靠近的人，护着主人。

一个士兵提枪上膛，被金城一把拦住："他背后有洋人靠山，还是少惹事。"店主是个正经生意人，且有个洋外甥在英领事馆做事，没必要动他。

"嗬，你们只想着动我吧！"小枝看了眼众人，每个人皆涌出了肮脏的欲望。

"如果你合作，我自会让他们退后，不然这些还是轻的，等进了15号，那就真的是让你欲死不得了。"一声淫笑从金城喉中溢出。

"别忘了，我来此，"小枝神秘地看了看四周，狡猾的眼神一闪，低声道，"我来此，不过是受人之托。小姐她，还等着我回去复命呢。哈哈哈！"扫过众人的那一眼是何等的狠毒，在提及白荷时，是咬牙切齿的。可那一丝狠毒一闪即过，眼睛里只透出了一片惘然。

音乐仍在响，是一张适合平静心灵的轻松音乐。四周真的是静极了。她的话果然是使得所有的日本人严阵以待。平静！安静！嗬，通过此唱片，大家都能明白的。安静，组织里的人要做的只是安静！一抹血上涌，小枝仍是笑着，等金城发现不对时，她已含笑而逝。

时刻备在身上的氰化钾，是特工最贴心的伙伴。而她故意诋毁白荷，也只是为了救她。

等见到藤井时，白荷已被关押了两天两夜了。

由于她是藤井女儿的敏感身份，15号的人并没有对她动刑。她住的牢室倒也不错，干燥亮堂，也干净。只是她已经两天两夜没有合过眼了，白荷想，再不让她睡觉，她怕是坚持不住了。

这样的一套刑罚与身体上的折磨不同，纯粹的精神上的折磨，是美式逼供的一种方法。据说一旦三天以上不睡觉，人的意志就会面临崩溃，再不得闭眼，一旦崩溃了，那就是极可怕的事情了。

陪同着藤井来的还有德国医生彼特。

彼特一见自己的病患眼睛通红，精神涣散已处于崩溃的边缘，只怕熬不了一刻，就要疯了。"你们真是疯了，疯了！"彼特推开了众人，挤到白荷面前，轻唤："孩子。"见藤井打了个手势，众人才没对彼特下手。

“哟，我道是谁，不就是木村相熟的洋大夫吗！”金城不阴不阳地说着。

“藤井先生，我早前有言，白荷小姐的心理疾病颇为严重，经受不起刺激的，更何况是新发明的美式刑罚。她的意志一旦崩溃，不会像普通人那样什么都说，只求能睡上一觉。她是会疯的，彻彻底底地疯掉！”老彼特十分激动，他对这魔窟是一刻也不愿待。

金城上前给了彼特一拳，狠道：“你以为你是谁，你不过是个军医，为日本天皇服务，不要忘了自己的身份。”彼特痛得一阵抽搐，弓着腰，一滴汗滴下：“请放尊重些，我救过大佐的命，也是他请我来的。”

一句话噎住了金城。

还是藤井一夫解了围：“关于我家下人是中国特工的事我已听说了。”顿了顿，继续说，“她死前提到白荷，怕是想拖白荷下水，毕竟白荷是日本人。她巴不得我们自己人互相猜疑、自相残杀。那就正中她的毒计了。”

“只怕藤井先生是想护短了，你不再中立，这里轮不到你说话。”金城轻蔑地瞧了藤井一眼。

“放肆！”藤井身旁的副官佐藤喝道。藤井脸色一变，忙止住了佐藤，转而向金城道：“是，我只是一个普通的商户，能成为整个华东的大买办也不过是天皇赐我的荣耀。我虽不是军人，可也绝不会出卖自己的国家。你这样做，是在侮辱我！”

藤井一脸威严，话声不高，却镇住了所有的人。金城不再吭声。

暗处传来了一阵脚步声，“嗒嗒嗒”很沉稳的军靴声。众人齐看向一边，一个满脸英气的日本军官走了出来。金城见上级到了，马上行了个军礼。

“藤井先生的话不无道理，那叫小枝的女人借了藤井小姐作幌子，是极有可能的。若不是我们早埋伏下，她以‘小姐要吃东西’的借口外出完全可堵住所有人的疑心。我已派了人去查，藤井小姐早已向十国饭店定了腌炖鲜，且在小枝走后就送了来。那女特工知道了这件事，就借此与其他人互通有无，谁料反暴露了自己身份。”山口一一说着，末了向藤井表了歉意。

老彼特见如此，松了口气，他取出一个小瓶打开，空气中飘荡着一股清酸气，闻之直感通体冷冽。见众人不解，彼特忙答了：“白荷已经意识不清了，这药能保持她的心智不散。”说着把药瓶凑到了白荷鼻端，她闻了，一个激灵清醒过来，她看了看四处，“哇”的一声，哭道：“我没有让她去拿任何东西，她想我死！她想我死！”

“好了，别怕，父亲在这儿。我们回家。”藤井安抚着她，忙搀扶了她离开。

等藤井一行人走远了，金城暴怒，他摔了一应器具，整个囚室被他弄得轰轰直响。“够了！”山口止住了他的发狂行为。

“那明明就是藤田先生的指令，他假意在藤井家说要大规模抓中国特工的事，好引藤井家的内奸现身，只要听得这个假消息，中国特工一定会将此消息传递出去的。那天白荷刚好在场，更去了夜莺店，她脱不了干系。她必定是小枝的上头。”金城恨恨地说。

“可那天也有可能是小枝躲在了看不见的地方偷听，毕竟她混进藤井家那么久，地形早熟透了。那天木村有跟踪在后，明明是白荷吩咐了小枝去请了米华生，然后才逛的夜莺店。小枝作为白荷的婢女，早摸清了主人的喜好，知道她会去那儿，也就选在了当天晚上去夜莺店留信息，如此一来，即使她被抓也能拖白荷下水。她是恨极日本人的，而白荷也是日本人。”山口分析道，“幸好，她还来不及留信息就被我们抓住了。下面的中国特工还不知道我们的行动。”他拿出了小枝碰过的那一盘唱片。他早就里里外外地研究透了，什么也没有。

“可我已露了脸了。”金城仍是暴躁不安，“我归藤田先生直辖，伏在暗处做了好些事情，收了好些情报，如今却白白暴露了自己。”

“你的行动暂停，我会接手。”山口拍了拍他的肩，“放心，你的暴露不会白费。如今白荷已是认定自己撇清了嫌疑了。我会从她身上下手。”

“你看了我搜集到的情报了？”金城十分惊讶，他收集的情报可是堆得山高的。

山口微微一笑：“看完了。白荷曾失踪了三年，追查下去，她到过香港。她失踪的三年没人知道她做过什么，或许她是接受了特工训练。而以我推测，连藤井白荷的身份皆是她一手捏造的。她不是藤井与白有英的女儿，真的那个应该死了！她是顶包的！而我们需要的是搜集有力的证据。”他投放在远东、香港的特务早行动了，只盼着能找到白荷过往的蛛丝马迹。

第二十二章

最后一道密令

7

十国俱乐部。

上海战事胶着，上海富户个个是热锅上的蚂蚁，而贫民皆成了难民，一拨儿一拨儿地涌向了南京。

钟山风雨苍茫，竟有了凄凄之象。而舍不得远离家园的上海富户，纷纷避到了南京，依旧在这销金窟醉生梦死。

“他们是在求极乐而死。”白荷有些黯然。“南京的富户，何曾不是在求死？”郎伯指了指不远处一张桌面。那里坐着的，曾是富甲一方的严朱世家，也曾是伍小山的本家。朱家破产，朱老爷在十国俱乐部抛掷金钱，点了最红的舞小姐作陪，一夕风流后，从上面十五层高的十国饭店一跃而下，极乐而死。如今严家亦已日薄西山，怕是要步姻亲朱家后尘了。

白荷顺势看去，邻桌的严家大公子严胜昌果是在喝着最昂贵的洋酒，怀坐极美的人儿，俩人皆已醉得没了人形。纨绔子弟，不善持家，这一天不争早晚。白荷不禁蹙了蹙眉，显出厌恶。她拢了拢鬓角，有些沮丧，“这像不像最后的地狱狂欢？”一声叹，泪已下，“如今形势，你不该找我。”

“你不会拖累我。”郎伯自然而然地握住了她的手，她欲抽离，却被他按实了，“如果刻意避开了我，那我们的嫌疑反而大了。”

俩人正说着悄悄话，大厅外传来些骚动，可大家仍在吞云吐雾醉生梦死，竟是不理会的。

台上的秦淮唱着最旖旎的歌曲，忽地，乐声一换，唱起了新曲《吻不再是一个吻》：“看着那片迷蒙雨雾时，我爱上了你。汽车的灯光闪烁不定，你看着我时，我爱上了你。秋千轻摆，是你闪耀的目光，我们聚在星光下，亲吻依旧，可我失了你的踪影。没了你的叹息，那吻已不成吻。我猜，那天你的离去，那座城便多了一个伤心人，回来吧，随着时光流逝，我一天比一天爱你。没了你的叹息，吻不再是吻。”

观众席上安静无比，冷色的暗灯，笼着整个俱乐部大厅，大家瞧不清彼此的神情，竟是在梦里一般。郎伯首先打破了沉寂，“嗒”的一声，他打开了打火机，点上了香烟。透过朦胧烟雾，白荷方才看清，是骆驼牌的。

原来战事已这样吃紧，雪茄这些奢侈物品是进不来了。

应郎伯的要求，石头已把事先准备好的一大捧红艳艳的玫瑰献给了舞台上的秦淮。而郎伯仍在吞云吐雾，可打火机的那一声清脆的响，唤醒了大家，猛地传来了一阵拍掌声。十国俱乐部与普通的俱乐部、夜总会不同，能上场表演的皆是艺术家或真正的明星，歌女、舞女只是妓，是不能登台演出的。而白荷与秦淮的出场费是全场最昂贵的。

“很不错的一首歌，让人想到了许多。”白荷叹，“秦淮虽无名师指点，但她的声线歌喉却是独一无二的，犹如天籁。”恍惚地一笑，接着说，“当初我学歌剧，可是学足了整整一年，把其他要掌握的技能都落下了。”

“我已把你的档案做了修改，他们即使去到香港、新加坡，能找到的也只是你在那里学习歌剧的事实。”郎伯的声音极低。

“原来他们还是怀疑我了。”白荷轻蔑一笑，再拢了拢鬓发。

“会怀疑反是正常的。小枝是个很能干的特工，年纪虽轻，可她最后的那番话保全了你；而且让十国饭店到了特定时间送腌炖鲜给你，都是她为了以防万一。这样一来，确实扰乱了敌人的视线。最难得的是，还揪出了躲在暗里的金城。他是很可怕的特务，逼得我们的许多成员都服毒自杀了。”郎伯垂下眸子，玩着手上的打火机。

白荷听了，唇抿得紧，为了保护自己，小枝死了，枉自己还一直疑心她是藤井派来监视自己的人。手撩拨着一对银筷子，指腹拂过的地方，是一本书的形状符号。当晚，在小枝出去后，突然有人送来夜宵时，白荷并不作声，因为自己本没在外点菜，可一看见筷子上的暗示，她便嚷嚷开了，说还是十国饭店的菜色好，地道！

似是懂得她所想，郎伯淡道：“不错，十国饭店也有我们的人。”

“怕是小枝的原本面目也并非如此吧！”白荷有些惋惜，她直到死也没法以真面目示人。

“她的家人是被日本人害死的，她与他们有不共戴天之仇，化身菊枝是她心甘情愿。你不必惋惜。”郎伯劝慰她。真正的菊枝本是中日混血儿，出生在苏州，十五岁开始为日方在中国收集情报。之后，白荷恢复日本人身份后，应了藤井要求，前来伺候白荷，但木村交代了另外的任务给她，就是监视白荷，把白荷的一切举动报告给木村知道。而在很早前，郎伯就已在苏州秘密逮捕了菊枝，枪毙她后，通过彼特的医术，把她的脸皮剥了下来，经过处理贴在了小枝的脸上。这一机密，是连白荷也不知道的。如非此次小枝不幸暴露了身份，这个秘密会一直隐藏起来，直到烂在心底了。

郎伯眼神的瞬息万变没有瞒过白荷，但她知道，必定是与小枝有关了。“我不会难过，我们还有更重要的事情。”白荷恢复了惯常的冷淡。他微微一笑，十分满意。只有漠不关心，才不会引人怀疑。这也是明明白荷与小枝俩人走得近，却不知彼此身份的原因。只有不相熟，那人死后，才不会伤心。

郎伯太了解白荷，她并非优秀的特工，因为她过于感情用事。可正因她的感情用事使她的一切行动没有匠气，没有特工的痕迹。这，反倒成了最好的掩护！

“咦，伍小山怎么也在这儿？”白荷指了指幕布后露了一下头的伍小山道。

一声低笑，郎伯弹了弹烟灰，才答：“他现在是我的首席文旦，你和秦淮将要上演一出舞台剧，将会由他编剧本。而他在找灵感呢！”

“反正你喜欢用他。”白荷的话一语双关。

“如此，有何不好？”郎伯答。

俩人正聊得欢，守在不远处的藤田建次压低了礼帽，与身边的山口悄声谈话：“俩人倒是悠然自得，不似刚损失了一名情报人员的样子。”山口答了，“我方一向对郎老板十分看重。”

外头的声音又大了些，是漂亮的门童接了一沓报纸进来，还派给了好几桌的绅士。不多会儿，大厅里的客人就有些骚动了。

“怎么回事？”郎伯向石头打了个手势。

石头马上拿了两张报纸进来，递给二人。原来是金城中毒身亡。

“这是怎么回事？”白荷不明所以。

“恶人总会有恶报的。我们听歌。”郎伯放下了报纸，换了个姿势，依旧全神贯注地听秦淮唱歌。

白荷知道，他不想说的话是不会说的。他微微一笑，继续把玩着火机。刚好甜品上来了，他借此取过了一旁放着的银筷子，吃起了甜点。只有白荷看见他的动作，他已把筷子上极细的书形状的记号摁去了。看他手力，他的格斗技能怕是很高超的。难为他了，竟装得一副文质彬彬的汉奸模样。

他捋了捋小胡子，心道：何止十国饭店里有他们的自己人，就连心理医师彼特也是自己人。不过彼特与他们有些不同，他是美方投在远东的特工，为美利坚收集日方的情报，彼特与自己也不过是合作关系。为了掩藏身份，彼特是德国籍的医生，由郎伯设局，彼特机缘巧合下救了一个日方高官的性命，接下来的一切也就顺理成章了。而那晚，小枝在自己衣服上抹了毒，金城有触碰到，毒素已渗进了肌肤；等及彼特进15号为白荷看诊时，那瓶药一旦打开，毒气就会通过空气传播，只有事前触碰了小枝身上的毒的人，吸入了此毒气，才会在三日后身亡。一切做得天衣无缝！

金城，怕是开始调查白荷身份了，死得好！郎伯正想着，没注意到一个身影快速向这边奔来，而伍小山在舞台后看得清楚，连忙跑出来，一把拉住了来人。来人正是向峥。“出去！”伍小山的声音压得极低。“可他是杀害华明的汉奸，我要替华明报仇！”幸得歌声与底下众人的谈话声皆大，没人注意到他俩。

可正当俩人争执间，一个黑影猛地闪过，竟是扑向郎伯的。那人手里有一把枪！还是台上的秦淮眼尖，“啊！”的一声尖叫，枪声、人声早乱成了一团。

郎伯并没有被枪打中，他猛地一扑，把白荷推开，脚一勾，把醉得不行的严胜昌绊倒，而那严胜昌仍是拼命骂嚷：“杀死你这个汉奸！我要你不得好死！”一旁的伍小山冷冷看着，而向峥也停止了动作。反是一旁的山口冲了过来，一拳便把严胜昌打倒。

“这是何人？”建次也跟了上来，“白荷、郎老板你们没事吧？”关切之情甚深，这戏演得是真好。白荷答了，“幸得柏敦在，无事。”

郎伯对建次十分尊重，答了：“上次幸得您相救，我才留得一命。如今救得您的未婚妻，也总算是能还恩了。”想了想，指着地下晕过去的人道，“这人甚可恶。那日我挑了华明的尸体去给日方一个交代，途中就碰见了严胜昌，怕是他要报复我了。我记得，他有给穷困学生送米粮的，怕是反日分子。”

“带走！”山口做了个手势，手下的人便拖了严胜昌出去。

郎伯狡黠一笑，向建次道：“嘿嘿，我有个不情之请，不知……”

“请说。”建次礼貌回答。

“不若我带些人去他家搜搜，看看有无反动证据？”郎伯摸了摸小胡子。

“有郎老板替山口代劳，自是好的。可这事我做不了主，我只是个教日语的老师。”建次有些为难地看向山口。山口一笑，挥了挥手，“劳烦郎老板了。”

“恭敬不如从命！”郎伯双手抱拳还礼。

如此一来，通过抄家，严胜昌所有的家产便全到了郎伯的手里。他严胜昌不善经营，不会操持工厂。虽破了产，可田地和好大的一片土地、商铺、家宅皆在。郎伯要的就是房契地契，最重要的是，要拿到严家的棉纱厂。那是华东区最大的一间厂。为此，郎伯不惜玩弄商业手段，做局、设计陷害严胜昌，害他破产，自然他就会恨自己，要取自己性命。而有关接济穷困学生的事情，也是郎伯借了严胜昌的名号去做的。为的就是能有一天，成为严胜昌反日的证据。

他笑得隐蔽，可白荷见了，只觉浑身一震，头一次感觉到郎伯的冷酷无情和嗜血如命。他真的很可怕！

“那郎柏敦还真是心狠手辣。做这么多，完全是为了钱！”山口说道。一旁的建次听了，接口，“是啊！不过这样的人好收买。他是没有什么问题的了，连藤井如此精明的人也认可了他，我们就不必再在他身上下功夫了。”

如此当众害自己同胞的举动，郎老板已是公然投敌了。这样的人贪生怕死，只爱钱，是该好好利用的。山口悠悠地喷出了一口烟。

“天皇还有一道密令下来了，你是负责向军队传递的人。可得好好看紧这个秘密。”山口话锋一转，透出冷厉。

“这个自然。”建次精光一聚，透出几分杀气。如今揪出了一个中方的情报人员，他们总算能松动些了。

2

“日方的电台变码了。”郎伯替白荷打开了卧室门，狮子快活地奔了过来，“汪汪”叫个不停。白荷抱起它，好一阵哄。

这个地方是安全的。而这里也是她的家。

“我们不是得了藤田的电码吗？”白荷蹙了蹙眉。

“可那并非全的电码本，只是比较重要的一些电码。有电码本我方才能更快地破解变码规律。敌方频频换码，怕是有重要情报需要电台传播了。”郎伯卸下温润的笑意，变得严肃。他终是显出了一丝疲累。

“我会在建次身上下功夫的。”白荷轻轻答了。

郎伯有些不忍，手拢在了她单薄的肩上，安抚她："难为你了。"

"你处于风口浪尖，你才是真正的难。幸而我们得到了棉纱厂，战事爆发，离不开棉纱，你在外界虽是大发战争财，可钱，你用去了哪里，我是知道的。"白荷目光温柔，回应他的怜惜。她不需要他的同情。

"果然什么也瞒不过你。"郎伯开怀一笑，伸出了右手，俩人三击掌，皆觉合作得十分愉快。

俩人的默契是在残酷的战争里培养出来的。可以说是战争铸造了俩人。可他俩皆不后悔！

……

舞会终日在十国俱乐部上演，所有的人皆求醉生忘死。

报纸上无非是每日的战况，而最头条的消息却是郎柏敦又低价收购了谁谁谁的工厂。踏着战争的步伐，这位投机主义者狠狠地发起了国难财。

这一个星期，郎伯通过各种手段，巧取豪夺得到了许多间工厂。华生曾到一家纱厂看过，发现所有的机器皆停止不动，工人无几，每个工人皆是懒懒散散的。

华生正好奇，两个工人闯进了工厂，口中叫骂之声不断："你凭什么辞退我们？我们在乔盛棉纱厂工作了好几年，你凭什么赶我们走！"

一口香烟喷在为首的男子面前，郎伯颇为满足地叹气："没听过一朝天子一朝臣吗？我买下了这里，我就可以任意处置你们。"

"你别以为我们不知道，你煽动工厂里的小股民拥护你，等你逼退了厂主，低价得到了工厂后，却分薄股份，使小股民的股权成为一张废纸，你不用花一分钱得到了你想要的，如今却对工厂的旧人赶尽杀绝！"为首的伍海说道。他的眼神冷厉，眉宇间颇见英气。

这倒是个有见识的。"你叫什么名字？"郎伯微笑道。

"伍海！"他毫无畏惧。跟着来的工人随之抗议，"还我们的辛苦钱！"

"钱是没有的了。"郎伯看一眼伍海，他与伍小山的样貌十分贴近，"如果你不想连你的哥哥也失业，就给我滚！"

"这样的工作不要也罢！日本人的走狗！"伍海把准备好的红漆泼向郎伯，溅了他满身满脸的红。石头上前揪住了俩人，打了一顿，也就扔出了厂门。"老板，是我失职！"石头把头压得老低。

郎伯挥了挥手，就让他下去了。

倒还是华生扶了他去厂里配有的卧室漱洗更换衣服。

“你有你的打算，我很好奇是什么。”华生斜倚了门看他。

郎伯朝他横了一眼，凤眼上挑，眼尾斜斜地横入了发鬓，竟是十分好看的。笑意从眸底透出，他答：“放心，好玩的事会预你一份。”而他所指的好玩的事，不过是借了米歇尔家的身份，对外透露，这间厂的机器已经悉数搬移内迁了。

等及夜幕降临，凌晨时分，郎伯才带了华生去看厂房。

“你以为我相中这里什么？”他指了指工厂，剩下的机器皆是落后的，也难怪没几个工人，根本就没有动工。

华生本就是沉默的性子，此刻也不答话，只等着郎伯揭晓谜底。果然郎伯带他绕了好大一个圈，最后到了接近林子的一片荒芜的地界。然后到得一个井口，说：“请吧。”

低下头一看，是有泉水的井，并非枯井。华生深陷的眼窝盯着郎伯看，似有不信。郎伯一笑，吸一口气，猛地跳下井去。华生一惊，可也不过须臾，他也跟着跳下了井。原来井底有暗道，跟着郎伯进入，一下子便是另一个天地。

这是个建在地底下的工场，里面一应设备皆在，郎伯收购的好几家工厂的机器皆挪到了此处，正在赶工。“这里并非唯一的入口。干燥的入口在后山另一个隐蔽的地方。我已向外放口风：‘我之所以买那几家厂是看中那几处地。那几处地已新划入了租界，我卖地就能得到一笔巨款。’可这些皆是饵，我真正的目标正是此间工厂。”他带华生再转了个圈，往更深层走去，当铁门打开的一刹，华生猛地一惊，这里放了好多先进的军火武器。

“你！”华生吓得不轻，连说话也不利索了，“你在偷偷做买卖军火的勾当！被政府知道了，可是要杀头的！”他担心得口不择言，“白荷知不知道？”

“此事越少人知道越安全。她不知道。”郎伯闲闲答了。

“那为什么让我知道？”华生更是不解。

“因为我需要你的帮忙。”郎伯开门见山道，“淞沪会战之所以会陷入胶着，很大一部分原因是日方的军工太强。日军若非依靠强大的火力突破中国军队防线，他们根本什么都不是。如今我军虽败，却不乱，仍有一丝机会的。我想你替我掩护，把军火运往前线，以工业机器内迁为借口。”顿了顿，道，“你敢不敢？”

一声嗤笑由他略厚的唇瓣溢出，华生傲道：“有何不敢！”

郎伯与华生的一桩生意，便这样达成。而明面上，郎伯依旧在十国俱乐部里醉生梦死，直到他发现了日方与西方国家的一些异动。

“最近建次好像频频与西洋人来往。用过从甚密来形容一点也不为过。”郎伯露出了少有的焦躁。

白荷刚从藤井、藤田那一桌过来，她道：“桌面上，确有好些洋人在，他们也只聊了些风月之事。可眉眼交错间，确有几分默契，不知是为何。”

郎伯想了想，问道：“他们对于战争有何看法，总会在谈话中透出一星半点的。”

“倒真有提起过一次。”白荷的眸子一亮，答了，“那日还是法子跳完舞后抱怨，她新订的舞裙因着战事，无法运抵南京了。而在座的法国男人也叹，淞沪战役确是累赘了。”

累赘？！郎伯陷入了沉思，不知过了多久，他才露出了一丝伤感，“看来国民政府打的如意算盘要落空了。”

“怎么回事？”白荷挑了挑眉。

“西方国家绥靖之风盛行，只怕会对中国的诉求置之不理了。”郎伯嗤的一声笑，“可叹我方还在寄希望于西方各国，以为上海是国际大都市，洋人多，便能获得西洋人的调停。如此一来，只怕会延误战机了。”

“真的没有办法了吗？”想了想，白荷换了个方式说，“如果我能从建次身上探听到下一步该怎么走……”

“那样太危险，毕竟山口怀疑你了。而且山口下达了大肆抓捕中国特工的命令，我们不好展开工作。”郎伯犹豫了。

“回头再计较，或许事情并没有那么糟糕。”白荷的眼睛闪了闪，一丝迷惘从唇边显出。

白荷与郎伯俩人没有料到的是，另一边里，藤田建次刚换了地方大宴欧洲宾客。席间送礼送得十分豪爽，可话倒也说得十分狠厉。“关于四行仓库的事大家也知道了，如果你们一心想战争尽早结束，那就请相信我们。否则，我们为了剿灭敌军，即使是打进公共租界区也是在所不惜的。这一套，在哪里都一样！”藤田的言下之意，就是：你们尽管大行绥靖之风吧！否则，不管是什么人，日军照打不误。日本人谁也不怕！

如此威胁，好些欧洲人皆缩了缩脖子，低着头不说话了。

当天晚上，白荷真的是喝得很醉很醉！而郎伯因着运军火的事，早早就离了场。所以最后仍是由建次送了她回家。

“我们再喝！再喝！”白荷大叫大笑，手抱着酒瓶死也不肯放。

“好好好，我们再喝。乖啊！”建次哄着，给她递了杯温水。

“小姐？”桃儿见白荷如此，忙去泡了壶解酒茶。等她泡好茶了，白荷仍在发着酒疯，她只能耐心哄着，“小姐，喝茶，不然得头痛了。”一双手稳稳地接过了她的解酒茶，“我来。你带狮子去睡觉。我会照顾好自己的未婚妻。”建次用了命令的口气。

桃儿见他神色冷酷，一怔，便抱了狮子退出了女主人的卧室。

解酒茶被建次放到了一边，白荷仍在嚷嚷着要喝酒，可声音低了许多。不多会儿，她就睡着了。呼吸均匀，建次一一确认着，用指腹拨开她的眼皮，她是真的睡着了，装不来。

于是建次开始在她房内仔细地搜着。尽管私心里，他是信白荷的，可谨慎些，总不会错。如此搜了一番，仍是不见有何可疑之物。当他打开她的保险箱时，白荷已醒了过来。

她是经过特训的，可以真的睡着，然后在十分钟内醒来。微睁开一条眼缝，只见建次已在翻找她保险箱里的东西了。那里放了一叠相册，是郎伯给她的。相册里全是白有英与她女儿的照片，因着母女两人的关系不好，所以十年时间里存下的照片倒也不多。最妙的是，那小孩还是有三分白荷的模样的。这样就够了。或许真是这三分的相似，组织才会挑了她来假扮白有英的女儿吧！

果然，白荷见到建次露出了满意的笑容。白荷不得不叹，建次要比木村难对付，他开锁只用了几分钟，而木村却用了许久。

其实那相册是有夹层的，只是这个秘密连白荷自己也不知道。是郎伯悄悄缝进去的。当白荷假装睡着，闭上眼睛的刹那，建次已迅速地剔开夹层，取出了一份文件。略看了一眼，有金陵医院的徽号。他忙把文件放进了西服衣袖处的暗袋里。

回身，他坐到了白荷身边。床褥承受了重量陷了下去，形成暧昧的姿势。白荷的睡容甜美，他不自觉地伸出了手，手细细地抚摸着她的脸，又开始止不住地往下游移。她秀美的眼颤了颤，眸子一亮，竟懵懂地看着他，

自己吵醒她了，建次一脸尴尬，忙岔开了话题：“解酒茶好了。”

白荷如何不知道他的禽兽心思，却“嘻嘻”地笑了起来，“我要酒！那不是酒，不要！”她的手一挥，茶水便湿了建次的衣裳。建次十分无奈，白荷便借机缠了上来：“你不乖，你抢我酒喝！”她低头嗅嗅他的颈窝，“酒味，酒味！”手不断往他身上抓。

柔软如水的身体、热热的呼气，这一切扰乱了他，他一把扯下了领带，脱下西服，便与她一起滚落床上……

药就那样通过接吻送进了建次的喉里，就如那次一般。可白荷知道，这样远

远不够，不真实的性，是不能让他吐出最重要的秘密的！

正犹疑，华生深邃的眉目，坚定的目光穿透了她的心房，他说，他支持她的每个决定。于是她抛开了所有的顾虑，让自己遵守这个游戏规则。

一个多小时的掠夺，他抱着她的身体，没有分开片刻，可她亦问到了她想要的东西。一个多小时的谵语与性，白荷身心俱疲。完成了最后的问话，她已得到了最后一道密令。他仍在作践着她的身体，白荷唱起了安眠曲，并透过引导，抹去了他的记忆，让他只记下他与她销魂的时刻。

真的是累极，她沉沉地睡了过去。

等再次醒来，她的衣服依旧是完好地套在自己身上。而藤田已经离开了。“禽兽！”她狠狠地骂，恶心搅着胃，让她干呕不停。她也嫌自己肮脏，衣服也不脱，便把自己浸到了水里。她的身上是无数青紫的淤痕，连衣服也挡不住。藤田那畜生骗谁呢！仍在惺惺作态地扮演着正人君子。

铃声响了，白荷本不想接，可一遍一遍地响，她唯有拖着疲乏的身子起来，接了电话，“白荷，你好吗？”是华生。

白荷沉默了。

“昨晚十一时左右桃儿给了我电话，说你喝得很醉，是他送你回来的。”顿了顿，继续说了下去，“我对她说了，你会照顾好自己的。”华生话语坚定而温暖，“只要活着，一切皆会过去。”原来，他都明了！

“嗯。”白荷忍住了哽咽。

那边传来了一声温暖的笑声，有些无奈：“我只是突然很想你，才给你打了电话。”白荷听了一怔，看了看时间，凌晨两点了。他还不睡？夜色沉沉，没有一丝风，连月色也瞧不见，死般的静。

一丝不祥的预感划过心尖，心突突地跳得慌，只觉痛了。本能地，她的话脱口而出，“你在哪儿？”极低地，她听见了江浪的声音，他不在家里！

“想你！”没有回答，他便匆匆挂了电话，而她分明听到了：电话那头郎老板的声音！

3

码头上风声鹤唳，掩在夜色里的人皆在忙着装船。这个码头极小，并非寻常站点，像是连日赶着搭建的。而码头靠着后山地道出口，皆掩在了林木高草里。

此处是个暗湖，水不深亦不宽阔，只有驶出去，才能连通江河。“我们必须得挑湖沼小道走了，行船紧要是隐蔽。”郎伯对船头说道。

“晓得。”船头眉目精明，一双眼十分机警。

船是经过改良的船，行速极快。华生早早准备好了一应器具，装有一批制纱机器，还有一批珐琅彩西洋瓷器，而军火是混杂其中的。为了能运抵更多的军火，机械与瓷器的量皆不多，不过是做些面子而已。

“此行，你大可不必亲自上阵。”华生知道目前南京风云突起，郎伯实不该离了白荷，彼此孤军奋战。

“日本人狡猾，只怕你一人不好应付。”郎伯长身而立，迎着风向，显出几分沧桑，“如果你出事了，我如何向白荷交代？”他转身一笑，笑意恬淡，难得地幽上一默。华生听了，也唯有配合地挂上微笑。

船行驶了一个晚上，眼看着晨曦将露，郎伯吩咐下，将船拐进湖泽里隐蔽起来，等入了夜再走。“再走一个晚上，就到了。那里会有我的人接应。等卸了军火后，此船照正常水路运抵重庆，而我俩搭快艇赶回南京。”郎伯看向华生的眼神十分郑重。见华生一一应了，他才放心下船换了小艇出去观察水路地形。华生注意到，他戴上了面具。

再看船内众人，皆是郎伯早安排下的人，其中几人满身杀气，目光炯炯，竟不似寻常人家。而另一些人，更是深藏不露，看似寻常，连目光也憨，可却偶尔闪过一丝狡黠。华生心下了然，知道这批军火的重要，才会派上了心腹之人。

正休息着，忽听一声尖锐的哨声。叫乔明的船头叫了声“不好”，马上便下了命令，“船快速行进，敌人的巡逻艇离这里还有些水路。我们赶天明再停，按行程应到得一处湖泊纵横处，便于隐匿。”此命令一下，船便驶出了老远。

船身漆黑，隐于夜色里，本就是最好的掩护色。而华生远远听得风中传来一阵枪声，竟是急了，“郎老板还在岸上，我们怎可抛了他！”

“那是他亲自下的命令，万一遇到情况，我们要全速前进，赶到指定地方隐藏。经过多番探查，这里寻常并无日军出入。之前运抵的两批大型军火，也是走这条路线的。今日之事，怕是蹊跷！”乔明不过是执行郎伯的命令，他虽话语冷淡，脸容冷酷，可那双明亮的眸子闪过一丝痛。他并非无情的人。

“此道一路过去，只怕不会轻松。到一些关卡，有日兵站岗，那些兵并不难缠。你只要表现镇定即可，你持的是美方的通行证，他们连查看也是懒的。真正难对付的是方才的水警。可一旦遇到突发情况，还是得靠你做出最稳妥的选择啊！”乔明拍了拍他的肩膀，对他竟是十分信任的。华生有感于此，向全船人许下承诺：“我不会为了保全自己，而出卖大家！”

果是雅客看中的人，年纪虽轻，却处事沉稳，最最重要的是还拥有一颗赤子之心。乔明心中欢喜，可一想到郎伯生死未明，一股阴郁狠厉又爬上了他的眼眸。他转身到舱外观察周遭的情形。

而另一边，乔明的担忧没有错，郎伯会遇上日兵并非偶然。

郎伯当时见了一个代号叫夜枭的自己人，他潜伏在金城身边许久了。夜枭说得一口流利地道的日语，其身份更是地地道道的日本人，为了配合金城的特务活动，在南京扮演商人，专门负责收购生纱。通过此重身份与郎伯互通有无。

“你怎么来了？”此条行船路线，郎伯事前是有和夜枭提起的。“雅客，此地不宜久留。高建仓得了密报，会有人经此转沪上，已派了日方水警全速赶来。”夜枭话语轻飘，竟不似往常利索。

郎伯不疑有他，问起了最紧要之事：“高建仓可知道我底细？”

“不知！不过是误打误撞。前方战事吃紧，我们在那边的情报人员曾通过此水路传递情报，被高建仓摸到了，故暗中再次设防。偏你撞上了。快走吧！”夜枭推他，可一缕血从唇中溢出。

“你怎么了？”郎伯不顾一切地留了下来，翻开他的衣衫一看，他的腹部中了两枪，被他抓了一把厚泥堵着，以掩了血迹。此刻眼看着，竟是不能活了。

“本以为可以骗过你的。”夜枭笑了笑，脸色白如纸。若非自己心急，若非这夜色太深、水汽腥重，自己又岂会察觉不到夜枭负伤了。郎伯满是自责。

“我一收到高建仓的设卡命令，就赶了来，不想暴露了行踪，被暗枪打中，幸好你没有暴露身份。你才是最重要的！”一口血喷了出来，红浓而腥。郎伯抱住了他，急道：“你不会有事的，我马上送你回去，去医院！”

“来不及了！”夜枭一把抓住了他的手，“雅客，听我一句，快走！”突地，水影作动，远处显出一黑影，料是日兵到了。

郎伯的脸上显出一股杀气，痛从眸中闪过，眼见夜枭喘息声越来越重，越来越急促，眼眸半翻，十分痛苦，他举枪对准夜枭的脑袋开了一枪。夜枭的身体猛地一软，倒在他怀里。他忙把夜枭放进了水里。夜色深沉，他驶了艇急速前进。

郎伯的枪是不响的，而远处的日兵是听不见的，眼看着就要逃脱，斜刺里出现了一艘艇，竟是另一艘日艇从岔道赶上，里外伏击了。

枪声响过，郎伯翻身下水。痛从腹部蔓延开，他伸手一摸，全是血。此处水流很急，他被水流拖着，一下漂了老远……

不知过了多久，郎伯才醒了过来。一丝苦笑漫过，他原以为自己必死无疑！放眼看向四周，江水拍岸，浸过他的脚踝。天仍未亮！他是认得此处地形的，前面不远处便是一处村寨了。

手捂着腹部，传来一阵阵火辣辣的痛。他拖了失血过多的身体，掩进了林子里。他小心地解开扣子，迅速地检查。幸得子弹卡得不深，要取它出来不难。不远处便是乡公所，那里设有医疗站。只要到了那儿，偷出医疗箱，就可以自行取出子弹了。

忍住剧痛，他正要迈步，一只手搭在了他的肩上。本能地，他反手一扣，一转身，另一只手捂住来人的嘴，而扣住来人手臂的那一只手迅速松开，卡在了来人颈脖上，只要一扭，来人就会被解决掉。

“嗯！”声音那样熟悉，郎伯马上放开了她。来人竟是秦淮。

“你怎会在此？”郎伯压低了嗓子。

“老板忘了，是您让我跟着石头到此收购米粮。此地是南京城外颇大的一个鱼米乡。自不拍戏后，我一直紧跟着石头做生意。我前两日便到了这里，连米粮也收购好，装了船了。若非我睡不着，出来河滩散步，也不会碰到了您。”秦淮的声音极细，听得郎伯只觉脑子嗡嗡作响。

自己是急疯了，竟忘了早安排好石头守在附近，将会沿着他们的行船路线，一路收购米粮，直至南京边界。“我中了枪的事，你不可以对任何人说起。此事很重要！”他紧紧地握住了秦淮的手，秦淮更来不及多想，便点了头。

“听着，你现在去卫生站，给我弄医疗箱过来。小心点，不要被人发现。”郎伯看着她，眼里竟有了一丝恳求。秦淮握住了他的手：“我会的。”然后，毅然地离开了他。

不知过了多久，当听到草叶响动时，郎伯的手握紧了内袋里的枪。“是我。”秦淮说道。

提着的心终是放了下来。他迅速地打开了白色的、印有红十字的箱子，一边说：“待会儿上船遇见石头时，你就说：‘郎老板连夜赶了来乡镇，就是看米粮收得了没有。日方急需一船米粮，郎老板得先运回南京城。’”

“我晓得。”秦淮低了头，不知想些什么。

暗弱的火光闪动，是郎伯在以火炙烤手术刀具和钳子，卫生棉泡了酒精放在了托盘边上。手术刀不大，可足够锋利。郎伯把一团布塞进了嘴里，手起刀落，一声闷哼响起。秦淮脸上一白，忙伸手取了钳子递给他。他一怔，没想到她有如此勇气。朗伯伸手接过她递来的钳子，钳子夹住了弹头，弹头卡得本不深，可因失血过多，他的手竟抖了抖。正要夹起，秦淮道："我来。"手一下摁在了他的手上。

郎伯看了她一眼，什么也没说，放开了手。不过一瞬，身体便似轻了，紧接着是无可抑制的痛传来。秦淮把沾了酒精的纱布捂在了他的伤口上，再上止血药粉。等一切做好，替他一层一层地围上纱布。

"这是从工作站取来的衣服，你平时备在那儿的。"秦淮替他一件件地穿上，"你腹部受了伤，虽未伤到要害，但只怕会很痛，我给你缝了一个棉团进里衣，刚好护着腹部。"她的手被他牢牢地抓住，他眸子里一时杀气大盛："记住我的话。"

秦淮乖巧地点了点头。朗伯手松了松，仍握着她，他叹道："也幸得有你在！"

秘密会面

第二十三章

7

与郎伯失去了联系，白荷对于工作一筹莫展。

经过一整夜的整理，白荷已从藤田的各式谵语里整理出了完整的答案。可她只是与郎伯单线联系的。她与小枝不同，小枝可以把情报传给下面各级，可她只认得郎伯一人，且她没有电台。

可供联系的发报机在郎伯电影公司的专属办公室里，她是不可能打开密室的，那样会弄出动静，会打草惊蛇。

她握着如此重要的信息，却无法传出去。正在此时，广播电台播放了一则新闻：中方幻想九国公约签字国的干涉，拖延了撤退时机，可西方国家绥靖之风盛行，称中国军队主动在上海非军事区挑起战争破坏和平，为此，大家将对中国的要求置之不理。

郎伯说得果然没错。西洋人已公开声明了自己的立场，并要求中方尽快停止战争。西洋人又岂是值得信任的，他们与东洋人不过是一丘之貉。

整理藤田建次所说得出信息：日军秘密组建第10军对中国军队实行大包围，而第10军十万人已在金山卫登陆，且日本政府已派出了轰炸机，只趁我方撤退时实行空袭。这是最紧要的一道密令，如果今日传不出去，那中国军队撤退受阻一旦成了大溃逃，中国军队就岌岌可危了！

白荷急得像热锅上的蚂蚁，可她一点办法也没有。她不是没有想过通过一些公共电台把消息传出去。可如此一来，恐怕敌方的电台也会知道，继而改变作战计划，那我方将变得更加被动。

白荷大脑飞快地思考着，她明白，现在大势已去。眼下甚至连个可以信任的人都没有了，石头、秦淮、华生皆找不到，她得到情报不过是一场笑话。

正当她焦急万分时，藤井让木村请她去公馆吃饭。

樱花公馆里，建次也在。甫见白荷到来，他便迎了上去，替她把车门打开。白荷下了车，仰起头看着灰蓝的天，心想：一到了此，怕是更不能通报军情了。

饭宴上，听藤井意思，是想极力促成她和建次的婚事。她只顾低着头，一点一点地喝着热汤。突然，上菜的女仆脚打了滑，手上端着的甜品盅竟全泼到了白荷身上。如肉色花一般的银耳混着甜水顺着她的下巴、颈脖滑下，又湿又黏。

“对不住！对不住！小人不是有意的！”女仆说的是日语。

白荷一脸茫然，没有接她的话，只是摆了摆手，表示无事，继而对藤井道：“我去换衣服。”然后就先回房了。

“看来她不懂日语。”建次点了点头。她的举止很得体，并没有故意装作不懂日语的痕迹。

“我一直都相信白荷。只是木村和山口太多虑了。”藤井抿了一口清酒。他比谁都清楚白荷的身份，看到了白荷就如见着了从前的白有英。藤井顿了顿，道：“既然你连金陵医院当年的婴孩出生档案皆查了，那准没错儿。白有英虽是化名，可她不愿白家的人知道，一直用的这个名字。既然体格表上有标：白荷的后腰处有块胎记。那小泽你去看一下。”他转向女仆说。

小泽梅便悄悄地上了二楼。

白荷正在换衣服，她只穿着一件内衣了，她的后腰靠左边处果然有一块类似葫芦形状的淡色胎记。那胎记极淡且小，连白荷自己也从未注意过。

小泽对着楼下做了个有的手势。楼下两人皆松了口气。

饶是如此，两人还是上了三楼书房说话。

白荷换得衣服出来，却不见了二人，便往三楼走去。一声“父亲”犹未喊出，便听到了楼上传来的声音：“她真是我的女儿。她的样貌不会作假，她和白有英太像了！”是藤井的声音。

“此事是我和山口鲁莽了，我向您道歉。”建次深深地鞠了一躬。

“此事不弄清楚，你们总是会一直疑心她的。所以上次我才同意和你演一场戏，装作要大肆抓捕中国特工，如果她去报信了，那她的日本人身份便是假的了。我们误打误撞捉住了小枝这个特工，而白荷不过是她故意陷害的。如今，总算真相大白了。她后腰上确有一块胎记。”说着他把枕套扯开，露出枕芯里的一个破旧的日记簿。

“这本日记是白有英的，金城找到了她的故居，也找到了这本日记。这本日记有二十年了，连白荷自己也不知道有此物证。而日记上白有英写道：白荷的左腰处有一块葫芦形的胎记。而在医院的记录中只是提及，而非具体，故而真要假扮是刻意不来的。”藤井露出了奸诈的微笑，把日记递给了建次，“你把日记给山口，他会相信的。这本绝密日记，我藏得紧，连白荷也瞒过了，除了我，没有任何人看到过。连金城也没有看过里面的内容，否则他是不会怀疑白荷的。”

“大佐做事，我一向放心。”建次一一回应，“再者我们大肆抓捕中国特工不过是一个诱饵，一来可以引蛇出洞，揪出隐藏在我们身边的特工；二来，最重要的一点就是借此扯开中国特工的眼线，把天皇的命令顺利地传达出去。而我亦已完成，想必轰炸机已离开基地了。”

一席话，如冰水浇头，白荷只觉浑身冰凉。她真的是藤井的女儿？尽管没有暴露身份，可她和她的组织全上当中计了！建次真正的任务已经完成，而她不过是他们手中的一枚棋子！

郎柏敦，你骗得我好苦！白荷悄悄退回了自己的房间。

此时此刻，她做什么亦是无用的了。原以为自己只是冒名顶替了白有英的女儿，没承想，自己便是藤井真正的女儿，这一切，让她情何以堪？！

她逃也似的离开了樱花公馆。

2

因为确定了白荷的真正身份，所以藤井二人放松了警惕，让白荷听到了这次的谈话也不知道。等他们下得楼来，却不见了白荷。

小泽只是个普通的日本女人，并非特工。藤井请她，不过是为了扮演好日本富商这个角色。故而许多事皆不会让她去做的。“小姐呢？”藤井问。

“小姐开车出去了。”小泽恭顺地答道。

藤井挥了挥手，便让她退下。手不耐烦地扯了扯领带，藤井叹道：“真不知要装到什么时候，我是烦腻了。”

“不会太久了。我们来华，一是为了收集情报，二是为了皇军进驻南京城扫清一切障碍。上海沦陷，我军便会西下，攻占南京！”建次满是豪情壮志。

……

风飘过，扫去一丝烦闷。郎伯由秦淮搀着，已坐上运粮船往南京走了。

“老板，你的脸色很不好。”秦淮有些担忧，探了探他的额头，竟有些低热。

郎伯轻轻拨开了她的手："有什么办法？"病恹恹的样子被日本人瞧见，怕是要坏事的。

似是在思索，她的眼睛微微转着，忽地眸子亮了起来："可以化妆。我学过专业化妆。"见她喜悦的模样儿，郎伯也忍不住笑了："我知道。"专业化妆还是自己吩咐了如妈教她的。

秦淮忙取过了自己的化妆品，把口红和敷脸打阴影用的碳粉调和，再往他唇上扫。扫的力度刚好，不会太红，也不见苍白。再把碳粉混了些珍珠末，均匀地涂到他的脸上，他便拥有了健康肤色。

等一切处理好，却听得秦淮的一声叹，低不可闻。郎伯思虑良久，觉着她是十分可靠的人，绝不会出卖了自己。于是便说："此行不会轻松，日军怕是知道了他们抓捕的人有枪伤在身，而我行动更是不便。一切还得靠你。"

等说完，他才觉得一阵轻松。原来信任一个人，也并非那么难的事。可他对上的却是一双疑惑的眸子，秦淮欲言又止。

"我是中方的特工，自然替国人办事。与日本人来往，是迫不得已。我这样说，你能明白吗？"他握住了她的手，十分诚恳地说道。

"你真的是……"一丝喜悦漫过她的脸颊，她不可置信地看着他。"真的。我对你的轻薄，也不过是做戏而已。"他调侃。

秦淮脸一红，忙垂下了头，可她忽地又抬起了头，执拗地看着他："你说的都是真的？"

"真的。"郎伯肯定地点了点头，"你得继续帮我，我的身份，是离不开女人的。爱钱爱美色的郎老板，我只能是这个样子。"

"我不会离开你！"话一出口，她的脸又红了，忙垂下了头。这段时间发生的一切纷纷浮现在她眼前，难怪每次与日本人有关的行动，都有他的份儿。学生是他放的，亦是他救的。开仓赈灾也不过是他的杰作，他倒是瞒得她苦了。

她的心思，他如何不明白。可现下不是说这些的时候，他正色道："因着我有伤，需要人照顾我起居。等回到南京城，我会搬到听松别馆与你同住。对外，你也只能是我情妇。虽是委屈了你，可请你包涵。"

秦淮伸手掩住了他的唇："我不是愚笨妇人，一味地只看重名节。只要能帮到你，我都会去做。"

"谢谢！"郎伯轻轻地抱了抱她。身份这道枷锁一打破，他便不再像从前那般举止轻薄，对秦淮更是万分地尊重。

两人正说着要事，忽闻船员来报，木村小姐的船到了。

“知道了，下去吧。”郎伯淡淡地挥了挥手。等人走远了，秦淮才急了，“木村她……她是……”

“你不蠢，自然看出她是有备而来，怕是特为追中枪的情报人员到此的。若非当晚我戴了面具，身份早就暴露了。”

郎伯伸出手，秦淮忙扶了他起来。“记住，待会儿自然些。”他道。

“可你身上有伤，才歇得半日……”秦淮努力使自己镇定。

“无妨。这点痛我还忍得，而且你给我裹得厚，血不会渗出来的。”说着，郎伯不忘挺了挺腰，硬是站得笔直。唇畔依旧是温润的笑，腰身直挺，风度翩翩。

等至走到船舱大厅，他跨前一步，笑道：“稀客稀客！”

“郎老板见笑了。”木村也挂上了温婉的笑意，“不知郎老板为何至此？”

“木村小姐忘了吗？”郎伯笑道，“早前我和藤井先生签了一份合同，急需米粮。现下战事吃紧，务农的皆屯起了米粮，实不好收。我唯有亲自来了，这不，我一收得好的，马上先运回南京。”

“对的，对的。我差些就忘了。说到此，我也正是为了征粮一事而来。藤井先生让我来知会您，收得多少，就先运多少回来。您倒是藤井先生的知己，难得如此体贴周到。”木村忙答了。

“这是应该的。来来，坐下聊。”郎伯打了手势，下人便上了好茶。船内布置雅致，放有躺椅，一应坐具俱全，竟是十分逍遥的。而郎伯与秦淮更似在游山玩水。秦淮的脸上满是少女的娇羞，腮边溢了一点喜悦。

再看四周，一个花瓶里竟还插了一捧金黄的油菜花，其间杂了好些细小的紫色星星花，满是野趣。

“我就不打扰了。主要是想到乡间工作站与您说一声的。既在此遇上了，藤井先生的话也算是带到了。”她站起要走。郎伯便迎了上去，将她送出船舱。怎料一个浪头打来，她颠了颠，竟倒在郎伯怀里。

郎伯笑意一现，趁机抱紧了她，更是大胆地垂下了头，吻了吻她的发：“嗯，好香！”如此暧昧，木村竟红了脸，忙离了他的怀抱：“郎老板说笑了。”他的身上明明还有别的女人浓郁的香水味，却仍和她调情。

木村避也不及地逃了。

等船走远了，他方回转身。对上的却是秦淮调皮的眼眸：“木村小姐好似被郎老板迷住了。”

“促狭的小东西。”他说着，身子忽地一震，忙稳住了脚步。“还好吧？”秦淮会意，忙扶了他进自己房间。这两日，他俩是睡在一个房间的。

裹了厚厚的纱布血还是渗了出来，秦淮忙用棉花捂实了：“我给你喷了好多的香水，她仍是不信你吗？”

“血味是瞒过了，可她向来谨慎，自然会试探我有无伤在身。毕竟这条路与发现情报员的路是通的。”郎伯哂笑，“不过总算是瞒过了。”

3

郎伯回到南京城，一去一回，竟花去了三天时间。而白荷亦被藤井以各种理由留在樱花公馆，一留三天。

郎伯与白荷失去联系三天，自然急于见她，也就以商事为由，去了樱花公馆。幸运的是，藤井并不在家。他和她浅淡地聊着天，以作些门面，可白荷对他却十分冷淡。

上前来沏茶的是木村，小泽被遣去做饭了。“午饭待会儿就好，不如先用些茶？”木村垂下眸子，恭敬地对郎伯说道。她的声音温柔，却不敢看他。

白荷发现了木村的变化，抬了抬眸，正瞧见郎伯在与木村调情。原来郎伯接过木村递过的茶时，故意捏了把她的手。一抹红飞过木村脸庞，而郎伯的笑意也越发的浓。冷眼看着这一切，白荷在接木村递过的茶时，故意滑了手，热茶水烫了木村的手。

她的醋意十分巧妙地表现了出来，可本意却是连装也懒得装的，她只是恨郎伯，不愿给他好脸色看而已。可这一切落在木村眼中，却是她真真切切地在吃醋了，倒反是安了木村的心。

一声轻咳，郎伯道：“我约了秦淮和西”顿了顿，略有些尴尬地说了下去，“洋人吃饭，也就不烦木村小姐做饭了。哦，就是朗科夫，他挺喜欢听秦淮唱歌的。那……那我得空再来拜访藤井先生了。白荷，我先走了。”

白荷连送也懒得送，自斟自饮起来。

虽是万般恼恨，可她并非不懂事情轻重的人。恼了一个下午后，她终于还是开车出了门。出得庭院，只见小泽与木村在给花草浇水，她看也不看木村，只对小泽说：“我不回来吃饭。”便开车扬长而去。

她如何不懂郎伯意思，在他通过停顿说出“秦淮和西”时，她便明白，郎伯的意思是约在秦淮河西见面。

南京城外秦淮河西侧，便是石头城！

听见脚步声，郎伯刚要回头，便听到她的一声质问："为什么骗我？"

他轻蹙了眉，回头看她："什么？"

"我根本就是藤井的亲生女儿，为什么？！"白荷有些歇斯底里。

"没有为什么，只有找到藤井真正的女儿，才能使他完全信任。"郎伯十分平静。

所以她一出生，只和白有英相处了三年，他便抱走了她，交给别的人抚养，等至十岁，便骗她养父母已死，让她独自流浪，而让组织派出李长青去收养她。然后将她培育成一名特工。

正因她与白有英只相处了三年，所以白荷并不记得亲生母亲的模样，更不知道她是谁。只是一味地以为"病死"了的养父母就是她的亲生父母。

"请你，带走她！"白有英对郎柏敦请求道，眼中分明含了恨意。

"可她是你的女儿。"郎柏敦有些犹豫。

"她是魔鬼的女儿，我永远都不想再见到她！我恨她！"白有英狠狠道，"我怕自己有一天会忍不住掐死她！"她有白有英的眉目，却也有藤井的轮廓。那个禽兽迷奸了白有英，她的这一生，皆毁了！

"哥哥很想见你！"郎柏敦想劝服白有英，自己可是费了好大的劲才找到她的。

"不，我不能见他！我没脸再见他了！"白有英又变得歇斯底里起来。突然，她猛地跪了下来，哭道，"我求你！"

"你果真是个冷酷无情的人！"白荷的话打断了他的回忆。

他笑了笑："别忘了，是你父亲迷奸了你的母亲，你也该像所有的中国人一样恨他！"

"我是恨他，可你也不过是个小人，你利用我来对付他！"白荷语声哽咽。

"是对付日本人，那群残暴的殖民者！"郎伯动怒了，"我是利用了你，可我认为作为一个中国人，这是你与我都该做的事情！我并不欠你什么！"

"是母亲遗弃了我，还是……"她的话被他打断："是我暗中抢走了你，她不知情。"他仍是说了个善意的谎言。

当得了这句话，白荷终于忍不住哭了，原来母亲是在意她的！一颗心终于软了下来，只要母亲爱她，那便再无所求了。

“后来……”她嗫嚅，“母亲怎样了？”

“她发现你不见了，急病了，我假装好心的人，出钱替她治病。她好后收养了一个孩子，只因那孩子和你一般年纪，连模样也有几分相似。你母亲对你很好！”郎伯仰头，看着黑沉沉的夜幕，今夜连一丝风也没有。

可早已是十一月了，冷得人慌。

“那被收养的孩子后来得了一场大病，我再次出现，接走了那孩子。后来，连白有英也病了，可再也无法痊愈，在你十岁那年，走了……”郎伯知道白荷仍有疑惑，便一并答了。

“兜兜转转，原来我始终是藤井的女儿。”白荷只觉这世界崩塌了。

郎伯一怔，有些急了：“可你亦是白有英的女儿！”

是的，她不该忘记自己是母亲的女儿，不该忘记对藤井的仇恨！

“你到底是谁，怎会认得我母亲？”白荷生出了不信任感。

一声低笑，郎伯答了：“如果我说，我曾爱过你的母亲，你信吗？”

见她惊恐不已地看着自己，他只自顾自地说了下去：“我是你母亲未婚夫的弟弟，那年我刚十六岁，我哥哥把她带到我面前时，只第一眼，我便爱上了她，我不管她大我许多，我就是喜欢她。可她将会是我的嫂嫂，我也只能将爱意深藏。我只是很卑微地爱着她。我对自己说，你只是个卑微的私生子，如非哥哥疼惜你，你仍像最肮脏的蚯蚓活在淤泥里。你凭什么去觊觎哥哥美丽的妻子！”郎伯顿了顿，说下去，“你想不到吧？我会是低贱的私生子！我的家庭、我的祖辈，靠着推翻了清政府成为了一方霸主，颇大的军阀头子；而祖母那边倒是真正的贵族，书香门第，如此结合，便是风头一时无两的豪门巨户。民国政府成立后，我的父亲便成了政府高官，权与利不过唾手可得。我的哥哥才是真正的嫡子，而我是父亲无数妻妾里的一个妾所生的孩子。因为我的母亲是父亲强抢回来的，她本已有了要好的意中人，正因此，我被怀疑并非父亲骨肉。早产儿本就弱小，非但没有获得父亲的宠爱，倒反成了野种的证明。母亲受冷落，被关在后院里失了自由，便跳井自尽。而我发了高烧，也无人理睬，若非母亲的贴身婢女红怡带着我偷偷翻了后院出外就医，怕是只有死路一条。因着母亲生前的吩咐，不必再带我回来，所以年轻的红怡带我回了她的夫家。

“因着红怡母亲那时还年轻，模样儿十分俏，更兼带来了我母亲的一些钱财，所以她的丈夫也曾十分疼爱我，让我随了他的姓。而红怡一直无所出，更是视我如亲子。父慈母爱，那曾是我最幸福的一段时光。后来养父靠了红怡母亲带来的钱发了家，从南京郊外搬到了上海，而生意更是越做越大，钱财也越来越多。于是他便娶了一房又一房的妾，有了属于他自己的儿女。我与红怡母亲从此便失了宠，被扔在下人住的后院，再没人理会。那些年，我们母子受尽苦楚，那些姨娘还有我的弟弟妹妹打骂我与红怡母亲是常事。因此，我暗地里发誓，将来我要赚到许多许多的钱，好摆脱这个肮脏虚伪的家庭。我在青年时，就比弟弟们要努力，跟在养父身边学，很快就掌握生意规则那一套东西。我还学会了英语，不过十二岁，就能哄得洋人很开心，替养父做成了生意。就这样，我变得脾气古怪，为人固执，一心只爱钱，只想抓住可以够得着的，实实在在的钱！

“我虽比他的亲生子女聪明，但他碍着我非亲生，处处提防我，怕我会独吞他的生意。所以早早立了遗嘱，把红怡母亲原本给他发家的钱划给了我，其他的家产全数留给了他的子女。可仍值得庆幸的是，我的真实身份，养父从不提及，遗嘱上也没提及。养父成年前父母便过世了，再兼没有兄弟姐妹，也无亲戚朋友来往，留在南京郊外时，更是老实巴交的庄稼汉，无人问津，再寻常不过的家庭背景，而我是他的大儿子这件事便是从无人会去怀疑的了。后来，尽管他有了许多妻妾，可即使对着他最宠爱的小妾时，为着他自己的面子，也没有透露半点我的身世。正因此，我简单透明的背景不会让日本人疑心。而我得到的遗产最少，在外人看来也只是因为我与我的母亲不受宠造成的。

“养父一直怕我会谋夺他的一切。后来，为了撵走我，他大发善心地给了我一笔钱，将我送去了日本留学。可怜红怡母亲没享过一点福，却因我走了而思念成病，没等及我回来，便没了！当我两年后接到消息时，我便把在日本时赚到的钱拿了回去，替她修墓，风光大葬。那是一笔丰厚的钱，震住了我的养父，他没想到我是如此出色。我看也没看他一眼，便离开了。再后来，在日本学校毕业后，由学校保送去俄国留学。我也是在那里遇到了我的亲哥哥。许是血缘的微妙关系，我俩一见面，便挪不开眼睛了，我俩长得真像，我俩的容貌皆遗传了父亲。哥哥待我很好，更以为我很落魄，便总是使法子接济我。有一次为了护着我而被车撞了。我虽是怨恨害死母亲的那一家人，可我不恨我的哥哥。那时我们学的是军工，他继承了父亲的事业。而他想带我回家认祖归宗，我拒绝了。我说我只姓郎，与任何人皆无半点关系，若他把我的身份说出去，我便再也不见他。所以除了我哥哥，没有人认出我。若非白有英出事，最疼我的哥哥没多少时日便抑郁而终，我想我的生活将不会是如今模样。

“我爱我哥哥，也爱着白有英。我知道藤井害死了他们。那时的我恨极了，还曾拿着刀子在手臂上割了一条一条的血痕。没人知道，我有多恨。可我没有办法，藤井的势力很大，而那时白有英又失踪了。为了报仇，我加入了当时以不同身份混在俄国的中国特工组织。若非亲身到过东北执行任务，我对日本人的仇恨仅仅是出于家恨。可见到日本人在东北的恶行，我才意识到，我是一个中国人，国仇家恨，国才是最重要的。因此我一直潜伏了下来。”

一根烟燃着，他悠悠地吸着：“我讲的故事，如何？”

最丑恶的，他没有跟她说。当知道他要接近藤井了，为了这个任务没有纰漏，他曾暗中使手段，害得养父倾家荡产。等及养父去求他时，才发现从前的郎平安已变成了今日华服在身的郎柏敦。

“知道我为什么仍留着这个姓吗？就是为了提醒自己，不要忘了从前！”郎伯曾一字一字地对养父说。那几个所谓的弟弟已被他送进了牢里，他只要养父一句话。“你忘了是怎样发家的了。”他说。

“我没有忘，从来没有！所以，我没对任何人说过你并非我的孩子。只因私心里，我是把你看作亲生的！我还把属于你的钱还给了你！”养父恳求道，“你要我的家产，我可以全给你，只求你放了你的几个弟弟，他们皆是你的亲弟弟！”

“我不但要你的家产，还要你的命。”郎伯闲闲说来，只有死人，才不会泄露秘密。他将一包药粉递给养父，“吃了这个药就会出现中风迹象，不能说话，全身瘫痪，三天后便死去。你看着办。”

药粉包被一把抢过，养父二话不说，便吞下了药粉，然后倒在了地上。“来人啊！郎老爷中风了，送回去。”石头便要将郎老爷送走。“石头，别忘了把属于我这个郎家大少爷的家产收走。对了，还有郎家祖屋。我敬爱的父亲嘛，安置在后院好了，那里清静，他现在不能被打扰的。”

郎老爷三日后没了。郎伯的秘密永远守了下来。他就一直住在了郎老爷发家后在秦淮河畔、夫子庙旁的那套园林式大宅里。而在外人的眼里，他为了家产，气死了父亲，赶走了弟妹。郎老板只爱钱!

“对不住！”白荷的脸色苍白，她知道，她不该揭人伤疤。

“为了国家，我们已经一无所有了。若非凭了那股信念，谁又能坚持到现在。你怪我利用了你，让你成为特工，毁了一生。而我何尝不是一生尽毁。”郎伯又恢复了平静，仿若他的前半生只是一场梦。

见白荷不说话，他亦沉默。

忽地，听见了脚步声，白荷狠厉的眼神一扫而过。“躲到大石后。”郎伯道。见他眉目松弛，料来的是组织上的人，因着自己与郎老板只是单线联系，于是她仍是听了命令把自己藏了起来。

脚步声颇为沉重，其中一人竟似有伤在身的。白荷悄悄地探了探头，只见浓雾中出现了两个模糊淡薄的影子。“郎柏敦，你欠我一个人情。”是华生在说话。

只见他由秦淮扶着，一瘸一瘸地走上前来。

“好小子！”郎伯捶了他一记。

“哎哎哎，真的痛！”华生笑着，露出了洁白的牙齿，一颗虎牙俏皮地展露出来，以作示威。“你怎么挂彩了？”郎伯调侃。华生将一张报纸一把塞到郎伯手里。郎伯就着电筒光看，竟是中国军队以新式德国武器围剿日军小分队，取得胜利的照片。

尽管只是一场极小范围的胜利，可仍表明了中国军队誓死保卫国家，绝不向日本人投降的气节。它让全世界清楚地看到了中国的立场，绝不放弃一块属于中国的土地！

正因国人的坚持，粉碎了日本企图三个月灭亡中国的狂妄计划。这一场胜利，坚定了所有国人的心，它的意义十分紧要。

“我顺利完成了你交给我的任务，可我亦是报纸的主编，我得把最及时的新闻报道给大家。”华生笑着说道。一旁的秦淮满脸的兴奋，使劲地点着头，一手揪住郎伯的衣袖，一手指着图中照片道：“华生就是为了抢拍到我军歼灭日军的最好图片而负的伤。被日军投下的炸弹爆炸时激起的碎片伤了左脚，不过已经护理好了。他为了给你这个惊喜可是连夜赶回来的。”

“是给白荷的惊喜吧！”郎伯喟叹。

“她从不放弃，我也不会放弃。这点伤不算什么。”华生依旧是笑，笑意里是骄傲。

华生的骄傲唤醒了白荷的灵魂。是啊！自己岂能放弃！虽是来不及了，但还是要努力到最后一刻！白荷从巨石后站了出来，“有些事我必须立即和你说，柏敦。”见郎伯皱了皱眉头，她道，“我相信即使他俩知道我的身份，也不会有何问题；相反，他俩一直在替我掩饰身份。”郎伯终是点了点头，于是白荷把从藤田那得到的情报一一说了出来。

“日方笼络住了各欧洲国家，让它们不予干涉上海之事。而另一边则派出了轰炸机，我国军队已错过了最佳的撤退时机。”白荷的眼眸空茫而哀伤。南京保卫战得提前打响了。

第二十四章

安全区风云

7

白荷说得没错。郎伯虽是马上返回办公室，通过电台把信息发了出去，可已太迟。

中国军队电台因着炮火而坏了，仅剩的电台也是调试了许久，才接收到信号。而那时，日军的轰炸机已冲破了厚厚的云层，往塞在公路上的中国将士投下了无数的炮弹。

因着欧洲各国的突然变卦，关键时刻宣布停止干涉和平进度，中国的高级将领没有及时做出撤退计划；而日军秘密组建的第10军暗中行动，所部署包围网已形成，逼得前线中国军队大乱。为避免被围，个别部队已自行组织撤退。而在撤退前，因没有讲明各部队撤退顺序，导致三四十万中国将士挤在几条公路上，被日军轰炸，大撤退变成了大溃逃，数十万将士在撤往南京时分散，根本就偏离了当时为打南京保卫战而加固的国防线，为南京保卫战的失利埋下伏笔。

“南京保卫战怕是要……”郎伯叹出了一口气，已感无力回天。

“你打算撤到大后方吗？”

一声无奈的笑从喉间溢出，此时的郎伯是颓废的：“我们的民族工业已完成了内迁，我的事也就了了。我不想走，这里可触摸到的天，是别处没有的。是我故乡的天与地。如果大地也在哭吼，去到哪里也是一样。”

“我也不走。”华生道，神情平静。

“这是战争，不是儿戏。带白荷走吧。”郎伯没有看他。

“除了白荷，你对于我来说，也是同等重要的。”华生也学郎伯那样，看着古都的天。天空是那样孤寂。

“为什么？”似是听到了最好笑的话，郎伯大声笑了出来。

“因为你的与众不同。”华生也笑。

……

十二万中国守军各自为战，无法统一作战，数天后南京就告失陷。

建次“请”了白荷到他家里长住。与她同住的还有两位堂兄，可法子已回了日本。

起初白荷并不愿意，可藤井一夫以战火蔓延，危机四伏为由拒绝了她。他说：“中国人皆是不可理喻的，南京城满是中国逃军，我们必须得扫荡干净！”

“我与我的母亲皆是中国人！”白荷叫道。可忽地，她就没了声。是木村将她击昏了。

于是木村将她带到了藤田建次的府上，自己也留在了建次家中守着白荷，不让她逃了。

通过多次接触，白荷已明白两位堂兄并非军方的人，而她的父亲则是极有实权的大佐。建次则是最大的特务头子，一个冷血的刽子手。

每当闲暇，建次就会高兴地对她说：“等新秩序一建立，我就到慈幼堂里去当日文老师，教他们最地道的日语。”他演戏演上了瘾，就仿若他真的只是位教书先生。而在这个离他最近的时刻，她总能闻到他身上的血腥味。

她被禁锢了一个多星期，外面怕是早成了地狱了吧？她根本无法猜到外面成了什么样子，每条道路皆化作了尸山血河。

那一晚，建次很兴奋，因他刚看到了一个百人斩表演。当回到家里，他已是带了薄醉。他兴冲冲地跑进了书房，正准备打开保险柜，却见白荷闯了进来。

白荷第一眼就瞄到了他在开锁，因着她的出现，建次把钥匙放回到了书桌的抽屉里。

“陪我喝两杯吧……”白荷的手正举着两个高脚酒杯，而他的书房里就藏了一批好酒。因着对美色的渴望使他昏了头，再加上酒精上涌，只想着再喝，于是他便拿了酒与白荷喝了起来。可蒙汗药早下到了他的酒杯里，他倒下了。

关紧了书房门后，白荷迅速地从书桌抽屉里取过钥匙，打开了保险箱。里面竟有几份天皇的文件！

一份是日本华中方面军司令官松井石根发达的两份命令。其中一份写道：“占领南京是一个国际性的事件，让各国人看看我们的决心与战绩。所以必须做周详的研究，以便发扬日本的武威而使中国畏服。”而在另一份《攻占南京城要领》中写道：“无论中国守军投降与否，都要进城扫荡。”

另一份是第10军司令一踏上中国的土地就签下的文件：“山川草木都是敌人。”

还有一份更为紧要，可谓是重中之重的机密文件。上海派遣军司令官已经发出一连串由他签署盖章，标有“机密，阅后销毁”字样的命令，内容是：杀掉全部俘虏！

还有一份是准备发放到各个司令部的内部文件：农民、工人自不待言，直至妇女儿童皆应杀戮之！

另一份下达到部队的命令要求：无论男女，凡是活着的，一律杀掉，即使一只猫也不要放过！这个师团的中队长天野乡三更是公开号召士兵：“抢劫、强奸、放火、杀人，什么都可以干！”而这个第16师团是围攻南京的日军主力部队之一。

藤井有提到过要“扫荡”南京城。白荷忽地想起了父亲的话。再对照这些文件，一丝冷从四肢百骸窜出，难道他说的“扫荡”，即是指整个南京城的百姓皆可以随意杀戮？！白荷这才发觉，这个想法太可怕了！难怪这些文件日方下令要销毁，日方不能让外媒得到这些证据！他们还妄想在外媒面前、在国际上，不承认有发生过南京大屠杀的事实！

白荷的目光又落在了标有“机密，阅后销毁”字样的文件上。既然死亡已无可避免，那她能做的，就是把这些真实的罪证保留下来，等有一日，将它们公之于众！而现在，她要做的，就是逃出去！

她知道，现在出去很危险，而从木村对她松懈的监视来看，是希望她死的。逃出去即意味着死！而她有一半中国血统，即使木村已不再怀疑她就是中国特工，也不希望她活。

我要与我的祖国同痛苦！白荷一阵搜索，找到了一个通行证本子。有了这个通行证，就可以在日占区来去自由了！

藤田的印章就挂在他的裤头，白荷一把抢过，印满了整个通行证便条本。她开了窗，一丝浓重的血腥味由远远的地方飘了过来。这些皆是罪恶！

这里是二楼，要离开并不难。白荷咬一咬牙，携了日方的机密文件，纵身一跳，落到了花草中。一个打滚，她隐在了林木中，借着夜色，从后门溜了出去。

她要找到郎伯与华生！

2

“面对着最真实的死亡，你还想逃吗，父亲？”华生安静地坐在沙发上，深深地注视着米歇尔。

米歇尔抱着头，是那样的痛苦。一个星期前，他曾想要离开南京，他甚至绑了米华生，可半途中，却被日军的炮火打散了。南京城四面被围，城里的人早已出不去。米歇尔无法，只能退回美租界的家里，而华生早在家候着了。那时的华生与现在一样平静，仿若什么事也没有发生。

其实只有华生自己知道，他是看清了日军的本质了。这个城里所有的生灵终将罹难！

外面尸体堆积如山，血流成河，整个南京城已被染成了红色。一两个躲进了美租界的华人苦苦哀求，求米歇尔庇护他们。而那时米歇尔已经惊呆了。

“你还要沉默下去吗？”华生觉得父亲是那样可怜。一个只顾着身家性命和财产的小人，一个冷酷的资本家，一个嗜钱如命的胆小鬼。不由得，华生便发出了一声冷笑：“枉你还自称是拥有高贵灵魂的人。你的高贵灵魂在哪里？”

丢下了这句话，华生离开了。他要去安全区，即使舍了这条命，他也要救更多的人！

安全区内挤满了人，每人皆是神色仓皇。华生因着教会的缘故，轻易地进了圣仁教堂。教堂后院竖起了一排坚硬的栅栏，还有几个男看护把守，他们虽脸有不忍，可仍守住栅栏，不让更多的人闯进来。

“神父，您看他们多可怜。那边还有好几个被炮火炸伤的，您就放他们进来吧！”华生恳求道。栅栏外众人听了，更是群情汹涌。

神父露出了极为难的表情，疲累使得他的眼窝更深，脸颊更瘦削了。他已在教堂内连续工作了五六天，可只睡了六个小时。无数的手术等着他做，每天皆有很多被炸伤的人被送了来，他已经忙不过来了。“孩子，并非我不愿意，而是里面已经有好几万人了，真的挤不下人了啊！而且你看他们，多是成年男子，若招了他们进去，怕是日军会过来扫荡啊！”

一听无法进入，那几个叫嚣的男人更加张狂，拼了命地要冲破栅栏。神父与看护一起抵挡，神父还被打破了头。华生用力推开了肇事者，忙护着神父。“小切，你帮路易神父包扎，这里有我。”叫小切的洋人教徒护送神父走了。

一声孩子的哭声打破了一触即发的火暴气氛。一个瘦高的男人挤到了人群里，把孩子举高往华生面前推来，“救救孩子吧！她发高热了。”见华生抱过了小孩，那男人抵在栅栏上的手松开了，见此，后面那几个男人一起用力推，想拥进去，却被瘦高的男人一把推开了。瘦高男人吼道：“你们皆是堂堂男子，为何要为难妇女儿童。你看看你们的身后，那里有你们的老母、妻儿！”

众男人皆停了下来，回头看着自己的亲人，每个人都被泪水打湿了脸庞。他们自动地退后了，把机会留给了妇女和儿童。那瘦高男人也自动退出了两米。华生瞧见他一个耳朵没有了，血染了他满面。

“我把众妇女、儿童和伤者放进去。这里实在太挤，所以你们只能另投他处。并非我们不想救人，是实在没有办法。你们快去美租界的鼓楼医院，那里附设的慈幼局也是安全区范围。你们就说是华生的朋友，管理人会让你们进去的。”说着，华生与四个看护，开始有秩序地放妇女、儿童和伤者进去。

那瘦高男人本有伤在身，却一退再退，华生眼看着他就要走，刚想留他，他已被郎伯一把拉住。

“你是中国军人。”郎伯说话的声音极低，只有那男人听得见。果然，那男人浑身一震，只狠狠地盯着郎伯。

“我不是汉奸，我送你进去。过两天，晚上会有艘船，我送你走。”郎伯推了推他，带他走近了教堂。

华生虽不知道他们说了什么，还是迎了上去：“你的耳朵伤得很严重，再不治怕会溃烂了。我带你去找神父。”末了，竖起了拇指，“你是好样的！”

男人声音沙哑地回道：“我是军人。”幸好在旁的只有郎伯和华生。华生听了虽震惊，但仍是不露声色地回答：“在这里，只有急需救助的平民百姓。”因着他的身份特殊，华生又道，“我直接带他去神父房间，”再俯低了些，凑在郎伯耳旁说，“房间里有条秘道，虽跑不出去，但大概还能藏几个人。”

“华生，谢谢你！”郎伯一把握住了他的手。西方国家虽以利益为先，绥靖之风横行，但站在人道立场上，他们也算是高贵之人，拥有一颗善心。

华生以无比坚定的姿态搂了搂郎伯，道：“救人要紧。”

街道上早已是哀鸿遍野。因着是美租界的居住区，所以大道上仍算是整齐的。再走过一条街，血腥的味道就重了，仿若尸血已漫过了所有的街道，浸到脚面。一个哆嗦，老米歇尔打了个寒战。

再前面便是鼓楼医院了。那边该是挤满了逃难的百姓吧！正想着，老米歇尔忽然听到旁边的巷道里传来了一阵呼救声，他忙跑了过去。

三两个日兵正在轮流强奸两个中国女孩，而那两个女孩看起来只有十四五岁。而另一个大些的中国妇女也被一个日兵撕扯着衣服，意图强奸。老米歇尔精通多国语言，再兼身强力壮，虽无武器在身，但凭了一股勇气，猛地扑上去，硬是推开了那群日兵，厉声道："你们这是违反军令！她们只是平民百姓！"

"滚开！"那群日兵的伍长走了出来，挥动着刺刀。米歇尔见到墙角的一个铁棍，正要抽出，却带出了一个全身赤裸的女人。原来，铁棍插在了女人的下体里，女人被一堆垃圾埋住了。方才，米歇尔只看到铁棍而没看到还有人。可惜这个女人已经死了。

那群日兵见到插着铁棍的裸女，哈哈大笑起来。

"魔鬼！你们这群魔鬼！"米歇尔挥动着铁棍道，"该滚开的是你们！这里是美租界，轮不到你们横行霸道！"

因着他们也不敢对老米歇尔怎样，一股邪气便发泄在了女子身上，一把刺刀瞬间刺进了被轮奸的女子腹部。

老米歇尔发出了一声低吼！他吼道："我以自己的生命起誓，我一定要保护这里的人。有胆量你就杀了我。我在美国军方是认得人的。我是驻美大使，我的儿子就在这附近。"旁边仍响着被刺女孩的呼痛呻吟声，她还没有死！

"那女的漂亮，带回去再玩！"那伍长扭着衣衫整洁的女子要走。那女子拼命反抗，大叫着："畜生！该死的畜生！"争执间，她竟死命地咬下了一个日兵的耳朵。

"巴嘎！"伍长挺起刺刀往女子身上刺去，米歇尔的脑中一片空白，可身体本能地护了过去。"噗"的一声，刺刀刺进了他的肩膀，他的肉体痛得麻木了，可灵魂却被唤醒：这是一群失去了人伦的魔鬼！他绝不能向魔鬼屈服！

"叮"的一声响，一个徽章掉了下来。那是白荷从藤田的柜子里翻出来的东西。那群日兵一怔，仍是伍长有些见识，知道这是日军军官的女眷。忙打了个响指，那群日兵便迅速消失在了巷子尽头。

显然，老米歇尔也看见了那枚徽章。他正要问，倒是白荷直接说出了口："我是白荷，米先生应该认识我。"她忙蹲下了身，去查看那两个女孩的伤势，极快地，她抬起了头，指着其中一个，道："她已经没救了。而这个女孩没伤到要害，只是腹部有个口子，我们得赶紧送去医院。"她忙扯下衣裙下摆，摁住了女孩的伤口。

老米歇尔脱下了衣服，把那女孩的裸体遮盖住，更小心翼翼地把女孩抱起。因他手臂受伤了，不好使力，白荷抱着女孩的脚，两人小跑着向鼓楼医院而去。

“你早些出示那徽章，便无事了。”老米歇尔道。

“我是中国人。”白荷傲道。

老米歇尔明白，她若怕死，根本无须跑出来，留在藤井或藤田家中便能继续过着享受的生活。而她坚强柔韧，不抛下同胞独活，单是这份骨气，就可称为巾帼英雄。“你本想救那两个女孩吧！”

“可惜，我没救成。”白荷有些黯然。

“这个女孩，她一定能活下来。她很勇敢，你也很勇敢。华生果然没看错人。”老米歇尔答道。

经受战火洗礼，所有的偏见皆去，折射出的是人性的光辉。那一刻，老米歇尔才真正地认识了白荷，了解了她，并接受了她。

“你也是个勇敢的人。我代中国同胞感谢你！”白荷诚恳地说道。

鼓楼医院到了。

出来接伤员的竟是华生。

白荷与华生两人相见，早已是恍如隔世。

医院十分拥挤，跟着过来的医生、护士立刻就地搭建了一个帐篷，开始抢救女孩。那女孩受了蹂躏，已是分外惶恐，得了老米歇尔相救，只觉他是位慈祥的父亲，竟死命地拉着他的手不放。

“你们也许久不见了，该有许多体己话要说的。”说着，老米歇尔便随了那女孩转进了帐篷。

白荷拉过华生，也进了帐篷：“是你父亲救了我与她，还受了伤。”华生本就跟着神父一段时间了，学会了简单救助。他小心翼翼地拉过父亲受伤的肩膀检查，并低声道：“我收回那天说过的话。您很伟大。”

“我这个投机者，贪生怕死，有什么伟大的。我还想过逃！如今想来，真是惭愧！当我看见受苦的百姓，我就知道，我走不了了。即使有飞机可以立即送我走，我也不走！即使我的力量再微薄，可只要能救得一个人，我都要留下来！”老米歇尔深深地叹了口气。

华生道：“伤口太深，要缝针。”见他犹豫了下，老米歇尔便问：“怎么了？”

还是医生接了话：“没麻药了。”

“这点痛与千千万万的中国百姓的痛比起来算什么。”老米歇尔指了指伤口，“缝。”华生没说话，取过了钩针，开始替米歇尔缝合。整个过程中，米歇尔没喊一声痛。

那女孩已做了抢救并缝合了伤口，可仍在说着胡话，许是疼痛减轻了，她的神志也恢复了些，知道自己方才经历了什么事，竟嚷着要死：“与其不干不净地活，不如清清白白去死。”

白荷听了，握住了她的手，温柔劝道：“妹妹，要死很容易，活着才是真的难。但我们整个民族正在受难，正在挣扎着活。为什么要死？死的不该是我们，而是那些该死的禽兽！”渐渐地，女孩安静了，她闭上眼，任泪水滑落。她知道，她要活！

“对！大家都要活！即使再苦再难，也要坚强地活！”米歇尔拭去了女孩的泪水，鼓励她，“我就是你的父亲，你不孤单。你要活！你的父亲要你勇敢地活下去！”

医院的伤患太多太多了，医生和护士远远不够。等及秦淮过来，才帮着照顾了好些病人。白荷对医护不在行，可看着秦淮熟练地替病人打针、缝针及切除腐肉，她甚为感叹：“你比我了不起。”

“我原本什么也不会，可眼睁睁看着病人受苦，我做不到，就跟着护士学了。”秦淮正替一个男人擦着身。男人的腹部有很深的刺刀伤，已是活不了了。

“他值得体面地走。”秦淮柔声道。那男人开始抽搐，可麻药和吗啡只能留给有活着希望的人。秦淮知道他痛苦，于是轻轻地唱起了摇篮曲，如母亲哄孩子般，安抚着他。慢慢地，他不再感到痛苦，永远安睡了……

白荷注意到他的手，布满老茧，“这是个军人。”

“也许吧……可现在他只是回到家的孩子。”秦淮的泪水流下，在场的人皆流下了泪水。有几个女孩子是教会学校的学生，纷纷唱起了圣诗，让已逝的人灵魂安息。

候在一旁的郎伯是听到了歌声才急忙赶过来的。他的脸色狠厉，甫一进来，真真地吓着了在场的人。见着秦淮怀里死去的兵士，郎伯沉下了声音：“女校那边同属安全区，可日军已公然开进学校强奸女生了。你们闭嘴！”

秦淮身子一震，忙劝他：“别吓着孩子们。”接着温柔地向那几个女孩子道：“你们赶快把头发剪了，越短越好，再把脸抹黑。”转而向白荷道：“你替我跑一趟吧，集合医院里所有的女孩，帮她们剪头发。”

战争果然是能令人坚强的。秦淮虽看着柔弱，可她却有一颗坚韧的心。“好！”白荷的笑意温暖，她与秦淮皆抚慰着每一位受伤的国人。

等到剪完所有的头发，夜色袭了上来。四处静极了，偶尔响起几声枪声，间或是日军的淫笑声，安全区里的每个人皆惊惧不已。

白荷站在庭院中，风呼呼刮着，十二月了啊！她冷得双手抱起了单薄的肩。她已换上了农家用的灰色厚棉旗袍，可依旧风姿绰约。即使穿着最普通的衣衫，也掩盖不住她的美丽。郎伯站在她身后，看了许久。

“你找我有事？”白荷首先打破了沉默。

“明晚有一艘船在下关开出，是最后一艘船了。”郎伯叹了叹，“是朗科夫先生替我找的一艘船。船上还有好几位欧洲侨民，她们皆是老幼妇孺。她们的男人自愿留下来帮助我们。所以朗科夫要送她们离开这个人间地狱。而她们已答应了，帮助我们送走一些中国军人。”郎伯的身体贴在她的背上，说话的声音极低，他环抱着她，小心翼翼地看着四周，怕其中混进了汉奸。

“你能不能回藤井处偷出一些通行证。”郎伯小心措辞。

白荷从贴身处取出了一个本子。“我早准备好了！”

郎伯一见，大喜过望，忙取了水笔，就着白荷的背，用日文写上通行令。

“能保存实力，救出我们的兵士，总有一天，他们会上战场活剐了日本鬼子。”郎伯的声音压得那样低，可仍透出了喜悦。

“上船不难，难的只是怎样运他们去下关码头。”白荷又觉着为难了，“哪怕有通行证也不稳妥。”

“藤井已恢复了真正的身份，他不再是商人。他以皇军的名义，征令米粮，更给我拨了些汉奸。我已把那几个汉奸杀了，而秦淮从我们救出的中国军人里挑了几个出来，上了妆，样貌很像那几个汉奸，其中两人还会日语，再加上有了通行证，要瞒过日军不难。我就以去码头仓库取米粮为由，将那十来个军人运出去。”郎伯一一解释。

“我陪你一起去。我是洋人，他们不敢随便乱来。”华生站了出来。

“既是如此，也该万无一失了。我们先去他们藏着的地方准备准备。此行一定要快！藤田接收到的命令是：要杀死所有俘虏。”白荷跟着他俩，往路易神父的教堂走去。

3

那一天晚上，不见月色，四处一片漆黑。风的声音如幽鬼哽咽。

神父房间的秘道里挤满了人。已剪短了头发的秦淮十分安静，她的怀中是母亲与年幼的弟弟。“柏敦，若非你替我周全，只怕我姆妈与弟弟皆不能活了。”

“他俩也跟朗科夫的船走，别担心。在重庆那边会有人接应照顾她们。等战事一过，若有机会，我会派人送他俩回来与你团聚的。”郎伯向秦淮保证，并拍了拍弟弟秦河肩头。秦河睁着黑漆漆的眸子看着他，说了句：“谢谢您。”郎伯一笑，道：“你是听话的好孩子，上帝会保佑你！”

郎伯与华生带着众人从密道的另一头出来，那里靠着山坳，出口是个隐蔽所。大家皆没有打灯，十分安静地摸黑前进。石头早把运米用的大卡车停在了不远处。

大卡车上的掩护做得十分好，十个军人藏在了车篷底，然后压上了木板，木板上铺上了厚厚的黑毯。郎伯与华生带了几个假汉奸坐在了车篷里，秦淮的母亲与弟弟和郎伯坐在一起，四周堆满了杂货。石头负责开车。

“你杀掉了那五个汉奸，只怕事后藤井会怀疑。”华生担忧不已。

“无事。再过些日子，我装作遇刺，那几个人中伏，死了。”郎伯想了想，“只要安排周全些，不会有破绽的。”

车子慢慢行驶，遇到日军关卡，郎伯便出示通行证。那藤井十分奸诈，只口头说了给他放行，但并未给通行证。显然那守关日兵是得过藤井口令的，也就没过多为难，只简单地搜了搜车，便放行了。

一行人顺利地出了挹江门，往下关码头开去。

可一拐过了姜家园，道路开始偏僻起来。

突然地，不远处传来了机动车的声音。华生视力好，看清了来的只是两个日本兵，开着三轮机动车。

郎伯神色十分镇定，安静坐着。等那两个日兵赶上了，果然要拦下他们。郎伯方才站起，用日语回应：“我是奉了藤井一夫大佐的命令，前去运送米粮的。”

“我们是奉第16师团中队长天野乡三的命令来巡逻。无论得了谁的命令指派，皆要检查！”那日兵吼道，并向天放了一枪，以震慑郎伯。

华生瞧那两人目放凶光，只恨不得杀掉所有中国人，哪怕是汉奸。第16师团的人向来凶残，郎伯知道底细，便做了个请的手势。谁料华生上前了一步，高目露出鄙夷，俯视着下面两人，手一伸，一张通行证路条扔到两人面前：“看清楚了。”

因着他是欧美人，日兵不敢过分放肆，只狠狠地盯着他，另一人已开始在车上搜索。突然地，两人凑在了最里处。华生虽不露声色，到底是怯了，想要上前，被郎伯拉住。

原来两个日兵在地毯里找到了一块金怀表。

“那是我方才掉的，既是两位长官喜欢，自当孝敬。”郎伯微微一笑，做了个请收下的手势。华生见他并无半分紧张，与日兵周旋自是圆滑，心下担心便也尽去。

而那两个日兵得了好处，便收手了。

候了这许久，郎伯早知道这附近只有这两个人巡逻，于是等那两个人一上了军车，他便朝着敌人的背开了两枪，每枪皆中敌人心脏。然后取回了金怀表，走人。

“只有你才会有如此胆量。”华生大感痛快。

又到了一个关卡，此处一出去，便是下关码头了。

郎伯下了车，装出一副很紧张的样子，唯唯诺诺道（日语）：“我是奉藤井一夫大佐命令，前到下关仓库运米粮的，可途中遇到了几个中国军人杀死了两个巡逻的皇军。知道是我，更是追杀我，幸得藤井大佐让几个好汉保护我，打了几个空枪，吓跑了他们，不然这车怕是要被他们抢去了。”

那几个假汉奸也跟了下来，弯头低腰，其中一个用日语说起了过程。那守关的日兵是认得些个汉奸的。可因着夜色的关系，而这几个假汉奸也实在是像！于是一拉警报，一队日兵竟开着好几辆军车赶往出事地方。而守关处竟是空落了下来，再不见了日兵。

因着兵力被转移了出去，郎伯竟很顺利地将十多个中国军人送到了码头，并上了船。朗科夫迎了郎伯过去，道：“放心。”

“好！”郎伯微微一笑，对着五个假扮汉奸的军人道：“你们要小心了。”

“会的！”他们答。

一张宝贵的通行证交到了朗科夫手里：“有这个，总能防个万一。”郎伯说着，继而拍了拍秦河的小头，“坚强些，别让姐姐担心。”

“嗯！”秦河重重地点了点头。

华生取出了白荷所收集到的关于日军的各份秘密文件，他将这些文件珍而重之地交给了朗科夫，并道：“您离开南京后，一定要将这些文件公之于众，让世人瞧瞧日本人的恶行。还要将它们刊登在各大国际报纸上。这是一次人类的灾难！”

朗科夫脸容严肃，收起了文件：“您请放心！我会将日军的恶行向全世界曝光的。他们瞒不住！”

由于时间紧迫，郎伯与华生上了车，往仓库赶去。一路上谁也没有说话，可两人心里皆觉痛快。他们所做的事虽然微小，所救之人也极为有限，但他们知道，只要不放弃，这个国家便有了希望……

第二十五章 希望

7

郎老板仍是那个爱赚钱的郎老板，即便南京沦陷了，他依旧在做着他的生意。

因着有通行证的缘故，郎伯可自由出入多个地方，而他总会想办法趁此机会多带些百姓逃离南京。

他的电影公司因在德租界区，所以也属安全区内。他干脆把地皮高价卖给了德国西门子公司的拉贝先生，以此可使更多的难民、妇女儿童有庇护之所。

藤井对此是有意见的，可郎伯振振有词，只说："谁能给我钱，我便卖给谁。"于情于理，倒也能使日本人信服。

电影公司改名为慈幼所，由金陵女子文理学院的教育系主任魏特琳女士负责管理。魏特琳女士虽来自美国，可她有一个好听的中国名字叫华群。

而她所管理的文理学院与慈幼所因以收容女子为主，故引来了许多的鬼子，鬼子们在安全区内公然强奸女学生，华群压也压不住。为此她向郎老板请求，如有机会，请多送些女学生出南京城避祸。

郎伯绞尽脑汁，终于想出了个办法。在藤井手下办事的山本与郎伯关系还行。因着郎伯出手十分大方，更多次以各种名义向他送礼物，两人是可以摸着酒杯底闲聊的，于是郎伯向他诉苦："山本先生啊，您不是不知道我的难处。为了给皇军征粮，我得需要许多的廉价工人的啊！可是我每次出车，都怕极了车上的廉价劳工被皇军带走啊！"说着不忘把一箱红葡萄酒推到山本面前。

如今南京城内乱成一团，有钱也买不到货品，这些物品抵得实钱，山本能从中大捞一把油水，岂有不允之理。于是连连给了郎伯好些路条，更与各处关卡打好了关系，算是还了从前曾允诺郎伯的那两次人情。

这一招十分管用，因为白荷偷到的通行令本就不多。如今各个城门的日兵得了山本发的临时通告，也就不会为难郎伯了。

因此，郎伯便以到南京郊区和苏州、常熟各地收购粮米为由，通过大卡车运出了一车又一车的妇女。

“柏敦，你能打通这些个关系，怕是花了不少钱吧！”白荷刚从华群那取了些药物回来，便把华群的致谢带给他。

“我卖了电影公司那块地可是得了不少钱的。”郎伯为此十分自豪，他是绝不会忘了做生意这一正事的。

白荷听罢，连连笑他：“得了吧，你，我还不了解！你是象征性地以一个银元卖出地皮的，对外倒说得那么丰厚，小心流氓土匪为了钱财取你性命啊！”

“我虽是以一个银元卖出地皮，可华生倒真是给了我十块金条。华生说了，那是南京安全区国际委员会所有会员凑给我的买地钱。”郎伯仍是要宣传他做生意的手腕。

“可你也是拿这笔钱去买米粮，送到了各个安全区啊！”华生也来了。

“不说这些了，眼下倒是有件棘手事。”郎伯顿了顿道，“我上次送去湖熟河套里的女学生虽能顺利通过关卡，可一出了南京城门就遇到了鬼子。最后虽是都把她们送到了目的地，可她们全被鬼子凌辱了。”

大家听了瞬间沉默下来。白荷的脸色尤为难看，只恨不得能手刃仇人！

“大家想想办法，怎样避开此劫。”郎伯总结道。

仍是华生脑子灵活：“秦淮懂得化妆，不若把每个女孩皆化妆成四五十岁老太太模样。再以有工作在身，出外运米粮为借口，日兵便不会起什么淫心了。”

这倒真是个好办法，郎伯一喜，忙让华生去把秦淮叫来。华生立马动身去金陵女子文理学院找秦淮。

可一到学院大门，华生就听见了极凄凉的哭喊声，他知不妙，忙跑进了学院里。就在离大门不远的空地上，躺着十来个衣衫破烂的女学生，更有几个全身赤裸。

无须再询问，他就知道，刚才又来了日兵，并且强奸了一批女学生。秦淮蹲在一处，正在抢救一个伤者，华生马上跑过去帮忙。

见华生来了，华群急得话语也不利索，一激动，叽里咕噜地说起了英语：“那些兽兵一来就强奸啊！几个女学生反抗得厉害，他们就用刺刀刺。一个孕妇连肚子里的孩子也刺了出来，威尔逊医生正在里面抢救呢！”

“我让父亲再带些药物过来，这里已经没吗啡了。”华生忙取过了钩针，替地上一个大腿上有刀口子的女生缝针。

突然，旁边爆发出一声尖叫，华生看去，只见一个赤裸的女学生抢过了秦淮手中的小刀在脖子上抹了一刀，鲜血直流。

幸亏她已有伤在身，手上力度不大，可秦淮仍是一怔才反应过来，用双手摁住了她的大动脉，并喊道："快给我棉花和纱布！快！"秦淮死命地摁住她的伤口，不让更多的血流出。华生一把将大团的棉花压到了女学生的伤口上，接替了秦淮。

"你用力压住，我去叫威尔逊医生！"秦淮说完，飞也似的跑进了教学楼。

等到一切事情平息下来，华生和秦淮早已浑身是血，成了两个血人。

"快点回慈幼所吧，柏敦找你还有事。"华生顾不得擦血了，拉了她沿着安全区的路线就往慈幼所跑。

来不及擦拭，更不要提换衣服，秦淮一身血地赶去了慈幼所的住宿区。刚进去，大家皆被秦淮吓了一跳，纷纷上前询问她有没有受伤。

一个已有四个月身孕的女子是郎伯此次要送出去的人之一，他将秦淮拉到一旁吩咐，"你要化得好些。她有孕在身，是万不能被日军糟蹋的。"

华生倒是提出了反对意见："既是如此，还不若留在此处的好，总胜过在外颠簸。"

"我当然懂得这个道理，可昨日我所就有一个七个月的孕妇被强暴了，更是连母亲的性命也保不住。那孕妇见了，吓得死也要离开南京城，我实在劝不住。连华群也劝不住！"郎伯犯了难。

秦淮想了想："我能把她化得更老气些，她的身体也可以整得肥胖臃肿，应能瞒得过的。"

"也唯有如此了。"于是两个男人离开了宿舍，让秦淮去给女人们上妆、换上大婶衣服。等天色晚了，就送她们出城。

用了华生的法子，如此这般的倒是送走了好些学生。慈幼所也就能容下更多的难民。

2

米歇尔通过彼特医生购进了许多药物。他一得了药物便往各安全区送。

那日，威尔逊医生经过五六个小时的抢救，终于将那名被强暴的孕妇从死神那儿拉了回来。可因缺乏医生，他又被调去了一个美式教堂替一个女孩做手术。可这个女孩却没有那么幸运她心脏处中了一刺刀，回天乏术了。

见她抽搐，可迟迟无法闭眼，米歇尔道：“给她用些吗啡吧，去得舒服些。”吗啡虽然珍贵，可威尔逊点了点头，替她注射了。一个大男人终于忍不住留下了泪水。

候在一旁的白荷上前一步，握住了威尔逊医生的手，用英语道：“你一定要坚强，如果连你也倒下了，那其他病人就真的没救了。”

华生抱住了威尔逊，什么也没说，只愿他能快些平复。

此时教堂传来了嘹亮的钟声，一天又过去了。

路易神父走了出来，对着神像做祈祷，希望别再有杀戮。白荷看着高大的基督圣像出神。而米歇尔看着眼中布满血丝的华生，他的孩子已是疲惫不堪了。

心中决定已下，米歇尔上前一步，一手握住了白荷，一手握住了华生，见两人迷惑，他道：“是战争使我明白了许多。生命总是很脆弱，我们莫要辜负了年华。你们既是有情人，那便在此举行婚礼吧！路易神父为你们主持！”

华生一喜，含笑看向白荷，见白荷点了点头，他牵起了她的手走到了路易神父跟前。

神父举起《圣经》走上圣台，诚挚地看着这对新人，问新人可愿意以对方为终身伴侣，不论贫穷疾病，永远不离不弃。

两人坚定地回答了：“愿意！”

仪式十分简单，因是在战乱之中，所以谁也没有在意。华生取出挂在项链中的金戒指，道：“这是我母亲留给我的，虽土了些，但愿你能喜欢。”说着把金戒指戴在了她的环指上。

“我没有准备，也没什么信物可以给你。但我把我的心、我的灵魂都交给你！”白荷念着誓言。两人相视一笑，互相亲吻。

他们就这样结成了夫妻，两人约定，等战事完了，他们便离开这里，再不分离。

枪声仍在响着，可他俩无惧。两人在神父面前、在上帝面前完成了婚礼，他俩皆在心中默默祈祷：只愿战火快些停歇，人们莫要再受苦难。

路易神父更是把他的卧室让出，让小两口有更多的独处时间。

等到只剩了他们两人，华生才感叹：“以前我一直当自己是中国人，觉得父亲的祖国与我格格不入。我曾回过父亲的家乡，可那里的一切我皆无法融入，我也不觉得自己是美利坚人。直到今天，我才知道，我是中国人，也是美利坚人！我有两个祖国，她们同样伟大！”

“是的！中国是个古老的国家，她很伟大也很美丽。而你的祖国也同样美丽，金陵浩劫，若非得了欧美各国的帮助，只怕全城的人真的会都没了。”白荷叹气，心中是十分感激南京安全区国际委员会的成员的。

他们虽是外国人，可都有一颗善良的心。即使他们大行绥靖之风，可他们本质上并非坏人。也正因此，白荷才能接受华生。若换了是过去，白荷即使再爱华生，怕是始终跨不过种族鸿沟的。

“今天是新生的一天！我们一定能战胜一切苦难的！”华生拢着她，给彼此信心。

“嗯，我们一定会胜利的！”白荷任泪水划过脸庞，那是既饱含苦痛又满是甜蜜的泪水。就如这个国家，即使再苦再难，也始终有着希望……

3

等及血腥的屠杀终于慢慢停息，南京城早已是百业萧条。

为了使日军统治下的南京城重新兴旺起来，日本政府把大量的日本人迁徙到了南京。而更多的日本商人，更是跑来此处淘金。

可民间自是出现了一系列抵制日货的行动。因着日军的高压，学生们不敢轻易进行游行，可暗中发了好些传单，呼吁大家不要买日货。

作为军方经管会的山本为此颇感头疼。因着日军杀戮太甚，其罪行已被部分西方国家所披露，所以必须得收敛；再者也要尽快将社会经济拉回原道，所以日方让山本出面，尽快使得南京城兴旺起来。

而山本只能去求助郎伯。

郎伯想了想，发现是有利可图的，也就一并答应了下来。

他把南京城内所缺的日用品货单列清楚，然后向山本取得货品的代理权，再把日货全部换上国货的标签出售，所得的钱与山本四六分，他再次积聚了一笔财富。

而与欧洲各国的贸易，郎伯则以战时廉价收购回来的生丝，与葡萄牙商人换取了成吨成吨的红白葡萄酒，再高价售出。于是钱财如雪球般滚动起来，郎伯已然成为了南京城内最富裕的人。

战后的工商业恢复慢，日商大举入市，市场已变成了日本人的天下，操控起南京的经济。郎伯知道，日本人为了从中国尽可能多地敛取财富，不久后必定会发售军币，那时纸钱将会贬值，为此他将一应纸钱皆换成了重要的物资或黄金白银，更囤积下了许多钻石、皮草等可通兑换的东西。

他在尽一切可能地敛取着财物。对此白荷存有疑虑，不知他意欲何为，每每问起他，他也只是一笑置之。

而朗科夫已经回到了南京，与郎伯更是频频来往。这一切白荷皆暗暗留了心。

因着南京自治委员会的成立，许厅长顺利升了职，当了会长。而他更是感激郎伯对他的帮助，让郎伯当了副会长，分管经济事务。

郎伯明面上不管军政之事，日方制定的所有方针政策，皆是由许会长去执行，他只在背后指点一二。如此一来，国人对日本人的憎恨便转移到了许会长头上。

因此暗地里，以向峥为首的学生便欲组建锄奸队，暗杀许会长与代管南京的日方要人藤井一夫。

因着秦淮与伍小山向来走得近，故猜到了一二。于是，她暗中把这件事告诉了郎伯。“如此一来，即使真的能杀死那汉奸与日本人，只怕向峥与伍小山也极难保命啊！”秦淮十分焦急。

倒是郎伯镇静，分析道：“那两人出入皆有日军相随，岂是说刺杀就能刺杀的。我猜伍小山与向峥也是需要时间去布置策划的。之前大屠杀时，我曾以要收购粮米为由将他们二人送往了郊外避难；如今我亦可吩咐伍小山去收粮，阻他们一段时间。只留向峥在南京，我们好查探他的计划。至于许会长与藤井，我是使尽了办法才使得他们信任我，我还得通过他们收集情报，万万不能让他们死了。不然换了新的日本人和汉奸替上，只怕我的工作将更难进行。”

“伍小山对我有抵触，你替我去跟他说，让他去收粮。且一定要说这是很重要的正事，关系到全南京城百姓的粮食问题。如此说，他定会去的。”郎伯把一叠钱银上的票据给秦淮。秦淮点了点头，便去了。

到了重新开业的十国俱乐部，郎伯仍是心事重重。朗科夫远远就见他到了，于是端了两杯鸡尾酒走到了他那台。

“赚到大钱的郎老板仍会闷闷不乐？”朗科夫笑眯眯地说。

“看来你在远东的任务也很清闲嘛！”郎伯回了他一句，两人皆说着流利的德语。

在十国俱乐部聊天的好处就是可以光明正大地说秘密。秦淮按着郎伯的吩咐，在台上演出。作为最体贴的情人，他自是要去捧场的。

"日军因着占领了上海、南京，远东局势也就安定了不少。反正我只是美方雇佣的，如今欧洲战场虽有些异动，可大体还在掌控之中，我就乐得只做我的生意了。"朗科夫点燃了一支土耳其香烟，慢慢吸着，并叹："好东西啊！"

"那这些东西又怎样？"郎伯修长的眉目闪过一丝狡黠，把一袋东西递给了他。

打开一看，无数的光华流动，真真的璀璨，是一整袋的钻石。钻石虽小，可每颗的纯净度非常高。朗科夫并不需要逐一拿出来细看，就知道是好货。"好东西啊！"他仍是那一句话。

白荷亲眼见着朗科夫将袋子放进了贴身内袋里，虽坐得远可也知道那绝对是钻石。柏敦究竟在与朗科夫谈什么生意？她分外好奇！

"这是重开的十国俱乐部新换的徽章。"朗科夫递了三五个给郎伯，"以后可是凭这个出入'十国'的一切娱乐场地了。你也知道，如今城内可是动荡不安的。"

"'十国'倒是开了不少娱乐场所啊！"郎伯叹，"不过也真是消遣享乐的好地方！"

"销金窟嘛！"朗科夫笑，"倒是彼特那老家伙总端着医生的架子，不肯到这种地方。可惜咯，这多享受啊！"

"'十国'不是新建了个很大规模的泳场、温泉会馆吗？那种健康运动适合他。"郎伯也是笑，"那里依山傍水，园林格局，倒真是难得的。"

"那我们过几日，真该去看看了。"朗科夫道。

"一定，一定！"郎伯会意。

朗科夫刚走，白荷就款款地坐了下来，抛了个媚眼儿给他。郎伯一笑，看了看她指间戒痕，玩笑道："哟，戒指不见了哟。"她与华生已结为夫妻之事，米歇尔告诉他了。

"在藤井面前，偶尔还是得装下样子的。"白荷把一枚自己在百货公司挑的钻戒，戴到了有戒痕的环指上。

"那藤田建次呢？"郎伯适意地提醒。

果然，白荷眼神一黯，闭上了嘴。

郎伯是心里不忍的，他握住了她的手，喟叹："其实你们此刻就可以离开这里的。我听米歇尔说，他有些想回美国了。"

"可中国才是我的家。"白荷也叹。这些事，她如何不知道。

"好女儿，在这儿啊！"藤井一夫走了过来，看见两人握在一起的手，狠厉的眼锋一闪而过。

郎伯倒也不慌，只是自然地放开了她的手，并替藤井倒了一杯白兰地：“请大佐尝尝这个。”

“哎！”一摆手，藤井笑眯眯地道，“在平常叫我一声先生就很够面子了。”郎伯听了，笑而不答，把酒递给了他。藤井的做派，郎伯如何不懂，左不过是阴晴不定，时而与你好言相谈，时而以军衔压人，动辄得咎。

果不其然，只两句闲话，便进入了政事，藤井端起了官架子，严肃询问：“为了振兴南京，搞好大东亚共荣圈，我觉得学校该普及日文了。而安全方面，皇军虽进城三个月了，可刺杀仍有啊！我之前派给你的几个专员就没了。你也该协助许会长好好打击打击反日分子了！”

“这是自然。”郎伯恭敬地点了点头。

不料白荷突然插了话：“老板，我不想再登台了。”此话倒是语出惊人，藤井先是一愣，继而开怀地笑了，心想：白荷果是不愿再抛头露面了。眼下她是日本人的身份露了底，容得下她的人，怕也是少了。

“那接下来有何打算？”郎伯只是礼貌上提了一句，倒是藤井接了：“可到洋行做个襄理。这不难，我去说一句便是。”

“不，我不做。”白荷也是拗，转头对郎伯道，“我也到学校去教书。”

白荷纤眉微挑，似在等郎伯的意见，而郎伯只是脸容平淡，连笑意也淡得看不见。藤井不悦：“你会日语？”

“不，不会。我也没打算教日文，”没等藤井会意过来，白荷骄傲地说出，“我要教国文。”

对此，藤井不好反驳，便默不作声。倒是郎伯说了一句：“甚好。”

再待下去，藤井只怕更无趣了，于是道：“新开的温泉会馆很不错。过两日咱父女俩去逛逛吧？”见白荷可有可无的神情，他一叹便走了。

郎伯知道，自南京大屠杀后，白荷对藤井最后的一丝父女情分也没有了。因而是不会给他好脸色看的。

“如果藤井一夫对我们没有任何的利用价值了，我要你杀了他，你会吗？”郎伯摆弄着土耳其香烟，意态闲适。

“会！”白荷没有片刻迟疑。

“好！”郎伯答。

“可现下他对我们还有用处。对了，他最近常去温泉馆？”郎伯笑了笑，看向她，眼睛深邃沉敛。白荷知道，他有些计划要实行了。她仔细想了想，答：

“对，他会先去那里打打网球、高尔夫，然后再去泡浴。那里的场地占山而建，真的是很大。”

见他唇边的笑意十分古怪，她问：“有人要刺杀他。”

“你答对了！”郎伯哈哈大笑起来，给她斟了一小杯白兰地。

“我不爱喝酒。”白荷妩媚地横了他一眼。

“那我替美人儿喝！”他的眼睛极亮，愈发放浪，竟是有了几分醉意了。而在旁人看来，风流倜傥的郎老板，这才是他的真本性。

4

隔了两日，郎伯便带了秦淮去温泉会馆。此处果是风景绮丽，而因着地势开阔，贵宾三五成群地散开，那么大的一片地，人站在一处的，倒真显得渺小。

“这里游玩，私密性好。我连个工作人员也不怎么见着，难道他俩想在此动手？”秦淮一点即透。

郎伯听了，无奈地摊了摊手：“恐怕是了。”

“可这里这么大！”秦淮急得跺脚，“伍小山快回来了啊！”

“见步行步吧！”郎伯沉默。

……

另一边厢，曾是郎伯商业上的死对头的曾福山成了宣传部长。

那是一个极会拍马屁的人，更是替日军做起了拉皮条的勾当，硬是逼着、吓着，用了许多手段，搞起了一间间的慰安所，此举很得日本人满意。因而便捞到了一个宣传部长的职位，大尽歌功颂德之能事。更为此决定要请秦淮来演一部新电影《樱之国》。

“这是个好机会啊！以秦小姐的歌喉、靓丽清新的外表，绝对能在日本国大红的。届时还有好几支和风民曲要唱呢！”转而向郎伯道：“我的这个机会很难得哟，片酬绝对比在‘十国’登台要高十倍啊！”他的十指张开，媚笑道，“十倍啊！那是何等风光！”

因着郎伯卖出了电影公司的地皮，所以电影公司还没上轨，而曾福山因得了日本人撑腰，早已垄断了上海、南京的娱乐业。那些所谓的明星，更由他介绍给各个日本军官，当起了高级交际花。而他通过女人，在日本人那里也是步步高升。

此次，他公然要秦淮，不过是挑战郎伯罢了。他的目的不单是要请到秦淮，还要拿下郎伯的电影公司。

“福山啊，你也真是什么生意也想搞一搞啊！”郎伯笑眯眯地说。

“赚钱嘛，谁不爱啊！我自然是想搞上一搞的。”曾福山奸诈的眼睛放出贪婪的光。

“黑木雄的情妇也想搞上一搞？”郎伯微笑着把一沓照片扔到了曾福山面前。那是曾福山与黑木情妇在床上的春光照。曾福山见了一惊，忙收拢起照片来。

十国俱乐部的灯光虽然昏暗，可曾福山胆小如鼠，哪敢把此事给捅大了，忙擦了把汗：“不敢不敢。”

“哪有什么不敢，怕是我的女人你也想吧！”郎伯搂了搂秦淮，而秦淮爱娇地笑了起来，“咯咯咯”的，清脆悦耳，可看向曾福山的分明是仇恨的目光。

“不敢不敢！”曾福山只能重复这句话。

郎伯抽了根烟，烟气徐徐地喷向他：“其实电影业我是玩烦腻了。那电影公司你要是喜欢，我送你怎样！”

“不敢不敢！”此次，曾福山真的是慌了，手摇摆得厉害。

“那就当我卖给你好了。以后你想称霸全国的电影业也绝对没问题。”郎伯嘻嘻哈哈的，勾起了他的肩膀，“我明晚就到你家拿钱啊！我还有好些‘剧照’给你看，啊？”似是想到了什么，忙答了，“哦，对了，我爱钱，可更爱金条。你得备好咯！”说完，笑哈哈地搂着秦淮走了。

等坐到了车上，秦淮才推开他，不满道：“郎老板强取豪夺又敲了人一笔。可那龟公显然是把我卖给了日本人，只怕日本人不会放过我。”

“这事不难，明日你就和米歇尔上契，做对父女。他挺喜欢你的。米歇尔虽说是风流惯了，可怜香惜玉之心倒是真有，也乐得帮这个忙。”郎伯仍是笑眯眯的，没个正经。秦淮是恼极了，举起了粉拳就去捶他。可不料被他一把抓住了，他就那样看着她，眼睛极亮，唇边还挂着醉人的微笑。她一怔，唇已被他吻住，辗转缠绵，逐渐深入，把白兰地的浓烈香气一点一点地渡入她体内，巴不得她也醉了才好。

石头专心地开着车，只当没看见。

可只有秦淮心里明白，郎伯与往常有些不同，他藏了更多的事。他很迷惘！

自揭开了身份后，他对自己一向是尊重的，自持而有礼。可最近他总是喝醉，酒喝得是越来越多，竟成了个名副其实的酒鬼！他到底是怎么了？秦淮推了推他，谁料他伏在她身上一动不动，细看了看他，竟是睡着了……

他的模样是好看的，熟睡时，嘴微微噘着，显出了几分俊俏。那对凤眼，只有在醒着时，才会换上迷人的光彩吧！而他生气时，凤眼微挑，横入鬓发，只看他一眼，只怕魂儿就要被勾了去，只是不知道，是哪个姑娘才有幸能得到他的心。

如是想着，到家了。石头把他扶进了秦淮的房间。

石头规矩地退出，关上门。可秦淮的脸早红透了。

替他脱去衣衫，再取来温水替他把身子擦拭了一遍，她便累极也想睡了。

两人自同居后，一向是各睡各的卧房的。今日他醉了，而石头不知其中关窍，自是把他送到了自己房间。她刚要走，打算到书房去睡，却被他一把抱住，躺倒在了床上。

“柏敦？”她小心翼翼地唤他，想推开他，竟是不能，一时起了困意，两人竟相拥着睡着了。

等及醒来，郎伯十分尴尬，只得不断地向她道歉。秦淮莞尔一笑，大着胆子轻拍了拍他的脸，道：“你也是喝得太醉了。”

见她笑意明媚，郎伯竟一时痴魔了，只怔怔看着她。

“怎么了？”秦淮甚是不解。

他便直直地答：“你真好看！”

岂有如此赞美人的，秦淮脸一红，垂下了眸子。

“秦淮。”他认真唤道。“嗯？”秦淮仍是没有抬头。“我喜欢你。”他认真说着，“我一直不敢面对，不敢说，可我今日真的想通了。我喜欢你。”他又说了一遍。

秦淮难以置信地抬起了头，正对上他沉敛的眼睛。

“昨晚我吻了你，我记得。”郎伯有些羞涩，“你虽然不信，可我是因为喜欢你，才吻你。”

唇轻轻地触了触他的，一触到即分开，她羞道：“我信。”

那一刻，郎伯是十分快乐的。拉着她跑到爬满鲜花的秋千架子上，像个固执的小孩，定要她坐了上去，他便不厌其烦地一遍又一遍地推着她。

“太高啦，都上天啦！”秦淮吓得两只手死死地抓着秋千绳，连眼睛也不敢睁开。而他却哈哈大笑起来……

第二十六章 行踪

7

两人嬉笑玩闹，好不快乐。等秋千慢了下来，他才认真和她说话：“其实我早不愿做电影了。日本人一旦占领了南京，声色娱乐只会成了为日军宣传的手段。若非‘十国’乃几个欧洲人合开的，只怕也要开唱日文歌了。”

见他眉头紧锁，秦淮伸出手来抚了抚他的眉：“所以你早做好了一步一步地把电影公司卖掉的打算了吧，那些员工你在大屠杀前能送走的就送走。”

“是的。”他握住了她的手，放到唇边轻吻，“还记得我跟你说过的事吗？”眼神飘向了山脚学院的方向。

“记得，你那时曾说送我继续去读书，我还不领你的情。如今母亲的病治好了，小弟也能温饱，我真的是无所求了。至于学习，这两年来，伍小山也基本教会了我整个大学的学业课程了。”秦淮也是叹气，她是有意提到伍小山的，因为他昨日就运粮回来了。

郎伯想了想，答：“那你今后有何打算？”

“我的打算是和白荷、华生一样的，到慈幼堂里教书吧。我教音乐，白荷教国文，华生教美术、地理、生物、英语和数学。”秦淮十分憧憬，“对了，小山也来，他教物理和化学。他本就是理工科的高才生。”

“那华生得忙晕了啊，教那么多。”郎伯笑道。

“他说了教我数学的，等我懂了，低年级的课我都可以教呀！”秦淮扁了扁嘴，知道郎伯小看她，“那是唯一的一家无须学日文的私人学校了。是干爹米歇尔出资建起的。以后叫教育学校。”

“好好干！”郎伯抚了抚她的脑袋。

历尽磨难，经受战火洗礼，秦淮与白荷早已洗尽铅华。这些郎伯都是懂的。

树丛里忽地一动，一个黑影闪过，秦淮“呀”的一声，看着就要摔下秋千，被郎伯一把抱稳：“别怕，是野猫。”

“吓死我了。”秦淮吐了吐舌头。

等到动静过了，郎伯才拉起她走，并低声说：“方才是伍小山。”

“他窥探你的行踪，怕是向峥有行动了。”秦淮敛去了慌容，分析着，“如今日方巴不得多抓几个反日分子，他们偏要去撞这枪眼。最麻烦的倒是我们不知他俩会选择在哪儿下手。”

说着两人已到了山脚下，刚好看见一张传单飘过，秦淮忙捡起一看，竟是那狗汉奸曾福山搞的一个歌舞会的传单。

而歌舞会的场所竟开在“十国”的温泉会馆里。“我知道向峥会在何时动手了。”郎伯指了指单上的宴请嘉宾，有藤田一夫和许会长在。能同时刺杀此二人，这机会实在难得。再者歌舞会上会有日本艺妓和中国的女明星参加，再加伺候的下人，届时鱼龙混杂，向峥等人想混进去并不难。

“可这份传单为何来得如此蹊跷？”秦淮反复看着单目。

“因为是曾福山扔在我门口的。”看着通向大道的车胎痕迹，郎伯笑了笑，“我也在邀请名单内嘛，可他不想见我。”看了看表，此刻方八时过些，歌舞会是在十时开始的。他牵着秦淮去准备，“快些。我得进入会场后尽快找出向峥他们。”

温泉会馆里竹影婆娑，凉风阵阵，开春的时节，不远处已有了花影，幽香偶来，被温泉水汽一蒸，更是春意融融。而人群涌动，接踵摩肩，衣香鬓影间好一派歌舞升平。

一个穿着和服的日本女人正在唱歌，和服领子开得极低，而大腿就那样露了出来，真真的风光旖旎。而好些日本军官搂着赤裸的美女在温泉内嬉戏，毫不避人。秦淮见了，忙羞得别开了脸。

“我特意让华生过来，届时你当他女伴，得寸步不离，不然恐有人对你不利。我先去找出向峥。”郎伯把秦淮的手递给了石头，石头忙接过，点了点头，示意老板放心。于是郎伯自去了。

虽是确定下了温泉馆这一目标地，可因温泉馆的地界颇大，故而要找出一个人也实在不容易。郎伯观察着每一个侍从，可一无所获。

焦虑一点一点地蔓延，他努力平复下心绪，靠着墙边吸了一支烟。一个接一个的侍从推着服务餐车出来了，遇见他点头微笑，他亦回以微笑。

“藤井先生说了待会儿还要去打球，所以只要咖啡，不要酒。”一个模样俊俏的侍从对着另一位侍从道。

“明白！”另一个侍从答道。

如迷雾被拨开，郎伯猛地抬起头，大跨着步转进了放置球具的杂物间。

说是杂物间，可此处窗明几净，一切皆是井然有序的。郎伯仔细观察，终于在窗台处看见了一点破布碎。他认得，那是伍小山的衣服上的布料。他转到窗外，那里有一小排脚印顺着草地延向东边。

东边是搭乘观景车的地方。要去球场得搭观景车！

郎伯向着观景车区飞奔而去。

一辆车上坐着一个司机，车尾处是一个穿着体面、端着托盘的侍童。两人听得脚步声，微微回转头，一瞧，来人正是郎伯。

两人有些慌了。那侍童从托盘下抽出一把枪，刚要对准郎伯，却听到不远处传来了脚步声。郎伯心下一惊，知道藤井一行人过来了，猛地往前一扑，把侍童扑下了车。

那侍童正是向峥。

见到不远处有动静，许会长举起枪向观景车扫去。司机打扮的伍小山正要还手打枪，被郎伯斜踢出的脚勾住，一扯，倒到了地上。

“想活命就按我说的办。”郎伯因着身手了得早制住了向峥，更兼得了观景车挡弹，许会长与藤井一夫的扫击并没有伤到他们三人。而伍小山一怔，看着郎伯的眼睛竟自觉地停止了行动。

向峥难以置信地瞪着伍小山，奈何下巴被郎伯拧住，说不得话，只得用眼神示意他不要束手就擒。郎伯手劲加大，用力一卡，向峥竟晕了过去。见伍小山要动手相救，郎伯低声道：“听我的！”

一切皆静止了，伍小山只得睁大眼睛看着郎伯。

藤井一行人中还有石头、秦淮与华生。石头大叫了声：“别开枪！郎老板在那里！”然后猛地跑了过去。

枪火停了，众人保护着藤井，而许会长因担心误伤了郎伯，也跟了上去。

许会长所看到的，是郎伯一掌打在了一个司机打扮的侍童身上，并厉声道：“她是何等人，你也敢痴心妄想！此等地方是你能来的？”然后对着一脸茫然的许会长道：“这个不知天高地厚的小子看上了上海来的大明星夏晴小姐，巴巴地溜了进来，竟想一睹夏小姐风采。被侍童发现了，两人打了起来。我上前制止时，侍童为了护我，被打晕了。我得好好赏赏他。”石头会意，忙扶了向峥离开。

伍小山更是玲珑，马上抢道：“我是金陵最红的剧作家，由我打造，夏小姐一定会更红的！”跟了过来的秦淮抢先一步到了伍小山跟前，扶着他肩头，劝道：“你糊涂了。”

那夏小姐是许会长新交的女朋友，哪容得旁人觊觎，那许会长上前对着伍小山就是狠狠一巴掌，怒道：“不识好歹的东西！”碍着郎伯的新宠秦淮在伍小山身旁，也就留了情面，没有一枪毙了他。

藤井一行人见得只是为了女人争风吃醋的小事，便离开了。

郎伯一回头，便见到华生站在那里，朝他投来赞许的微笑。

“许会长，对于这种人不值得动气的。不过大电影商朗科夫喜欢他的文笔，捧着他，您也就卖个面子给朗科夫吧。”华生说着，虚扶了许会长一把。许会长只好承了这份人情，恨恨地走了。

这个场合，郎伯是不适合替伍小山说情的，华生自是清楚，也就帮着解了围。“谢谢，”郎伯道，“我请你喝杯东西。”

“好。”华生微笑着与他去了。

秦淮扶起了伍小山，不禁埋怨：“为了救你俩，可真是煞费苦心。以后别再如此鲁莽了。藤井一夫身边有的是护卫，你俩根本无从下手。”

由她搀扶着离去，伍小山很安静，他什么也没问，只是那双眼露出了深思，又似有所领悟。他回转头，看着郎伯远去的背影出神……

2

“温泉会馆的守卫如此森严，向峥两人是如何混进去的？”秦淮十分不解。

郎伯想了想，吩咐：“回听松别馆。”于是石头送了两人回去。

当打开书房里的书桌抽屉时，秦淮看见了里面放着的三枚徽章。那是“十国”的徽章。“少了两枚。那就是伍小山会在此出现的原因。”郎伯道。

原来他是来此偷徽章好混进温泉会馆。秦淮喟叹：“幸而他们的命皆保住了。”

“可向峥得马上送走了。”郎伯看着窗外，只见夜色深深，“他与伍小山不同。伍小山为人冷静，颇有城府。而向峥凭的不过是一腔热血与勇气，不顾后果地向前冲。此事虽是过去了，但只怕藤田建次却不好骗。眼下颐和路15号那边已经搬空了，日方的特务机构如此动作，怕是防着所有的中国人。如此一来，这里的一场闹，绝对会引起日方注意的。”

“那会不会使你暴露了？”秦淮一急，险些摔倒，被郎伯一把扶住，两人相拥着共看窗外夜色融融。“不会的。我已安排了后着，你放心吧！”他吻了吻她的发。他的怀抱很温暖，她终于放下了一颗心。

郎伯是等她睡熟后，才踏着夜色出去的。

离约定的时间近了，他把车子开得飞快。

终于到了目的地，已有人候着了。“向峥是个有干劲的青年，跟着你们我很放心。”郎伯打开了汽车尾箱。

向峥就那样安静地躺在尾箱里，睡着了。

一个男人走上前来，拍了拍他的脸颊，可他仍是熟睡不醒。

“怕他醒了闹事，我给他打了一针，睡一觉就好。”郎伯解释。

“你与其他的人不同。”那男人道。

“我们没有不同，都是中国人！”郎伯默了默，回答。似是自言自语般地，郎伯念叨：“其实，我的组织是独立开来的，是海外的一个华侨爱国会，他们提供资金资助我的组织办事。我不属于任何人，我只属于我自己。”

“可有想过加入我们？”那男人仍是不死心。

“这样不是挺好吗？我可以做我想做的事，例如赚钱、譬如救人。我从未想过会有什么改变。而有一样永远都不会变的是，我清楚，自己是中国人。”郎伯点了根烟，又开始腾云驾雾。

那男人忽地笑了起来，十分豪爽。“难怪接触过你的人皆说，你是个及时享乐主义者，天生的投机者，彻头彻尾的资本家。真的没说错。”

“这是赞我，还是贬我？”郎伯俏皮地眨了眨眼，“其实我是个自由主义者，我喜欢及时行乐，有什么错？不负我心罢了。而且于我来说，党派不算什么，我爱与谁来往，便与谁来往。”

男人默了默，答：“我明白。你是自由的，只做自己的主。否则我们也不能成为朋友。而且你还为我们提供武器，真是多谢了。”说着，合掌成拳，作了一个揖。顿了顿，又道：“只是如此一来，国民政府怕是会对你不利呀！”

“如今重庆国民政府陆续派遣特工潜回南京活动，南京城里就发生过多起日军官兵被暗杀事件。而对汉奸分子，他们更是毫不留情，采取了一系列暗杀行动。而我只是游离出来的一个人，每天要做的不过是赚钱，偶尔替他们打打掩护，帮助他们杀几个日本高官，因此他们不会对我怎样。老弟，放心！”郎伯拍了拍男人肩头。

“郎老弟对我们的大恩大德，我傅秋永远不会忘记！”说完，扛起向峥，匆匆离去。

一支烟仍未吸完，倒被郎伯碾灭了。

“出来吧！”他有些无奈。

“你和新四军的人来往？”白荷从树丛后走出，问道。

“有何不可？”郎伯傲道。

“是啊！有何不可。大家皆是流着同样的血液。”白荷叹了叹。

“你怎么会到这来？”郎伯挑了挑眉，有些不耐烦。

一声轻笑，白荷倒是答了：“今日发生如此大事，我岂能不闻不问，只是我刚到听松别馆，就见你出了大门。于是我就悄悄地攀在了车底，一同到了这儿。”眼珠子一转，她再笑了笑。

其实她跟踪他，非一天两天了。可她不打算对他开诚布公，因为他亦有许多事瞒着她。

“随你吧。”郎伯回头，驾车离去。

3

“朗科夫到底是什么人？”白荷直接问道。

华生没有回答，只是有些好奇地看着她：“你为何不信任郎老板？”

“我以为，我们早已是夫妻，没有什么是不可以说的。”白荷有些不悦。

窗外阳光很好，透过绿树枝叶，纷纷坠下，如一只只金翼的蝴蝶轻舞。白荷的手抵在窗格子上，已微微泛了白。

“你看，窗外景色多美！”华生握住她的手，细细抚摸，“莫要辜负了好时光。”说着，领了她走到庭院里。

院子里，孩子们在快乐地嬉戏，仿若从未经历过残酷的战争。“能在此建教育学校，郎老板花了不少心思的。是他说服了藤井一夫。”一声轻笑，他仍是说了下去，“否则以米歇尔那老吝啬鬼，怎舍得投下那么多的钱。他打出的不过是一个西洋人的身份情面而已。”

“我知道不该疑他。可他变了……”白荷嗫嚅。

“他是好人，我们只需相信他，便够了。”华生抚了抚她的头，轻声道，“小傻瓜。”

孩子在他们身旁穿梭，两人快乐极了，与孩子们玩起了捉迷藏的游戏。

眼睛上蒙了一块布条，白荷什么也看不见了，她伸手摸着，忽地跳了起来，笑道：“哈哈，看我抓住了谁！”心下调皮道：坏华生，看我抓住你了！可等她一掀开布条，看见的却是笑眯眯的朗科夫先生。

“今天是个适合游玩的好日子啊！”朗科夫笑呵呵地说。

见白荷一脸疑惑，华生笑了笑道：“既然你有疑虑，不妨亲自问他。是我打电话通知他过来的。”说完，领着孩子离去。

朗科夫从内袋里取出一挂钻石项链，阳光一打，项链更是耀眼万分。“这是华生向我订购的链子，说是要送给他最心爱的妻子。夫人，祝您快乐！”

“谢谢。”白荷正要接过，听得朗科夫道：“我来替您戴上。”于是贴着她的颈项，低声道，“我的真正身份是个军火商。”

见她一怔，他笑了笑：“呵呵，做军火生意很赚钱的啊！郎老板正是靠走私军火发的家。为了不让人发现，我们从不用现金交易，他给我这个，”指了指她胸前坠着的光华璀璨的钻石，他道，“而我给他，他想要的。”

等送走了朗科夫，白荷才回过神来。“柏敦知不知道，走私军火，被政府发现了，可是要杀头的！”她向华生说出自己的担忧。

可华生依旧恬淡：“他有他的道理。”

裙角被扯住，白荷低头一看，是叫乙乙的女孩要和她玩捉迷藏。她牵了乙乙的手跑进了后面的树林里，一大帮小孩躲得好好的，等着她和乙乙去找。

华生微笑着转身：“郎老板，出来吧。”

“你的警觉性倒是越来越厉害了。”郎伯踱着优雅的步子，走近他。

“为什么不告诉她真相？”华生淡淡地说。

郎伯笑意温润：“我不愿她越陷越深。她只要知道，我做一切皆是为了赚更多的钱即可！她为了国家已付出了许多。以后的事，她无须知道。等到了合适的时机，我便送她走。到时，你带她去哪里都可以，天大地大，任你们遨游。”

话锋一转，透出了几分严肃：“我告诉了你这个秘密，你得帮我一个忙，以作交换。”郎伯神情不辨地看着他。

华生什么也没有问，便说了：“好。”男人间的友谊，也就只有他俩懂得。两人相视一眼，笑了起来。

“我们这是要去哪儿呀？”白荷被华生蒙着眼睛，一路颠簸。等至解开眼上布条，两人已在游轮之上。

华生哈哈大笑起来：“请我的夫人去上海旅游，不是极浪漫的事吗？！为夫的，也得偶尔制造些小惊喜啊！”继而他敛起了笑意，深深地看着她，“这段时间，你实在绷得太紧了。”

“可藤井一夫发现我不见了，会疑心。”白荷仍是放不下这里的事。

“无妨。我们只去一个星期。法国的一个歌剧团明天抵沪，他们的表演堪称一绝，看不到实在可惜。”华生替她拢了拢被风吹乱的发。

白荷极喜歌剧，一听果然是眉开眼笑，抱着他亲了亲，心下真的是欢喜。他亦是笑，打了个响指，门外候着的一个男人便提着一应行李走了进来。“这是从上海过来的小七。父亲在上海还有一栋房子的，小七是那里的管家，早早过来接了我们。他熟悉上海，我让他带我们到处逛逛。”华生简单说了。

小七恭敬地叫了声：“夫人。”放好行李后，便退了出去，回到他的佣人房间里。

白荷正满心欢喜，没有注意到小七的口音。小七说话的声音纠正了许久，仍是带了些巴地的腔调。因此他极少开口说话，实在骗不过去时，干脆就以英语回答，反正他的表面身份就是米歇尔家的人。

护送重庆国民政府派来的特工安全抵达上海，便是郎伯拜托华生办的事。

如今日方特务四处活动，抓人抓得紧。小七好不容易到了南京，险些暴露了身份，因而郎伯只能拜托华生。只要等轮船到上海靠了岸，小七就会自行离去。而他与白荷就可随意地游山玩水，度过这一难得的假期。

4

南京自治委员会的经管处被安排在秦淮河畔的一所老宅之中。一扇扇的窗推开，一汪碧水入怀，柳枝拂下，恰恰点在人肩膀、身上，如此撩人景致，让人十分舒畅。

夏日的风卷着秦淮河的依人气息袭来，十分缠绵。四、五月的景致，杨柳依依、微雨霏霏，如江南的女子一般动人。而郎伯倚在窗畔赏秦淮雨景，倒是十分惬意，以致门外微动，他也没注意。

“老板？”一声凄楚的呼唤，使郎伯挺拔的身子一动，稍稍转过了身子，原来是如妈来了。

她一改往日艳丽，只一袭月牙色旗袍着身，脸容清素，竟连半分胭脂也未抹，倒显出了几分楚弱。她是个保养得当的女人，所以看起来也不过三十出头，正当灼若。一点泪含在了眸中，她袅袅上前一步，道："因着电影公司结束营业，我失业已久了。"

郎伯想了想，道："在电影业里，你也算个老人了。如今曾部长大搞娱乐业，电影是他的重头戏，你何不去投靠他？"在金陵沦陷后，如妈就成了曾福山的情妇，如今却回头找自己，倒是搅起了自己与曾福山间的嫌隙。

"老板还在怪我吗？"如妈低低哭泣，"那日您让公司一应人员随米仓的伙计躲去湖熟河套里，我因在汹涌人群中掉失了良民证而无法出城，流离失所，险遭日军奸污。因碰得曾福山躲了一劫，可他亦非好人，图的不过是我的身体。如今南京城内总算恢复了平静，我自是巴不得脱离了他。只愿老板收留，给我一个容身之地。"

"可秦淮与白荷皆洗尽铅华，不愿再当明星，你长于修饰打扮，如今的粗重活又岂是你能做的？"郎伯微微摇了摇头。他此举惹得如妈一跪，竟是伏地向前，一手攀住了他的长褂下摆，泣道："老板如此说，真是折煞我了。我愿跟随秦淮小姐左右，替她操持生活。"

郎伯虚扶了她一把，一双凤眼只瞧着窗外秦淮河。秦淮风光妩媚，是让人挪不开眼睛的。游人于秦淮上泛舟游湖，打起的绣伞似要融入烟雨之中。泼墨山水的意象尽收眼底，可那不过是日方粉饰出来的太平，尽是脂粉的南京。那一叶叶舟上，端坐着的丽人皆身穿和服。"她现下只是一个普通的教师，比不得那舟上的丽人那般讲究。"他指了指窗外河舟上的丽人。

"不若你去教育学校当个经办主任。那所学校我并不在意，可秦淮喜欢。因此筹措资金是要事，没了经费，一所学校是极难运营的。你替我与外界跑动吧！"郎伯握起了她的手，半侧了头道，"你不是能吃苦的人。而在这个职位上，出入结交的皆是达官贵人，若有好的，你便嫁了。这年头，谁也不容易。这些话我只对你说，是因为我在意彼此间的情分。旁的人，我也懒得说了。"

早些年，如妈是跟过郎伯的。年龄上，她也只比他小一些。可从一开始，他就明确说了，自己不会娶她，但她可在他公司里担任任何职位。从事高级经理多年，她也曾攒下不少钱财，韶华已逝，她要的就是一个男人、一个家了，所以郎伯才会对她说这些。

“知道了，谢谢老板。”她的声音低了下去，垂下了眸子，“只要能留在你身边，多难我也不会离开。若是白荷与秦淮在，我也不会说这些。当初，是我调教的两人，让她们成为耀眼的明星，她俩也并不知道我的过往。”

“你我的过往，知道的人只有李嫣，她也走了。你做得很好，白荷与秦淮确实没有必要知道你我这一段。”郎伯笑了笑，“我不会忘，你是我的第一个女人。”

如妈的泪水终是流了出来，她的笑意极美：“有你这句话，就够了。”她安静地退了出去。

时光仿若倒流了回去，年少轻狂，倚红偎翠，于他来说，不过是寻常事。他周游于各色女人之间，她们互相之间亦从不争风吃醋。他对女人是出手阔绰的，再添他对每个女人皆是毫不掩饰的，要去要留，也随她们意愿。如此一来，彼此间也就默认了彼此的存在。

可如今，如妈突地提起从前，郎伯倒觉出了一丝不安，可自己却又说不清那种不安定存在于哪里。

只有秦淮能使他的一颗心安定下来，他急急地开了车，赶去学校。

透过仍算干净的窗户，他看到了讲台上的秦淮。她已开始教简单的数学了。认真好学，一向是她的性子。也亏得华生有耐心，才使她短时间内晓得了如何教授数学这一门深奥学科。

他就那样看着，唇边渐渐露出一点笑靥。雨后的清新与宁静，便是他此刻的心境。

檐前蓄的雨，打在石上，声音悦耳动听。他含笑看着她，仿若那样便是一生。

直到瞧见她微蹙起的眉，他才回过神来。她被一道数学方程式难住了。他忍下了大笑，利落地跨进了教室，取过她手中的粉笔，迅速地写下了计算公式。

“大伙儿明白了吗？”他含了一汪温和笑意看向小小的孩童们。因他写下的公式十分详细，且简单明了，大伙们看一遍也就懂了，于是皆齐声答：“懂了！”

他让大家按这个公式再做几道练习，自牵了秦淮的手离开了教室。

“明白了吗？”他打趣。

站在片片翠竹之中，秦淮极认真地躬了一躬，装模作样地答：“徒儿懂了！”一记敲不轻不重地打在了她的脑袋上，她不满地嚷嚷：“哪有你这样的老师？还会打人！”

“不打，你怎么记得住公式？”他笑得愉悦。

秦淮扬起脸，目不转睛地看着他：“你懂得真多。”

“我留学时，学的就是机械工程。所以理科好些。”郎伯细细答了。

身子被她抱住，他突地一震，随即亦圈住了她的身子：“怎么了？”

“你有心事。”她答。

“颐和路15号消失了。”郎伯说。其实，他是不该和她说这些的，可他看着她，就有把什么都诉尽的感觉。那种感觉很安全，很温暖，可以让他亦有所依靠。忽地，他又转移了话题：“如妈会到学校来帮衬着些。由她当经管主任。她八面玲珑善于交际，该是能筹到许多经费的。”

秦淮听了，认真想了想，说道：“可白荷与华生也在这儿。早些时候，朗科夫先生也过来了。人多眼杂，只怕你们的事不安全。”

经秦淮提醒，郎伯身子又是一震，似想到了些什么。颐和路15号刚消失，如妈就出现了。可她的背景，他是清楚的，她真的会和日本人扯上关系？

“柏敦？”秦淮连唤了几声，他才收住了恍惚的思绪。他亲了亲她的发：“若非你提醒，只怕我会犯大错了。”

“怎么了？”秦淮不明就里。他抚了抚她纤细的肩膀，含笑宽慰道：“我是该处处小心些。可现下已答应了如妈，再变卦反是惹人生疑。我会交代下去的。而学校就是学校，除此以外的一切，皆不会在此发生。”

秦淮沉下了脸，平静道：“你是怀疑如妈？”

“她只是出现的时间蹊跷了些，也谈不上怀不怀疑的，仔细审慎些，总无错。”郎伯敛去了玩世不恭，十分认真地对待此事。见此，.秦淮也就知道，连她自己也得分外仔细些了。

关于颐和路15号的事，没有人能说得清楚。

等至白荷回来，知道了此情况，想在藤田建次处下手，却是被郎伯一口否定了此事。

“他是南京城内最恶毒的特务，由他处下手，总能捕捉到些什么。”白荷来了气。

郎伯看了看一旁的华生，他坐下来后，没有说过一句话。办公室里的气氛有些闷，他就那样静静坐着，垂下的眸子一动不动，可手中杯子里的咖啡早就凉透了。“我尊重白荷的意愿。”他似是感应到了郎伯的目光，淡淡地说了话。

如此一来，室内更静了。白荷的肩无声地耸动，低垂着的苍白的脸，瞧不见眼眸。她是难过极了，大家都明白。没有人比她更恨藤田，更恨日本人！华生体贴地搂住了她颤抖的肩膀，温柔地哄着：“我在这儿，别担心。”

“我亦非意气用事，你真不必去理会藤田。他不是傻子，自然晓得你的意图。金陵沦陷时，你偷出日方机密文件、通行证，这些都不紧要。因为你从小生在中国，要为自己的国家做些事，并不让人怀疑什么。可如今不同，一切大局已定，你也明白了他军人的身份，他心里也清楚，身份已露，再不能假装什么老师。在这个时候你才去接近他，你的意图就太明显了。所以我不允许你做些自掘坟墓之事！”不由得，郎伯的语气已变得严肃。他已自动转变为雅客的身份了。

想了想，白荷也知道，她不能再从藤田身上打探到什么了，也就默认了此项否决。可郎伯话锋一转，直接吩咐：“现下有项任务，倒是要你去办的。”

见她来了精神，郎伯倒是卖了卖关子：“只是怕要使你夫妻二人分开一段时间了。”

“心在一起，分开多远，我们也是在一起的。”华生微笑着反击。

郎伯听了，哈哈大笑起来：“甚好，甚好！”刚要再说下去，却听得门外动静，忙换了玩世不恭的腔调，道：“现下物资短缺，我连吸支烟也要算着数，多没意思。”

白荷接了腔：“您算是好了，外头的百姓可是连米粮也没有，许多人啃起树皮了。”分明是调侃的语气，可却含了杀气，“看来，我得问我那不可一世的父亲要些粮米了。”

“这个好说，我的米卖给日方可是赚大钱的。反正你俩是父女，向他匀些，总胜过逼迫我呀。我可拿不出你父女二人要的数。”郎伯淡淡道。

接着是华生这个老好人表演了：“我还有些积蓄，要不我们搞个募捐吧，然后救济城内老弱妇孺，能帮就多帮些。白荷，你怎么看？”用的是恰到好处的恭维，而非情人间的亲密。

正当此时，敲门声响起。如妈含笑走了进来。原来她已筹到第一笔经费了。

郎伯十分高兴，忙站起，替她拉开了椅子：“我正愁钱呢，你就到了。真是及时雨啊！”见她依旧是温婉安静地等着他指示，便直接说了，“你替我安排吧。从总经费里拨出三分之一进学校里，剩下的你替我到苏州收购些米粮。要粗糙些的，因是作为慈善之用，所以数量上要尽可能多些。”

如妈微笑着应了，也就出去了。

连白荷也看出些端倪，问郎伯是否对如妈有看法。郎伯随意打起了太极，可末了仍是说了句：“眼下局势不稳，凡事小心些好。”

“我明白了。”白荷答。

郎伯倚着窗，看着楼下流经的秦淮河，眉头蹙了蹙，直至见到如妈乘船离开，他才卸下了沉重心事。他坐回办公桌上，用极低的声音说道：“我要你去留意一个人。此行你怕是得到趟上海。”说着将一张照片递给了白荷。

照片上是个男人，而背后还有字。男人叫张庸敬，是为军统经办上海、南京物资的人，来往于上海—南京—重庆之间，他不单经办物资，还不时地替军统处的人报备情报。富春一线，现下是物资交换的重要交通线。打通此线，将会获利巨大。“眼下藤井一夫已对经管处下了命令，让我尽快与此人取得联系，为上海67号[1]牵线，将此人纳入汪伪门下。如此一来，汪伪等于控制住了这条交通线，趁机瓜分肥肉。若非我作为副会长与统管经济事务的官员，是不可能如此直接知道这个重要消息的。”郎伯把情况仔细说了。顿了顿，他继续道，“而经办人能从中倒卖，居间中饱，长此下去，利益催生腐败，怕是会使长驻南京、上海的部分军统叛变，转投汪伪政府。故而你要跟踪记录下此人经办的所有物资，且记下他有无贪污。我要一份证据。”

“为什么选我？组织里仍有许多未曾露脸的美人更适合这项任务。”白荷有些不解。

郎伯笑了笑，有些无奈：“他是你的忠实影迷，”顿了顿，道，“不过你大可放心。他对女客从来是彬彬有礼，分外尊重的。他倒真是个讲究风度，不难相处的男人。他是前清皇族里的人，靠着祖上财产，过了一段醉生梦死的日子。后潦倒了，为了可继续过挥霍的日子，才使了些手段，获得这份肥差。如此人物，只怕极易变节。所以我才让你接近他。”

“我懂了。”白荷笑了笑，笑意苦涩。她心中明白，郎伯处处小心，连此等任务也要讲究“清白”二字，只因自己早已不再清白。他的处处维护，不过是在她的伤口上撒盐罢了。“若无事，我先走了。”她匆匆离开了郎伯的办公室。

两人因着要在人前掩饰，故而夫妻身份是无人知道的，更遑论住在一起了。因此，白荷仍是住在她原来的房子，也并不常与华生来往。

许多事情累积下来，其实她是恨郎伯的。因为郎伯已把华生拖下了水，害得他如今的身份混淆不清。

那一日刚到得上海，上了码头，便被日军拦下盘查，只因日方要抓一个中国特工。那一瞬，白荷便明白了小七的真实身份。

注：①日本的情报机构，即76号的前身。

华生说着半英文半日文，混乱地讲着小七是他的管家之事。而小七亦是叽里呱啦地说着英文，只装不知发生了何事。两人的演技真是让白荷大为叹服。直到小七说得哭了，疯疯癫癫地拿出大把大把的钱贿赂守码头的日兵，才放了他们三人过去。

迈开步子的白荷分明听得那群鬼子在说："这真是肥羊，欧洲人就是好蒙啊！想那中国特工怎会是一副愚蠢的奴才样。"接着便是哈哈大笑起来。白荷不得不讥讽自己，幸亏你听得懂日语，否则真要错过这一场精彩的对话了。

见她走得远了，郎伯叹气："她怪我把你拖下了水。"

"她担心我安危，我何尝不懂，就如我亦担心她，一般无二。我是心甘情愿加入你们的。"华生唇畔露出了一丝浅淡的笑意。

"忆起初见面时，你不过是个不懂事的少年郎。只短短一年多，你长成真正的男人了。"郎伯叹。

"战争使人成长。若非经历了这一切，我又怎会懂得人生的真谛？我不后悔留在了中国，这里的一切让我看到了许多欧美国家没有办法懂得的东西。他们总是以为战争只要不烧到自家门口，就不算什么。可真正的战争，从来不会限制燃烧的方向，它们巴不得席卷一切。它们全是残酷的，无人性的！"华生看着窗外，秦淮河依旧娟好，可掩盖不住河里弥漫不去的血腥味道。

第二十七章

牵线搭桥

7

“十国”里依旧是繁花似锦，对于郎伯这样的酒鬼，十国俱乐部是比温泉会馆更吸引他的。

夜夜买醉，醉生梦死，这一切“十国”里常常上演。捧着酒杯的郎伯醉眼蒙眬，怀里抱着的正是红极一时的明星秦淮。若只是寻常美貌女子，贵客们是不去理会的。可秦淮已在沪上走红，自然有追随者的目光探来。

今晚的秦淮颇为艳丽。她换去了一贯的洋装，穿了一袭烟色的无袖旗袍，婀娜之态尤为动人。竟引得一个大鼻子的欧洲男人围在郎伯一桌附近，流连忘返。

“即使你洗尽铅华，怕也是逃不开这个花花世界啊！”郎伯看了看大鼻子，含笑点头，拉着秦淮的手向来者介绍，“这位曾是《李香君》里的主演，秦淮。”他一向是风度翩翩，得体有礼的。

那大鼻子喜欢郎伯的大方，眼睛直勾勾地只瞧着秦淮，点了点头，道：“莱特。郎老板，您好。”

“您好。”郎伯与他握手。

在场的人无不被郎伯的风度所折服，连不远处的藤田建次与山口见着了，也不得不叹。一场醉汉闹事的剧目就这样化解了。半醉的郎伯还邀请了莱特到自己桌上继续痛饮。莱特的鼻子更红了，抓着酒瓶再不愿放。

“我是真心喜欢秦淮小姐。你很美！”莱特眼睛很亮，灼灼地看着秦淮。

郎伯只是微微一笑，替他倒了杯酒。

一番痛饮下来，秦淮便知道，大鼻子只是嘴上轻佻，倒也是位真正的正人君子。她只抿了一小口薄荷朱利酒，再抬眼时，莱特已经不见了。

她回头张望，正好瞧见一朵黄色的玫瑰花放在了她面前。来人正是莱特，他摇晃着身子，把花儿递给她："玫瑰好看，送你。漂亮！"他的话含混不清，中文说得极其差劲，半法文半中文地把话说了清楚。

秦淮一笑，接过："大鼻子朋友，你可别走丢了。"她也挺喜欢这个爽朗的法国人的。"华生应该和他聊得来。"她附在郎伯耳边低声说。

郎伯含笑点头。

于是大家快乐地聊起天来。原来莱特是名外国记者，因着南京大屠杀的部分照片已在欧洲发表，引起了全世界震惊，故而他到此追踪报道。

"那是全人类的悲剧！"莱特收起了原本快乐的表情。

这是个敬业的记者，亦懂得尊重。

"德国那边也不妙，已经在公开投标招揽建筑商建集中营，那边的民众难过活了。"莱特一认真激动，法语便似一段音乐般流淌而出。

国际格局，已这般严峻了。郎伯陷入沉思。秦淮听不懂法语，只就着莱特方才说的话，做了回答："记者先生，你要追踪报道，怕是不容易的。"她指的是日本人那边。

"我知道。"莱特点了点头，"日本政府公开表示，没有大屠杀这一回事。可难道我在法国看到的照片都是假的吗？"他露出了疑惑的神色。

对于他飘忽不定的表情，秦淮动怒了，正要发作，被郎伯制止："他只是个外国人，你不可能要求他对于中国人的苦痛能感同身受，可他有知道真相的权利。"继而转向莱特，道，"但需要他自己去找。"

"很抱歉，我只是个中立的记者，如果方才有什么得罪，我道歉。"莱特很诚恳地道了歉，"接下来，我会自己去查。我当然不会只信日本人的片面之词。"

郎伯按了按他的手，宽容道："今日认识了新朋友，甚是高兴。今晚的所有酒席，皆是我请。大家请尽兴！"说完，吩咐石头去把葡萄酒拿出来，请在场的人喝个痛快。

一杯红酒轻轻晃荡着，山口闻了闻，慢慢喝下："战后最缺昂贵的东西，郎老板却是这样的舍得。真是大方。"

"自成立自治委员会后有了他，经济总算是慢慢恢复过来了。他确实是个人才。"藤田叹气，"难怪他能得到白荷的心。"

"美丽的藤井小姐不已是你的囊中物了吗？"山口微笑。

"自皇军进城后，她知道了她父亲与我的真实身份，就不理会我们了。她对父亲犹是如此，我又算什么。”藤田十分不悦。

“必要时可来硬的，不怕她不屈服。”山口露出了淫笑，见得藤田眉头一挑，他忙敛了笑，正色道，“她有没有什么动向？毕竟你的身份特殊，就怕她从你身上着手。”

“她不过是个普通女人，没什么可担心的。而且她现在是躲我远远的，只怕对我的真实身份是恨之入骨了。”藤田哂道。

“如此才好。”山口无所谓地耸了耸肩，“其实以你的功劳，等得回国后，一切就由不得她了。娶她并非难事。难的是现下。既然她不是特工，一切都好办。”

另一桌上，郎伯通过唇语识别，把山口与藤田的对话皆捕捉到了。他微微一笑，垂下头，再喝了一口酒，而他身旁的大鼻子莱特早醉过去了，伏在桌面上，鼾声起伏。

秦淮笑着摇了摇头：“这倒不是个难处的人。”

“他不过是个不解世事，永远快乐的大孩子。”郎伯让石头送他到上面的饭店套房去睡。自己由秦淮扶了，也到上面的套房里休息。“他只比华生大一些，他们俩应是聊得来的。”他看了看大鼻子，不觉笑了。

另一头，夜色深深，可依旧是歌舞升平。

此时的上海，虽是沦陷区，可因租界的存在，日本侵略者并未真正控制上海，因而租界里的人们依旧是醉生梦死，不辨黑夜白天。

得了郎伯的掩护与推荐，白荷到了上海的十国俱乐部登台。

一切皆是算计得那样好，爱奢华爱享乐的张庸敬果是俱乐部的常客。白荷登台头一天，他便包下全场，替她大肆庆贺。一来二去，两人便熟络了。

张庸敬并非色中饿鬼，与藤田建次的道貌岸然更不相同。他在上海有多位情人，对她们也相当尊重。因而，大多时候，他只是邀请白荷与他在浪漫的外国餐厅里共进晚餐，间或一起去看场电影、歌剧。

若他心情愉悦时，更不介意在悠闲的咖啡馆里，替她拉上一段小提琴。她亦是他的一位情人，可只是精神上的。他对艺术有很深刻的体会，因而他与白荷可算是志同道合的知己。

“我喜欢你，因而不会有肉体上的关系。请放心。”他笑着说，举止优雅雍容。他将餐布仔细折叠，优雅地置于膝上，方开始就餐。

今日，他请了她到他家里就餐。是最正宗的法式大餐。

水晶灯吊顶、美丽的洋房，一切如梦如幻……而这不过是他诸多房产中的其中一套，他的每位情人，皆有一套公寓。

如此奢华，没有巨额金钱支撑，如何能维持长久？白荷瞬间明了，郎伯的担忧不是多余的。张庸敬已经变质了。

“觉得这些油画如何？”张庸敬今日要与她谈的是油画的艺术了。白荷心领神会，取出丝帕，极优雅地抹了抹嘴，与他聊起天来。

这是个爱清谈的人。如此甚好。通过漫无目的的聊天，再经由白荷梳理，大致了解了他的人际关系。

他常与几个欧洲人来往，自然这些人皆是商业大亨。先前，这些大亨与国人合资，办了许多企业，因着淞沪战事，企业停工，空置了许多机械。而如今，调控经济已是重中之重。因而要从上海、南京、常熟等地，搬运大批的机械到重庆。可欧洲人惧怕日军轰炸，担心运输途中炸毁贵重机械，故仍在考虑。

“不如我去说和说和吧！”白荷提出，这是她能取得张庸敬信任的唯一机会，“还记得郎老板吗？就是他推荐我过来的，而他识得美国领事馆的人，只要打出通行证和旗号，日本人是不敢乱来的。郎老板就有一支棒极了的船队。”她一边仔细说着，一边观察张庸敬的神情。

见他眉头松动，料能成了。故而她举起酒杯轻抿了一口，并不急着让他做决定。放下杯子，杯口染上了一小圈极淡的唇印，飘来淡淡的香。张庸敬取过了她的酒杯，就着唇印抿了一口，叹道：“莫道酒香可醉人，原是这女儿香最勾人。”

白荷听了，轻轻一笑，腮边红了。她的娇媚是清爽可人的，并不媚俗，这也是张庸敬喜欢她的地方。“若你能帮我谈好这笔生意，我便送你……”娇嫩的手捂住了他的唇，一缕幽香从她指尖渗出，投入他肌骨，她极亮的眸子瞧着他，软软地说道：“我不要你的洋房。我不属于任何人，只属于我自己。我喜欢各式各样的钻石，或者黄金。”

她的意思，他是明白的。“你与我其他女人果真不同。你是独立的，自由的。我自然也不会束缚你。”他答应了她的要求。

“谢谢。”她答。

就这样，通过各式的宴会，通过张庸敬的牵线搭桥，白荷认识了许多大亨，更借着郎伯的名号，替各方人马打通了天地线。生意一桩桩地达成，郎伯的船队满载而去。白荷通过暗中记录，已发现了不妥。

每艘货运，她是亲自点算过的，可总会与张庸敬派去监督的随船人员所记录的货物数量有所出入。白荷并不声张，只暗暗记紧了。她手上的名单里还有日本人，张庸敬与日本人的来往越发密切，甚至还曾出入过76号。为此，她知道自己必须更小心，否则她必会遭到暗杀。

一天深夜，白荷换上了夜行服，来到江边。江水滚滚，入了冬的天更是冷。

她已在上海待了将近半年了啊！

白荷靠着特工精准的身手，在各码头货轮间来回穿梭，如入无人之境。这虽是郎老板的船队，可现下被张庸敬征用，一切规章制度按张庸敬的话办，与郎老板已无多大关系。因而她才需要检查清楚。

当她登上张庸敬管事张连喜的货船时，她的行动越发小心。

手上拿着的药瓶打开，一阵酥香传遍船舱，里面的人不过片刻，皆睡了过去，包括张连喜。

张连喜是张庸敬的堂哥，自是他信得过的人。因而白荷轻易地在张连喜身上搜到了货单。她一一拍摄下来，突然发现，今趟的货运已开出了一艘。那艘全是些开矿用的珍贵器械，而且是欧洲最先进的型号。可张连喜的勾栏单子里，标的却是，没有这一艘船。

也就是说，这一艘船不是运到重庆的。怕是到了日本人手里了。果然，签名栏里有张庸敬、一名欧洲经理人和76号的日本人名字！白荷把这些单据全数拍摄了下来。

等一切备好，她把单据还原，放回了张连喜衣服里。

她的任务完成了。

正要离开船舱，突然听见一阵狗吠。竟是日本快艇开了过来。

白荷暗叫不好，正要躲进水里，却被一双手圈住。

她一回头，正是华生。

华生牵着她，上了他靠在近邻的一艘洋船。

船上还有一位她不认识的大鼻子洋人。“你快躲进去。”华生把一根铜管递给了她，替她把船板打开。

原来从此下去是个极巧妙的船底夹层。夹层做了处理，就算放进两三平方米的江水，船亦不会沉。而水能除去人的气味，利于掩护。华生把木板放下，铺上了厚地毯，再与大鼻子莱特把一人高的花瓶搬到木板上。一切妥善后，两人才开始喝酒聊天。

不多会儿，日军便搜到了此处。来者的说辞是看见有刺客爬上了张经办的船，所以附近水域的船皆要搜查。若非碍着他俩西洋人的身份，日军早就动手了。如今见这两个酒鬼醉醺醺地说着胡话，便自动搜查起来。

军犬仔细寻找了一轮，仍是无果，那日军便迅速离开，往别的船搜去。

等搜捕行动停止，华生命令船工马上开船，赶回南京。

“你怎么来了？”白荷换回干净衣服，敛下喜色，安静问道。

“这位是莱特。也是多亏了他，我才能赶来。”华生替双方介绍道。

原来莱特是跑新闻的记者，不单要调查南京大屠杀的真相，更是调查国际援助方面的物资走向。他往返于南京、重庆之间，因见到日军对重庆永不停息地轰炸，曾写了报道在欧洲发表，引起了欧洲社会的同情，再兼在外华商的大力支持，成立了慈善委员会，把急需的物资由海外运抵重庆。

可重庆方面官僚出现了贪污现象，莱特跟踪间，发现了重庆政府方面与上海、南京的联系，其中经办处的官员报上的物资数量与郎老板报上的不同，故而跑来了上海。正巧追踪到张庸敬与76号的人来往，知道郎老板的船出现了问题，打了电报给郎老板。事出紧急，而郎伯不能离开南京，故而让石头开车送华生过来与莱特会合。

“我们在码头上也候了一个星期了。知道你一定会有行动，而其中实在过于凶险，因而过来协助你。”华生公事公办地复述了一遍。

“可我突然离开，怕会引起各方注意。”白荷有她的顾虑。

“藤井一夫遭人刺杀不遂，这个名目，你回去不会引起注意。毕竟谁都会关心自己父亲的。”华生淡道。

“可是……”她看了看莱特，欲言又止。

“莱特是个正义的新闻记者，对我国政治也不欲关心。而且他演技太好，骗过了郎老板。他也是远东的特工，只关注日本人的动向。在法国出生成长的美国人。”华生有些揶揄地笑了笑。而大鼻子莱特更是多情地眨了眨眼睛。

原来远东的局势亦这般动荡了。白荷叹了叹气。

“刺杀藤井的是游击队，与郎老板没有任何关系。而且当场被击毙，想救也无从下手了。”华生似是劝慰白荷，又似在劝自己。

“没有战争不流血，哪怕是正义的！”莱特用极差的汉语做了总结。

白荷推测到，郎伯掌握了证据，知会了重庆政府，只怕要对张庸敬展开暗杀行动了。可经办人是个肥差，送走了张庸敬，难保军统里别的人不会变质！

猛地一怔，白荷回过头来，不可置信地看着华生，连声音也发了颤：“连柏敦也识不得他，你却一语道破莱特身份。你加入了美国在远东的特工机构？！”

一句话把华生说得尴尬异常，他是大意了，竟如此轻易地出卖了自己，可见是极不合格的。

倒是莱特宽容，拍了拍华生的肩膀，用法语道："你也是在爱的人面前，才会放松。别担心，其他方面你做得很好！"

白荷是听得懂多国语言的，这是做特工的基本技能。"原来是真的。"她喃喃。

"请你相信我，我不会害你，更不会对我的国家不利，我也是中国人。可我憎恨战争，我做这一切，皆是盼着能尽早结束战争。"华生握住了她的手，握得那样紧。

白荷笑得凄楚："我不是不信你。我只是不愿看到你有危险！做特工每时每刻皆有危险。"

"可我们现在不是都过得好好的吗？"莱特幽默地插科打诨，逗得白荷笑了。白荷喜欢这个幽默可爱的大个子。

"给你看些东西，不过你得有心理准备。"莱特取出贴身藏着的一个极小的包裹，一层一层地打开。

白荷注意到，这份包裹是用了多层防水布包裹着的！

当最后一层布揭开，这个谜底也就揭开了。原来这是一份日军侵略中国，制造大屠杀的证据。

灰蒙蒙的照片一张张地展开，充斥着血腥，如重入了南京大屠杀的血海地狱。里面的照片，有被强奸的妇女的下体照、有斩杀中国男人的场景、有虐杀儿童的事实，更有将孕妇开膛剖腹的铁证。一张张、一幕幕，全充满了血泪与仇恨。

原来，这些照片是一个在日本相馆工作的中国人偷偷冲洗出来的。那是一家开在上海的日商经营的规模很大的照相馆。里面的工作人员很多，而李甲正是冲洗部的一个技术工。他因略通日语，而得到这个工作机会。

可当他的部门接到日军部送来的胶片时，他仍不知道照片是些什么内容。直至图形显影，他才惊觉这份日本军官口中说的"要留作纪念的照片"居然是日军的侵华大屠杀证据。

李甲趁着大家不注意，每张照片多洗了一份，冒着被杀头的危险，偷偷带出了照相馆。那家照相馆是再回不得的，他一时情急，不知该往哪里去。只想着要将日方的罪行公开，于是本能地往新闻社跑。却不料，日军占领上海后，新闻社已受到了监视，更安插了汉奸。

其中的一个汉奸，郎伯也识得，是高建仓手下的人，外号天鼠。因他善于逃逸躲藏，且神出鬼没，很能捕获情报而得此号。

那天鼠见进来的是个穿着日本企业服装的中国人，且额间有汗，眼神慌张，便料到此人定有古怪。天鼠摆出一副敦厚的模样，还招待了他茶，问他是想进来刊登些什么消息。

李甲摇了摇头，却又不肯说话。

“有何为难事？”天鼠循循善诱。

李甲还是摇了摇头。那天鼠倒也耐心，只陪着他坐着，还递给他一支烟，让他缓缓神。那李甲抽得了一支烟，心慌气急便收住了。他说不是来登消息的，他想找一位编辑。说罢，还抬眼瞧了瞧天鼠的胸牌，上写着头衔：档案部部长。因而，新闻的事，不是天鼠管的。

那天鼠杀气一现，忙换作了笑脸，温和说道：“那您先在此稍等，我进去拨个内线电话给总编。要好好对待，好好重视嘛！”说着，转进了他自己的办公室。

那李甲并非没见过世面的人，再兼处于危险时刻的第六感是尤其灵敏的。他心里一咯噔，想：总编室不就在对面办公室吗？何必要打电话！于是他只剩一个念头，就是“快跑”。

李甲几乎是从二楼跳下一楼逃跑的！他一路飞奔，跑出了新闻社大门，不管二楼窗户里，哇哇大叫、让他别走的天鼠。没等跑出多远，已有一批日军小跑着过来包围了新闻社大门。他镇定地取过弄巷边上，竹竿上晾着的廉价大衣与帽子，一并地穿戴到了身上来。与行色匆匆的人混在一起，李甲方觉着自己算是安全了。

可想起来，背后还是一片冰凉。李甲加快了步子，走进了一个里弄。蓦地，他又停下了脚步。他知道，自己不可以再回租赁的房子了。摸了摸身上剩下的几个大洋与一些证件，他感到了穷途末路。

李甲没有父母，只是个孤儿，可虽无家室之累，但身上仅有几个大洋，如何逃生？怀中贴身收着的，依旧是那包刚洗出的照片。正是这叠照片，为他带来了杀身之祸。他没有经历过南京大屠杀，没有亲眼见到过这人间地狱，当他看见这叠照片时，心灵的击撞是激烈的。他知道，自己没有退路了。他必须将日军的恶行昭告天下！

一只手突地拍到了他的肩上，瞬间的求生本能袭来，他抄起巷旁的木棍向来人打来。来人一跃，轻松避开。他才发现，是个欧洲人。在上海、南京，多的是这种欧洲人，自是见惯不怪的。可他不敢有丝毫放松。“你是来抓我的吗？”他问，声音已趋平静了。“我没时间与你多说，日军快要搜过来了。信的，就跟我走。”莱特挥了挥手，转头拐进了另一个弄巷。他自是跟着跑了过去。

一路穿插，避开重重防线，最后，李甲竟跟着莱特又进入了人流之中。那才是安全的感觉，无论人世多喧嚣，此刻李甲的心中反而是最宁静的。“我是个欧洲记者，在上海新闻社挂点。今天刚跑完新闻回来，远远就看见你跑了出来。我是避开部长的眼线，跟着你过来的。如今看来，按你们的话说，金宏部长就是汉奸了。”莱特长话短说，“从你的衣服就可看出，你是在日本照相馆工作的员工，如今掌握了他们的犯罪证据，怕也是活不了了。你若信，便把照片给我。我替你保管，等适合的时机公开。而你，我尽量带你逃出上海。”

李甲的心里是经受着激烈挣扎的，他该信面前这个欧洲人吗？国际上的洋人，大多行绥靖之风，只管他们自己身家性命与财产；更有些与日本人勾结，互为利益，蚕食中国的民族企业，西洋人与东洋人皆不是什么好东西！可当莱特真诚地注视着他，并稳稳地伸出了手，让李甲停止了怀疑。他从贴身处取出仍带体温的小包裹，递给莱特。当莱特接住，他重重地按住了莱特的手：“我是用生命来保护这些证据的，也希望您能以您的生命去保护它！那是我们国人的血泪，我死不要紧，可这些不能被日本人收了！”他珍重地将这一切托付给了莱特。莱特褐色的大眼睛闪了闪，道：“放心！”

“后来呢？”白荷的心被紧紧揪住了，一阵一阵地痛。她小心仔细地将照片包裹好，递给了莱特。

“日军搜得很仔细，再兼李甲被金宏画了像，故很快找到了他。当时，我正要送李甲上火车，可贴了大胡子的他还是被认了出来。他也是个有骨气的，为了不拖累我，竟装着不认识我，假装要逃，被……”莱特顿了顿，嗓子也暗了，“被立即枪毙了。那群日兵当众搜他身，发现没有照片时，恼羞成怒之下，竟当众鞭尸以泄愤。”莱特的手攥得很紧，他每每想起此事，皆无法释怀，“我不能忘记他当时的眼神。他倒下时，是朝着我的方向看来的。他死也没有闭眼，仿若在说，‘你一定要以生命来完成，你对我的誓言！’”

默了半晌，大家皆没有作声。白荷手握成拳，手心已全是血。华生努力地扳开了她的手，什么也没说，只置于唇边轻吻，一遍、一遍……

“很抱歉！眼下是关键时刻，我不能把照片公开，否则日本特务顺藤摸瓜，很快就会怀疑到我的。如果按下不动，我倒是很轻松地即可撇清关系。等我的任务完成，我一定会把照片公开的。这是我对李甲的承诺，亦会用自己的生命去保护好照片。”莱特按了按白荷肩头。

其实，他本无须将此事告知她的，那样他就无须得到她的任何同意了。这一切，白荷皆理解。她艰难地笑了笑，道：“我尊重你的决定，就如你尊重李甲、尊重中国人一般！”莱特天真淳朴的容颜，绽放出得到信任后的强烈的情感，这种情感有愉悦、坚定与尊重，“你真是个好姑娘，谢谢！”他说。

2

回到南京后，为了掩饰，白荷回到了樱花公馆探望藤井。可她只是一言不发地坐在客厅里，既不上卧房去看藤井，也不说话。

若非为了掩饰好自己的身份，她是连踏进此处半步也不愿意的。

其实藤井并无大碍，可难得见白荷回来，自是高兴，便叫上了法子与建次一并过来。他下得楼来，只见白荷怔怔地坐在沙发上，竟是连挪动半分也不肯，如此待了一个上午。“你终于肯过来了。”藤井似是瞬间老了十岁。

“既然你无事，那我先回去了。”白荷动身要走。

“建次那孩子也快到了，你也候着吧。”藤井让下人给白荷上杯参茶，她看起来太疲累，“你在上海的演出很成功。”

白荷不作声，转身离开。

“站住！”藤井喝止她，“是我把你宠坏了，既是如此，我管不了你就让建次管管你好了。我已答应了他的提亲。”他的语声转为凌厉。

藤田建次已到了中庭，只听得白荷一声冷笑，道：“你要绑了我嫁给他，我也没有办法。不过我可以明白地告诉你，那样做，你看到的将会是我的尸体。”说完，转身而去，对藤田连看一眼也觉恶心。

藤田听罢已觉无望，他知道，他这辈子是得不到她了。

两人见面，气氛是格外的沉重。还是藤田打破了沉默，他说，婚事还是算了。不然即使白荷成了藤田家的人，也不过是一具尸体。藤井听罢，点了点头，他是很爱惜这个女儿的。他又岂会要了女儿的命！

“亲家做不成，可我们的友谊是永远不会改变的。”藤井道。

“那是自然。”藤田淡淡地说。

“选址的事怎样了？”藤井闲闲地问着话。

藤田思考了一会儿，答：“仍在考虑。毕竟这是大事，我们的人员必须得待在一个绝对安全的地方。现下张庸敬掌握着后勤这一块肥肉，上海站的人员要求我们务必想尽办法贿赂他，那样对我们的经费将有大大的提升。”

“白荷在上海时，就是与此人走得近。”藤井似有不悦。他知道，白荷是在想方设法地脱离自己。通过与张庸敬交好，她得了许多好处，这些加起来，这辈子她不工作，也足够挥霍的了。如此一来，白荷与自己的父女情分，怕是就此断了。“哎，想必这是她最后一次来看我了。”

藤田没有答话。他想到的是，郎伯与张庸敬做成了生意；在重庆方面，因着经办物资的关系，郎伯是得分一杯羹的。那自己便可从郎伯处下手。

而郎伯对藤田的想法早摸得一清二楚，等及藤田只稍稍露了口风，他便答应替双方牵线，更提供了一箱箱的白兰地等好酒去贿赂张庸敬。从白荷那儿，郎伯已得知了张庸敬的喜好。此人尤好美酒！

对于整个经办处，郎伯是送去一箱箱醇美好酒的攻势。上海有名望的日本人全视郎伯为最要好的客人。

郎伯不仅用美酒来拉拢彼此感情，有时还陪他们玩击剑。他看着温文儒雅，可剑术之高超，最后竟成了虹桥武馆的常客。

郎伯还经常出入香港上流社会，每到香港游玩，他总是一掷千金，更凭着他通晓多国语言的优势，大大地做起了生意。甚至还用醇酒、珠宝、古董俘获了规划局的官员，以便宜价钱买下土地，把从上海、南京在战时低价收购来的纺织厂搬到香港，开始营运。

正因他的慷慨大方，他认识了许多人。而在一次舞会上，他认识了日本在香港的总领事中村丰一。

舞会场上衣香鬓影，绅士小姐更是风度翩翩。郎伯知道中村的夫人爱巴黎新装。可因着德国纳粹的进一步动作，欧洲战场吃紧，巴黎的香水、化妆品、衣服、昂贵的皮草已是极为难得。

德国的党卫军已公然从犹太商人手里夺取皮草与珠宝，由此可见这些物品的奇缺。可郎伯自是有办法从黑市上搜集到各种宝贝，更一一送与各位日本小姐与夫人。当中村夫人得到梦寐以求的巴黎新装时，郎伯与中村丰一的“友谊”又拉近了一步。

因而郎伯有幸获邀，去参加中村丰一的饭局。席上，酒菜精美，可郎伯犹嫌不够酒喝。立马让石头从自己的车尾箱里取出了许多好酒。宾客共饮好酒，一片欢腾。郎伯微醉，透出些酒气，他搂着侍宴的艺妓，再饮。他凤眼微睁，仪态说不出的风流迷人。女宾们真真地看花了眼，连中村的女儿亦对他分外青睐。想着他送她的法式蛋糕、荷兰的郁金香、印度的黑钻，她的芳心早被他打动。更遑论其他女客了。

正抱着艺妓寻欢时，一抹亮丽的裙带轻佻地勾引了郎伯的视线。那是一袭极艳色的和服，袍带松松，饱满的乳房欲隐欲现，玲珑修长的大腿踏出，脚尖轻佻地点在铺了厚锦的地上，玉足落地无声。所有人的视线皆被她勾引住，皆叹从未见过如此美艳女子。

郎伯不由笑了，盛装的木村确实美艳勾人。她从南京跑到香港，必是有不可告人之事。他放开怀中美人，顺着木村的方向寻去。淡淡花香指引，在一处廊檐下，他看到了她。她的笑意媚惑，直直地看着他。他一把将她抱起，转进内室……

"郎老板去了哪里？"中村淡淡地问道。

后到的山口替中村满上一杯酒，笑容暧昧："自是去会美人了。"在场的宾客皆露出了玩味的笑意，方才那艳女若隐若现的美丽胴体浮现眼前。倒是中村叹了声气。山口会意，附在中村身旁轻道："若先生喜欢，今晚大可让木村小姐作陪。"

"如此甚好。"中村露出了一丝笑意。

原来山口是得了藤田建次命令而来。张庸敬是军统里的人，要收买他，除了金钱还需要些手段。而李士群与张庸敬是说得上话的人，由李士群拉拢，则更易办成此事。李士群与中村早已勾搭上，因而山口才必须讨好了中村。

对于这些，郎伯早已摸清楚底细。与木村的逢场作戏，他亦是分外卖力。木村本不欲去陪中村，如今已与郎伯欢好，更是不想再做那龌龊之事，因而向郎伯大吹枕边风。可郎伯只哄着她，更将一挂名贵的钻石戴到了她颈项之中。

"真沉。"她掂了掂分量。

"有一百多克。"郎伯微笑着看着她，欣赏着她光洁饱满的胴体。"与白荷、秦淮相比，如何？"木村指尖轻划，至他胸前。

"自是不如你。"他抓住了她的手，放于唇边细吻，惹得她咯咯直笑。"就你会哄人。"她睨了他一眼。

"这是真话。"他的话不多，可每句都恰到好处。可他眉头一蹙，别过了目光。

"怎么了？"木村吻了吻他的脸。

"藤田建次先生让我帮着与张庸敬牵线，可我只与张合作过一回，还比不得李士群的情面。故而巴巴地赶来了香港。"他没再说下去。可接下来的事，彼此都懂得。“其实这趟来，山口已点了我去作陪。”木村叹气。

“我不想让你做这些。”郎伯道，可想了想，又是一声叹，“不过你得明白，我喜欢你，与你欢好是快乐事。但我不喜欢束缚，我身边还会有别的女人。而我亦不会自私地束缚了你的自由。”

“打一认识你，我就知道你是什么样的人了。若你说你只对我好，那真是天大的谎言了。”木村轻轻一笑，话语十分伶俐，“我就喜欢你这样知情达理的。”郎伯搂住了她，亲了亲，“可眼下，你我既是为了共同目标而来，还是得把事情办好了。等回去，南京就是我的天下，到时，你我……”他附在她耳旁，轻咬着她的耳垂说话。惹得她娇喘连连，已然情动。看着她，郎伯的笑意更深了……

等到两人回到席上，郎伯忙替大家介绍：“这位是木村丽子小姐，是我在南京时认识的朋友。今日随了我来见识见识。”木村得了话，得体地微笑，与各位说起话来，全然不管一旁脸色铁青的山口。如此一来，郎伯倒是抢了山口的功劳了。果然中村再不理山口，只隔了郎伯与木村聊起话来。郎伯自是识趣，自动与木村换了位置。中村心下欢喜，把一张纸条递给了郎伯。上面是驻上海的日本大使馆书记官清水董三的联系地址与电话。

李士群本是国民党中统在上海的特务，可在上海、南京相继沦陷后，他逃离了南京，更与驻香港的中村丰一勾搭上，可等他回到上海，他频繁见到汉奸分子被杀，他怕极了想寻求庇护，可中村迟迟不见有回音。

在这个时候，郎伯有如救星般出现，更带来了中村给他的消息，让他联系上清水董三。而郎伯这个中间人，只负责传递消息，让他与清水董三联系上。至于李士群与清水董三之间有何协定，郎伯并不知道。可并不难猜，郎伯断定，中村晾起李士群如此久，等李士群惊恐到了极点，才让自己这个外人给他传话，就可知：通过恐吓，李士群必定会答应清水董三的要求，替日本人卖命，出卖中方的情报。

郎伯与李士群只见了两次面，可见此人是多么小心。从此后，郎伯再没办法接近李士群。郎伯不得不叹：难怪中村会信任自己，把这个任务交给自己去做，只因中村太了解李士群的谨慎与怕死。李士群只派了下属来答谢郎伯，更说可满足郎伯的一切要求。于是顺理成章地，张庸敬被李士群说服，与藤田建次走得越来越近。自然，藤田不会忘了郎伯，给了他一大笔钱。那是他替日本人办事的酬劳。

3

日式行馆里，艺妓翩翩起舞。山口左拥右抱，十分快活。而藤田只是静坐一侧，独品着酒。

“怎么，还忘不了白荷？”木村语出挑衅。

“你不也是舍不下你的好情郎吗？”藤田指的，自然是郎伯。

“我是喜欢他。”木村直认不讳，“可我不傻，我得留在他身边监视他。毕竟现下他替我们办事，样样都得小心仔细些。”

“如今看，是不碍的。你已把他制得帖帖服服了。这就是女人的好处！”山口看向木村的目光愈加放肆，“艳丽女人的肉体，果然能攻克世上任何一道最坚固的防线！”

木村对山口是无比厌恶的。她侧开了脸面，对藤田说道：“眼下我查探了他的虚实，他隐瞒了许多与张庸敬来往的账目。许多钱皆是直接进了他的袋子。”

“爱钱就好，就怕他不爱钱。”山口随口答了。

藤田是老成之人，皮笑肉不笑地看向二人：“说他爱钱倒真不怨他。我命人搜集了他多年的历史，被我发现了他的身世。他原是郎家不得宠的大子，逼死父亲，囚禁弟妹，只为了夺回本应属于他的家产。如此人物，也算狠辣了。”

“不狠辣如何能为皇军办事？当初藤井大佐看中的就是他的胆识！”山口点了点头。

木村妩媚一笑：“而我看中他的多情。”心道：他确是个体贴的好情人。

与这厢的醇酒美人歌舞不断不同，那一边却是月黑风高，危机四伏。

原来是朗科夫转道南京了。他是个彻头彻尾的酒鬼，在世人眼中是如此。他是个投机商，什么生意都做。因着是外国人的关系，不用担心被中国人辱骂，因而也就继续和日本电影公司联合拍戏。可眼下，华生见到的，是朗科夫的另一面：他眼神锐利，行事果断，再不是从前笑眯眯的温吞样子。

“都带来了吗？”华生没有打灯，只靠着微弱的月色辨物。可月色再淡，也不曾使朗科夫逊色半分。他的眼睛那般明亮，可抵日月。

“皆齐了。”朗科夫指了指身后那一批批的货物。石头城里碑牌林立，真真是个能掩护的好地方。华生在朗科夫手下的帮助下，把一批批的货物埋到了地下。

这里全是新式的武器，许多机械是连华生也没见过的。见他挑起了眉头，朗科夫眸光中跃过一点狡黠：“你确定郎老板会用吗？为了便于运携，我可是把所有的部件，一件一件地拆了下来的哟。”见华生脸都白了，朗科夫仍不放过，促狭地说，“别怨我嘛，我还不是为了郎老板好。如此拆下，即使被发现了，只要抢救出主要部件，稍加组装，就可以变成厉害的武器。化整为零，为的是避开搜捕。”

见华生仍是一言不发，一个人影走了上来：“别逗他了。”华生听到声音只觉着熟悉，可抬眼看他，又记不得来人是谁。

“我是李园，李报国！你曾救过我！”原来李报国辗转于德美之间，掌握了极复杂的军工知识。他本想继续深造，可在俄国游学时，看到了万国电影节上中国参展的电影《李香君》，一种报国之情猛地冲了上来，只一瞬间，他就已经在为回国做好了打算；再兼南京大屠杀的部分照片在欧洲公开，他是恨极了日本人，只巴不得快快投入战场。

他只想着在战场上冲锋陷阵，多杀几个日本鬼子，因而跟了朗科夫回来。“我会组装与使用这里所有的武器。而且我在国外的日子，已把身体操练得很好了。”他说。

“那就好，有一个人，他能达成你上场杀敌的心愿。”华生微笑着，搂了搂他。

李报国用力回搂华生，高兴道：“你真懂我心意。好兄弟！”

第二十八章

暗杀

1

“好一个‘香闺春衾里施展身手，绵绵情意中窃取情报’。郎老板可谓是美人在怀啊！”白荷无声地笑。

白荷的提醒，郎伯是知道的。他从未信任过木村，就如木村即使再喜欢他这个情郎，可也对他提防一样。端起酒杯，他细细地抿了一口，酒力上涌，觉着烦躁了，用力扯下了驼色的领带。其实日方派木村到他身边，并非只是为了监视他。对于日本人来说，他们不过是通过女人来笼络住自己，好让自己继续替他们卖命罢了。

见他不说话，只顾饮酒，料他不是滋味，白荷将语声放温婉些道：“你、我、木村、藤田，还有李士群皆对张庸敬虎视眈眈，更用了许多手段去接近他，如今已见成效，你无须过分担心了。”对郎伯花了重金，费了这么多人力、物力，其实他要的不仅仅是与张庸敬的交情，而是张庸敬背后的人际关系：与之往来的，不是日本人就是军统、中统里的败类。而他掌握了这些人的名单，便可提供给重庆派驻上海、南京的军统刺客了。

郎伯仍是一声不吭，晃动着酒杯里金黄的液体，眼眸深陷，竟似厌烦到了极点的样子。正在此时，十国俱乐部里涌起了骚动。白荷接过侍应递过的报纸，一眼便见到醒目的标题：“张连喜遇刺，上海滩风云再起！”

那一刻，他的眉头松动开了，可唇线依旧紧抿，让人辨不出喜乐。原来他在等这一刻！白荷将报纸折好，放于一角：“张庸敬怕是要惴惴不安了。”他听了唇瓣一动，轻吐出一句话：“张连喜出卖了大量情报给日方，所以必先除去他。至于张庸敬可缓一缓，他身上还有一份我方派驻上海的特工名单，可他把名单交给了重庆政府，可见其仍有良心。”

不过是张庸敬借此表明，没有完全投靠日本人，保命罢了。白荷也喝了一杯酒：“张庸敬的经办客户可是涉及许多洋人的，所以动他不得。否则怕会引起洋人恐慌，再不肯在此处投资。”郎伯听了，笑了笑：“杀了他，对重庆政府也没有好处。只要他不公开投敌，都不会对他如何。”

两人正聊着，华生便到了。他彬彬有礼地与各位贵宾打着招呼，随后才坐到了他俩那一桌上，例牌的问候与闲谈：“白荷对此次的表演如何看待？”原来作为股东的郎伯因为不再启用白荷与秦淮这两位大明星，转而搞了个月份牌小姐选举，得到名次的演员将会与十国俱乐部签约，在此表演。

而白荷与秦淮皆转为了幕后，指点她们表演。收的是十国俱乐部发放的工资，且还相当不菲。为此秦淮还取笑郎伯，果然懂得拿别人的钱生财。想到了秦淮，郎伯不觉露出了浅淡的笑意，他举起杯子，与华生相碰，朗声道：“这届的演员很不错！白荷教得好的缘故嘛！来，大家发财！”

“叮”的一声，碰杯的响声激起，酒香四溢。无人观望这一幕，因为彼此只顾着寻欢作乐。而每每郎伯饮宴，站在不远处伺候的石头皆会为之照应，如有任何人靠近，石头皆会暗中打手势知会郎伯。“可是到了？”郎伯低声询问。“都到了，”华生脸有喜色，放低了声音道，“而且我还给你带来了一个人！”因着当初的风声已过，再兼郎伯从中维护周旋，李家早已恢复了往日景象，也无日兵与汉奸把守。而李报国经受军营训练，早脱胎换骨，与以往的公子哥形象大大不同，因而不细看，就无人认出他来。

李报国的头发剪得极短，身板英挺，满脸英气，竟使郎伯一时半会儿也没认出他来。见如此，华生笑得开怀，推了推报国的肩，调侃：“还不快见过曾经的救命恩人。”当年，若非郎伯一语惊醒了他，更送他出去学习，他怕还是那个不知天高地厚的小子，只懂印些报纸就妄想能救国。李报国脸一红，双拳合拢，轻言：“没有郎老板，就没有报国今天啊！”

郎伯已认出他来。四人共聚一桌，好不欢快。可郎伯仍是坦然处之，只在大众之下闲聊，反避开了许多耳目。“如今还想着报国吗？”郎伯笑问。

“当然。”报国答得斩钉截铁，其豪情让郎伯动容。“要来，就来真的了。不上战场，没意思！”郎伯语出豪言，使得白荷一惊，他甚少如此张狂，他一向是内敛谦恭的。可白荷知道，这样的雅客更令她着迷。他好男儿的英勇之气，被束缚太久，如今终于被解放出来了。

“对的。我所想，就是要上战场，那样才算是不枉了这一身本领。”报国重重地点了点头。

“那甚好。眼下，我就有一个好去处！”郎伯眉眼一挑，显出几分诡秘之色。见白荷凝视着自己，郎伯忙压下了喜色，不再多言。于是一众人只顾喝酒，再不谈要事。

那晚过后，郎伯在自己的公寓里，私下会见了李报国。他拆装武器的速度果是奇快、纯熟。“你学的知识已经完全地融会贯通了。”郎伯摸了摸经过精心修剪的小胡子，甚是志得意满。

报国并无骄色，只轻轻地点了点头。此时，后门处，一个夜行打扮的男人，轻手轻脚地走了进来，连守在公寓大院内的石头也没有发现任何外人闯进来的痕迹。来者正是傅秋。方才，他从后院外墙攀爬进来，跳下院落时，竟无一点声音。可当走到郎伯房间的后门时，却听郎伯道：“进来吧。”

“这耳朵真是神了。”傅秋小声嘀咕。

原来郎伯的房间后门直通后院外的一处出口，是条逃生秘道。如今被傅秋摸着了，郎伯也说不出是好气还是好笑，因而故意要给他个下马威，好唬一唬他。

与英雄相交，是极愉快的一件事。李报国见得两人异处，叹为观止，竟急于认识傅秋，向前一步迎了他进来。两人倒也投了缘分，片刻间便有了知己之感。

“我置办了许多新式武器，给你刚好派得上用场了。”郎伯开门见山。

傅秋细细问了武器型号，不觉蹙起了眉。新四军里虽全是勇猛之士，可皆未修读过机械工程，若军火一旦出了问题，不懂修理，就形如废铁了。他的疑虑，郎伯看在眼里，可并不作声。报国得了郎伯示意，于是上前一步道：“我学的就是军工。”

“如此甚好啊！”傅秋一喜，可又蹙起了眉，“可你……”欲言又止。

“新四军打击日寇，功劳甚大，再兼国共合作，一同抗日，何分彼此？而且，您的部队里也有新入伍的国军，如今倒是不放心了？再说了，我与报国皆是自由之身，报国想去哪便去哪，他自不会让人小瞧了去！”郎伯调侃道。

“哪有如此混账的话！我岂会不放心！”傅秋激动得一拍郎伯肩膀，“那次对抗日寇围剿，恰遇到了与日军火拼时打散了的部分国军，对其进行了收编，他们个个皆是好男儿，把日寇打得是落花流水，大快人心啊！”见挨了自己如此重的一掌，郎伯仍是站得纹丝不动，傅秋心下赞道：果是个深藏不露的！

郎伯听了，微微一笑，捋着小胡子道：“报国最大的心愿便是上战场，你带了他一并走吧！”报国闻听，激动地向着郎伯敬了一个军礼。傅秋对李报国自是十分中意，他拥着李报国肩膀，道：“好小子，有志气！”继而向郎伯说道“只是这么好的苗儿，你舍得给了我？”

郎伯把写了埋藏军火地址的纸条给了傅秋，就再不答话。他走到窗前，背对着他俩，看着窗外夜色默默出神。

傅秋顺着郎伯视线看去，那是总统府的方向。他心下暗叹，许是郎伯对此失望了吧……于是搂了李报国，两人没有与郎伯道别，一转身，融入了浓浓夜色之中。

2

没过多久，南京城内一片欢天喜地，人们各自鼓舞，精神面貌为之一振。

原来在1938年底，新四军打响了抗日的正义之战。新塘战役，是新四军在南京郊区对日军展开的伏击战，并取得了绝对胜利！

京句公路是敌人后方交通的生命线，运输频繁。新丰车站战役，更是彻底地斩断了日寇的生命线。

而另一场战役，是新四军向苏南丹阳、武进展开进攻。新四军迅速袭取了江苏句容县约四千米处的极有利隐蔽地形，就此部署了兵办，向周边辐射，破坏了日寇联络的道路、桥梁、公路与句容城北门外飞机场，更趁着夜暗，用云梯配合强火力攻破东南门，顺利收复县城。经过巷战，新四军以火力封锁正面，攻下商会、伪自治会及伪县政府，更烧死日军与汉奸上百人，缴获日军军火无数。

这好几场仗，皆打在南京城外不远处，一种振奋的力量从城外传进了城内，再向城外四处蔓延，形势竟是一片大好。

而直到此时，白荷仍不知道，这里面有郎伯的一份功劳。即使很微薄，可亦是郎伯对祖国的一片赤子之心。十国俱乐部内，仍是歌舞升平，奢靡得十分的堕落，可白荷此刻竟爱上了这个地方，且还是头一回！

“听说句容县一战，新四军的火力十分强盛，还缴了许多日军军火、军资。”一个衣冠楚楚的男人与他的朋友说道。白荷认得，那男人是曾福山在宣传部里的人。又听得另一个人答话：“就那帮土人，缴得了那些日军的新式武器怕也是无用的。他们哪有人会用。得了大炮和坦克也是无用的啊！哈哈哈哈！”笑声愈加放肆。白荷恼怒得握紧了拳头，只恨不得一拳打落他们的狗牙！那些在战场上出生入死的，皆是自个儿的手足，皆是在为祖国而战。而他们只懂享乐，为了享乐不惜卖国！

手被华生握住，他淡淡一笑，将她的手扳开："那些皆是日本人的走狗，你非第一天知道，何必与他们置气。"

白荷落寞地笑了笑："如果我们的军队也像他们那般积极，南京保卫战又岂会如此不堪？害了百姓，使得生灵涂炭……"自知失言，忙住了口。

华生倒是宽容地支开了话题，说些旁的话。

舞台上歌声靡靡，而舞台下的人愈发听得如痴如醉。就连白荷也听入了迷，以致喝了一杯又一杯的香槟。

香槟也是会醉人的啊！华生叹了叹，握住了她要举杯的手，试探着问："关于新四军火力强盛的事，你怎么看？"

白荷用力地眨了眨眼睛，一手捂着发烫的脸，方觉着自己喝多了，竟连舌头也不利索起来，只断续地答着话："他们虽勇猛，可向来资金短缺，靠的是劳苦大众勇于杀敌的心。在武器方面，倒真的有些疑点。怕是哪个好心人提供的吧！"

"那你觉得这个好心人如何？"华生仍是随意地问着话。却不料白荷并不认同，"如果被发现了，那可是要杀头的啊！"说着摇了摇头，似在替那好心人担忧。于是华生便不再说话了。

在暗厢里，木村与藤田、山口坐在一起。此处分外安静，是听不见外头歌舞的，为的就是能静静地喝酒聊天。因而守在厢外的日本特务皆十分小心，不放任何一人进去。

暗厢内，只一个聋女在侍候，斟茶递水，一应的活儿干得十分利索。她替木村倒了杯雪梨茶，只因见着木村捂着心口咳嗽。木村笑着接过，赏了她两个银元。她接了，退出中门，就那样站着，等着吩咐伺候。

见此，山口向藤田递了个眼色，而自己的目光已盯紧了一个屏风之隔的、聋女曼妙的身体。那女子虽聋，可二十出头的花样年华，容貌亦是清新可人的。尤其是那双大眼睛，像是会说话一般。就凭了她的美色，藤田是宠她的。知道山口的意思，藤田便答了他的话："此女是我亲手刺聋的，她根本不会知道我们谈些什么。"

藤田也不过是爱她美色，才留下了她。那时，南京城被攻陷，可白荷却趁他喝醉逃了，他一醒，追出别墅，就在路边遇见了她。她向他求饶，说是在十国俱乐部当服务生的，别杀她。他便问她叫什么。她答："白鹤。"与白荷的名字那般相像。“从今往后，你就叫白鹤子。”那是像极了日本人的名字。可她为了保命，乖巧地点了点头。他打横抱起了她，走进了别墅。他说：“从我，就跟着我一人；不从，我便把你赏给外面所有的人。”指的自然是日军。她含泪答应了。他夺去了她的童贞，更刺聋了她，将她留在了他的别墅里，而每次去“十国”，亦带着她随身伺候。

放下心来后，山口倒是又急了：“守着京句公路那一条线上的，有我们的许多特工啊！如今皆被害，情报中断，对我方真是大大的不利。而且上海的67号已搬到了76号，我们南京这边也要有所动作了，可就因着暗杀不断，我们不敢定下点来。如此拖着，真不是办法！”一席话，打断了藤田的迷思，他抬起头看了眼站在不远处的白鹤子，她十分娇美，真真的我见犹怜。收回了视线，藤田仍是十分镇定，低下头只盯着酒杯出神。木村心细，知道藤田肯定是在计算着什么。

藤田的心里是有一套想法的。他一直在留意新四军的动向，觉得他们的火力与以往善于化整为零、打游击战不同，这次他们就集中火力正面冲击县政府，而部分铁路亦被他们炸毁，扯断了日方的运输线。想当初，淞沪会战将要结束时，国军一个分队亦靠着精良武器、猛烈的火力突出重围，保留了实力！而这些事，背后肯定是有人在暗中帮助中国军队的。“木村，”他吩咐道，“郎柏敦做事一向狠辣利落，像上次处理学生事件就办得很好。你向他吹吹枕边风，把那暗中帮助中国军队的人找出来。此人能进行军火买卖，必是大商家，就从南京的大商贾里找。”

木村得了命令，便先行离去。

“木村那美人儿真是带劲，倒真是便宜了郎柏敦了。”山口取出佩刀，慢慢摩挲。藤田知道，他想杀人了。“能替皇军办事，该得些甜头的。难得的是他对木村有意，而木村亦相中他。女人的肉体，是消磨男人意志的最好工具。”藤田说着话，唇边笑意一隐，手挥了挥，正要领了白鹤子出去，却听得外边人报，有人找他。

一急，藤田便忘了身后的白鹤子，快步走了。那山口早觊觎白鹤子美色，一把捂住了她的嘴，搂住了她的腰，拖回了房内。她叫不出声，而藤田早走远了……

门被关死，外面候着的人早随着藤田走了。山口淫笑着扑向白鹤子，任凭她如何挣扎，奈何力小人弱，岂是山口对手，恰恰是那关键时刻，一道暗门开了，郎伯一个跨步闪到山口身后，一手捂住他嘴，一手握刀用力一刺，刀从他后背贯穿心脏，山口立马倒地而亡。

一切皆悄无声息，外面的人也不会注意此处。郎伯拍了拍白鹤子的肩膀，只做了个口型：我们成功了。

原来白鹤与白荷一样，皆是郎伯亲手调教出来的女特工。与白荷不同的是，白鹤的身世更为凄惨，是郎伯救了她，后来她便进了特工训练营。白鹤一直感激郎伯，欲报答他救命之恩。因此一完成训练，便到了十国俱乐部当女侍应，实则是窃听每个客人的隐秘。

与其他人不同，因她天生身体底子差，故而不能搏击，可她的窃听技术无人能比。能通过看每个人的口型，读懂多国语言，因而在此地大派用场。

那一日遇到藤田是无心的。只因她在撤退时，与大队走失，碰巧到了藤田家外。那时的南京城，日军逮到女人就强奸，她一见到藤田，便急中生智，心生一计。她与白荷一同受训，两人年纪相仿，在营中时就是好朋友，故而模仿白荷的神态十分神似，因此能留在藤田身边。她成为了他的禁脔，可正好让她可以从中搜集情报。她只是没想到，藤田再宠她，可也万分谨慎，竟把她刺聋了。因着这事，他更是宠她，许诺以后会带她回日本，做他名正言顺的妻。她得了更多的自由，便开始着手监视藤田。句容县线上的日本特务，就是她留在藤田身边时探到的机密，然后传递给郎伯，而郎伯把名单给了傅秋。

今日，更是她提前知道，藤田要带她去会客，也知道他们喜欢用哪个包厢，故而通知了郎伯在此偷听。而真正的目的，就是寻找一切机会刺杀山口。除去此人，便等于断去藤田一条手臂了。而现在，机会终于出现！

“等离开这里，我会请最好的医生替你医治耳朵。”郎伯做着口型。而白鹤子只是笑，她唯一遗憾的只是没能亲手杀死藤田。“杀他，还不是时候！”郎伯如何不晓得她心意，摇了摇头。可一瞬间，他便看见了安静置于一角的、木村的帽子。

糟糕！郎伯一急，要从暗门离开。他本就是十国的股东，因而通晓这幢高大建筑的秘密。每条暗道，他是摸得一清二楚的。这家俱乐部真正的幕后主人是来自美国的远东间谍朗科夫。从没有人知道这个秘密，除了郎伯与朗科夫背后的大财团。而朗科夫暗中操作经营这家俱乐部的真正目的，就是要搜集各国的情报！

“来不及了！”白鹤一摇头，把他从暗门处推了出去。与此同时，木村的脚步声更近了。郎伯明白，白鹤已抱了一死之心。他一咬牙，迅速退出了暗道。

等他风度翩翩地出现在十国俱乐部大门时，一队日军已包围了包厢。作为自治委员会会员、替日本人办事的人，他来关心此事，再正常不过。他取出证件，推开拦住他的日本兵，进入包厢。

他见到的是衣衫不整、露出胸部的白鹤的尸体。山口的尸体亦在一旁。而木村与藤田也在。

“发生了什么事？”郎伯急了，忙赶过去护住木村，“你没事吧？”她的手上有血迹。而藤田的脸色十分古怪，竟有悲痛之色！郎伯压下一切情绪，问道：“藤田先生？”

“我进来时，山口就死了。他想强暴白鹤子，白鹤子杀死了他。”木村有些惋惜，“我挺同情她的。”顿了顿，道，“我亦是女人。”

郎伯看了看山口尸体，默了默答道：“可他是一刀毙命，从背后直抵心脏。我很难想象，她有时间绕到他背后行刺。”

藤田的身体猛地一震，终于恢复了理智，问道：“难道凶手另有其人？”他知道，她是为了保清白，才与山口发生争执。山口的为人，藤田十分清楚。当时，他是迟木村几分钟赶过来的。他一进门，第一眼见到的便是白鹤子举刀刺向心窝自裁。她口吐鲜血，拼命说出了最后一句话，就是山口欺辱她。那一刻，他想，或许她对他，是有些情意的。正因那一点情意与彼此间曾经的销魂，他忘记了山口的死另有隐情。

“此人如何处理？”郎伯指了指白鹤子。

“我要带她回家。”藤田如失了灵魂般。他抱起她，往外走，冷冷地道，“此事你与木村处理。”

3

接下来的事，不过是郎伯贼喊抓贼的把戏。

他使人放出流言，说当天曾有人看见，曾福山从十国俱乐部后门处的暗巷离开，鬼鬼祟祟、形迹可疑。

而为了调查清楚事情真相，郎伯与木村一同去曾福山家逮捕他。可他急于逃命，竟举着枪到处乱开。郎伯为了保护木村，一枪将他击毙。紧跟着，郎伯便要抄家。于是众人从后花园的池子里，搜出了一大批经过防水处理的包裹。

郎伯十分高兴，还大呼一众日兵，说搜到珠宝了。可打开一看，众人倒吸了一口凉气，哪是什么财货物品，根本就是军火！而从曾福山卧房里更搜出了他与黑木雄情妇的偷情照片。

这一下，倒是证实了曾福山是中国特工的这一点。日方将他枭首示众，就挂于中华门正中。

如此一来，这件事也便过去了。倒是藤田大病了一场，许多工作皆是靠木村主持。这一来，却是郎伯始料不到的。他远没想到，白鹤对藤田的影响会如此大。听人说，藤田把白鹤的遗体火化后，一直将她的骨灰置于他的卧室内，朝夕相伴。

而关于山口一事，已得日本人十分信任的郎伯做了合理的总结。大体是：曾福山是中国特工，一直隐藏在十国俱乐部，等候机会。那日藤田离开包厢时，带走了卫兵。于是曾福山悄悄潜进了包厢，碰巧遇上山口强暴中国妇女，于是从后而上，将分心的山口刺死。然后曾福山再从后门暗巷逃离。

这就是全部经过，亦得到了木村的认同。至于白鹤，出于对自己同胞的维护，故而才会承认是自己杀人，然后自杀。她是值得同情的、无辜受害的女子！被可恶的中国特工所利用！郎伯的总结词说得声情并茂，于是一切便尘埃落定。

码头上，江水奔流，江风习习。

“可恨那曾福山倒成了英雄！”白荷恨恨地，又为白鹤的死感到伤心。

郎伯安慰她：“她走得很快，没有痛苦。”一顿，他的声音便冷了几分，“能顺利完成任务，就是一个特工最大的价值。死，不过是一件最奢侈的事。”冷酷，才是特工该有的唯一表情。他只能如此，他不愿白荷过于多愁善感，反害了自己。

码头上，一艘船远远驶来，却没有停靠。这是张庸敬经办的物资。他这一年半时间，狠赚了一大笔钱。此次的船，不是运到重庆的，是他和日方的一个交易。他把重庆要经办的军用物资转卖给日本人，从中获取暴利。

郎伯事前得了风声，知道藤田会派人来拿的。现下只等出了南京城，游击队便可劫了此船。

“你在我面前，何须装得如此无情。”白荷又回到了方才的话题。她也不看他，只看着江水滚滚而去。

“我本就是无情的人，否则怎哄得木村如此服帖，每每在日本人面前替我说尽好话。”郎伯自嘲。

提到木村，白荷便动了怒，她就是嫉恨木村，恨木村能留在郎伯身边。她知道，自己不该如此，可她不容木村去玷污雅客，去玷污她曾与雅客的情谊。她的所思所想皆瞒不过郎伯，他只是没料到，她仍未完全对自己忘情。

他退了极细微的一步，想拉开彼此的距离。可她只想跟上他的步伐，一急，脚下滑了，刚要摔倒，他便抱住了她。两人相望，竟一时挪不开眼睛。

最后放肆一次吧！白荷抬起手，抚了抚他的眉眼、鬓角。那对凤目，此刻正专注地凝视着她。白荷微微一笑，亲了亲他的脸，“请记得，我曾爱过你。”她说。

那句话就要脱口而出，可当看到她手上戒痕，他神色一转，便换回了兄长般的宠溺，道：“华生是个很好的丈夫。我很放心。”

她的笑意很淡：“是，他对我很好。我会用尽自己的所有去爱他。”

本能地，他竟解释道：“我不会对木村有感情。”

已转过身子的白荷一震，她回眸看他，笑意是从未有过的灿烂：“我知道。我都知道！”包括他对于她从未曾说出口的情愫，“所以，我们都要好好的！我和华生，你和秦淮，我们都要好好的。”她转身离去，再未回头。

她还有任务，她要去通知游击队。

物资被顺利截下，日方损失惨重。而郎伯早在城外备好车，载着货物迅速逃离，等到日方接到报告，郎伯的车已开出了江浙地界，几经换车，早追捕不到了。郎伯顺利地将军用物资运抵重庆，立下大功。

这一支游击队行事诡秘，无人知道其藏身地，再兼神出鬼没，多次劫掠张庸敬的物资。日方束手无策。而郎伯乐于打点他的经济事务，对军政之事并不热衷，美其名曰：“我只爱赚钱。”

可木村夹于郎伯与日本人中间，颇为难做。

“钱有什么好的？不及权好。”她循循善诱，“你鬼点子多，替我料理了此事。那皇军自会给你更多的差事。”

郎伯穿着一身休闲和服，袍带松垂，露出匀称结实的身体，只慵懒地靠着，举杯畅饮。那双凤目微睁，说不出的风流倜傥。他笑：“权有什么好的？不及钱好！乱世里，钱最好！”说着，指尖划过她的胸脯，激起一片酥麻战栗。“温香软玉在怀，此乃人生最快之事啊！哈哈！”他大笑，扔掉酒杯，俯身就去吻她，把口中美酒慢慢渡予她，而她身上袍带，早被他解开……

他是风流的。木村沉溺于他的世界里，早已无法自拔。

四周很静，他枕于她怀里，她紧紧地拥抱着他，他给的甜蜜，是她二十五年生命里从未有过的。他会爱怜地吻她；他会在她需要时出现；她病了，他会抱着一束花前来问候，坐于床边陪她絮絮地说着话；可他从不说将来。

我怎能奢望将来？木村笑了。

“怎么了？”郎伯抬眸，她轻轻地捂住了他的眼睛，“我爱你。”她说。

这是一场博弈，郎伯想。她不过是在试着完全地掌控他、麻痹他。“我也爱你。”他答。

额间的汗被她轻轻拭去，如此温柔。他促狭地笑：“你累了吗？”

“讨厌！”木村轻轻推开了他。

郎伯看着她，认真说着话：“不是我不愿替皇军办事。只是长此下去，只怕人人皆想取我性命了。而赚钱却不同，有了钱，将来我能在欧洲、在美国过最好的日子。我害怕贫穷。”

这是他第一次提到将来。她想。“你打算离开这里？”木村的笑容淡了几分。

“等赚够了钱，我就会离开。”郎伯并不隐瞒。

“带着秦淮走吗？”木村气极了。一怔，她感到了害怕，害怕自己爱上了他，更怕他会离开。

一声笑，郎伯颇无奈：“不然你会离开自己的国家吗？日本，那才是属于你的地方，不是属于我的。你终将会选择回家的。”见她脸色苍白，他亲了亲她的脸蛋，“及时行乐，这样不挺好吗？何必要去想将来。”

这是他们两人间的禁忌。于是木村沉默了。

第二十九章

颐和路 21 号

7

曾福山为何会发疯没有人怀疑。而做了此事，秦淮是提心吊胆的。

因着曾福山对秦淮垂涎已久，故而当秦淮接近他时，他并没有上心。得了郎伯的巧妙安排，秦淮在十国俱乐部里故意独自喝闷酒，抱怨郎伯这段时间有了新欢，再不理她。

而曾福山瞧见了，自动上前搭讪安慰，一来二去的，在秦淮眼中，他就变得没有那么令人讨厌了。而曾福山每次与秦淮喝酒，秦淮皆暗中将药粉注入他酒里。等积累到一定量，他就会变得狂躁发疯。

这是彼特医生定好的精准的量。

而郎伯算好了时间发难，闯进曾福山家中。而曾福山早已发了疯，只顾着开枪攻击所有的人，而这一切就给了郎伯当场击毙他的借口。就连曾福山水池里掩埋的军火，皆是郎伯从朗科夫处购得，并事先放进去的。

一切皆是天衣无缝的。

只是秦淮每每皆会做噩梦，郎伯只得夜夜陪着她。

这一夜，她再次惊醒了！郎伯哄着她："我在这儿，别怕！"他替她拭去泪水，吻了吻她冰凉的脸庞，道，"他是汉奸，除掉他是大快人心的事！"

"我怕！我真的怕！那里有日本人，他们会看见我的！"秦淮抖如筛糠，这让郎伯自责不已。她并非专业的特工，而让她做此事，她确实担了许多的惊。她紧紧抓住他的肩膀，低低地哭泣，"那些鬼子十分奸狡，我多怕我做得不好，会暴露了你。我死不要紧，可万一出了什么差错……"她的精神高度紧张，那根弦绷得太紧太紧，而一切皆是为了他。

他紧紧地抱住了她，一遍一遍地道："对不住！对不住！"

门外传来了一丝微妙的声音。郎伯猛地收住了声音，他一手捂住了她的嘴，脸色十分严峻，这倒让秦淮安静下来了。

这里的门窗是郎伯从德国订购的，具有不错的阻声效果。外人很难听得到门里的对话，可郎伯的脸色仍是极难看。他假意哄道："你并非第一天跟着我，你是属于你自己的。而我亦只属于我自己，我曾告诉过你，我不过是想活得'不负我心'。我对木村好，可也不会冷落了你。何必哭哭啼啼。"

秦淮马上配合着他的话，说了起来。两人絮絮叨叨地说了许久，最后言归于好，她不再闹了。

等至第二日，秦淮仍是心有余悸。"那人会是谁？"她战战兢兢地问。

"暂时我们都是安全的。而那人也迟早会露出马脚，我会留意的。"郎伯顿了顿，看着她道，"我知道你的心里承受了很大的压力，再给我一些时间好吗？到时，我会带你走！别再这样折磨自己了。"

秦淮鼻子一酸，忍住了泪，点了点头。

当郎伯独处时，他想了许多，关于颐和路15号消失的事情不简单，那是南京处的日本特工总部，若不能摸清它的底细，以后自己的行动将会处处受掣肘。

站起，倚在窗边，秦淮河妩媚多姿，款款而来、款款而去，只是再明媚的风光已然蒙上了一片阴翳，河里那股血腥味又随着风，钻进了他的鼻子，六月天了，竟觉着通体冰冷。他打开一个珠宝盒子，是一挂鸽血红。这是他从黑市收来的珠宝，无须他一分钱，只要他给珠宝商一张通行证。他笑，因着大屠杀，他竟然还发了笔大财。

他取来干净绒布，细细摩挲着手中那块至宝，它是一滴血泪，更是一团火，燃烧了所有在地狱里痛苦挣扎的人们。它与血真像，不是吗？！是中国人民的血染红了她！那日，珠宝商把它从怀里贴身处取出，颤颤巍巍地递给他，那个珠宝商的手里就全是血，那些血刺痛了他的眼睛。

珠宝商说："这本打算留给女儿作嫁妆的。可是我没有办法了。莎莎虽然只有十岁，但她很乖的。我不奢望能出去，只求您能带她离开南京。送到无锡就好，她的姑母会接她的。"

郎伯什么也没说，把两张通行证给了他，让他们父女俩一起走。女孩的母亲早已惨死在日军铁蹄下了。父女俩能走，已是最大的幸运。从此后，郎伯再没见过那对父女，只留下了一颗极为珍贵的宝石。

那本是一颗宝石，可镶嵌着的碎钻作衬，则形如一朵花：鲜血供养，开出的花。

指腹在宝石上来回摩挲，竟摸到了一些字符。郎伯一怔，反复确认后，腮边露出了一点笑意。

门轻轻敲了敲，随后如妈就进来了。她不是个多事的女人，只瞧了眼郎伯手中的宝石项链，便移开了眼睛："我从重庆收回了大量生丝和棉花。"说着，把一本账本放到了他面前。她的掌心有块疤，伤口仍未完全愈合，不像是摔倒擦破皮的。"你的手怎么了？"他颇为关切。

这就是他的好处。他就像个完美的情人，晓得呵护女人，难怪木村会喜欢他。如妈心思飞转，只是一笑道："没什么。途中遇到歹徒，被抓伤的。"手被他轻轻地握住，他揉了揉她的掌心，见她痛得蹙眉，他便把一块素净的手绢包扎在她的掌心中，"小心些。"他说。

日军大肆收购生丝和棉花，而郎伯替黄兴搬迁到重庆的棉纱厂，就有他一半的股份，因而他获了巨利。他把账本核对了一遍，然后取出另外备好的一个棉纱厂的账本，道："把这部分棉纱弄到黑市去卖。"

"可这部分棉纱皆是从日军所购入量里取出的，且分量颇大，不怕日本人……"如妈有些担心。

"不怕。如今木村小姐会替我说些好话，打着掩护，那我何不多赚些？卖入黑市，那是要发大财的！"郎伯笑呵呵地说。

从中倒卖，居间中饱，不过是证明了他爱钱。且即使日本人发现了，也可以此要挟他，使他更卖力地替皇军办事，那他特工的身份反而是掩饰得更妥当。这个破绽，是他特意卖给日本人的。

如妈得了令，便匆匆离去了。可如妈不知道的是，在黑市里，买下棉纱的根本就是郎伯的人。这批棉纱便可在战场上派上用场。中国军队正需这些救命物资！

入了夜，郎伯驾了车，一路风风火火地来到了十国的温泉会馆。

温泉里只有一个男人在泡浴，他靠着石栏，正闭目养神。他的身边置了杯白兰地。"真懂享受啊！"郎伯拿了他的酒喝，一杯下肚，只觉浑身舒畅。

那人一对凤眼斜入发鬓，甫一睁开，只觉星芒四溅。他的眼神是凌厉的。一个久征沙场、曾南征北战的大军阀，有此精气神不足为奇。郎伯不得不叹，自己是从未上过战场的，那种残酷，只有亲身上过战场的人才能体会到，否则是不可能体会到的。

男人的肩背上皆是伤痕，那是战争所留下来的痕迹。他的心窝偏下的地方有弹痕。郎伯虽未上过战场，但学过军工，自然晓得武器对人体的摧残。那就是战争对人的摧残，冷酷、无情。

“不必为上不得战场可惜。你的身份，又岂容身体上出现战争的痕迹。”男人的话打断了郎伯的沉思。他说得对。因此，自己在掩护夜枭时所受枪伤的疤痕，已通过彼特医生的整形手术给磨去了，剩下的，只是勇救日本人竹野时留下的“伟绩”。为此，自己方得到了日本人的信任。

在这场战争之中，谁又不是千疮百孔！

“你倒是难得出现！”郎伯嘲讽。

男人看了郎伯一眼，彼此间眼神交会的那一刻，都仿佛看见了另一个自己。“你与你哥哥长得真像。”男人说。

还不如说，自己与哥哥皆继承了他的容貌。郎伯的眉心一蹙，表情十分难看。

“我知道，你不爱听这些。我也只是一时感触罢了。”男人说。

“不知夜鹰约我到此见面，有何吩咐？”郎伯脱去衣服，浸入温泉当中。立时，一个眉清目秀的犹太少年就迎了上来。是个男侍。他替郎伯斟了一杯香槟，置于岸边，随后退出去，守在泉旁。

看他伶俐模样便知，他是夜鹰安在“十国”的外围情报员。郎伯等着夜鹰回话。夜鹰极无奈地笑了笑：“戴老板要知道南京日本特工总部的地址。”

“还想派人打进日本的特工总部吗？那可不是容易事。”郎伯揶揄。

“你好像有些不满。”夜鹰意味深长地看着他。

郎伯将香槟再兑了些薄荷雪梨汁，轻尝一口，吁出极为享受的一声叹。“岂敢不满。戴老板有何吩咐直说就是，不过有一条，”他晃了晃示指，道，“我厌倦战争，厌倦这一切了。完成这些任务，你得把我的名字从你的名单里划掉。就当从来没有我这号人。我也不再为任何人服务！”

“你是要为父的命吗？”夜鹰倒吸了一口凉气。

“是你，要了我母亲的命。”郎伯不再多说。

“你自个儿多加小心吧！”夜鹰没有正面答复他，“重庆方面出现了个日方的杀手，专门刺杀政府官员。许多人都着了道。”

“就如我在南京、上海制造暗杀一样，日本人也会派出刺客的，是你们大意了。”说到正事，郎伯便如换了个人，“知道此人来历、相貌吗？”

“我们在重庆的情报员皆摸索不到此人面目。”夜鹰从岸边的衣服暗袋里取出了一张照片。郎伯仔细看，这张黑白的照片，拍得十分模糊。只看到一个戴着帽子，穿着高领西服的男人面目。那张照片的部分还压上了一块阴影。“这是怎么回事？”郎伯指着阴影处说道。

夜鹰一叹：“这是唯一发现此人面目的情报员拼死留住的照片。当时那刺客要抢照片，可能是手上的印记印在了上面吧。情报员当时摔下了崖坡，才留住的照片。照片上都是血，我们处理过后，就留下了那个印子。从照片被抓握的情形看，那印子怕是手心中伤得比较重的地方吧！”

一语惊醒梦中人，郎伯急道：“那情报员的两只手上可有伤痕？”

夜鹰想了许久，感到十分可惜，叹道：“当时根本没注意到这些细节。而那情报员身上、手上皆是血，我们还要赶着离开，从下游接应的人员取得了这张可作为证明的照片迅速离去了。因此实在不知，这个印子是情报员手上的伤，还是刺客的伤。”

“要知道日方特工总部不难，可得用些激烈手段了。”郎伯似有无限伤感，喃喃。

2

南京城内，日本人个个皆是人心惶惶，只因城内发生了多起刺杀事件。许多的日伪官员皆遇刺身亡。

刺客身手敏锐，根本无迹可寻。且下手利落，总是一刀致命，直刺人心脏。更在尸体上贴着“日本必亡”的血字。

郎伯依旧是领着秦淮出入十国俱乐部，玩得好不欢快。他甚至在十国赌场内一掷千金，哪怕血本无归，也无所谓。赌场里的东洋人和西洋人最喜欢喝了酒来赌钱的郎老板，因为喝酒后的他，根本就是来送钱的。

那日，他再次输狠了，由秦淮扶着回到十国饭店。他是喝惨了，连步子皆有些晃。她扶着他到床上歇息，替他解开领带与衣领扣子，谁料深深的一串吻痕就出现在她面前。郎伯笑了笑，一把扯过领带扔到脚边。那是木村干的好事，她总是喜欢这样的。见秦淮面对他时瞬间僵硬的身体，他艰难地站起，从后环住她：“你只需知道，我心里有你就行了。”

秦淮悄悄抹了把泪，回身将他扶稳，摁坐到床上：“好端端的，怎又说这些情话。”

“只为着你爱听。”他笑，在她唇上轻吻。

她亦回应他。他是真的醉了，显得有些粗暴，急切地要除去她身上衣服。所有温文尔雅通通不见，就似狂风暴雨，要将她吞没。可一阵轻巧有致的敲门声，打断了他的狂暴。他放开了她，替她理了理旗袍扣子："方才对不住！"他的脸竟红了，如一个做错事的孩子。秦淮羞得垂下了头。

"郎老板，需要些餐点吗？"在敲响第二次门时，门外传来一个声音。

郎伯就那样赤裸着上身去开了门。这一来更让秦淮羞得发慌，她就那样坐于床边，手攥着床褥子上缀着的颗颗珠子，珠子被揉得叮咚作响。她抬眼一瞧，厨子正一样样地摆着菜，十分专注，反倒是郎伯一脸玩笑地看着她，羞得她再不敢抬头。等那厨子一一摆好饭菜后，只听得郎伯道："秦淮是自己人。但说无妨。"

原来他是有事在身的。可那一句"自己人"让秦淮觉着甜蜜万分，他是这般相信她。那厨子头也不抬，语气镇定："您在菜单上点了腌炖鲜，我就过来了。不知您有何吩咐？"原来那是句暗号，秦淮只觉步步惊心。他们的事情那样隐蔽，是半分也错不得的。可自己向曾福山下毒，却总是担了分恐惧，自己真是无能啊！见她叹气，郎伯握住了她的手："能对付曾福山的只有你。你的胆色，无人能比。"

"你是好样的姑娘！"那厨子终于对她说了句话。

"我需要制造一些大事端。而你除了在十国工作外，因靠了一手好厨艺，已获得了日本领事馆的赏识，在那儿上班。"郎伯的话点到即止，见厨子点了点头，又说，"可是此事无论成功与否，怕也是与你无关了。"言外之意，厨子听得明白，他是很难有命活着走出日本驻南京领事馆了。也好，那也不过是死在家门口。南京，就是他的家！见他面露微笑，郎伯知道，他是抱了必死之心。

郎伯挥了挥手，让他出去。

"秦淮，你知不知道，如果方才他有一丝犹豫，他就出不了这个门了。"郎伯将插在裤袋里的手取出，手中还握了把袖珍手枪，枪上镶嵌了珍珠，十分精巧漂亮。见秦淮蹙起的眉，他笑了笑道："他怕死就绝对完不成任务的，所以我不会留他，因为他已知晓了这个任务。"

"可你不怕他方才的无所畏惧是装出来的吗？"秦淮更不懂了。可一听到他会牺牲，又觉着不忍。郎伯将她的手置于唇边轻吻："不必觉得不忍。做特工不都是这样吗？或许哪天，我也就这样去了。"嘴被她捂住："不许……"她没再说下去。

他轻声一笑，知道她不爱听这些，于是道："直觉吧。我的直觉告诉我，他是真心的。他一定不负所望。"他没告诉她真相。在方才，他接过厨子递过的酒杯时，他已用藏了毒的针尖刺入厨子的皮肤。药性不会马上发作。而他们约定是六月十日动手的。要等到了那天晚上，毒性就会发作。而今天已是十日的凌晨了。他没有叛变的时间了。再者，领事馆里还有监视与协助他完成此事的人，那人是厨子的弟弟。

两人相拥而眠。而方才的那一番缠绵，就似一段极轻的梦，一摇，就散了，再寻不到半点痕迹。

等至两人醒来，已是日上三竿。秦淮一醒转，脑子却像是被清洗了一番，异常清醒。她急急摇醒了郎伯，指着刚送来的报纸急道："出大事了！"

郎伯仍未完全清醒。他只有睡在秦淮身边时，才会如此放心，以至于总是迟迟方醒。他看了一眼报纸，脸上悲喜不见，只淡淡说着话："你昨晚不是已经知道了？"秦淮急得话也不利索："可……可他昨晚可是进了这个房间，见了你的。日本人会怀疑……""傻东西，"郎伯怜惜地摸了摸她的头、她的发，道，"晚十一点必须要向众客人提供夜宵，这是这里的规矩。即使真的不要，客人也会在房门上挂上'勿扰'的牌子的。我在赌场时，当着众人的面早已是醉了，哪还管得了挂不挂牌。再者许多客人皆见到了他，如此查，怀疑谁也不会疑到我头上，且木村会护着我的。"像是触到了禁忌似的，他马上住了口，反显得室内静极了，他带了些歉意道，"你别担心。"

"好。"她体贴地点了点头，不去触及彼此的痛处。

街道上的报纸皆卖疯了。看报纸的行人皆是一脸喜色，可又偏偏得压住这股喜悦，怕被日本特务抓了去。

在戒备森严的日本领事馆内，发生了中国厨师詹长麟、詹长炳兄弟投毒案件，造成日伪官员多人伤亡。日本帝国面子大大受损，要严惩刺客，并加大了打击、惩处反日分子的力度。

坐于郎伯办公室里，白荷一脸忧戚。直至如今，她才知道，当初和小枝一并保住她特工身份的人就是詹长麟。可现在，詹长麟、詹长炳兄弟皆已去了。见她如此，郎伯唯有再次劝解，"小枝是他的上线，而小枝去后，就由我来接替。他们兄弟俩去时没有什么痛苦。放心。"

"特工随身备着氰化钾，用了它是不痛苦，可他们皆是活生生的、有血有肉的人！"白荷神色凄楚。

"够了白荷，你已越来越不像个特工。情爱已磨蚀了你的意志。你该退出了。"郎伯十分严厉，他也是恼极了。

"你要开除我？！"白荷一脸的不可置信。

“哧”的一声笑，郎伯斜了她一眼，透出不加掩饰的杀意，“开除已是极轻的了。按规矩，你不能活着离开这个办公室。”所有被开除的人，皆不能活着离开。这是特工营不成文的规矩。见她脸色苍白，他补了句，“和华生一起离开这儿！我，不需要你了。”

正说着话，门被推开了，来的人是藤田。

从很远的地方，郎伯就听见脚步声了。所有的一切皆是虚张声势，而那句“我不需要你”却是他故意说出的。藤田也刚好听得这一句。可对白荷而言，却是对她的全盘否定，她的心竟痛得绞在了一起，眼前一黑，摔了下去。

“白荷！”郎伯与藤田同时扶住了她，场面十分尴尬，郎伯放开了手，退到了一边，恭敬道：“不知先生找我何事？”

藤田依旧摆出一副良善表情：“这样叫，倒是生疏了啊，郎老板！我是不买这账的，得叫我建次。”他的话里有话，郎伯如何不知道，他是不买账的！上前一步，郎伯装作十分认真的模样，问道：“听闻日本领事馆里出了大事，只一个早上，就震惊了欧洲与日本国。您是需要我帮忙吗？”

藤田装出十分头痛的样子，愁眉苦脸道：“是啊！那日你不是在十国过夜的吗？那厨子是到过你房间的。”

原来，他们是要进行例行的询问审查了。若是旁的人，怕是早被绑了去了。他只说要求自己帮忙，那就是说，没有对自己全然起疑。郎伯清了清嗓子：“能为皇军效力，是我的荣幸。”

“那就有劳郎老板到我们的‘办公室’坐一坐了。”藤田在‘办公室’三字上咬了重音。郎伯心里清楚，定是“请”他到日本特工总部了。郎伯心下一喜，如此便可知道特工总部在哪儿了。

瞧着郎伯神色，非但没有惧意，倒还显出了几分急切想邀功的意思，这是装不来的。藤田越加放心，想道：他是无辜的。那，我们就过个场好了。毕竟，不把所有与詹长麟接触过的人带到总部，不好向上头交代。

正在此时，木村风风火火地闯了进来。她依旧是一身和服，脸上薄施脂粉，真真的面若桃花。她乌黑的鬓发如云堆高耸，衬着火红的和服，艳丽到了极致。而项中隐约露出一点珠光，仔细看了，才发现原来是挂鸽血红宝石项链。

那挂宝石项链，正是郎伯赠予她的。

“你怎么来了？”藤田有些不悦。

木村眼神示意，进一步说话。于是藤田随着她到门外廊上。“这事你不该插手。”他道。

“你看看这个。”木村把一份份的合同递给藤田。全是这段时间郎伯在赌场里输的钱的单据，和他与各大日本商人签订的商业合同，他还承办日军方面的许多采购，他的关系网已是盘根错节，很难厘清了。不过半天的时间，日方的各大官员便要求保证郎伯的自由，否则没法赶上合同的生产要求。“你也知道，现下日本的军资生产量远远不够。而郎老板是江南地区的商业会会长，米粮、棉花、纱布、药品，哪一样不是他经手，抓了他对我们百害而无一利。就连香港那边的中村丰一先生也打电话过来干预了。”木村仔细劝说。

“他能一手遮天，这里也有你的一半功劳！若非你一一告知他们，他们又岂会第一时间知道！”藤田一拂袖，带队离开。而他怀里抱着的，却是白荷。郎伯只能眼睁睁看着白荷被带走。

郎伯晓得木村心思，装作不在意，忙迎了上去：“若非你，我可得去坐大牢了。”说着从办公抽屉里取出一个礼盒，递给她，“看看。”原来是套和服。木村的指尖从缎面上划过，而他从后环住她，在她耳边低言：“我喜欢看你穿和服的样子。”

“你倒是大方，晚晚豪赌，一掷千金，哄得各方人士都开心得不得了。”木村的话是毒的，意指他收买人心。他必须得解释清楚。他耸了耸肩：“皇军的粮食根本不够，莫说是米粮，就连面包也快吃不上了。如今的黑市里，有钱也无人理睬，就快要拿钻石去兑换面包、衣服了，更何况是美酒！此等物品，除了欧洲人开的‘十国’，是再也见不到的。而我明面上是送钱，实则是送出一箱箱的美酒、皮货、粮食。以此交换的，是日方给我的订单、生意合同。”

听得这些，木村开始叹气。她何尝不知日本已陷入了战争泥沼里，无法自拔？还另有一层担心，就是欧美国家如果斩断对日本的石油输出，那就真的陷入困局了。“这也是我不希望藤田抓你的原因。”木村叹道。

郎伯揽过她，在她唇上亲吻：“别担心这些。”扶着她腰的手紧了紧，将她的身体抵在他身上。却听木村一声笑，妩媚勾人的眼睛看向他：“你想在这里？”她确是需要一场疯狂来解除心底的阴郁。

“有何不可？”他将她扔到宽大的办公桌上，她艳丽的裙摆飘飞，散开如一朵艳丽有毒的罂粟。桌上物品，叮叮咚咚坠了一地，她眼神所及，却被他一把蒙住了眼睛，只咬着她耳垂，坏笑道：“别管那些……”

门外笔直地站着一个人，倾听了一会儿动静，便轻轻离开了。

3

白荷悠悠醒转，发现躺在藤田的床上。一股恶心再次涌上。难道他想禁锢她吗？

赤着脚，她推开了卧室的门，藤田在楼下大厅看报纸。听见门开，他快步迎了上去，“你醒了。”

“我要离开这里。”白荷冷冷地说。

“你身体不大好，我请了黑木医生，他马上就到了。”藤田已明了，她是因为郎老板与木村在一起，所以气着了。可转念一想，他直直地问：“你一向怨恨日本人，就连你的父亲，也从不另眼相待，为何对一个汉奸，如此垂青？”

白荷心里一震，才轰然发现，危险已然逼近！她垂下了苍白的脸，而他一步步逼近，她只能步步退后，当身体被墙堵住，她已是无路可退。沉默了许久，她说：“他是我第一个男人，我离不开他。”

肩膀被藤田死死地摁住，他因愤恨而扭曲了脸庞，一拳打在了墙上，血印在了墙上。“为何要如此对我？”他歇斯底里，“你明明知道我爱你！”

白荷半侧开脸，只呆呆地站在那儿，什么也不愿再说。两人僵持着，直到一个仆人走了过来，把一方手帕交给了他，他才放了她。她终是瞒过去了，方才太险。她已想不到任何办法来对答了。只有这个答案才能让藤田崩溃，转而忽略掉他本身的疑问。

可他又要去和谁见面呢？他一见到手帕脸色皆变，那种整装待发的神情，绝对是要见一个重要的人。白荷想离开，却被一个男侍从拦住，只能悻悻地回了房间。这间卧房已不再有秘密，否则他不会如此放心留她在此。

她打开窗户，只见楼下是巡视兵。她靠在窗户旁看了许久，终于摸到了他们巡视的时间。她从房间里选了个木器，然后走到另一边的阳台上，把木器远远扔出，“咚”一声响后，所有的巡视兵皆往木器落地的方向跑去。而她从窗户处跳下，迅速地溜出了藤田的公寓。她绝不能做他的笼中鸟！

她仔细隐蔽好自己，沿着大道追了下去，可哪还追得上。

等到赶回郎伯处，木村早已离开。白荷推门进去，只见桌上、地上一片狼藉，他只云里雾里地抽着烟。大家皆是明白人，自然心里皆清楚明白。她上前一步，取过他的烟，碾灭：“我晓得你心里的苦。”见他无动于衷，她把方才发生的事说了一遍，“要你枉担了这个虚名了。”她得和他对一遍口实。

他终于笑了笑：“如此甚好。”

“他要去见一个很重要的人，难道你不想知道是谁吗？”白荷只能想方设法激起他斗志。她想了想，“那方手帕我一定是见过的，那个人就潜伏在我们身边！”

“我是说真的，”他终于抬起了头，看着她，“你的身份怕是很难瞒下去了，藤田对你虎视眈眈，还不快趁着能掌控一切的时候离开，和华生一起。”

白荷蹲了下来，将头枕于他膝上，轻柔地说着话：“那就只剩下你一人，孤军作战了。那该有多难熬啊！”

“是啊！”他抬起手，抚摸着她的发，如最慈祥的父亲、长兄。

“要走，一起走。”她抬眸。

“好！”他应诺，“一起走！”

郎伯制造的这起大规模刺杀，为的就是逼日方早日定下特工总部的选址。日方是几易其址了。

他正烦恼得很，却听得办公部门的院外一片嘈杂。无奈，唯有赶了过去，原来是一群学生围住了他的办公所。而带头的正是伍小山的弟弟伍海。他高喊着：“打倒伪政府，打倒为鬼子提供粮草的大汉奸郎柏敦！”一群学生跟着起哄。

郎伯眼尖，瞧见了混在学生群里一个个子偏矮的瘦削青年。那青年目光闪烁，只随意地举了举条幅，可眼睛却在人群里溜。想必是日本特务了。他正要开口，倒是闻了风声的伍小山赶了过来，一把扯住了伍海，就是一顿斥骂。

“你不要命了！”伍小山颇为急切，眼光已然瞄到了那矮个子身上。郎伯不得不叹，伍小山果是心思细腻，与一般人不同。郎伯打了个手势，石头匆匆去了。那日本特务瞧见了郎伯的眼神指示，就悄悄地跟踪起石头来。

“我宁愿不要了这条命，也要这尊严！”伍海掷地有声，不料换来的却是哥哥的一记耳光。伍海急了，嚷道：“我有什么错！你以前不也是一心报国的吗？可却眼睁睁瞧着自己身边的学生领袖一一失踪，难道你是怕了吗？”

“如果我只是一个人，我怕什么！”伍小山喝止他，“你以为读书不用钱吗？我不在郎老板处上班，你能去学校上学？外婆能平安治好了病？你说，哪一样不是钱？”

“我宁愿不上学！”伍海吼道。他身后的学生群情汹涌，一帮一帮地想涌上来。

郎伯觉得看戏看够了，才懒洋洋道：“看见了没有？”他指了指一旁护着经济办的日本宪兵，“他们的枪可是上了膛的。他们杀了人，政府是不会管的。你们又何必白白浪费了自己的命。”

所有的人皆拼了一死，以为他会让日兵镇压，却不料他懒洋洋地说出了这番话。然后记者就到了，对着他大拍特拍，记者得了令，一个劲地夸他好涵养，有肚量，不会跟易受人煽动的学生一般见识等等好话。学生见受了利用，反成了标榜郎伯高尚情操的道具，于是也就骂骂咧咧地纷纷退了。

一场骚动，就这样化解。郎伯心里叹了声气，再看看一旁的日本宪兵，根本就是巴不得把事情闹大的样子，好杀几个人。

见木村已闻讯赶来，郎伯用极低的声音对伍小山说："快带你弟弟走。"于是伍小山拖着弟弟，迅速混进了人群里。而郎伯上前一步，迎了木村，两人立即上车，走了。

"真真吓死我了。"郎伯抹了把汗。

木村笑声清脆，逗他："何不让那群宪兵替你效劳。"

郎伯装出一副怪模样，大叫道："不要了吧！那么招风，你想我早死呀！"他的手一勾，勾起了她艳丽的脸蛋，"没了我，那你多没趣啊！"那对凤眼似笑非笑地看着她，她脸一红，别过了头，不再瞧他。

"不过说真的，我若是惹了众怒，怕是刺客下一个要对付的人就是我了。我一个搞经济、做生意的人，还是低调些好。希望你能明白我。"这会儿他倒是认真的。

"我懂的。"木村叹了叹。

两人又来到了十国俱乐部，郎伯依旧是去赌钱，也照例地输钱，于是许诺，明日一定把最醇香的葡萄美酒送到谁谁谁的办公室去。而陪着他的木村则是掩嘴轻笑，笑声如银铃，飘进贵客耳膜。所有的人皆艳羡，郎伯有如此艳丽的女眷相伴。

"美酒佳人，人生一大乐事嘛！"他得意地叹。他正举杯，却瞧得华生于赌场一角一闪而过的身影，于是也就借了些事，先行离开。木村以为他要去会秦淮，也就没往心上去。

"你今日够铺张的啊！"华生与秦淮已在舞会大厅的圆桌上候着他了。他虽已喝得醉醺醺的了，却还倒了杯威士忌，并无多少顾忌。倒是秦淮频频劝他，不要再饮。"那特务以为会有什么发现，结果我只是让石头去请了新闻记者，好奉承奉承我。"郎伯笑。

"能耍耍他们自是快事。只是，"华生话锋一转，"你摸到他们老巢在哪里了吗？"

郎伯听了一怔，半玩笑半认真道："你怎么对这个感兴趣了？"

"好歹我也替你跑过几趟，你不应该让我见的，我也见了。我只是关心你罢了。"华生答了。

“或许吧，”郎伯有些无奈，“即使不是你的真心话，我也承了你这份情。”对于日本特工总部的事宜，看来不单是国民政府在意，远东间谍机构也是在意的吧！毕竟上海的各国谍战上演得是越来越烈。

伍小山的出现，倒是大出郎伯意料。他早已被聘为十国俱乐部的签约剧作家，所有演员上演的歌舞剧、话剧，皆是由他创作的。再者，经过这么些年，他已磨去了棱角，出入“十国”时，不动声色间，已与日本文化界修好，甚至还替日本人写了一个剧本，从而认识了不少的日本人。

伍小山坐下，把一个本子打开，道：“郎老板，这是最新的剧本，你看看情节可好。”里面分明是一张照片，照片里的人，郎伯不认得。“这里有些地方，逻辑上有些乱，你说我听听。”郎伯道。十分默契的，秦淮倚着郎伯，挡住了各桌人的视线，华生喝着酒，实则在暗中留意各方情况。而伍小山则朝郎伯挪近了些，道：“这人叫陈明楚。我在日文化部认识的日本人曾说漏了嘴，提过陈明楚此人最爱看话剧，准备过来南京看戏。我想这人不是普通人。希望这个消息能帮上你忙。”然后就要走，可郎伯拦下了他。郎伯的脸色十分难看，严厉说道：“我不知道你说什么。”伍小山一抚额，语带调侃：“我见过小园了，那是个不错的女演员，下次我介绍给郎老板吧！她刚从德留学归来，一心想进军演艺界。只是事成了，老板别忘了我的好处。”郎老板好色，这是人人都知道的。

华生听了，也不觉笑了。倒是秦淮气鼓了脸，一把夺过照片撕了个粉碎，尤不解恨，一把扔进了一旁燃着的蜡烛香薰里，然后一转身，便走了。

“好不解风情的小东西。”郎伯一笑，收下了伍小山的新剧本。

“怎么了？”木村从后而上，一旁的好事者早起哄着把方才知道的一星半点的艳事，添油加醋地说了一遍，还不忘叹郎伯好福气，可享齐人之福。“你就不怕我也气了？”木村似笑非笑，而华生知趣地告退了。

郎伯一把抱过她，让她靠于自己怀里，坏笑着：“你最知情达礼了，你不会气的。而且，你晓得我的好处，又岂舍得气我……”缠绵耳语，早让木村脸红心跳，一时忘形，竟脱口而出：“又岂止我晓得你好处！”话一出，她就觉着了不对，马上笑道，“这么多人的，说这些干吗。”郎伯仍是一脸坏笑，不住逗她。可心下明镜儿似的，过往的许多事情，一点一滴逐渐成形了。

那晚木村倒是离开得早，剩了郎伯一人在那儿喝酒。他需要静一静，好一个人思考。木村对他已是千依百顺，可仍是在许多事上瞒他。特工总部选址一事，陈明楚马上就要到南京了。而她却只字不提。

郎伯从未见过陈明楚是何模样，可他的事，倒是知道的。陈明楚是76号的干将，此次过来，怕是要接手建立汪伪特工总部南京区的事宜了。而木村不说，一来可以试探自己，二来是为了稳妥起见。木村是受藤田管的，此事，怕是藤田也给了她许多压力。既然如此，郎伯决定不插手陈明楚的事。戴老板要的，只是特工总部南京区的确凿地址，而非要刺杀总部的要员。他不能打草惊蛇，反暴露了自己身份。

心思已定，他再无心情喝酒，醉醺醺地自行开车离去。他要去见白荷，可一想，既是喝醉了，何不借个由头，把陈明楚此事撇个干净。于是到得白荷家门口，不管锁好的铁门，借了醉意，他加大了马力，将车撞了过去。

他受伤了。要的就是这个效果！

因着是在白荷处受的伤，他就在白荷处住下，安心养伤，不再搬动了。

可白荷却埋怨他："喝醉了还飙车，你真不要命了啊？"说着，在替他换药时，用力揉搓他骨折了的脚。此番受伤，他得躺卧一段时间了，正好避开陈明楚出入南京，心里却道：只要没自己命令，下面的人员，是不敢有任何行动的。这件事上，他是瞒住白荷的。组织上的事，他已基本让白荷撇清关系了。如今，白荷身份清白，随时皆可离开南京。只有她安全，他才能放心啊！他叹了声气，骗她道："我守在你家，那藤田才不敢乱来嘛。"

继而，郎伯把最要紧的事说了出来："我怀疑她就是潜伏在你我身边的人。"握起白荷的手，在她手心上写了一个字！白荷一惊，道："如此想来，合该对上了！我到藤井一夫家，第一次想窃取机密时不得手，装作睡了过去，睡意蒙眬中，分明是听得木村与一个人在说话的。那人的声音十分熟悉，却记不起来是谁。如今细想，确像是女人的声线。而后，我们怀疑她偷听你我谈话，她却扯了木村出来，说远远看见有人过去，误导我们以为是木村。其实根本就是木村自知身份瞒不住我们了，还不如大大方方地暴露，好保住她继续留在我们身边。所以藤田接到手帕时就离开了，一定是她通风报信的！那时，是你与木村在办公室……她一定是把见到的告诉藤田。"

如妈，原来你就是那个奸细！两人不得不叹。"幸好，因着你我谨慎，她从来没有识破我们的身份，"郎伯唏嘘不已，"想不到，她如此厉害！"他苦笑连连，如妈自然是识得他好处的，木村确是说漏了嘴！她两人合起伙来骗他，却不料自己人反露了马脚。"她在重庆期间，就有许多官员遭刺杀，想来，就是她干的好事了。有此身手，怕是她十年前跟了我时，就是要通过我打进南京的上层社会，接触我方政府要员，好收集情报的。司马如易怕是日本人了。”郎伯取出了那张重庆情报员以生命相护的照片，里面的那块黑影，与如妈手上那块伤痕相似，两者必定是相吻合的。

“她年长我十岁，更兼是我管家，在我面前一向自称如妈；可每每想起，她烟视媚行的样子，确实入不得我眼，却不承想，她根本就是个日本特务。”白荷也是唏嘘。

因着他俩已是处于了明处，故而真真地停止一切行动，每日里只留在白荷的别墅里。在外人看来，真的是你侬我侬。

这段时间，木村只去看望过郎伯一次，问候他一声，然后就消失了。她是真的忙，而且她也巴不得如此。那样，郎伯就真正地撇清了关系。

她不无得意地向藤田邀功：“你看，他是清白的。陈明楚的事，他根本不知道，也没有任何行动。如今陈明楚顺利破获了‘军统’与‘中统’电台，又逮捕了军统在南京负责军事的头目。为总部在南京区的事铺平了道路，扫清了障碍，如今我们已能顺利坐落颐和路21号了。21号紧邻日本南京宪兵司令部，将南京区设在这里，一旦有什么活动，双方配合起来非常方便，而且有宪兵团日夜守护，连只苍蝇也别想飞进来。我们都安全了！”

“我不是怀疑他，只是力求小心罢了。而且我确是妒忌他，才老找他的碴儿。”藤田苦笑起来。正要举起酒杯，却被木村按住，她说：“我一向是敬佩你的。你与山口不同，你敢作敢当，对我亦尊重，难得你有此肚量。我的功劳，你分毫不抢，这些我都是记在心里的。”藤田听了，一怔，随即露出了笑容：“难为你了。”两人嫌隙尽除，相视一笑。

过来倒酒的侍从是个犹太青年，眉清目秀，他不大懂中文，日语更是不懂，于是笑着请酒：“发财，先生，小姐。”末了还夹杂了几句英文说着些讨好的话。藤田打赏了他，挥了挥手，让他退下了。“十国”里多的是廉价请来的犹太人，所以无人注意到这个小犹太，一时出现在温泉会馆伺候，一时又来了这里。

小犹太是懂唇语的。他用了些手段，让郎伯知道了这个情报。

郎伯通过夜鹰，把消息带给了戴老板。郎伯是知道戴老板心思的，戴老板花大代价要摸清颐和路21号的底细，为的就是在21号里安插亲信，好收集情报。可这都不关自己的事了，郎伯叹道：戴老板自会派出属于他支脉的得力干将的。或许，又是一个像白荷那般美丽的如花美眷吧……

第三十章

较量

7

天气难得地放了个晴，秦淮河边杨柳依依，漾水粼粼。郎伯倚靠在窗边，看着涓涓河水，来了又走了。一只金羽的雀儿，掠碧水而去，缠绵着人的视线。一两只野鸭，探着脚丫下水来了，灵动的眼睛一转，身后竟跟着一群毛茸茸的小鸭。

又是一年的春天了。

大抵也只有鸭子懂得那春江水暖吧！郎伯抬起了手，轻轻一勾，一枝鲜翠的藤蔓从窗边牵进了他的世界。大开的窗户，满眼满眼的绿，连露气也能透出它的盈绿来。指腹一抹，那支翠色藤蔓上的晶莹珠子，如蝶如萤，纷纷扬扬地融入空中，只剩了几粒极轻极薄的顽皮珠子，沾上了他的脸。他亦顽皮地笑了。

这一幕，被伍小山看见，也怔住了。在自己记忆里，郎老板是极难得有如此明朗开扬的笑容的。于是敲了敲门，走了进去。只见郎伯临窗而立，自有他的一段风流。听得声响，他只微侧了脸，显是在等着自己的话，伍小山亦看了眼窗外满目的绿，平静地开了口："我要离开这里了。"见他挑了挑眉，似有所想，伍小山接着说，"这样很好。"

"你不管你的弟弟、外婆了？"郎伯的话中透出了不舍。伍小山觉着了，连眼眶也湿润了，可他只摇了摇头，笑着说："外婆的病是治好了，可不过大半年的光景，她便离世了。也好，这里不适合她。"顿了顿，他苦笑起来，"至于弟弟，他早不上学了，只留了一张字条，说是参军去了。所以我也没有什么好顾虑的了。再不需为了生计，拼命赚钱。我想回家乡了，过些平静日子。"

见他去意已决，郎伯踱步到了保险柜前，把锁开了，从里面取出一个锦囊递给了他。他接过，一看，只见上面绣了个"宝"字。他分明记得，外婆原叫他宝儿，那是母亲给他起的小名儿了。而这个随身佩戴的小锦囊，是母亲对他的一片心意。只可惜，他遗失了。不曾想，今日还能拾回它。果然听得郎伯说："这是我抄严朱两家时，从严家后院处捡到的东西。听下人说，曾是一个小少爷不见了的东西。我想该是你母亲留给你的。虽是破旧了，但能寻回留个纪念，总是好的。"

"谢谢你。"伍小山哽咽。

"都去吧！"郎伯挥了挥手，让他走。他转身离去，从此再没有出现。郎伯看着他离去的背影，喃喃："走了好，走了好。都安静了……"

郎伯是伤感的，他的伤感，秦淮看在眼里。

她带他到教育学校里，因着他与米歇尔的支持，这里的规模日益壮大，收了许多孤儿，孤儿们皆能温饱，脸上透出健康的红，这在战争年代是极难得的。而秦淮也从一名音乐老师，转变成了一位合格的数学老师了。

那些孩子，年纪虽小，可却逼着自己长大了。他们会问秦淮，乱世里，每人挣扎求存，学音乐又有何用？！倒是华生对答从容，他总会宽容地看着他们，以平等的身份，一群大人间的谈话，来作回答："音乐好的人，数学大多学得好哟。这是一个抽象的思维，需要我们去想象。而音乐能熏陶一个人，让他们从中吸取真善美的养分，长大了，就能成为一个善良的人。即使在乱世，也不能忘了保持一颗善良的心。"

华生对孩子们是宠爱有加的。他曾经资助的那群盲童，也在教育学校里上学，由他亲自教。而小湖，那只剩了两分视力的小女孩，因得了华生的帮助，请来眼科专家会诊，终于治得了一只眼睛。能有一只眼睛看清楚世界，她已是莫大的欢喜。她喜欢画画，因为她的华生哥哥也爱画画。她努力学画，以一个盲人的世界，去诠释光明，以一支画笔去诠释苦闷，又以一支笔去稀释那苦闷。这一切融入画里，形成了小湖个人独特的风格。为此，华生以最大的耐心、毅力去帮助她、教导她，把她的绘画天分发挥得淋漓尽致。终于，她走出了国门，到了荷兰深造画艺，她的画里，是对生命的热爱，是美与善。

而在荷兰参加的欧洲少年儿童油画大赛中，小湖以一幅《叩问生命》获得金奖。那是一幅抽象主义的画，里面是个被剖开肚子的女人躺在一个混沌的世界里。整幅画面以红黑蓝组成。反映的是南京大屠杀的场景。混沌的世界里，还有一双大手牵住了那只小手，"牵"的力度表现得十分好，而那双小手就是女人肚子里的孩子。女人面容的扭曲是抽象的，却也透出了国人的压抑、痛苦与彷徨。

可那双牵着的手是有力量的，拨开了蓝色迷雾，走到光明的世界。

白荷把这幅画的复制品摆到了藤井一夫的樱花公馆里，还不无嘲笑："'叩问生命'？你们日本人也懂生命？真是笑话！被剖开肚子的母亲，与未出世的小孩应该化成厉鬼，来索命！而不是去什么光明的世界！这个世界没有天堂！"狠狠地，她吐出了这句话。

藤井分外压抑："别忘了，你也是日本人。"

"你错了。"白荷轻蔑地看着他，"我是中国人！"

日子就这样一天天过去了。直到一日，郎伯对秦淮说，需要她。

秦淮没有半分迟疑，便点头答应。

"如妈是日本人，与木村相比，她的意志更坚定，心思更深沉，我候了这许久，就是为了不惹人起疑，毕竟是木村说漏了嘴，我不便即时动手。而如今，该是时候了。"郎伯叹了叹。

"有何用得着我的地方，请吩咐。"秦淮笑容坚定，她也愈发从容了。少了从前的那抹怯意，郎伯更是爱她的那份坚强。他轻抚她的脸，把细碎的刘海别到她耳边，温和说道："报国会帮我们这个忙。但是现下特务活动猖獗，需有良民证方能出入。他加入了新四军，是很难进城了。因而朗科夫先生出面，投资了一部新戏。我希望你能重操旧业，再出来演戏。至于他，亦是以演员身份出入城。"

等到秦淮与郎伯借着收粮为由，出城与李报国会合时，秦淮一见报国，竟忍不住笑出声来。原来李报国竟是男扮女装的。"这得益于伍小山当年的那一番话啊！"郎伯一笑，语带调侃。想那李报国原是富贵人家的公子哥儿出身，样貌清秀标致，除下武装时，确确是个俊俏的美男子，一旦上了妆，吊梢眼儿一睨，就真如美人儿一般了。

这样的奇思妙想，不过是源于当年伍小山的一番玩笑似的暗语，如今竟被郎伯加以利用了，秦淮不得不叹，他的头脑灵活。"那我们该如何做？"她知道，郎伯的行动绝不简单。

为了不打草惊蛇，越少人知道越好，因而郎伯只让秦淮演出她自己即可。而她的那一场戏不过是为了顺利送李报国进城。

进城的时候，郎伯坐的是一辆运粮车，而秦淮与艺名为"沁园春"的李报国坐一辆小轿车随后而到。进城关卡时，沁园春因无良民证而被盘问。恰好碰上路过的藤井一夫，秦淮镇定地笑道："这位是新秀明星，秦园子小姐。她的演技是了不得的，这样娇滴滴的女孩子，难道就因一时没办得良民证，就不放进了吗？”说着还不忘向日兵抛了个媚眼。那些个日兵早松动了。

这就是郎伯的妙招，懂得柔能克刚，女人才是男人最大的克星。因而，就连坐在车上的李报国也是妆容野冶勾人的。那日兵问李报国话，他总是笑着摇头。他一身剪裁得体的女士西装在身，特意粘上去的假发盘了一个髻，堪堪垂于脑后，几缕刘海缀在脸颊两侧，微微摆动，说不出的风流。那日兵见他不答话，恼了，却被秦淮挡了去：“她是我们戏里的魂儿，要唱京剧的，不能随意用嗓。她就这么个冷清性子，您请别见怪。我呀，此次复出，也不过是为了给她陪衬儿呢！”那些兵士皆是看过秦淮这大明星演戏的，有身份的官兵才能在“十国”里听她唱上一曲，平常人等何时能如此近地一睹芳容？被她软语一哄，早想着放行了，就连栏杆子也扳了上去。

眼看着车就可以通行了，可关键时刻，藤井一夫走了上来，礼貌问道：“秦园子小姐这个名字有些生疏啊！”秦淮刚想接口，李报国倒抛了一段唱腔：“妾身小名沁园春儿。”那一声莺啼娇滴滴的，媚眼一抛，早酥麻了所有的人。原来李报国与郎伯为了此次的行动，部署了将近一年多的时间。李报国是世家，李氏家族中养有自己的戏班，他从小爱京剧，唱得是字正腔圆。他用了半年时间在大上海的十里洋场登台，专唱京剧。那里洋人多，就连日军许多将领也是从东北、北平一带过来的，十分流连北国的情致，因而沁园春迅速大红大紫。想那京剧花旦的浓妆重彩在身，谁还看得出李报国是男是女，故而顺利地瞒过了所有眼线。这位来自北国的美娘子就这样红遍了沪上，而被朗科夫请了来南京演出。

藤井眼露暧昧，显是为那戏子着迷了，却还是向一旁的副官打了个眼色。那副官得令，搬出一副凶煞脸面，喝道：“那是赤化的，赤化的！”

“《沁园春》是中国古代文苑中一枝常开的奇葩。《沁园春》词牌最早出现于晚唐，尔后，苏轼、黄庭坚、辛弃疾和陆游等名家皆以此牌填出了千古绝唱。因而是极有诗意的一段文化，与其他无关。”秦淮巧笑倩兮，仔细地答了。那藤井向始终微笑着的秦园子投来意味深长的眼神，秦园子亦不惧，捏了嗓子道：“叫我小园也是一样的。”随后，他们得了放行，迅速离开了。

一路上，秦淮还不忘揶揄：“那魔鬼怕是看上你了。”他一听，笑得更是花枝招展，道：“为了彼此好称呼，你们都叫我小园吧！”李园，怕是也没有多少人还记得他的真名了，他不禁一叹。

此时秦淮才注意到，他的衬衣领子是束领，看不到喉结。小园似是看出了她所想，道："彼特替我做了些掩护，脖子上也上了些伪装，不仔细看，是看不到喉结的。为了以防万一，我平常皆是以中性打扮示人，而一旦上了舞台，就是浓墨重彩的，也就混过去了。"秦淮若有所思，始终觉得不妥。而这不妥，其实郎伯已与彼特商议过，若是小园一刺杀成功便从此消失，只怕郎伯会暴露身份。因而任务一结束，他亦会"暴毙"。从此再无沁园春！

许是错有错着，刚进城，小园就碰上了藤井。藤井由关东军过来，十分留恋北国的生活，再者京剧亦是他所喜爱的消遣剧目，可江南地区只有当地剧目而无京剧，故而只一眼，藤井便迷上了沁园春。每有"她"的戏开演，皆要捧场。

2

一天，郎伯携了木村去看沁园春与秦淮的戏。

这是一个关于梨园怨伶的爱情故事。秦淮演的花旦怜儿十分得宠，戏班子的人皆宠着她。而演女主角的沁园春在戏中的角色是"五旦"中的贴旦，叫柳絮。柳絮每日苦练，只为可取代怜儿，成为花旦。柳絮与一贵公子相恋，贵公子是票友，也极爱戏，常自己出资登台演出。同时，贵公子又爱上了怜儿。一场三角恋，使得三人皆是痛苦。而他们的故园，上海的沉没，使得他们陷入绝望。最后，无望的柳絮相约贵公子从沪上最繁华的舞台上结束生命，从高耸的戏台里往深沉无底的河跳去……

这是个凄美的故事，而惊艳处一是殉情，二是沁园春将改唱昆曲。其中，"孤岛上海在沉没"的隐喻使得人人动容。这些皆是郎伯在幕后策划的。他不过是借着爱情故事的幌子，尽可能地策动一些人，让他们明白，如不抗争，这个舞台终将会沉没，即使以死去做抗争，也在所不惜！

沁园春挥舞的水袖那样的凄美。藤井没有因沁园春换了唱腔而觉无趣，反倒觉着惊艳。这也是他第一次如此认真地欣赏一出戏，昆曲与舞台剧相结合的一场戏，也是他最后一次看戏。

水袖飘飞，盈盈划过，一片香风阵阵。郎伯与木村就坐在首席，与藤井隔得不远。而如妈得了郎伯令，伺候在两人身旁。当水袖再次飘来，如妈只觉那股香气过于浓郁，她已是心烦气躁了，不觉地，端起茶水，喝了起来。郎伯笑着附在木村耳旁说话："这香风能勾起人情欲。"木村粉拳捶落，只道他坏。

其实那确是能催情的一种香粉，并无毒。藤井何等精明的一个人，自然懂得其中道理。无人知道，他最擅长的，其实是用毒。因而他一把扯住了水袖，一拉，沁园春竟从舞台上跃下，倒进了他的怀里。一时，戏院里哄声大起，各位日本军官嚷嚷着："恭贺大佐抱得美人归！"戏就这样散了，因为再没了主角儿。

当着戏院所有人的面，藤井拿起放在案上的茶杯，赏"她"喝："润润嗓子。"已然在他怀中的沁园春也不答话，只是盈盈笑着，美目只瞧着他，抿了半杯茶，犹剩了半杯。杯口有个诱人的红印，透着沁园春身上的香。那种催情香蛊惑摆弄着藤井所有的理智，可他依旧是候了好一会儿，才喝下那杯茶。

真是小心谨慎的老狐狸！郎伯心下恨道。他知道，藤井是怕茶中有毒。今晚，藤井没用过任何食点与茶水。唇边显出一抹笑，郎伯看向脸红耳热的木村与如妈，知道她们皆被小园的催情香撩拨了性子，而最重要的是，她们皆用了茶。郎伯端起茶杯，抿了一口，接着吻向木村，不管在场的人。他把茶水渡向木村，这就是解药。在这场刺杀里，木村不是他的目标。而留着她，是为了迷惑藤田建次。

翌日，如妈、藤井一夫和沁园春皆暴毙。验尸的是藤井与木村的私人医生彼特。藤田建次与郎伯也到了现场侦查。

在藤井的别墅里，藤井与沁园春竟口吐黑血而亡。郎伯故意抹了把汗，向木村道："那些刺客竟是如此神通，竟能暗中下毒，昨晚真是险。"继而对着跟在他身边的经济办的一个日本秘书道："昨夜是谁给藤井大佐递的食物和茶水？"那秘书十分机灵，道："我看见全是如妈负责的，她进出了小厨房好几次。"

郎伯故意装作不解，蹙起了眉头："难道刺客是如妈？"他立即看向藤田，有些急了，"她虽是我的员工，可我真不知道……"汗从额间渗出，他竟不知该怎样说下去。木村有些尴尬，一把挽住了他的手，咳嗽了下："司马如易也是我们的人。嗯，就是如妈。司马如易只是她的中国名字。她的本名叫小泉如易。"她艰难地咽了咽喉头。

果然，郎伯生气了，甩开了她的手："你不信我，所以派人监视我？如妈十多年前就跟了我，这么说，你们老早就开始监控我了？！"

一旁的藤田替木村解了围："木村小姐不是故意的，她也是几年前才到的南京嘛，然后才认识了郎老板，她对您没有恶意。是我的意思，为的是保护好郎老板。您对我们的贡献可是很大的。"郎伯听了，冷冷地说道："反正这个烂摊子我是不管了。既然你们不相信我，我这个经济部长，再做下去也没啥意思。"说着就要走。木村忙追了出去解释。如此一闹，郎伯的嫌疑尽除。而关于沁园春的身世，因着郎伯在北京、上海皆做了万全的掩饰，藤田竟查不到半点错处。于是也就不了了之。

藤井一夫、小泉如易被运回了日本，沁园春扔去了乱葬岗便了事。

郎伯暗中把小园从乱葬岗里救了回来。彼特医生把另外的半瓶解药注射进他体内，他从假死状态中苏醒过来。可因体内毒素残留，他仍需要一段时间医治和调理。

藤田暗中仍在调查，发现如妈是通过一个小厨来递菜的。那小厨曾在曾福山的部门做事。因而藤田把目光投向了那小厨。而这一切，不过是在郎伯的掌握之中，是他暗中故意把曾福山的人调到那儿的；尔后，他将小厨毒死，做出小厨畏罪自杀的样子，顺利骗过了藤田。再加上木村的维护，这件案子便到此结束。

事后许久，白荷才知道了这个消息。她恨极了，跑到郎伯公寓，便是一场质问："为什么刺杀藤井你不告诉我？我说过，我要亲自执行这项行动！"

"他毕竟是你父亲。"郎伯于是说。她不能做的事，他会替她办到。他不想她一世活在弑父的阴影里。

她愤怒了，指着自己的心道："你怕我会心软？我告诉你，我不会！"

"我知道你不会，正因为此，我必须这样做。"郎伯十分平静，平静地看着她冲出了他的寓所。

秦淮自卧室里走来，微微一叹："希望她能理解你的心意。"

"她会的。"郎伯溺爱地圈住秦淮，把脸贴近了她温暖的颈窝里。只听她一叹："我原以为，你只是帮助报国进城，没想到你真正要做的是刺杀藤井和小泉如易。"想起如妈一直候在身旁，窥探过自己，她就觉得通体生寒。

"别怕，这些胆战心惊的日子都过去了。"郎伯亲了亲她的脸，只觉自己也是累极了。不愿再瞒着她什么，于是慢慢道出了实情，"藤井一夫的真正身份是上海76号里的人，他隐藏得十分深，让我们的视线皆盯紧了藤田，其实许多行动皆是由他策划的。日方交给'南京区'的第一项任务就是扑灭南京的'中统'潜伏组织。汪伪特工总部南京区在藤井一夫的指挥下，破坏了好不容易重新建立起来的'中统南京分区'的秘密机关，更逮捕了一大批人，其中就包括许多中国特工。而藤井这几年更是大肆围捕'军统'特工组织里的人员，杀害了许多人。若不是李报国给了我这个消息，我怕是仍被藤井蒙在鼓里呢。而杀小泉，不过是小事，为的是引出藤井这条大鱼。藤井只信得过他的贴身心腹小泉如易，所以她递的食物，他着人试过后，就会用的。报国的催情香本无毒，有毒的不过是他嘴唇上的胭脂；可甩向小泉茶杯口的水袖上确沾了毒粉，配上行血的催情散，小泉便一命呜呼了。我之所以什么也不对你说，就是担心你会害怕，反露了马脚。"

“那小厨岂不是成了替死鬼？”秦淮有些不忍。

郎伯怔了怔，冷冷道：“成大事者，不拘小节。”

3

郎伯依然是十国俱乐部里最受欢迎的贵客。他的豪爽，大家皆是有目共睹的。他总是送出一箱箱的美酒、一件件的皮草、一包包的钻石。因而日商圈子里的人，总是喜欢与郎伯结交朋友。

那日，常与日本人有生意来往的大商人肖一城携了妻子前往十国俱乐部看歌剧。郎伯应了日商田中太郎，与驻上海的日本大使馆书记官清水董三的邀请，一同坐到了肖一城那一席上。席间，肖一城的妻子不过是在无意间说了句“扮演茶花女的女演员的裙子很漂亮”，于是不到三天时间，郎伯便命人将那袭紫色的、手绣白色大茶花图案的裙子送到了肖一城府上，使得肖夫人万分欣喜。也因此，肖一城与郎伯更亲近了些。

原来那袭裙子是巴黎的冬日新装，还没有上市。而郎伯用了专门的飞机去运回裙子，因此所费不赀。替郎伯走这一趟的，正是华生。他笑：“郎老板倒是舍得花钱。”郎伯却是笑嘻嘻地回了他一句：“钓大鱼嘛，得舍得下好鱼饵。”其实，暗中已有人联络上了郎伯，此人提到，戴老板旗下“美女蛇”已成功打入21号，且得到了最新消息：肖一城表面身份是商人，实则是同为21号效力的汪伪特工，职位更是21号的总务处长。而郎伯此次的任务即是扰乱21号的运作。所需费用，戴老板已让人亲自带给了他，整整一箱的黄金。

而派华生去巴黎采购，是因为华生识得更多的洋人朋友，他在欧洲的交际圈子比自己要广。郎伯笑了笑，道出了实情。

“就知道你看中的不过是我的人际圈。”华生顶了他一句。他也不过是一笑置之。两人间的默契，已是无须再多说什么了。

通过挥洒金钱，郎伯常常宴请宾客，一杯杯美酒下肚，彼此也就亲近得不分彼此了。而因着替日本人办事的那层关系，郎伯与肖一城的谈话，也就故意显得毫无避忌。

例如，当某一天，彼此间酒意半酣时，郎伯就会大着舌头，眨着一双醉眼，说起21号的事。狡黠如他，总是处理得不露半分痕迹。他会借着木村的关系说道：“我与木村丽子小姐交好，你是知道的。她常提起21号的唐先生如何能干。

如何扑灭了南京区中统的秘密组织，抓了一大批中统的高级官员。丽子还说，上海总部对此很满意，怕是还要提拔他呢！”那唐先生指的就是原76号的副主任唐惠民。现下唐惠民正是南京区区长，总管颐和路21号一切事务。而丁默邨与唐惠民之间的内部派系，争斗得非常激烈。

郎伯是见过李士群其人的。此人疑心重，又重权欲，因而为保利益，任由派系彼此间钩心斗角。而作为掌门人的李士群更是频繁更换76号和21号的负责人。对此，丁默邨投其所好，经常诬陷别人。那肖一城更是专奉了丁默邨之命去21号监视唐惠民的。因而，郎伯的话，肖一城是听进去了。只是肖一城明面上不露出任何情绪而已。

如此这般地，又是一日，郎伯宴请宾客。木村也到了，而秦淮则识趣地没有出现。众人对于郎伯的左右逢源是早习惯了的，故而他身边出现的是哪位女宾，则说哪位的好话。木村陪着郎伯一起招呼肖一城，席间谈起那唐惠民向日方购买军火，意欲组建属于自己的个人武装和军队。

这一次，肖一城是完全上了心，他以身体不适为由，于宴会上中途退场。郎伯已然明白，他是向丁默邨打报告去了。

果然，此事之后没多久，郎伯就收到了21号美女蛇的信息：丁默邨把唐惠民私募武装的证据传给了汪精卫。汪精卫立刻命令丁、李二人，即刻将唐惠民撤职查办。而丁、李两个人精，更是设好了圈套，使76号的人亲自打了个电话到南京，谎称要唐惠民到上海来开重要会议。而蒙在鼓里的唐惠民刚抵达上海，就被76号的人带走了。

21号的人员上任匆匆，总是没有多久，就消失不见。而这皆得益于郎伯的离间计使得绝妙。对此，戴老板十分满意。

想那唐惠民曾杀害许多爱国人士，如今他终是落得个被捕下狱的凄惨下场。而更令人称快的是，李报国经过精心策划，成功将丁默邨的二弟丁时俊杀死。自然这少不了郎伯的配合。郎伯从美女蛇处得到丁时俊的具体行程，而郎伯把这一重要情报给了李报国，从而成功完成了此次暗杀。

郎伯更是抓住李士群多疑的心理，将苏成德与陈璧君等人在十国俱乐部一同玩乐的事添油加醋地向肖一城说了一遍。想那李士群如何能忍得旁人结党营私，于是借了丁时俊被刺一事，将苏成德革职查办。如此一来，21号已是被郎伯搅得混乱不堪，再无心抓捕爱国人士了。

“郎老板好手腕！”当李报国以德国商人身份出现在十国俱乐部时，一见到郎伯，就开口揶揄。

郎伯当仁不让地应承了下来："还是借了你的光。"原来郎伯借秦淮掩护，送了李报国进城是为了促成两党特工的一次合作的。对于郎伯来说，刺杀汉奸、日军高官，本就是中国人应该做的事，与党派无关。也可以说，他对现行的体制已产生了不满和怀疑，因而才会越界一次又一次地联系傅秋与李报国。他并没想到，他的行动会为他日后带来灭顶之灾。他只知道，他是在做每一个中国人都该做的事而已。

那一年的冬天特别冷，滴水成冰。人的心也像要结冰似的。

国民党亲日的官员，早和日本侵略者沆瀣一气，互相签了"中日停战、一致抗共"协议。那些时候，上海76号与南京21号甚至公开地示人。郎伯就曾在十国俱乐部内看见21号的汉奸与日军官员一道宴请国民党内部的高级官员。

从那时起，郎伯就料到，会有同室操戈的那一天。只是他没有料到的是，他苦心经营，购买军火，提供给新四军的事竟会被戴老板查到端倪。皖南惨案，新四军弹尽粮绝。而郎伯虽提供了武器，可奈何所供武器有限，如何敌得过国军强大火力？而美女蛇更是戴老板亲信，把暗中调查郎伯的事报告了上去，更牵扯出朗科夫。因而戴老板命人一层层追查下去，发现了郎伯大肆收购钻石，而钻石皆给了朗科夫以购进军火。军火的数量却与郎伯上交的账目数量不对等。

郎伯因着父亲夜鹰的关系，是国民党内最大的军火提供商，但他自己却是自由之身，党派之事，是与他无关的，因而在戴老板看来，郎伯此人只看利益，没有信仰与忠诚。所以，这个暗地里的买卖，除了戴老板无人知道。也正因此，戴老板一直没有仔细核对过这几年来军火买卖的账本。只是没想到，被郎伯钻了空子。而郎伯更没有想过，他会被自己人出卖。

等到戴老板派出人来暗杀郎伯时，已收到情报信息的张庸敬专程从上海赶到南京，劝说郎伯公开投敌，那日本人自会保护他。那一刻，郎伯才知道张庸敬亦成了戴老板要追杀的人，为的就是防止张庸敬公开投敌。郎伯枪杀了张庸敬，更把他的人头通过夜鹰交到了戴老板手里。

借了这个功劳，戴老板中止了暗杀命令。可郎伯心下明白，戴老板不会善罢甘休。如今还留着他，只因为他还有利用价值。而促使戴老板停止绝杀命令的原因是日军的大型舰队从港内消失，不知去向何方。而美国方面的特使已与中方通电，不日将会派出特使从香港坐轮船直达上海。美方需要中方的配合，因此戴老板需要惯于与远东间谍打交道的郎伯。

从香港到上海的轮船，只是明面上的文章。实则，特使会先到达南京，以避开日方、汪伪特务的眼线。而美女蛇亦从21号打探到了代号为F的日军航母、舰队、战斗机一起失踪的消息，并汇报给了戴老板。太平洋风起云涌，战争已到了一触即发的紧要关头。而郎伯的一架私人飞机则成了戴老板关注的焦点所在。

在四方城内，夜鹰见到了一直联系不上的郎伯。

“你失踪许久了。”夜鹰开门见山道。

郎伯愈发地瘦了，他看着茫茫夜色，爱理不理地答着话：“去了趟上海。毕竟我得把杀害张庸敬的事撇得干干净净的，不然日本人会怀疑我的。”

“你不要命了？”夜鹰的话十分冷。

“我们都是中国人，流着一样的血。”郎伯恼了，他不觉得自己错了。夜鹰自是了解他的，说道：“你没错。可是你没得选择，否则只有死路一条。戴老板杀机已动，不过早晚而已。”

这一切郎伯如何不知，若非还要护着白荷，他是无所谓的。“这次的任务，怕是戴老板交给我的最后一个任务了。”他叹道。

“你晓得就好。”夜鹰拍了拍他的肩膀，“别忘了给自己留条退路。”附在他耳边，道，“等接到了特使，你就直接开飞机离开。别再回来！”

放他走，夜鹰才是真正地不要命了。看了夜鹰一眼，郎伯知道，他的父亲心意已决……

第三十一章 谍影重重

7

李报国所在的军队尽管受到了围截堵杀，伤亡惨重，可留在南京城内的他倒是没有危险。他的身份非但没有暴露，反而还使南京区的地下党组织更加团结稳固，慢慢地发展起来。

他们皆是善于潜伏的高手，而潜伏在江南这一带的地下党人员也已收到了日本在太平洋的舰队失去行踪的消息。

李报国约了远东的间谍头子朗科夫一道到十国俱乐部找郎伯。日方失了藤井这颗棋后，再无多少建树，故而李报国更是堂而皇之地出现在大家的眼皮底下。他说着一口流利的德语、英语，充当了朗科夫的翻译兼助手，没有人会怀疑他的身份。

“你可知晓，眼下危险将近？”报国敬了郎伯一杯。

郎伯优雅地端起了酒杯，似笑非笑地看着他：“戴老板对我的绝杀令已经撤除了。”

“你心里明白，那不过是暂时的。”报国有些急了。

郎伯不作声了。可报国如何耐得住，劝道：“不若加入我们。我们的方向目标皆是一样的，就是把侵略者赶出中国。”

郎伯把酒杯往桌面上重重一放，道：“此事，不必再劝了。”心下暗道：我是个没有未来的人，眼下能做的事，不过是保证白荷的安全；自己能否全身而退，已经不再重要了……

一时两人皆无了言语。

倒是朗科夫缓和了气氛，他收敛了平常笑眯眯的和善幽默面孔，一对眸子透出刀锋般的冷光，只说话的语气还有些暖意："眼下我们应该一起合作，互通有无。其他的事，以后再说。大家也察觉到如今的气氛不同了吧，"他指了指周围空空的大厅，只零星地坐着几桌客人，台上的歌星唱着粉饰太平的靡靡之音，"你看他们，个个皆是脸有愁容。即使华服在身，也是失了神采。"顿了顿，接着说道，"太平洋上空已经是战云密布了。英美等盟国终止了对日本国的石油输出，而日本的战线拖得又长，整个远东皆已被它占去，它本国的战争资源、物资早枯竭了。如此情况，善于欺骗、出尔反尔的日本一定会发动偷袭，抢到主动权的。"

是啊，如今物资紧缺，日军在中国四处掠夺，南京城内的百姓经受了这几年的折磨，个个瘦得皮包骨头，饿殍四野了。若非自己每次在收粮时做些手脚，囤积了一定量的粮食，找了旁人投放到黑市去卖，以掩日本人耳目，那百姓们的性命堪虞啊！郎伯心下一叹，一杯酒喝到了底。只有醉了，自己才能觉着好受些。

"日军在城内四处发放军券，以大肆敛财，收回白银，从这点就可看出，他们本国已陷入战争泥潭里，无法自拔了。所以朗科夫的看法很对，为了摆脱困境，日本人一定会争先发动战争的。"报国一语中的，亦是个看得通透的人。听得他的话，郎伯幽默一笑："真后悔把如此好的人才白白送给了他们。"

"都是一国人，只说一国的话！"报国与郎伯相视一笑，先前沉闷气氛一扫而空。

而朗科夫静坐在那喝酒，胸前纳粹标志熠熠生辉，可那光亮是冷的。见郎伯的视线停留在那里，他笑了笑："若非有了这层身份，我在此的工作也是极难的。日本人根本就没怀疑过我。"

"也并非雅利安皆是冷血的。"郎伯宽容一笑，"奥斯维辛集中营的事我知道。可当初驻南京西门子公司的拉贝确是个好人。拉贝也是靠了徽章，才保护了那么多的中国百姓。"

朗科夫喜欢与理性聪明的人来往，而郎伯与李报国皆是有学识、见多识广的人，因而三个分别有着不同信仰的人，反结成了莫逆之交。朗科夫举起了酒杯，朗声笑道："今宵共饮，莫负我心！"

"对，莫负我心！"郎、李二人高声齐答。那是属于男人间的友谊，哪怕过了今晚，他们将各自为政，可今晚仍未过去，"朋友们，杯里酒莫停！"

上海到香港的轮船已是一趟单行旅程，再无香港到上海的船只了。而运载着特使的最后一班客轮已从香港开出。可特使将取程南京。他是上层社会的宠儿，他能设计出最美丽的衣裳，他曾留学法国，持的是英国的护照。可他却是出生在新加坡的中国人。

名震巴黎的著名时装设计师莫洛。他以英俊的外表，大众情人般完美的形象，周旋于上层社会的夫人、小姐间，从而探听到了许多秘密。如今，他要来了。上海，这个国际上各国特工为之疯狂的东方之城，在向每个人发出召唤。

又是一个纸醉金迷的夜晚，美丽动人的白荷坐到了男人们的那一桌上。她依旧美丽，烟视媚行。她取下郎伯正抽着的土耳其香烟，深深地吸了一口。“郎老板，你在巴黎不是有些朋友吗？”她倚到了郎伯的身上，轻扯白绒大衣下的紫色塔夫绸长裙，“这已是去年的款式了。”

郎伯有些无奈地笑笑：“可如今巴黎不好去了啊！”

白荷不依，从口袋里取出一本精美的本子，打开其中一页递给郎伯看：“这件好。这位设计师可有名了，你把他请来好了。他最熟谙巴黎风情的。”郎伯接过细看，那是一条十分飘逸的雪纺裙子：“可如今是冬季，这春夏穿着才好啊！”他的手背被她掐了一下。她嘟囔：“嗯，郎老板，时装就是要未上市就流行的呀。不然就来不及了。你看这线条，多好！”她的指尖划过那裙子柔美飘逸的线条。

那些线条，是由变形的英文字母组成，串合起来，表达的内容是：日本五艘航空母舰与一批大小军舰从11月中旬起，已失去踪影。

白荷说的那段话，全是暗语，郎伯自然听得懂。“不然就来不及了”，指的是日军发动攻击的大体日期。“确实很漂亮，”郎伯捋了捋小胡子，“又是哪位夫人、小姐介绍你的设计师啊？”

“自然是最爱参加各式宴会的中村夫人与中村小姐了。如今中村小姐与设计师是如胶似漆，他为她设计了好多套美丽衣裳。上个月，中村夫人与小姐到上海玩，她们的衣裙是最美、最新的，还上了杂志封面呢！你不知道，如今上海的贵妇人、小姐们就只能穿旧衣裳了。”白荷叹道，“我也想有一套新装。那日我与法子妹妹逛遍了上海的各大百货商场，皆找不到新鲜美丽的衣裳；晚会上，偏让中村家的出尽了风头。我是不理会她们的，倒是法子从中村琦美小姐那里听到的那位设计师名字。”白荷说得十分兴起，巴不得能即刻有美衣华服可以试装。

上个月，不就是F失去行踪的日子吗？郎伯握住了她的手，宠溺道：“好，都依你！”从白荷的讲述中，郎伯已明白，莫洛已成功潜伏在日本驻香港总领事中村丰一身边了。通过一场场上流社会的宴饮、消遣等活动，莫洛该是掌握了不少情报的。由莫洛到上海来开展行动，当是最好人选。郎伯正思索着，一杯鸡尾酒，递到了白荷面前："美丽的女士，这是你的酒。"小犹太侍从把酒杯放下，以此背对着三点钟方向的人，并用极低的声音道："高建仓懂唇语。"然后退下。

一桌的人继续谈笑风生，并未朝高建仓那个方向看。其实在场的还有藤田建次。他并非怀疑郎伯，只是高建仓懂唇语，他不过是借高建仓来窥视在场人的所有谈话而已。如今他们的舰队已隐蔽起来了，他更要查探各色人的反应。

而藤田心中所谋划的，郎伯皆已一一分析过了，知道他并非针对自己。郎伯知道，高建仓是不懂德语的，于是故意向着朗科夫，却用德语问白荷话："白荷，你是从何得知这些情报的？"他已经暂停了白荷手头上的一切任务，为的就是让她能远离是非之地，全身而退。

朗科夫配合地与郎伯"交谈"，然后又转向和白荷聊天，白荷用德语答："戴老板亲自给我打了电话。"

那就是戴老板在以白荷威胁自己了。郎伯端起了白荷抿了一口的酒杯，一对凤眼暧昧地看着她，就着她喝过的地方，喝了一口："这些衣服虽漂亮，可你总得预着我请不到他的情况啊！"

郎伯是在劝她，尽快找到后路，该离开时别再犹豫。白荷点了点头，笑道："老板的情面大，财力也是整个南京城最鼎盛的，自然请得动他。"两人眉来眼去的，说不尽的暧昧。而同桌的两位男宾，却是暧昧地笑着，摇了摇头。

见得此，郎伯站了起来，而她亦乖巧地携了他的手，两人往上面的十国饭店的套房走去。

另一桌的藤田，见得此景，心里早已翻江倒海，可又拿白荷没有办法。藤井一夫已死，他要把白荷强行收进房中不是不行，可白荷性子烈，情愿一死，也是万万不肯的。自然，他就拿她没有办法了。

藤田的心里充斥了各种情绪，自然也就影响了他的判断力。可他仍是谨慎的，用日语低声询问高建仓："可有什么情况？"

高建仓如实禀报："那一桌的美国佬只是说些生意经，还谈到上海已经不大安全，最好是把生意给结束了。那一桌的中国官员也只是谈些醉生梦死的艳事。郎柏敦那一桌，方才提到了中村先生，先生的妻女皆到了上海，参加巴黎在上海举行的服装展。他与白荷就服装的事，聊了一会儿，提到中村小姐的男朋友是名震巴黎的服装设计师。郎老板想请他来，以此讨好藤井小姐。"

藤田听闻是中村丰一的事，自然放松了警惕，笑了笑只觉一切皆在他掌控之中。他想起法子前两日打来的诉苦电话，提到如今的上海，就连享乐之事也怠慢了。除了继续在上演的电影与服装秀，真的没了玩头。白荷与法子倒一直来往得不错，因为法子是个不爱谈政治的乐观女孩，两人反而聊得来。白荷在上海的日子，一直由法子陪着，自然是和中村夫人、小姐见过面的，这不足为奇。他叹了声气，一心只有白荷，再看不到其他。

而与郎伯上套房的这一出戏，本就是白荷有意为之。在他面前，与郎伯越亲密，那他就会越妒忌，他的心神乱了，才不会去注意莫洛的到来。

白荷的这一计算，对藤田是有用的，因他已陷进了白荷的美人计里。可对旁的人却是无用的。上海那边的日本特务，早收到了将会有美方特使从香港到上海的消息。因此对所有船只严密监视，对所有的人皆进行了筛选，把目标定在了五个人身上。持英国护照的新加坡华侨莫洛，因会多国语言，而受到了怀疑，成为五人中的目标之一。

如今，莫洛提前下船，没到上海，在日方的监控中失踪了，那最大的可能是隐蔽在了南京。故而，日方派出了日本特务潜进了南京，密切关注这边的一切情况。那特务与木村丽子取得了联系，以法子朋友田中美惠的身份留在了南京。

对此木村是不信的，她一直表明，郎伯是他们这边的人，对日本忠心耿耿。可碍于美惠的执着，她也只能不时地把郎伯的行踪告诉美惠。

而郎伯每每大宴宾客确是少了与木村来往，作陪的多是白荷、秦淮，这让木村十分不是滋味。另一边，郎伯也实在是有他的难处，他已从别人那里知道了日方也派出了特务对莫洛进行盯梢。他实不敢冒险把莫洛介绍给木村。

他们那一桌上气氛有些沉默，白荷料得郎伯心里烦闷，只得劝慰道："别太担心，他们根本没有证据，不然早捉了他了。况且还有中村这层掩护。毕竟他是中村小姐的男朋友。"

李报国没有作声，他实在是不知该如何说。想了想，他还是问了："你只让秦淮去接他，是否安全？"

郎伯取出怀表，看了一眼："直觉告诉我，木村一直在跟踪我。秦淮去反而扯开了视线，而华生假意去往另一个地方，如此才安全。"再想了想，看向报国，十分认真地问道，"你手头上可有些人？"见报国点了点头，郎伯才笑了笑，"我有许多军火藏着掖着，可就是手上无人。"对这一趟任务，郎伯始终是觉着心很不安稳，却又不知从何说起。戴老板一个人也不给自己用，万一行踪暴露，需要火力相拼时，那该如何是好？郎伯再想了想，又觉不对，莫洛好端端的一个人，还成功潜伏在了中村身边，那又为何会成为嫌疑之人，使得日军的目光全集中了过来？！难道这才是戴老板真正的行动？展开“欺骗”行动！唇边显出一丝苦笑，郎伯的一颗心完全地定了下来：戴老板那样做，要的不过是自己与白荷的命而已！一箭三雕果然是毒！却也真的是妙！郎伯忍不住，哈哈大笑起来。可无人瞧见他眸底的泪光。

“怎么了？”白荷十分担心。郎伯淡淡地说：“你该睡觉了。”然后携了白荷往101套房走去。

烟再次燃起，与之搭配的是甘醇的美酒，郎伯挑开了窗帘，就如挑开了夜幕，看下去，这里太高了，无人能窥探得了。“你说从这儿往下跳，是什么感觉？”他晃了晃酒杯，似笑非笑地看向白荷。

“你最好不要再往下看，那是会引诱你往下跳的。”白荷说着，一件一件地除去衣服，露出里面的真丝吊带睡裙，娇笑道：“这里的暖气真够足的。”郎伯听了，没接话，只自顾说了：“就像做我们这一行，是在引诱着我们跳下去。”

白荷离了床，走至他身边，替他除去了领结，然后是大衣，接着是西服，她贴得他很近，她的香气全钻进了他的鼻子，而他的酒气亦笼了她全身，她笑了笑，仔细地替他解着衬衣扣子，一颗一颗地脱，他有些不耐烦，推了推她，她环住他的身体，在他耳边低语：“这里是很高，可那边亦有高楼，望远镜的反光只闪了一闪，刚好你背对着窗户，可我看见了。估计不错，应该是木村在监视你。”妩媚一笑，她亲了亲他耳垂，低低地，“难道你不觉得奇怪吗？”

很自然地，两人滚进了被子里。任凭窗帘被夜风勾引着，飘出窗外空中，就那样摇啊摇，缀在窗帘上的橘红蕾丝花边如一只只夜蝶纷飞。他把被子盖得极高，然后低声说道：“你若信我，就在五天后晚上九点，到达后山窝里的小片草地凹里。那里掩藏着一架小型飞机，你要堂而皇之地上去；之后，你就要马上下来，且下来时不准让任何人瞧见。而你不能问我任何问题。”

“是要送走莫洛吗？”白荷咬了咬唇，“我只问这一个问题。”

想了想，郎伯道：“是的。由我亲自送走他，否则任何人也走不了了。他很重要。我一定要送走他！”顿了顿，“我方才已经和华生通过电话了，那晚你下了飞机后，他会接你，马上飞上海。在那里还有任务等着你。你能做到吗？”他深深地看着她，执拗地只问着这句话，“你能做到吗？”

“能！”白荷咬了咬唇。

2

这一套说辞，却没有用在李报国那儿。郎伯是完全地开诚布公的，因为他不想瞒报国，他要的是全然的信任。

“莫洛并非真正的美方特使，这一点，连朗科夫也没察觉。”郎伯开门见山。

“那为何要告诉我？”李报国十分不解。

郎伯笑了笑，只说了四个字：“非我族类！”他是不信任任何外国人的。

“我会让你知道，我是值得你信任的。”报国亦笑了笑。

于是，郎伯道出了实情：“真正的特使怕是早到上海了。南京这一边，不过是要展开一场代号名为‘欺骗’的行动。可这个代价很大，我与白荷怕是皆活不成了。为了达到目的，戴老板根本就是连我也骗了，可不骗又如何呢？为了祖国，为了掩护好我们的同胞顺利地完成任务，我也会做的。其实戴老板是小看我了。”

“他为了成功，要你和莫洛去送死，好扰乱日本人的视线。”李报国淡淡道来，脸上不见情绪。而郎伯当初看重他的，就是他这一点。因此，才会费了大工夫，把他送出国外深造。他与伍小山不同，他才是真正能做成大事的人。郎伯拍了拍他肩膀，十分欣慰：“不愧是我教出来的！”

“能完全置生死于不顾的，怕也只有你了。”李报国叹了声气。顿了顿，他看着郎伯，认真说道：“我这辈子，只佩服你一个人！要我如何做？”

“戴老板如此精算的一个人，他算准了我会找你的。到时，你的弟兄怕是很难保全。这个任务你可以选择不接受。”郎伯说得很实在。

李报国听了，笑了笑：“你也真是小看他们了。他们皆是一心报国的人，共产党没有怕死的。我们皆明白此次任务的重要性。日本舰队已在太平洋潜行了，只准备着一次最猛烈的攻击。可我们的战线如此长，从香港到新加坡、马来西亚、菲律宾和东印度，不止我们，国际上的英美等国亦会遭到重创，那对中国将更不利。为了完成这项任务，只有中国人的一条心。若能瞒过日方，使得真正的特使顺利得到日方的行动目标，自会有专门的人把情报发到延安的。你放心！”

郎伯笑了笑，若是如此，他走也走得安心了。

即使再沉敛，李报国也是不忍的，末了，还是道：“就不能换成旁人？”

终是透出了一丝无奈，郎伯答了：“只有我懂开飞机。”

“也是为了保全秦淮与白荷吧！”李报国叹。

郎伯点了点头，没有回答。

不远处，木村的一双眼睛透出隐忍的光。她亦觉出了不妥，只觉郎伯与这个青年走得实在是太近了。而这个青年，她好似是见过的。于是她马上跑到了电话机旁，打电话给美惠。

“她去打电话了，说的是日语。”华生从侧门进入了大厅，来到郎伯那一桌上。舞台上，歌者仍在唱着最动人的歌。

“这也在我们的计划之中，不然很难骗得过她。秦淮带莫洛过来了，这个可怜的诱饵，怕是怎么死的，也被戴老板瞒着了。”郎伯的玩笑有些不合时宜，华生怔住了。极不自然地，华生咳了咳：“你真不打算和白荷说清？”

“那样她也活不了了。她这个人，太重感情。”郎伯说着，连目光也黯了下去。他眼角的笑纹又多了一些，尽管正值最鼎盛的年华，可华生觉着，他已经老了。

秦淮携着莫洛的手，款款而来，男才女貌，真真的一双璧人。莫洛的目光十分深邃，笑意恬淡，只看向郎伯的那一眼，郎伯便明白，对于生死，他亦是看透了。原来，莫洛并不可怜，他是知道自己诱饵身份的。

英雄惜英雄，那样的妥帖心意，两人皆是明白的。莫洛没有打招呼，直接上前一步，拥了拥郎伯，低声说：“那日本女人在看。”他已经在展开“欺骗”了！

也是，他不过是自己请来讨好白荷的设计师，却一见面表现得如此热情，不是在欺骗，引诱日方，又是什么？！

果然，两人刚坐下没多久，木村便走了过来，见着郎伯，假意显出吃惊的表情：“呀，郎老板在啊！”她没有像往常那样叫他柏敦，看来，她已从心理上疏远他了。郎伯笑眯眯的，一把抱过她，将她置于膝上，毫不避嫌。倒是秦淮脸一红，先行离开了。

见木村故作天真地装出好奇的样子看着莫洛，郎伯开诚布公地为她做介绍，“这位是来自香港的著名服装设计师莫洛先生。莫洛先生成名于巴黎，是个人物！也是中村小姐的男朋友，这样说来，你这小东西就不会觉着陌生了。”

“那是自然，我和中村小姐可是好朋友。”她笑，妩媚地看向莫洛。莫洛礼貌地举起她的手，置于唇边轻吻，还不忘用他那双动人的眼睛看她，调情恰到好处。

郎伯一笑，替木村倒了杯酒：“他是从欧洲留学归来的，惯用洋礼。”很好地掩饰了他方才拥抱自己的热情，而如此解释反能勾起木村的好奇心。郎伯亦已看出，木村果然是不信的。她不再信任自己了。

3

华生也在准备他的行程了。

对于教育学校里的孤儿们，他是不舍的。可他没有别的办法了。经过南京大屠杀后，米歇尔对钱财也看得淡了，把此处的物产全变卖后，所得巨资全然投放到了教育学校里。而华生已嘱托了路易神父，替他和父亲好好经营教育学校。

“放心去吧。我此生不打算离开这了。我一生没有子女，而这些小天使们全是我的孩子。我不会离开他们！而且我要把教育学校办好办大，也算是对你和米歇尔的一份承诺。”这是路易神父对他说的话。

华生只能离开了，上海比南京安全些。在那边，多的是各国的公共租界，有了这层关系，美籍人士往往安全些。父亲米歇尔已经先一步动身到上海了。华生紧了紧贴身收着的锦囊，笑了，怕也只有平安到了上海，才能把它交给白荷了。但愿天从人愿吧！

三天后，华生早早候在了约定的后山窝的隐蔽地点。他在等着白荷。他太了解白荷了，必要时，他只能把她打晕带走了。“上帝，请原谅我的自私吧！”他在心底默默说道。

若是没有那一轮轮枪声响起，他怕是会更加安心，他只希望郎伯能活下去。可当枪声在预计之内响起，他只觉自己那一颗心似是死了。他捂了捂心脏，冷汗从额间冒出。已经很久了，白荷仍未出现！

也是，会出现就不是白荷了。郎伯说得对，她就是个重感情的傻瓜！可自己偏偏爱的，就是这样一个傻瓜。他用尽全力跑了出去，奔向飞机所在的方向。

既然朗科夫、彼特与莱特皆已到了上海，展开各国谍报人员间的较量，那有没有自己，也是无妨的了！还有，莱特已答应了他，会将那些南京大屠杀的照片在胜利后公布于众，那他也无任何遗憾了。如今，能打死一个鬼子，就是一个！想着，他取出了两把手枪，往最近的两个日军机枪手打去，那两个日兵中弹身亡。

一架机枪，向他这边扫来，被他躲开。而那持机枪的日兵倒地而亡，是白荷打中的！他猛地一扑，持起那挺机枪，对着日军扫射。

郎伯冲破重重防线，把飞机启动了。一串子弹打破机舱玻璃，他的右肩中弹了。他往地上看去，李报国带了一队人在对日军展开猛烈的攻击。李报国的人也是死伤惨重！飞机的轮子被绊住了，必须尽快解除，是李报国冒着枪林弹雨，跑到了没有掩护的轮子上，推开巨大的绊索。

阻力小了！可郎伯的腹部中了一枪，他咬紧了牙，只顾发动引擎。“嘭”的一声，是李报国中弹倒地的声音，他死了！郎伯脸带微笑，飞机将要起飞了，看着所剩不多的日兵，他还是要感谢木村的，木村所带来的日兵如果再多些，怕是谁也走不了！那就引不起轰动了吧！他艰难地抬头，看见了不远处的木村，她深深地看着他，眸光中带着泪花。他举起枪，对准了她的心脏。嘭一声响，她倒下了。“报国，我替你报仇了。”他笑了笑，看了眼被莫洛推下飞机的白荷，看一眼从后跑来的秦淮、华生，只叹：幸好，日兵全被歼灭了！

“柏敦，你别丢下我！”秦淮跑了过来，可飞机已经起飞了！

“我爱你！”秦淮声嘶力竭！

郎伯笑了笑，依旧看着最黑的天幕。鲜血一点点地流出，他捂住了腹部，坚持着，让飞机一直飞一直飞……他看了眼仪表盘，原先早装满的油，此刻已经消失了……想是戴老板的后招吧！他仍是笑，只让飞机一直飞……

……

“号外！号外！一架飞往上海的私人小型飞机空中失事，坠入河中！机上乘客下落不明！”报童忙于奔跑，手中报纸越来越少。

上海繁华的街上，华生用力地携着白荷而走：“我们得快些，追捕我们的人跟得十分紧！”

白荷苍白的脸上也没了任何表情：“秦淮不见了！”她反复念叨的只有这一句话。原来当天，他们坐了快艇，安全到达上海，是米歇尔帮的忙。进得美租界，大家方觉安全了，可一回头却不见了秦淮。华生再搂紧了她，安抚道：“出发前，我就跟秦淮说了，是在上海的一间教堂会合的，她有心会联系我们。其实，她是不想再见到我们了。”华生没有说全，秦淮怕是再不想见到与郎伯有关的人了吧……也好，都随她了。

明天

第三十二章

7

1941年12月7日，日本偷袭珍珠港成功，太平洋战争全面爆发。郎伯与莫洛拼尽生命的全部力量去完成了“欺骗行动”，亦掩护了真正的特使，可最后他们的努力皆白费了。所幸，他们仍有希望！

站于黄浦江上，看着江水滚滚而去，华生第一次落泪了。大西洋彼端，那是他另一故土在受难。

站于他身后的白荷拥住了他，柔声安慰：“只要活着，便有希望！”那也是华生亲手交给她的，郎伯最后留给她的东西。那个锦囊，里面只有一张纸条和两句话：只要活着，便有希望！莫负我心！典型的郎式表达。想到此，华生与白荷皆笑了。

最初的那段日子，她整个人似死掉了般，只待在一个角落一动不动。他百般劝慰皆是无用，直到他记起郎伯给的锦囊。当他把郎伯唯一的东西递给她，他方看到，她眸底闪动的光芒。只一瞬，他便知道，她终于活了！

“白荷，如果我提要求……”他的嘴被她柔软的小手捂住，她笑了笑：“我都懂。我会一直陪着你。”

华生再止不住汹涌的泪，任它跌落，滚进江里，他回抱住她，深情言道：“那也是我的故土，尽管我曾一直否定她。可当她受苦，当那里的同胞受难，我的心在痛；我想去新加坡，那里有远东最大的谍报站，我可以为我的国家效力。”

“傻瓜！那本来就是你的祖国。你有两个祖国，一个在海的这边，一个在海的那边。”她宽容一笑，许多事，她亦是看透了，“当我的祖国在受难时，是你始终陪着我。如今，也该是我还你了！而且太平洋战争胜利，中国离胜利也就不远了。关于日方这边的情报，我们可以提供给美方。不过我代表的是中国！你呢？”说完，白荷俏皮一笑。

“我代表的也是中国！你在哪儿，我在哪儿！”他也笑了。能活着真好！

白荷心下明白，是郎伯拼尽了全力才护住自己和秦淮，所以自己一定要活下去！而戴老板一定会追杀自己的，毕竟自己知道他太多秘密。可自己要活！“秦淮一个人在此，我不放心。”

“我已让父亲帮忙找她，找到她就会送来新加坡与我们会合。放心！”华生抚了抚白荷的发。

两人登上了轮船，看着汹涌波涛，只觉能彼此相拥此生，再无了遗憾。

夜更深了，一如郎伯驾机离去的那个晚上。海风拂面，竟非温柔，一顿一顿地抽打着彼此的躯体，他忙以高大的身体护住了她：“风大，我们进去吧。”

“听闻柏敦的飞机，是掉进水里的。”白荷眸中泪光闪动，她又想起他了。

默了默，华生轻声抚慰：“可他们也说，没找到人！”

“是的！他一定还活着！他的笑意那么温煦，我都还记着呢！他似猫，有九条命呢！”说着，她不觉笑了。

“他一定还活着！”华生轻轻地吻了吻她。

蓦地，人竟多了起来，围在了甲板上，甚至还撞到了相拥在一起的两人。华生笑了笑，伸出手来想拉住她，却被两个小孩撞开了，“海豚！海豚！”小孩跑向船边。原来都是看海豚的！两人于滚滚红尘之中相望，被人群携涌着，伸出的双手总是抓不到对方，只能凝语相望，似要看尽对方的一生……

人群里闪出了一个人影，而她与他眼中只有对方！那黑影用力一拖，白荷不见了！

“白荷！”华生猛地推开人群，可白荷凭空消失了。

……

“抓到她，可是能领到赏钱的。”一个男人笑嘻嘻地，抚着白荷的脸，“真美啊！”

“你仔细些！那可是藤田先生的女人。下一个站，藤田先生可是候着的了。”高建仓打开了他的手。忽地，一声惊呼，男人跳了起来，“她脑袋流血了！”怕是方才拖她进仓时，撞到了脑袋。高建仓分外镇定，探了探她鼻息，微弱到了极点：“她怕是救不活了。见到藤田先生，我们就装作找不到她，反不会有事。我们不能让她死在咱俩的仓里，否则藤田不会放过我们！”

于是两人想将她扔进海里，可途中遇到了一个男人，一慌，两人便趁着夜色跑了。

2

天亮了，白荷努力地睁开了眼："我这是在哪里？"

迎上来的人笑了笑："幸亏你遇上的是我，我可是个医生。而且是个老中医了。现在是行船途中，即使有外科医生，也不能替你手术呢！倒是我的一顿金针针灸，就把你治好了。"那人分外幽默。

突然，房门外一阵哭声传来："白荷，白荷你在哪儿？求求你，帮我找找我的妻子吧！"一定是个痴情的男人，白荷的泪水止不住地流了下来，她听得仔细，蓦地伸出了双手，似要抓住些什么，可声音去得远了。怕是到别处找他的妻子了吧……白荷叹了叹，忽觉头痛得厉害！

"我是谁？"白荷茫然地看着医生。那医生一怔，料她是失忆了。他极耐心地和她说话，希望能刺激她的记忆："这是要去新加坡的船。你是去探亲戚的吧？"他顿了顿，继续说，"方才也真是吵，不过是到了一个站嘛！"说着门开了，进来的是个小姑娘。

"呀！姐姐醒了啊！"小姑娘十分高兴，完全没有注意到自己的祖父投来的眼神，示意她安静些。

"是啊！"医生也露出了微笑，向孙女问道，"外面怎如此吵闹？"

"听说是个美国人不见了妻子，他急着要到站里找一找，刚下去了。见人就问有没有见着他妻子。怪可怜的。"小姑娘十分惋惜。

"开船了啊！开船了啊！"外头的乘务员嚷嚷着。船提前启程了！小姑娘一个箭步跑到廊上，稚嫩的口音，让人爱怜："可那位找妻子的哥哥还没回来啊！"

"有日兵到了！这时节，要避开所有的日本人！"乘务员说着话，船果然开远了……

白荷茫然地抚了抚肚子，觉着饿了。那医生心细，笑呵呵地说："饿了吧！你有小宝宝了啊！"

……

若非经历了生产的苦痛，若非见到了滚滚而来的鲜血，白荷怕是要一直遗忘下去了。当她看见孩子那一刻，她就记起了所有。这个小女娃，多像华生啊！

可他与她，终是在那一刻错过了，她只听到了他的呼唤，却没有回应他！而他，离她不过一门之隔……

是她先到达的新加坡，她在新加坡等他，可一直等不来他。有些人说，他逃掉了，可为了避开日本人监视，一直不曾露面。又有些人说，他被日本特务抓住了，死了。可也有些人说，他被日本人抓到后，受尽折磨，最后以间谍罪，判了他六年刑。还有些人说，日本一投降，他就被释放了。

可她始终没有等到他，就如秦淮没有等到郎伯一样。

秦淮安全了，她曾寄了封越洋信给白荷，她在信上写道："柏敦一定还活着，我要等他回来！"

"是啊！华生一定还活着，他只是一时累了，走不动了。明天吧，也许明天他就回来了……"白荷抱着小希望，喃喃。

"你的名字叫'Hope'，希望的意思。"白荷看着小希望的眼睛，安详恬淡地和她说着话，她的眼睛与华生的一模一样，"明天，明天他就回来了……"

或许，明天他就回来了……

（完）

后 记

这个故事，终于完结了。当我写完结局时，忍不住哭了，为两对男女主人公的不能相守而悲痛欲绝。但这个故事，所要赞美的，就是生命的难能可贵。一切生命，皆值得尊重。只要活着，就有希望。

所以，白荷是不孤独的，她拥有了这世上最宝贵的东西，那就是她与华生的孩子，小希望。

私心里，我是很喜欢白荷与华生这一对的：相对于郎伯的魅力与强势，对华生的描述是淡的，他所做的一切，也是从侧面去表达的，他是郎伯的追随者与支持者，他好像只活在郎伯的阴影下，其实不然。他是有个性的、鲜活的。相对于白荷的懵懂，明明还在怀疑郎伯的汉奸身份，却对他是又爱又恨，唯独没有信任；可华生从一开始，就选择了相信。他相信郎伯，而且他心中还保存了人性里最美、最珍贵的东西，那就是悲悯！所以，我没有去刻意塑造这四个鲜活的人，是他/她们自己去演绎。

说来一切也是命中注定，中国少见国际间谍小说，真要上演一场“珍珠港”的谍报战，最适合发生的地方怕也就是上海了吧！那里，东方、西方各国人都在斗智斗勇，远离战场，搏杀得却是更加激烈。有人称上海为东方的卡萨布兰卡、东方的里斯本，其实，上海确是当年全世界间谍战最激烈的地方。这一点，毋庸置疑。

可我从“二战”里、从诺曼底登陆的背后故事里发现，要掩护好一场行动，“欺骗”是多么重要！真正的谍战风云是在上海不错，但如果没有来自远东的、新加坡与中国香港的间谍来避开耳目，展开“欺骗”，那真正的王牌间谍又如何能快速地窃取情报呢？这些，都是来自于背后的英雄们了，正是因为他们的默默付出，使得谍报战得以顺利打响。

所以，这个故事是从南京开始的。

从小，江南就成了我心驰神往的梦幻之地。西湖边、太湖上、鉴湖里、秦淮河两岸，有多少动人的故事，都是以水乡泽国作为绮丽背景的。水乡泽国，点缀了动人的故事，孕育了美丽的人儿，所以白荷是美的，秦淮是娇的，郎伯是俊的，华生是俏的，所有的美好，皆是秦淮河的流丽所赋予的。

我去过江南很多次了，唯独南京，只去过一次，却终生难忘！站于秦淮河畔时，我就开始构思这样一个凄美的爱情故事了，在我的脑海里，一出场的女子，其实是秦淮！秦淮就那样轻盈而袅娜地来了，她自秦淮河上来，安静而美好、清淡脱俗、不食人间烟火。跟着，才出现了白荷。秦淮是外柔内刚，坚韧的；而白荷则是外刚内柔，敏感、刚烈的。时常在想，怎样的男子才配得上如此美妙的女子？于是，来自江南的男子就那样地出现在我的脑海里，于是就有了郎伯，有了华生。

同为金陵的两个名伶，她们皆成为了传奇人物。这个故事，从一开始，我就想说一段民国的传奇。如今，这个梦终于变为了现实。

作为国人，有些历史不能遗忘。这一个爱情故事，注定了它不可能只流连于儿女情长！

而金陵城里的“欺骗”行动虽然成功，上海大舞台的谍战风云也以中方胜利为结束，可战争却刚刚开始，“珍珠港事件”依旧不可避免地发生了，南京与上海间谍的行动，虽成功却只是做了一场无用功而已。幸而，我们人类，依旧拥有希望。

“二战”，并不仅仅是欧美国家的，也是中国的；而战争引发的后果，值得思考。人性美，才是这些历史故事里最璀璨迷人的东西，所以这个故事，是属于大家的。

我最想做的，就是为大家讲一个故事，一个发生在金陵城里的故事。希望大家能喜欢这个故事，尽管它并不完美……

2015年5月

图书在版编目（CIP）数据

潜行迷踪 / 芙蕖绿波著. — 北京：中国华侨出版社，2016.4
ISBN 978-7-5113-6038-0

Ⅰ. ①潜… Ⅱ. ①芙… Ⅲ. ①长篇小说－中国－当代 Ⅳ. ①I247.5

中国版本图书馆CIP数据核字（2016）第076231号

潜行迷踪

著　　者：芙蕖绿波
出 版 人：方　鸣
责任编辑：兰　蕙
封面设计：violet
排版制作：刘珍珍
经　　销：新华书店
开　　本：700mm × 980mm　1/16　印张：21　字数：365千字
印　　刷：北京盛通印刷股份有限公司
版　　次：2016年11月第1版　2016年11月第1次印刷
书　　号：ISBN 978-7-5113-6038-0
定　　价：32.80元

中国华侨出版社 北京市朝阳区静安里 26 号通成达大厦 3 层　邮编：100028
法律顾问：陈鹰律师事务所
发 行 部：（010）82068999　传真：（010）82069000
网址：www.oveaschin.com
E-mail：oveaschin@sina.com